La reine des gaffeuses

Retrouvez toutes les collections **J'ai lu pour elle** sur notre site :

www.jailu.com

Jill Mansell

La reine des gaffeuses

Traduit de l'anglais par Julie Guinard

J'AI LU
POUR elle

Titre original :
Millie's fling

Pour Lydia et Cory, qui en ont par-dessus
la tête de se voir dédicacer des livres.
Mauvaise nouvelle, encore un.

1

Depuis Tresanter Point, le panorama était extraordinaire, mais Millie Brady ne pouvait s'empêcher de se demander pourquoi Neil l'avait amenée ici ce jour-là. Il n'était pas le genre de garçon sensible aux paysages.

À côté d'elle, sur le siège de sa MG vert émeraude amoureusement restaurée, Neil s'éclaircit la gorge.

— Hum, bon, j'ai pas mal réfléchi, ça commence à faire un petit moment qu'on est ensemble, maintenant…

Neil lui saisit brusquement la main et se mit à la caresser comme s'il tenait un chiot tout fou.

Et soudain, Millie se douta de ce dont il était question. Ciel ! Il n'allait quand même pas la demander en mariage…

— Pas si longtemps que ça, rétorqua-t-elle précipitamment. Pas vraiment. À peine trois mois.

— Peut-être, mais on s'entend bien, non ? Et mon proprio a l'air de freiner des quatre fers pour le renouvellement du bail. J'ai l'impression qu'il veut nous mettre dehors.

Il s'agissait d'un appartement que Neil partageait avec quatre amis, et Millie n'était guère surprise : ils l'avaient transformé en une véritable poubelle.

— Alors je me suis dit, puisque toi et moi ça colle, depuis quelque temps… Eh, Millie, tu m'écoutes ?

— Mmm ? Oh, pardon !

Millie s'obligea à se concentrer. Elle avait été distraite un moment par l'arrivée d'une Mercedes orangée rutilante sur l'endroit le plus spectaculaire du site, au sommet de la falaise. Lorsque le véhicule s'était arrêté dans un crissement de pneus, elle avait remarqué que la conductrice, qui portait des lunettes noires, avait de longs cheveux bouclés de la même teinte flamboyante que sa voiture.

Elle fumait une cigarette en tirant dessus goulûment, et semblait très malheureuse, observa Millie quand la femme retira ses lunettes et disposa une rangée de rectangles blancs le long du pare-brise, comme si elle distribuait des cartes à jouer.

Allez, sois attentive, Millie, s'admonesta-t-elle. Fais un effort de concentration. Si on te demande en mariage, la moindre des politesses est d'écouter.

— Alors voilà : si tu quittais ton appart et qu'on se cherchait quelque chose ensemble ?

Neil la contempla d'un air triomphant, son supplice enfin terminé. Voilà, c'était fait. Il avait dit ce qu'il était venu dire spécialement ici. Il ne restait plus à Millie qu'à se pâmer et à accepter.

Donc, il ne la demandait pas en mariage, se dit Millie avec une bouffée de soulagement. Pas de romantique genou à terre, pas de main sur le cœur assortie de la présentation d'un petit écrin en velours renfermant une bague de fiançailles. Pas de cloches, de demoiselles d'honneur, de voyage de noces, de vœux solennels, rien de tout ce tralala sentimental, oh non ! Neil avait opté pour une solution moins onéreuse, plus terre à terre, essentiellement parce qu'il allait se retrouver sans logement et parce qu'il aurait encore préféré s'enfoncer des aiguilles brûlantes dans les yeux plutôt que de repasser une chemise ou faire la vaisselle.

Je n'ai que vingt-cinq ans. La vie, c'est sûrement autre chose…

Mais qu'est-ce que c'étaient que ces rectangles blancs sur le tableau de bord de la Mercedes ? Et cette femme rousse qui était sortie de la voiture, ne devrait-elle pas être un peu plus prudente ? Elle marchait tout près du bord de la falaise, c'était terriblement dangereux. Ne voyait-elle pas que, si elle dérapait, elle s'écraserait sur les rochers, soixante mètres plus bas ?

— Tu ne réponds rien, se plaignit Neil. Je pensais que tu serais aux anges. Ne plus devoir partager cette minuscule maison avec Hester…

— Ce n'est pas si minuscule, répondit distraitement Millie. Et ça me plaît bien, la cohabitation avec Hester.

— Mais on vivrait ensemble, tous les deux. Ça signifie que pour moi, notre relation est sérieuse. On serait un peu… un vrai couple.

Le vent faisait voler les boucles fauves de la femme, mais lorsqu'elle leva la main pour les écarter de son visage, Millie vit qu'elle pleurait. Son visage lui était vaguement familier, mais à cette distance, impossible d'en être sûre.

Décidément, quelque chose clochait dans le tableau. L'inconnue continuait à marcher de long en large en tirant frénétiquement sur sa cigarette. Elle s'arrêtait de temps à autre pour contempler le vide. En principe, quand on admire ce point de vue, on s'installe tranquillement sur l'un des bancs prévus à cet effet. Or cette femme ressemblait à une athlète se préparant psychologiquement à battre le record du monde de saut en hauteur aux Jeux olympiques…

— D'accord, d'accord, si tu ne souhaites pas qu'on habite ensemble, libre à toi, fit Neil sèchement en lui lâchant la main. J'en connais qui auraient sauté de joie, mais j'aurais dû me douter que tu te ferais prier. Alors vas-y, dis-moi, qu'est-ce que tu espères ? Que je vais te supplier d'accepter ?

Seigneur ! Elle s'apprêtait bel et bien à sauter !

Mais pas en hauteur, réalisa Millie, saisie d'horreur. Elle se rappela, un peu tard, que Tresanter Point n'était pas seulement célèbre pour sa vue. C'était aussi là que venaient faire le grand saut tous les amoureux malheureux.

L'endroit rêvé pour un suicide réussi.

— N'importe quelle fille normale aurait été flattée, continuait Neil, vexé comme un pou. N'importe quelle fille normale aurait été supercontente. C'est dingue, je ne peux pas croire que tu sois si ingrate. Tu ne te rends pas compte de la chance que tu as… Eh ! Où vas-tu ? À quoi tu joues encore ?

Millie avait bondi dehors et se précipitait vers le bord de la falaise. La femme lui tournait le dos et allumait une deuxième cigarette avec l'extrémité de la précédente. Sa robe indigo battait contre ses chevilles nues et pâles. Ses longs cheveux cuivrés, fouettés par une rafale, flottaient derrière elle telle une bannière.

Millie s'arrêta net à côté de la Mercedes et vit qu'elle ne s'était pas trompée : les rectangles blancs disposés sur le tableau de bord étaient des enveloppes, portant chacune un nom différent.

Soit la femme envoyait des invitations pour une fête, soit il s'agissait de mots d'adieu.

Bon, O.K. Pas d'affolement, se raisonna Millie, complètement affolée.

Que faire ?

Tuuuuut !

Surprise, l'inconnue se retourna. Millie également.

— Qu'est-ce que tu fabriques, bon sang ? hurla Neil à Millie, toujours au volant de la MG.

— C'est bon ! Je… Je demande juste… du feu.

Millie avait lancé ce qui lui était passé par la tête. Tandis que Neil enfonçait le klaxon de la MG avec exaspération, elle lui tourna le dos et, pour la première fois, se trouva face à la femme qui s'apprêtait à faire le grand saut.

Un instinct lui souffla que si elle commençait à se demander ce qu'elle devait dire exactement ou si ce qu'elle disait était bien la chose à dire, elle se retrouverait totalement muette et trop terrifiée pour prononcer un seul mot.

Par conséquent, la seule solution consistait à se jeter à l'eau.

— Alors ? demanda-t-elle en plongeant ses yeux dans ceux de l'inconnue. Vous en avez ?

Les yeux vert d'eau bouffis la toisèrent comme si elle était folle.

— Si j'ai quoi ?

— Vous avez du feu ?

— Bien sûr que j'ai du feu.

La femme tira avec agacement sur sa Marlboro et souffla un nuage de fumée aussitôt emporté par le vent.

— Et… je pourrais en avoir ? Du feu ? insista Millie.

— Vous pourriez, oui. Sauf que vous n'avez pas de cigarette, apparemment.

— Mais vous, si. Bon, d'accord, puis-je avoir du feu *et* une cigarette, s'il vous plaît ?

L'inconnue soupira et jeta négligemment sa Marlboro dans le vide. La cigarette voltigea dans les airs, exécutant de paresseux sauts périlleux. Millie imagina un corps décrivant les mêmes culbutes avant de se fracasser sur les rochers noirs balayés par les vagues, en contrebas.

Miséricorde, cette seule idée lui donna la nausée.

— Écoutez, soupira l'inconnue, je comprends ce que vous essayez de faire et j'apprécie votre démarche, mon chou. Sincèrement. Mais c'est absolument inutile.

Alors qu'elle parlait, ses yeux se remplirent de larmes. Ses doigts tremblants jouaient avec le rabat du paquet de Marlboro. Lorsqu'elle sortit maladroitement une cigarette, toutes les autres s'éparpillèrent à ses pieds comme autant de jonchets.

Millie l'aida à les ramasser. Les paupières tuméfiées et l'absence de maquillage avaient efficacement déguisé l'inconnue au début, mais à présent elle la reconnaissait. Une masse de cheveux flamboyants, des yeux verts aux pépites dorées, la montre Cartier et la fameuse voix voilée… Cette femme était Orla Hart, l'un des écrivains populaires les plus appréciés du pays. Elle approchait de la quarantaine, et cela faisait une quinzaine d'années qu'elle enchaînait avec succès les romans… et engrangeait la fortune qui accompagnait les ventes en librairie.

Clic, fit le briquet quand Orla alluma sa troisième cigarette en sept minutes. Ce n'était probablement pas le moment, décida Millie, de lui rappeler que fumer pouvait gravement nuire à sa santé et causer ces disgracieuses ridules verticales au-dessus de sa lèvre supérieure.

— Écoutez… fit Orla avec un geste désabusé. Je ne dérange personne, je m'occupe de mes affaires. J'attendais juste que vous partiez, vous et votre mari. Vous voulez bien vous en aller, maintenant ? fit-elle avec espoir. Je vous en serais sincèrement reconnaissante.

— Bien sûr, se moqua Millie, et où croyez-vous que je finirais mes jours, moi ? Dans un asile psychiatrique, si vous voulez tout savoir ! Qu'est-ce que vous éprouveriez si vous me laissiez ici, prête à sauter de la falaise, hein ?

Angoissée, Orla secoua la tête.

— Ça ne sert à rien de discuter. Vous ne comprenez pas…

— Eh bien, je ne demande qu'à être éclairée. D'ailleurs, je n'irai nulle part tant que vous ne m'aurez pas tout raconté.

Millie s'assit par terre en tailleur et tapota l'herbe à côté d'elle, en signe d'encouragement. Au même moment, elles entendirent le bruit d'un moteur qui démarrait et d'une furieuse marche arrière. Un instant plus tard, la MG avait fait demi-tour et disparu dans une envolée de gravier.

— Mon Dieu, gémit Orla, je suis vraiment désolée…

— Comme vous le voyez, cela se confirme : je n'irai nulle part, fit Millie en haussant une épaule.

— Je me sens horriblement responsable.

— Pas du tout. D'ailleurs, ce n'est pas mon mari. Juste mon petit copain. Enfin, corrigea-t-elle, probablement mon ex-petit copain, maintenant.

— Tout ça à cause de moi… Tenez, prenez une cigarette.

Mortifiée, Orla s'agenouilla à son côté, ouvrit le paquet froissé et lui fourra pratiquement une poignée de Marlboro dans le bec.

— Non, merci, je ne fume pas. Et ça ne me dérange pas, qu'il soit devenu un ex.

Millie ne pouvait laisser Orla Hart endosser le fardeau de la culpabilité.

— En fait, ajouta-t-elle en souriant, vous m'avez rendu service. C'est un soulagement, vous savez.

— Comme vous avez de la chance, de pouvoir être aussi désinvolte…

Orla pinça les lèvres et son menton se mit à trembler.

Tout en restant prête à la plaquer au sol, au cas où elle chercherait à s'élancer dans le vide, Millie demanda :

— Alors c'était donc à cause de ça ? D'un bonhomme ?

— Un bonhomme, acquiesça Orla avec lassitude. Oui, c'est ce qui le décrit le mieux… Ô mon Dieu, à quoi dois-je ressembler ? Je suppose que vous n'avez pas de mouchoir ?

Par un miracle extraordinaire, Millie avait un mouchoir en papier propre dans la poche de son jean.

— Votre mari ? insista-t-elle.

Orla extermina le mouchoir d'un seul coup d'un seul. Elle s'essuya les yeux sur l'ourlet de sa robe indigo et fit oui de la tête.

— Mon chou, ne le prenez pas mal, mais… savez-vous qui je suis ?

Une fraction de seconde, Millie envisagea de répondre par la négative. Elle l'aurait fait, si elle n'avait pas été la pire menteuse du monde.

— Au début, je ne vous avais pas reconnue, admit-elle. Mais maintenant, si.

Orla esquissa un petit sourire triste.

— Alors vous vous souvenez sans doute des horreurs qu'a publiées la presse il y a quelques mois, au sujet de la liaison de mon mari.

Prudente, Millie répondit :

— Vaguement.

— Avec une femme de vingt-sept ans, comme par hasard. Dix de moins que moi. Elle s'appelle Martine Drew.

Orla inspira si fort sur sa cigarette qu'elle faillit l'avaler tout entière.

— Mais j'aime mon mari, c'est pourquoi je lui ai pardonné. J'ai tout fait pour sauver notre couple, j'ai même quitté Londres et acheté une maison ici, en Cornouailles. Et Giles était tellement heureux de déménager. Il disait que ce n'avait été qu'une stupide incartade, que cette fille ne signifiait rien pour lui. Il... m'avait j... juré que c'était t... terminé.

— Et en fait non ?

— Et en fait non, répéta Orla en frottant ses joues pâles striées de larmes. Je bavardais ce matin avec une vieille amie de Londres. Elle m'a raconté qu'elle avait entendu dire que Martine habitait en Cornouailles, à présent.

Elle mordillait l'articulation de son index droit, comme une petite fille.

— Ça crève les yeux, non ? Giles n'a jamais cessé de la voir, en réalité. Il l'a fait venir ici, il l'a installée dans une jolie petite maison.

Orla cracha ces derniers mots avec venin.

— Et naturellement, vous pouvez être certaine qu'il paie son loyer avec mon argent.

Millie était tellement outrée que, pour une fois dans sa vie, elle resta muette.

Orla renifla et lui adressa un nouveau petit sourire teinté d'amertume.

— Eh oui, quelle ironie, n'est-ce pas ? Orla Hart, la reine des best-sellers romantiques... Je passe ma vie à inventer des histoires d'amour fabuleuses qui se terminent toujours bien, et pendant ce temps ma vie privée n'est qu'un fiasco. Mon Dieu ! À quoi bon, je ne peux plus le supporter. Je suis tellement malheureuse... Je veux mourir !

Gloups.

— Oh ! la la ! bredouilla Millie, je vous comprends ! Et... euh, vous avez rédigé un testament ?

Orla la contempla, les yeux ronds.

— Quoi ?

— Un testament. Vous savez, « je lègue par la présente la totalité de mes biens au sanctuaire pour singes de Machin Bidule, ainsi qu'une rente de cinquante mille livres par an à mon cochon d'Inde ».

— Non, bien sûr, je n'en ai pas fait, répliqua Orla en frissonnant. C'est trop morbide.

— Dans ce cas, si vous sautez de cette falaise, votre mari héritera de *tout* votre argent, plus la maison. Il pourra entretenir sa maîtresse dans le luxe jusqu'à la fin de ses jours.

Elle montra du doigt la rutilante Mercedes.

— Vous pouvez aussi bien l'envelopper d'un gros nœud doré, votre belle voiture, parce que la petite chérie de votre mari posera ses jolies menottes sur ce volant en cuir avant que quiconque ait le temps de dire « Reposez en paix ». Elle se rendra probablement à votre enterrement à son bras, poursuivit Millie sans reprendre son souffle, visualisant la scène. Et passé un bref délai respectable, ils convoleront en justes noces !

— Noooon ! cria Orla Hart en agrippant son ventre, au désespoir. Il ne peut pas l'épouser, c'est impossible !

— Vous ne serez plus là pour l'en empêcher, objecta Millie. Ils pourront faire tout ce qu'ils voudront, puisque vous serez morte. Et ne me regardez pas comme ça, ajouta-t-elle, je me contente d'énoncer les faits. À votre place, je ne me tuerais pas, je ne leur ferais pas ce plaisir, à ces deux-là. Je resterais et je transformerais leur vie en enfer.

Au comble du malheur, Orla secoua la tête.

— Vous ne comprenez pas. Je l'aime. J'aime Giles plus que tout. Je ne peux pas supporter d'idée de le perdre !

— Vous le perdrez, pourtant, en vous suicidant.

— Mon Dieu, comme vous êtes cruelle…

Orla poussa un lourd soupir et ferma les yeux.

— Écoutez, rien n'est encore joué : vous pouvez très bien vous battre pour sauver votre mariage, si c'est ce que vous souhaitez. Ou vous pouvez aussi flanquer votre mari dehors et trouver quelqu'un d'autre. Un homme meilleur, plus intéressant, plus gentil avec vous.

— Ben voyons, fit Orla avec un manque d'enthousiasme total. Comme si cela risquait d'arriver.

— Tout est possible.

— Vous savez quel est le problème, chez vous ? Vous lisez trop de mauvais romans à l'eau de rose.

— Allons, ils ne sont pas si mauvais, vos romans, protesta Millie.

— Merci.

Par miracle, un léger sourire joua sur les lèvres d'Orla.

— Mais je ne parlais pas des miens.

Confuse, Millie leva les mains en signe d'excuse. Elle avait toujours été la reine des gaffeuses.

— Pardon, je suis désolée. Mais n'en profitez pas pour changer de sujet. Je veux que vous me promettiez de ne pas mettre fin à vos jours. Vous n'aboutiriez qu'à une chose : vous punir vous-même.

En fait, cela aboutirait également au ravissement des mouettes, qui se jetteraient en piaillant sur le cadavre, fondraient sur les lambeaux de chair sanguinolente...

Millie se demanda si elle devait en parler. Ces images pourraient-elles la dissuader ?

Par chance, elle n'eut pas l'occasion de le découvrir.

— C'est bon, vous avez gagné, dit Orla Hart.

Elle se sécha les yeux sur le bord de sa jupe bleu foncé, secoua ses cheveux en arrière et se leva.

— Vous avez raison. Mon couple mérite que je me batte pour le sauver. Je ne laisserai pas cette sale petite profiteuse gâcher ma vie.

Ouf ! Voilà une bonne nouvelle. Millie sentit les muscles de son ventre se détendre.

— Vous pouvez y arriver, j'en suis convaincue, assura-t-elle.

Lorsqu'elles regagnèrent la Mercedes, dont les clefs étaient toujours sur le contact, Orla ramassa la série d'enveloppes et les jeta dans la boîte à gants.

— Où habitez-vous ?

— À Newquay.

— C'est à huit kilomètres. Comment votre soi-disant petit ami espérait-il que vous alliez rentrer ?

— C'est pour cela que je devais absolument vous faire changer d'avis. Il fallait que vous me rameniez chez moi...

Devant l'air ébahi d'Orla, elle ne put s'empêcher d'éclater de rire.

2

Et voilà une théorie qui passait à la trappe, conclut Millie en s'allongeant dans le bain, faisant jouer ses orteils avec la chaînette de la bonde. Au panier, les mérites des mariages arrangés, vantés dans l'émission qu'elle avait regardée trois mois plus tôt.

À l'époque, cela lui avait paru une idée de génie. Millie avait écouté, stupéfiée, le raisonnement d'une jeune et jolie musulmane expliquant gaiement pourquoi les mariages arrangés représentaient la seule solution possible. Il suffisait de voir le nombre de divorces dans les pays occidentaux, où l'on se mariait pourtant par amour. Une véritable catastrophe. Tout le monde devrait faire un mariage de raison, oublier ces fariboles d'alchimie sexuelle et, progressivement, laisser naître l'amour.

Les dix ou douze dernières relations amoureuses de Millie s'étant toutes soldées par un désastre, elle s'était surprise à opiner vigoureusement de la tête devant l'écran de télévision. Aussi, lorsque huit jours plus tard Hester lui avait proposé un rendez-vous avec l'ami d'un ami, parce que « je suis sûre que ça va marcher entre vous deux », avait-elle accepté aussitôt.

En rencontrant Neil, Millie avait réalisé – également aussitôt – qu'il ne lui plaisait pas particulièrement. Mais cela n'avait pas d'importance. Au contraire, c'était mieux. Pas d'émotion dès le début : voilà le principe de base. Cette fois, l'amour s'épanouirait lentement, très lentement, telle une fleur. Toutes les choses chez Neil qui l'agaçaient prodigieusement cesseraient, en temps et en heure, d'être exaspérantes, pour devenir de charmantes petites excentricités.

Excepté le fait qu'il buvait son café comme un aspirateur industriel – détail, Millie devait le reconnaître, qui ne risquait guère de se transformer en une « charmante excentricité ».

Malheureusement, l'expérience avait échoué. Trois mois plus tard, la fleur escomptée n'était même pas encore en bouton. Elle soupçonnait qu'on lui avait distribué une mauvaise graine.

— Du thé et des toasts, chantonna Hester en ouvrant grande la porte de la salle de bains, avant d'ajouter triomphalement : Et je veux tout savoir !

— Tout savoir sur quoi ? demanda Millie en écartant de son visage ses cheveux blonds mouillés.

Son amie avait des antennes ! Comment Hester pouvait-elle savoir qu'elle avait passé l'après-midi à convaincre la célèbre Orla Hart de ne pas se précipiter du sommet de Tresanter Point ?

— Ne les laisse pas tomber dans l'eau, cette fois, conseilla Hester en lui tendant une assiette de tartines de Marmite.

Elle abaissa le couvercle des toilettes et s'y percha en tailleur.

— Tu n'as pas entendu sonner, tout à l'heure ?

— Non.

— C'était Neil. Il te rapportait ton sac à main.

— Oh…

— Il me l'a pratiquement jeté à la figure quand je lui ai ouvert, se plaignit Hester. Et il n'avait pas l'air franchement joyeux, tu vois.

— Non. C'est normal.

— Tu sais ce qu'il m'a balancé ensuite ? continua Hester en se penchant en avant, indignée.

— Non. J'étais dans le bain, tu te souviens ?

— Il a dit que tu n'étais qu'une petite bêcheuse gâtée, une sale égoïste qui se prend pour une princesse. Mais moi, je sais parfaitement que tu n'es rien de tout ça, d'accord ?

— D'accord, approuva Millie consciencieusement. Eh ben dis donc…

— Tu imagines le choc, pour moi.

Hester la considéra d'un air sévère.

— Alors j'ai dit : « C'est de Millie Brady que tu parles ? Tu es sûr que tu parles de Millie ? »

— Et il en était sûr, devina l'intéressée.

— Sûr et certain, même. C'est terminé. Il ne veut plus jamais te revoir. Tu n'es qu'une salope, une ingrate, il regrette de t'avoir connue et tu as vraiment du culot de le prendre de haut… Oh, et ce truc sur ta jambe, c'est moche comme tout !

En fait, c'est franchement répugnant, et tu ne sais pas qu'il faut vraiment être archinul pour se faire faire un tatouage ?

— Eh bien maintenant, je le sais.

Millie réussit à sourire bravement. Elle le méritait, peut-être. Détaler comme un lapin à un moment aussi crucial, sans même un « merci, mais non merci ». Rien d'étonnant à ce qu'il soit vexé comme un pou.

N'empêche, le commentaire sur son tatouage l'avait blessée. Instinctivement, elle s'enfonça davantage pour cacher sous une montagne de bulles la décoration de sa cuisse droite. On ne l'y reprendrait pas deux fois à se faire tatouer dans un moment de folie.

— Donc, je dis ça comme ça, termina Hester, mais aurais-je raison de deviner que tu n'es pas exactement en odeur de sainteté auprès de Neil ?

Millie fit la grimace.

— Je serais plutôt en odeur de malédiction.

— Mais pourquoi ?

— Il m'a demandé de m'installer avec lui.

— Et tu as refusé ?

— En guise de réponse, je me suis carapatée hors de la voiture.

Hester prit un triangle tartiné.

— Alors c'est fini ?

— Fi-ni.

— Bah, bon débarras, après tout. Je savais bien que cette formule de la musulmane, ça ne pouvait pas marcher.

Millie haussa les épaules.

— Ça valait quand même le coup d'essayer.

— Tu as de la peine ?

— Tu rigoles ? Si j'avais voulu vivre avec lui, j'aurais dit oui !

— N'empêche...

Hester sirota une gorgée de thé et afficha une mine compatissante.

— Tu te retrouves quand même toute seule, non ? Ce qu'il te faut, c'est une distraction.

— Quel genre de distraction ?

— Du genre joyeux. Si on faisait une fête ? Une pendaison de crémaillère ?

Millie roula des yeux.

— Hester, ça fait deux ans et demi qu'on habite ici.

— C'est vrai ? Mon Dieu, comme le temps passe… Bon, alors on va sortir, se faire une belle nouba de vendredi soir.

Hester bondit sur ses pieds et renversa du thé sur le tapis de bain.

— On va sortir, écumer la ville, fêter ta rupture avec ce décervelé de Neil, draguer des centaines de sublimes surfeurs et s'éclater comme des folles… Ce sera une soirée mémorable !

Tel avait été le plan initial, du moins. Mais c'était toujours ainsi avec ce genre de sorties, songea Millie plusieurs heures plus tard, en retirant ses chaussures trop serrées et les fourrant dans son sac. On ne savait jamais comment la soirée allait se terminer. Parfois, on s'arrêtait au bar à vin du coin de la rue en portant encore ses vêtements de bureau et les cheveux complètement raplapla, et pourtant, miraculeusement, on passait une soirée formidable.

Et, à l'extrême inverse, on pouvait mettre quatre heures à se pomponner, être d'humeur festive et optimiste… et que se passait-il ?

Rien.

Ce qui fut précisément le cas ce soir-là, bien entendu. Oh, elles s'étaient bien amusées, elles avaient fait la tournée de tous les endroits les plus branchés de Newquay et avaient rencontré plein de gens qu'elles connaissaient. Mais au final, déception.

La même que lorsqu'on déballe fébrilement un magnifique paquet de Noël au pied du sapin et que l'on découvre… des chaussettes.

Moralité de la soirée : on pouvait incontestablement rencontrer un beau surfeur, mais on ne pouvait le forcer à utiliser son cerveau.

— Ouille, mes orteils !

Hester sautillait sur le trottoir, se retenant au passage sur une boîte aux lettres pour masser son pied endolori. Elle savait – pour en avoir fait l'amère expérience – que si elle retirait elle aussi ses chaussures, elle les jetterait dans la haie la plus proche.

— Mais quand même, ce brun qui avait les cheveux bouclés, au Barclay Bar, il était pas mal. Il t'a plu ?

Le brun bouclé du Barclay Bar avait ponctué toutes ses phrases d'un « Tu vois ce que je veux dire, hein ».

— Non. Il était immonde.

— Moi je l'ai trouvé mimi.

Hester s'appuya contre un réverbère et retira ses chaussures à talons de douze centimètres.

— Oooh, quel bonheur… On se sent tellement mieux.

— Hester, non ! Ne les retire pas.

— Je ne peux pas faire autrement.

— Ne les jette pas, supplia Millie tout en se demandant pourquoi elle se donnait ce mal.

C'était toujours la même chose : pour une raison mystérieuse, Hester préférait abandonner les chaussures incriminées plutôt que les porter jusqu'à la maison. Parfois, le lendemain, elle revenait sur ses pas pour les chercher. Si les chaussures étaient toujours là, elle se jetait dessus avec ravissement et les traitait comme des enfants prodigues. Si elles avaient définitivement disparu, elle allait au poste de police, où elle était connue comme le loup blanc, pour voir si quelqu'un les avait rapportées. Cela n'arrivait jamais, mais Hester ne détestait pas flirter avec les policiers de service. Qui du reste semblaient toujours l'apprécier, de leur côté.

À la suite de quoi, naturellement, elle avait le prétexte idéal pour s'en acheter une nouvelle paire.

— Tu les adores, ce sont tes chaussures préférées, insista Millie.

Trop tard. Hester était déjà en plein élan. La première chaussure noir et rouge vola dans les airs, éclairée par la lumière du lampadaire. Tandis qu'elle retombait en décrivant un saut périlleux, Hester jeta la deuxième, mais elle lâcha le talon trop tôt. Il fondit tel un missile téléguidé sur le buisson voisin et…

Miaou !

— Mon Dieu ! s'écria Millie, effarée. Tu as frappé un chat !

Également horrifiée, Hester poussa un cri.

— Je n'ai pas fait exprès ! Mon Dieu, pourvu que je ne l'aie pas tué…

Incapable de regarder, elle se couvrit les yeux tandis que Millie rampait sous le buisson.

— Il est mort ?… Il est mort ? gémit Hester derrière elle. Je ne peux pas le croire, j'ai assassiné un chat ! Oh non, c'est horrible…

Un instant plus tard, dans un froissement de feuillage, un chat noir et blanc vint auprès de Millie. Après d'infinies précautions, il daigna frotter sa tête sur ses doigts tendus et se mit à ronronner.

— C'est bon, le chat n'a rien, annonça-t-elle.

Pas de sang, pas d'os brisé, pas de commotion apparente.

— Ouf ! Dieu merci.

Hester poussa un immense soupir de soulagement.

Résolument indemne, le chat était très occupé, maintenant, à lécher la main de Millie. Réalisant qu'elle était agenouillée sur un tapis de feuilles humides et décomposées, elle se dégagea à reculons de sous les buissons. Son poignet gauche effleura quelque chose de lisse.

— Une culotte blanche, se lamenta Hester derrière elle, visiblement remise de ses émotions. Tu es sortie ce soir avec une petite culotte en coton blanc. Franchement ! Et après, tu t'étonnes de ne rencontrer personne d'intéressant.

Millie se redressa, tira sur sa jupe et ôta les feuilles humides de ses cheveux.

— Je n'avais pas vraiment l'intention de montrer ma culotte à qui que ce soit.

— La question n'est pas là. C'est une affaire de mental, d'état d'esprit. Si tu portes des sous-vêtements sexy, tu te *sens* automatiquement plus séduisante, donc les hommes te trouvent automatiquement plus séduisante, et ils se bousculent au portillon...

— Oublie ma culotte. Regarde ce que je viens de trouver.

Lorsqu'elle tendit le portefeuille, Hester poussa un cri de joie.

— Youpi ! Imagine qu'il soit rempli de billets !

— Hester, non.

Atterrée, Millie lui arracha le portefeuille des mains.

— On ne vole pas l'argent des autres.

— Ah bon ? fit Hester, visiblement déçue. Bon, bon, tu as sans doute raison. Oh ! la la ! toi et tes scrupules...

Elle tira sur la manche de Millie.

— Mais quand même, il pourrait y avoir plein de thune, là-dedans. Imagine que tu l'ouvres et que tu tombes sur cent mille livres. Qui saurait qu'on l'a trouvé ?

Elle engloba d'un geste la rue sombre et déserte.

— On pourrait s'acheter une Ferrari, et il resterait encore largement assez pour des chaussures neuves.

Millie porta le portefeuille à sa joue. Le vieux cuir lisse était froid et humide, et sentait l'humus. Cela devait faire longtemps qu'il attendait là.

— On va le rapporter au commissariat, déclara-t-elle avec fermeté.

— Non ! gémit Hester. C'est au diable, et j'ai les pieds en feu… S'il te plaît.

L'image de Hester rampant à quatre pattes à l'autre bout de la ville traversa l'esprit de Millie.

Elle rangea l'objet dans son sac et annonça :

— On ira demain.

3

Quand elles furent rentrées, il était minuit et Hester continuait à fantasmer gaiement sur la façon dont elle dépenserait le contenu d'un portefeuille, si *elle* avait la chance d'en dénicher un qui renfermait cent mille livres.

Pour assouvir ses divagations, c'était plutôt vingt fois cette somme qu'il lui aurait fallu.

— Et des vacances, bien sûr. Forcément des vacances. En Floride, peut-être, j'ai toujours rêvé de connaître Disneyland. Oooh, et une bague !

Elle tapa des mains avec ravissement.

— Avec un diamant gros comme une balle de ping-pong, tellement lourd que j'arriverais à peine à soulever le bras.

Tout en parlant, Hester sortait du réfrigérateur une bouteille de vin blanc. Elle mima l'impossibilité de soulever la bouteille en portant le diamant le plus énorme du monde.

— Mon Dieu, quel boulot ! Je me demande comment je vais faire pour conduire ma Ferrari. Le poids de ce bijou va constamment tirer ma main vers le bas du volant…

— Holà, gare au choc, Hester ! l'avertit Millie, appuyée contre le four à micro-ondes.

— Hein ?

— Quand tu redescendras sur terre.

Elle avait ouvert le portefeuille et le montra à son amie :

— Quinze livres.

— Quinze livres ?

Le visage de Hester se décomposa.

— C'est tout ? Tu es sûre ?

Millie n'en était pas seulement sûre, mais soulagée. Hester savait déployer une force de persuasion redoutable quand elle faisait une fixation sur quelque chose. Et elles étaient toutes les deux dans la dèche.

Elles s'installèrent dans le salon pour examiner le contenu du portefeuille.

— Ah ! Et il s'appelle Hugh ! C'est exactement ce qu'il te fallait ! s'exclama Hester en agitant un doigt vers Millie.

Puis elle lut l'identité complète sur le permis de conduire et fit une petite grimace.

— Quinze livres, Hugh Emerson... J'espère que tu n'es pas un sale radin.

— C'est peut-être un sale radin, mais altruiste, corrigea Millie. Regarde, il a une carte de donneur d'organes. Il faut être sympa, pour penser à ça. Je trouve que cela compense le fait qu'il n'ait pas d'argent.

— Parle pour toi. En ce qui me concerne, rien ne compense le fait qu'on n'ait pas d'argent.

— Carte de station-service, carte American Express, Barclaycard, chantonna Millie en les laissant tomber sur la table comme si elle distribuait un jeu de poker. Ne t'excite pas, il a dû les faire bloquer depuis belle lurette.

— Carte de fidélité de location de vidéos, ajouta Hester en fouillant le paquet. Carte de transports ferroviaires, reçu de Computerworld... Mon Dieu, Hugh, quel bonnet de nuit ! Il faut s'amuser un peu dans la vie, mon vieux. Quel âge as-tu ?

Elle vérifia le permis de conduire.

— Vingt-huit ans, pour l'amour du Ciel. Tu devrais avoir des préservatifs dans ton portefeuille, pas des cartes de chemin de fer ! Quel genre de garçon de vingt-huit ans n'a pas un préservatif rangé dans un coin de son portefeuille ?

— Euh... le genre marié ?

Millie venait de trouver une photo entre deux tickets d'essence. Elle la montra à Hester.

— Gloups, déglutit cette dernière.

— Alors, quel est ton verdict définitif sur l'inconnu au portefeuille ? Tu ne le trouves plus si insipide, hein ?

Elles se penchèrent sur le couple de la photographie. La fille, âgée d'une vingtaine d'années, taille mannequin, était absolument ravissante. Ses cheveux noirs volaient autour de son visage et elle regardait l'objectif en riant, les yeux pétillants. Elle portait trois choses : un bikini, une fleur d'hibiscus rouge derrière l'oreille, et un anneau à l'annulaire gauche. Sa main droite était occupée à faire des oreilles d'âne à son compagnon. Hugh – ce ne pouvait être que lui – arborait un drap de bain vert émeraude autour des hanches ; des lunettes de soleil lui cachaient les yeux, et ses cheveux blonds aux mèches décolorées par le soleil étaient balayés par le vent. Ignorant les oreilles d'âne derrière sa tête, il affichait un grand sourire et brandissait une boisson tropicale devant l'objectif. Son autre main entourait la taille de la fille.

— Beurk, grogna Hester. Le parfait cliché du bonheur. C'est à vomir, non ?

— N'empêche, tu ne peux pas le traiter de bonnet de nuit. Reconnais qu'il est canon.

Fascinée par la photo, Millie s'enfonça dans le canapé. Malgré ses lunettes noires, on voyait bien que Hugh était beau comme un dieu.

— C'est un frimeur, ricana Hester. À tous les coups. Ils sont tous les mêmes : dès qu'ils ont une belle gueule, ils se croient irrésistibles. Je te parie qu'il trompe sa nana.

— Quel cynisme, lui reprocha Millie. Qu'est-ce que tu en sais ? Ils forment peut-être le couple le plus heureux du monde. En tout cas, ils font bien semblant, sur la photo !

— Je connais ce genre de bonshommes. Ils sont incapables d'être fidèles. Ils ne savent même pas ce que ça veut dire.

Hester secoua la tête avec mépris.

— Ils trompent leur femme pour le seul plaisir de le faire, simplement parce que ça leur est facile.

— Dans ce cas, pourquoi n'a-t-il pas de préservatifs dans son portefeuille ?

— Il venait sûrement d'utiliser le dernier.

Millie regarda l'adresse sur le permis de conduire.

— Il habite à Londres. Il a dû perdre ses papiers ici pendant qu'il était en vacances.

— Bien fait. Ça lui apprendra à être volage.

Millie se pencha de nouveau sur la photo. À contrecœur, elle décida que Hester avait probablement raison. Elle avait instinctivement pris la défense de Hugh parce qu'elle mourait d'envie de l'imaginer amoureux, attaché à sa femme et fidèle.

Mais autant croire au monstre du loch Ness. Ce genre de couple n'existait pas.

Finalement, songea Millie en avalant sa dernière gorgée de vin, elle connaissait un certain nombre de choses sur ce Hugh Emerson. Charmant, baratineur, homme à femmes...

Mais généreux, se rappela-t-elle. Autrement, il ne serait pas disposé à donner ses organes en cas de décès prématuré.

— Il ne faut jamais faire confiance à un homme qui a de plus belles jambes que vous. Voilà ce que je dis, moi, décréta Hester.

À l'entendre, personne n'aurait imaginé qu'elle avait un petit ami adorable. Nat était un amour. Son seul inconvénient : les éprouvants horaires de travail qu'il subissait en tant que chef dans un restaurant.

D'autant plus que le restaurant en question se trouvait à sept ou huit cents kilomètres de là, à Glasgow.

Millie retourna distraitement l'une des cartes de visite de Hugh. Son numéro de téléphone portable y figurait. Or leur propre téléphone, à Hester et elle, était justement posé là, sur la table basse.

— Qu'est-ce que tu fais ? s'étonna Hester.

— Je trouve poli de le prévenir que nous avons retrouvé son portefeuille.

— Alors pourquoi te donnes-tu tant de mal pour ne pas ricaner ?

Millie riposta par un regard innocent.

— On a bien le droit de s'amuser un petit peu avant, non ?

Il était minuit et demi, mais il décrocha à la deuxième sonnerie. De toute façon, s'était dit Millie, les beaux don juan de vingt-huit ans ne sont pas déjà couchés à minuit un vendredi soir.

— Allô ? Allô ? fit-elle lorsqu'elle entendit une voix masculine à l'autre bout du fil. Hugh, c'est toi ?

— Oui. Qui est à l'appareil ?

Il avait une voix chaude, indéniablement sexy, qui trahissait une pointe d'amusement. C'était cela, le problème, avec les baratineurs sans foi ni loi : ils avaient toujours des voix envoûtantes pour vous faire succomber.

— Oh, Hugh, je suis contente de te joindre enfin ! C'est Millie, tu te souviens de moi ? On s'est rencontrés dans cette fête, à Fulham.

— Millie ? Désolé, je ne vois pas. De quelle fête parlez-vous ?

Ah, bien sûr, il y en avait tellement, des fêtes. Trois ou quatre par soirée, sans doute.

— C'était juste avant Noël, il y a cinq mois. Tu t'en souviens forcément, insista Millie. J'avais une robe rouge avec des paillettes sur le côté. On a parlé un peu, et ensuite on est montés et on a…

— Je regrette, l'interrompit Hugh avec un sourire dans la voix. Vous me confondez avec quelqu'un d'autre.

— Hugh, s'il te plaît, ne dis pas ça !

— Je vous assure. Je ne sais pas où vous avez eu ce numéro, mais ce n'est certainement pas moi.

— Tu t'appelles Hugh Emerson, tu habites Richmond Crescent, tu as vingt-huit ans, récita Millie, légèrement hystérique. Tu es blond et tu as de belles jambes.

— Mais…

— Et une tache de naissance sur le ventre, à gauche du nombril, conclut-elle triomphalement tandis que Hester la lui faisait remarquer, sur la photographie.

Visiblement stupéfait, Hugh Emerson répondit :

— Écoutez, il y a clairement quelque chose qui ne va pas, là…

— N'essaie pas de nier, protesta Millie. J'étais à cette fête avec ma copine Hester, et toi, tu étais avec ta femme ou ta petite amie, je ne sais pas. Une jolie fille, brune, les cheveux longs, je ne me souviens pas de son nom…

— Une seconde…

— Non, Hugh, écoute-moi d'abord. Tu m'as emmenée dans une chambre, je me suis laissé convaincre, et maintenant je suis enceinte, Hugh. Enceinte de toi.

Cette information fut accueillie par un silence dûment ébahi. Enfin, Hugh reprit la parole :

— Écoutez, je suis vraiment désolé, mais vous faites erreur.

— Ah, j'aurais dû m'en douter ! Tu n'es qu'un beau salaud, gémit Millie. Non seulement tu trompes ta femme, mais en plus tu veux te débarrasser de moi. Dis-moi, est-ce qu'elle sait ce que tu manigances, dès qu'elle a le dos tourné ?

Le silence fut pesant. Puis :

— C'est de Louisa dont vous parlez ?

— Voilà, fit Millie en souriant à Hester. C'est ça, Louisa.

La voix de Hugh Emerson changea aussitôt, radicalement. On aurait dit que quelqu'un venait d'ouvrir la porte du congélateur.

— D'accord. Je ne sais pas qui vous êtes, ni pourquoi vous faites ça, mais si vous voulez tout savoir…

— Je n'entends pas, chuchota frénétiquement Hester tandis que la voix de leur interlocuteur baissait d'un ton.

Elle tira sur le coude de Millie et souffla :

— Je n'entends plus rien. Qu'est-ce qui se passe ?

Cling. Millie raccrocha brutalement. Livide et horrifiée, elle contemplait son amie sans rien dire.

— Quoi ?... Quoi ?

Incapable de parler, Millie aurait voulu rentrer sous terre. Elle avait la chair de poule.

— Arrête de me regarder comme ça, se plaignit Hester. Qu'est-ce qu'il t'a dit ?

Millie ravala un haut-le-cœur et baissa la tête.

— Louisa et lui ne sont plus ensemble depuis huit mois.

— Tiens, tu vois ? Qu'est-ce que je t'avais dit ? Ils se sont séparés parce qu'il la trompait.

— Pas tout à fait. Ils se sont séparés parce qu'elle est morte.

Hester serra Millie dans ses bras pour la consoler, avant de monter se coucher.

— Allez, déride-toi, tu ne pouvais pas le deviner.

Millie secoua la tête.

— Je suis tellement crétine...

— C'était juste une blague.

— Mon Dieu, si tu savais comme j'ai honte...

— En tout cas, heureusement que tu as pensé à protéger notre numéro, fit Hester d'un ton léger. Au moins, il ne pourra pas nous pister jusqu'ici et nous menacer avec un fusil.

Elle monta se coucher, mais Millie resta en bas, sachant parfaitement qu'elle ne pourrait fermer l'œil. Elle n'arrêtait pas de repenser à ce coup de téléphone. L'échange se rejouait dans sa tête en une boucle infinie. Le changement de ton de Hugh Emerson – et comment le lui reprocher ? – lui glaçait l'échine.

Elle griffonna un bref message sur une feuille blanche.

Cher Hugh,

Mille et mille excuses pour ce coup de téléphone. En trouvant votre portefeuille, cela nous a donné envie de faire une blague qui a affreusement mal tourné.

Je suis vraiment, vraiment désolée et honteuse.

Bien à vous.

P.-S. : Pardon, pardon, pardon...

Avant qu'elle ne commence à se torturer pour savoir si son message était suffisamment contrit, Millie l'enveloppa avec le portefeuille et tout son contenu, écrivit l'adresse de Hugh et colla l'intégralité de sa réserve de timbres sur le paquet.

À deux heures du matin, désespérée, impatiente de débarrasser la maison de toutes pièces à conviction, elle courut pieds nus au bout de la rue et enfonça le paquet dans la boîte aux lettres.

4

Une semaine plus tard, Hester rentra du travail dans tous ses états.

— Tu ne vas jamais me croire.

— Le P.-D.G. de Virgin a vu ton stand et t'a engagée aussitôt ? hasarda Millie.

Hester, qui vendait des boucles d'oreilles bon marché, rigolotes et parfois franchement excentriques, ne serait jamais désignée Femme d'affaires de l'année.

— Il veut que tu prennes la direction de son nouvel empire de la bijouterie, Virgin Mégabreloques ?

— Ah, ah, très drôle ! Essaie autre chose.

Cette fois, pour la mettre sur la voie, Hester joignit les mains et les porta à sa poitrine.

— Tu vas ranger toute la maison, faire les carreaux, shampouiner la moquette et laver la vaisselle ?

La suggestion était encore plus saugrenue : Millie n'y comptait guère.

— Mais non, tu n'y comprends rien ! s'écria Hester. Regarde mieux, je tombe en pâmoison, là. Je me pââââme, d'accord ? Regarde-moi bien.

Elle roula des yeux, reine du mélodrame, Rudolph Valentino en personne.

— Là, je m'évanouis.

— D'accord. Tu as rencontré Jim Davidson dans la rue et il t'a dit : « Salut Hester, ma pupuce. Rends-moi un petit service, tu veux ? Je suis couvert de chocolat et j'adorerais que tu me lèches. »

Hester, inexplicablement, était raide amoureuse du comique Jim Davidson, pourtant un véritable remède contre l'amour.

— Non, répondit celle-ci avec un petit soupir de regret.

— Je donne ma langue au chat.

— Il est revenu.

— Qui ? Arnold Schwarzenegger ?

Et soudain, Millie devina. Ce fut la légère mais révélatrice emphase sur le mot « il » qui avait trahi Hester. Celle-ci sautillait quasiment sur place.

— Mon Dieu… C'est Lucas, hein ? Lucas Kemp ?

En matière de sérieux béguins, Lucas éclipsait largement Jim Davidson. Pendant l'adolescence de Hester, marquée par un intense bouleversement hormonal, Lucas Kemp avait été son grand amour. Dans l'ensemble, il l'avait surtout traitée avec une indifférence amusée. Mais de temps en temps, quand l'humeur l'en prenait durant les rares périodes où il n'avait pas de petite amie, il s'intéressait un peu plus à elle, la faisait danser pendant les soirées, puis il la raccompagnait et la pelotait dans un coin, ce genre de choses.

Ce qui, naturellement, n'avait fait qu'accroître l'engouement de Hester. Le fait précisément que Lucas puisse la traiter avec une telle désinvolture prouvait qu'il était mieux qu'elle, et qu'elle ne méritait pas quelqu'un de si fabuleux.

Lucas Kemp était fantaisiste et charismatique, avec ses yeux verts rieurs et son coin de lèvre retroussé. À l'époque, ses cheveux bruns et ondulés étaient longs, et son jean moulant. L'aura de danger qu'il dégageait avait été, du moins pour Hester, irrésistible.

Mais tout cela remontait à loin, se rassura Millie. Depuis six ans, Lucas avait quitté la Cornouailles pour les lumières plus scintillantes de Londres. Il avait peut-être pris du ventre, perdu des cheveux. Peut-être travaillait-il dans une banque et passait-il son temps libre à jouer aux boules.

Pourtant, elle n'y croyait guère.

— Tu as le droit de t'exprimer, tu sais, fit Hester en fronçant un sourcil. De manifester une petite réaction, le service minimum, quoi.

Millie lui adressa un regard appuyé.

— Que fais-tu de Nat ?

— Oh, s'exclama Hester en plissant le nez, j'étais sûre que tu réagirais comme ça ! Il fallait vraiment que tu le ramènes sur le tapis, hein ?

Millie sentit que son amie devait entendre la voix de la raison. Hester avait visiblement perdu le contrôle des rênes.

— Viens là, assieds-toi, dit-elle en tapotant le canapé à son côté.

Hester, qui continuait à danser d'un pied sur l'autre comme un enfant ayant désespérément besoin d'aller aux toilettes, lui donnait le tournis.

— Nat est un amour, poursuivit Millie, et tu le sais bien. Tu attendais depuis des années de rencontrer quelqu'un comme lui. Ne gâche pas tout maintenant.

Hester la contempla, les yeux fixes.

— Mais qui parle de tout gâcher ?

— Hester, regarde dans quel état tu es.

Elles étaient de trop vieilles copines, voilà le problème. Millie la connaissait par cœur. Hester s'assit lourdement et poussa un soupir.

— Je sais, je sais, c'est ridicule, mais je ne peux pas lutter.

— Nat est en or, lui rappela Millie. Il te fait du bien.

— Ah, tu veux dire comme une salade verte avec du blanc de poulet et un verre d'eau minérale ? Mais on ne peut pas vivre que de ça. Parfois, on a envie de s'empiffrer, de dévorer goulûment quelque chose de défendu et de sublime, comme un saladier de crème brûlée.

L'image était bien choisie, étant donné la profession de Nat, mais néanmoins injuste. Il fallait toutefois reconnaître que l'ambition de Nat n'arrangeait rien : en sautant sur l'occasion de devenir l'assistant du prestigieux chef cuisinier de l'Amazon, à Glasgow, il n'avait pas exactement semé de pétales de roses le chemin de l'amour.

En théorie, Hester avait compris pourquoi il fallait qu'il accepte, elle avait admis que c'était nécessaire pour le CV de Nat, outre l'occasion fabuleuse d'acquérir de l'expérience en travaillant dans l'un des meilleurs restaurants de l'Écosse, avec ses deux étoiles au Michelin et son chef horriblement arrogant.

Non, elle n'y voyait pas d'objection, pas du tout. En théorie.

Mais les principes de Hester avaient commencé à perdre du galon, ces deux derniers mois. Nat lui manquait atrocement. Ses horaires étaient impossibles et il travaillait six jours par semaine. Et comme Dieu, le septième jour, Nat s'écroulait et passait la journée au lit. La dernière fois que Hester était montée le voir, cela lui avait coûté cher pour quelques heures tristement frustrantes.

Elle avait découvert que l'on pouvait être folle amoureuse de quelqu'un, et avoir envie de lui taper sur la tête avec un réveil quand il ronfle à côté de vous un dimanche à deux heures de l'après-midi.

Alors que Lucas était là, en Cornouailles. Et *réveillé*.

— Tu as raison, je le sais bien, admit Hester. Je ne veux pas perdre Nat.

Elle était sincère. Nat était amusant, facile à vivre, loyal et fabuleux au lit. Quand il ne dormait pas.

Bon sang, pourquoi avait-il fallu que Lucas revienne ?

— Bon, écoute-moi, déclara Millie. Combien d'argent peux-tu te permettre de ne vraiment pas perdre ?

— Deux livres cinquante.

— Sérieusement.

— Vingt livres ?

— Pas assez. Deux cents livres, décréta fermement Millie.

— Tu es folle ? s'écria Hester, horrifiée. Il est hors de question que je perde deux cents livres ! Je ne les ai même pas !

— Parfait, c'est exactement le but de l'opération. Alors je te conseille de ne pas perdre notre pari.

— Quel pari ?

— Un petit pari entre toi et moi.

Millie était ravie de sa subite inspiration. Puisqu'elle n'avait plus de petit ami, cela ne lui poserait pas de problème.

— Pas de sexe en Cornouailles de tout l'été. Celle qui craque la première perd le pari.

— Ce n'est pas juste ! protesta Hester. Et si Nat a un week-end de congé ?

— Tu sais très bien qu'il n'y a aucune chance pour que ça arrive, lui rappela patiemment Millie. Mais si tu retournes à Glasgow, tu as le droit de faire tout ce que tu veux là-bas, bien sûr, ajouta-t-elle généreusement. C'est pour cela que j'ai dit « pas de sexe en Cornouailles ». Et n'essaie pas de franchir la lisière du Devon non plus, hein ?

Hester gloussa.

— Comment va-t-on appeler ça ? Le vœu de chasteté ?

— Appelle ça comme tu voudras. Mais je te préviens, fit Millie en agitant un doigt vers son amie, je te réclamerai mon dû si tu perds.

— Tope là, répondit Hester.

Après tout, décida-t-elle, c'était peut-être la menace dont elle avait besoin, la motivation pour continuer à suivre le droit chemin. De toute façon, s'il se passait quelque chose entre elle et Lucas, comment Millie le saurait-elle ?

Elle tapa dans la main de Millie.

— Pas de sexe en Cornouailles.

— Et ne t'avise pas de me raconter des bobards, conseilla Millie. Parce que, fais-moi confiance, je le saurai quoi qu'il advienne.

Toute cette ébullition, alors que Hester n'avait même pas encore vu Lucas Kemp ! La nouvelle de son retour avait été relayée par l'une des filles dont l'étal au marché était voisin du sien. Elle tenait l'information de sa coiffeuse, car la petite amie d'un copain de son frère travaillait comme responsable des locations dans une agence immobilière. Or Lucas Kemp avait loué une maison spectaculaire quelque part en ville, personne ne savait trop où.

Étant donné qu'il avait quitté Newquay sans un sou en poche six ans plus tôt, de l'avis de Hester, c'était une évolution prometteuse. À l'évidence, il avait réussi. Elle mourait d'envie de tomber sur lui par hasard, et de constater s'il était aussi splendide que dans ses souvenirs…

— Te voilà bien apprêtée pour un lundi matin tranquille au marché.

Millie n'avait pu résister à l'envie de taquiner son amie quand elle avait fait son apparition dans la cuisine. En général, Hester ne se maquillait guère et attrapait plutôt un jean et le premier T-shirt qui tombait du sèche-linge. Ce jour-là, elle avait choisi des bottines en cuir, un pantalon de velours noir et un chemisier à dentelle blanc. Elle semblait aussi s'être appliqué sur le visage une bonne dose de Rimmel.

— J'avais envie de me saper un peu, pour changer.

Sa nonchalance ne trompait personne, et Millie haussa un sourcil par-dessus sa tasse de café.

— Au cas où Lucas arpenterait le marché à la recherche d'une paire de longues boucles d'oreilles en strass ?

— Ce que tu peux être mesquine, se plaignit Hester. J'ai bien le droit de me montrer à mon avantage, non ? Ce n'est pas parce qu'on ne va pas coucher ensemble que je suis obligée de me négliger.

Se négliger ? Avec son maquillage outrancier, Hester était loin, très loin, de la négligence. Elle frisait plutôt l'excès de zèle.

— Du café ?

— Je ne pourrais pas l'avaler. J'ai le trac.

À cet instant, la boîte aux lettres claqua et Hester sursauta.

— Facture d'électricité, annonça Millie en revenant de l'entrée.

— Beurk. N'ouvre pas.

— Et une carte postale de Nat.

Millie trouvait cela adorablement romantique. Quand Nat terminait son service à l'Amazon, vers trois heures du matin, il était trop tard pour appeler Hester. Aussi avait-il pris l'habitude de lui griffonner des petits mots sur des cartes postales, tendres ou amusants.

Celle-ci représentait un chat qui serrait une raquette de tennis d'un air inquiet. Dessous, la légende disait : *Il faut du cran.* Hester se contenta d'y jeter un coup d'œil et de soupirer.

— Que veux-tu que je fasse d'une carte postale ? Je suis censée rester cloîtrée tous les soirs à lire ce truc stupide ?

— Hess, ne sois pas injuste. Ce n'est que pour six mois.

— Six mois, grinça Hester. Ça peut paraître horriblement long, quand on est abandonnée.

Bravement, Millie objecta :

— Lucas Kemp t'a abandonnée pendant six ans.

— Ça n'a rien à voir. Il ne m'a jamais demandé de l'attendre.

— Il ne t'a jamais non plus envoyé de cartes postales, que je sache. Ni de cartes d'anniversaire, ni de cartes de vœux. Il a disparu sans laisser d'adresse.

Il n'a même pas été ton petit copain, faillit ajouter Millie. Mais si elle embrayait sur le sujet, elle allait arriver en retard au travail. Elle leva les mains en signe de trêve.

— Écoute, c'est dément, on est déjà en train de se disputer. C'est d'autant plus absurde que, de toute façon, tu ne coucheras pas avec Lucas Kemp.

Hester lui offrit un regard pur et innocent.

— Bien sûr que non.

— D'ailleurs, si ça se trouve, il est marié, il a un labrador et quatre enfants.

— Nooon !

Le visage de Hester se décomposa. L'éventualité ne lui avait même pas traversé l'esprit. Lucas ne pouvait pas être marié !

Millie haussa les épaules et prit son sac.

— Je disais ça en l'air. De toute façon, qu'est-ce que ça change, pour toi ?

— Absolument rien, répliqua Hester en rassemblant sa dignité.

— Cela dit, si ça se trouve, reprit Millie avec espièglerie, il est…

— Quoi ?… *Quoi ?*

— Il est peut-être homo.

5

Fleetwood, la petite agence de voyages où travaillait Millie depuis un an, appartenait à Tim et Sylvia Fleetwood. Bien qu'elle leur fût indispensable, ils ne se montraient pas pour autant aimables avec elle. Le premier jour, Millie avait appris par la boulangère d'à côté que personne n'avait jamais tenu plus de deux mois en leur compagnie. Tim et Sylvia incarnaient l'archétype du couple siamois. Ils portaient le même manteau, conduisaient la même voiture et commandaient le même menu lorsqu'ils sortaient.

Millie avait fini par en déduire qu'ils ne supportaient tout simplement pas la présence d'une tierce personne dans leur agence. Ce qu'ils souhaitaient vraiment, c'était être seuls dans leur petit monde à eux, pour pouvoir se faire des mamours et roucouler sans être interrompus. Millie, même si elle adorait son travail, se ferait un plaisir d'exaucer leur vœu. Dès qu'une place se libérerait dans une autre agence de Newquay, elle prendrait ses cliques et ses claques et ses jambes à son cou.

Toutefois, en attendant, elle avait un emploi.

— On va dîner léger, fit Sylvia en caressant la nuque de Tim. Une aile de poulet et une salade, ça me paraît parfait, hein ? Et après la vaisselle, on ira à notre cours de gym.

Millie fit la sourde oreille et se concentra férocement sur son écran.

— Une salade ? Si on faisait plutôt des haricots ? répondit Tim en enlaçant amoureusement la taille de sa femme. On aime bien ça, non ?

— Oooh, oui, on adore… Très bonne idée. Et prendrons-nous un dessert ?

— Je crois qu'on devrait faire l'impasse sur le dessert. On pourra toujours prendre un yaourt à la pêche ensuite, si on a encore faim. Millie, voulez-vous sortir les nouveaux dépliants sur les voyages au Caire ? Puis-je préparer un thé, ma douce, ou un café ?

— Comme c'est gentil, mon doux ! Je prendrais volontiers un café, répliqua Millie avec un grand sourire.

C'était sa petite plaisanterie, histoire d'alléger un tantinet l'atmosphère. Sans résultat, naturellement, mais cela ne mangeait pas de pain.

Tim sourit du bout des lèvres.

— Occupez-vous des brochures, Millie, soyez gentille.

— Je veux bien du thé, mon trésor, lui répondit Sylvia.

Elle regardait par la fenêtre en lissant les plis de sa jupe bleu marine sur ses hanches maigres.

— Tiens, tiens, devine qui se gare devant l'agence ? Timmy, viens donc jeter un coup d'œil.

Docilement, Timmy vint jeter un coup d'œil.

— Jolie voiture, mais je ne reconnais pas la conductrice.

Sylvia sembla chagrinée. Elle détestait qu'ils ne partagent pas les mêmes connaissances.

— Mais si, voyons ! J'ai lu tous ses livres ! C'est Orla Hart, la romancière. Tu ne te souviens pas ? Nous avions lu cet article dans le *Guardian* : ils disaient qu'elle venait s'établir en Cornouailles. C'est elle dont le mari est un épouvantable cavaleur. Oups ! Attention, elle vient chez nous !

La porte tinta en s'ouvrant. Revenue à son bureau en un temps record, Sylvia tapota sa coiffure figée par la laque – sans doute pour vérifier si elle était toujours en béton – et plaqua un sourire commercial sur ses lèvres.

— Orla Hart, quel honneur ! C'est merveilleux de vous voir ici ! Bienvenue à l'agence Fleetwood. Je suis Sylvia Fleetwood et voici mon mari, Tim. Nous sommes enchantés de vous rencontrer !

Millie était à genoux par terre, la jupe plissée soleil de son hideux uniforme en gabardine marine en corolle autour d'elle comme… comme une hideuse jupe d'uniforme en gabardine marine. Elle ressentit soudain un élan de compréhension pour Hester qui s'était si bien pomponnée ce matin. Non qu'elle soit tombée amoureuse d'Orla Hart, mais elle aurait aimé la revoir en étant un peu mieux habillée qu'en vieille fille sur le retour digne d'un film des années cinquante.

Derrière elle, Millie entendit encore d'autres chaleureux échanges de politesses. Les lobes de ses oreilles commençaient à chauffer sous l'effet d'un mélange d'embarras et de stupeur. Jamais elle n'aurait cru que Tim et Sylvia se laisseraient ainsi impressionner par la présence d'une personne célèbre.

Il fallait reconnaître qu'ils n'y étaient guère habitués. Pour l'instant, parmi leur clientèle, les célébrités se résumaient à un barbu maniaco-dépressif qui présentait de temps en temps la météo sur la chaîne régionale, et une fille au gloussement chronique qui était passée dans un jeu télévisé de l'acabit de « Tournez manège ». Quand le garçon, de l'autre côté du rideau, lui avait demandé : « Donne-moi une bonne raison de te préférer aux deux autres filles », elle avait répondu :

« Si tu me choisis, numéro trois,
Très vite tu sauras que c'était moi
Qui devais te plaire, te mettre en émoi,
Car je suis blonde, sexy, au joli minois,
Et la poésie, c'est mon truc à moi. »

Le pauvre garçon avait pâli d'horreur et promptement choisi la fille numéro un.

— Je voyage assez régulièrement, entendit Millie. Je dois faire des recherches, vous comprenez, pour mes romans.

— Bien sûr, bien sûr, marmotta Sylvia avec révérence. Nous serons ravis de vous aider à organiser vos voyages. Mon mari et moi-même avons une vaste expérience, que nous mettrons à votre disposition avec grand plaisir.

— Merveilleux, fit Orla, apparemment ravie. Alors peut-être pourrions-nous…

— Excusez-moi, murmura Tim en pivotant sur sa chaise. Millie, relevez-vous, s'il vous plaît. Rendez-vous utile et préparez du café. Du vrai, précisa-t-il.

Il tira un siège vers son bureau et pianota dessus pour encourager Orla à s'installer à son aise.

— Je suis sûr que nous aimerions tous un bon café, dit-il.

Une minute plus tôt, ils optaient pour du thé, mais à l'évidence ce n'était pas suffisamment glamour pour la cote de popularité de leur personnalité. Millie se leva en époussetant sur ses genoux nus des fibres de la moquette marron. C'était une de ces horribles moquettes bon marché, dont elle ressortait ressemblant à une femme des cavernes aux jambes velues et hirsutes.

— Millie, grands dieux, c'est vous ! s'écria Orla, les yeux ronds comme deux soucoupes. Quelle incroyable surprise ! Je pensais ne plus jamais vous revoir…

Millie se trouva plaquée contre Orla et embrassée sur les deux joues avec effusion. Si les regards pouvaient foudroyer, elle se serait immédiatement ratatinée sur la moquette. Des éclairs de rage absolue fusaient, tels des rayons laser, des yeux plissés de Sylvia.

Elle est *à moi,* signifiait son expression outrée. Fichez-lui la paix !

Si Orla se rendit compte de cette véhémence muette, elle passa outre allégrement.

— C'est formidable, déclara-t-elle avec un large sourire. Vous allez pouvoir vous occuper de toute l'organisation de mes voyages. À partir de maintenant, vous serez mon agent personnel. Bien, si nous commencions tout de suite ? J'aimerais partir en Sicile… Oh, j'ai entendu parler de café, non ?

Elle adressa un sourire rayonnant à Sylvia.

— *J'adorerais* un petit café. Sans sucre, merci. Et vous, Millie ? Vous en prenez un aussi ?

Orla quitta l'agence quarante minutes plus tard, en serrant sous son bras une collection de brochures aux photos multicolores. Elle remercia abondamment Millie pour sa compétence, et ajouta par-dessus son épaule à l'intention de Tim et Sylvia :

— Oh, et merci encore pour le café !

— Il faut vraiment que vous soyez le centre d'attention, hein ? grinça Sylvia dès que la porte se fut refermée. Je parie que vous avez adoré ça, lui lécher les bottes simplement parce qu'elle est connue, nous prendre de haut, nous traiter comme des sous-fifres, et comme si c'était vous la patronne !

Des sous-fifres ?

Stupéfaite, Millie recula d'un pas.

— Mais…

— En vertu de quoi osez-vous nous tenir la dragée haute ? Plus la voix de Sylvia s'élevait, plus les tendons de son cou saillaient.

— C'est *notre* agence, vous m'entendez ? Vous ne vous en tirerez pas comme ça…

— Allons, ma chérie, intervint Tim d'un ton apaisant.

Sylvia pivota vers lui, les poings sur les hanches. S'il l'avait voulu, songea Millie, il aurait pu jouer avec ses tendons comme avec les cordes d'une harpe.

— Ah, tu ne vas pas me dire qu'elle t'a embobiné, toi aussi ! Comment s'y est-elle prise ? Elle t'a fait les yeux doux, c'est comme ça qu'elle t'a eu, hein ?

Millie était horrifiée par l'insinuation.

— Oh oui, j'ai bien vu que tu la regardes avec des yeux de merlan frit ! siffla Sylvia comme si Millie n'était pas présente. Ne crois pas que ça m'a échappé.

— Sylvia, arrête, fit Tim en secouant la tête. Elle n'est rien, pour moi.

— Écoutez, intervint Millie, c'est absurde…

— Absurde ? Vous croyez ?

Sylvia lui fondit dessus telle la misère sur le monde.

— D'abord vous me volez ma cliente, maintenant vous essayez de me voler mon mari. Vous ne comprenez donc pas ? rugit-elle, sa bouche pincée à quelques centimètres du visage de Millie. *Je ne peux pas* supporter votre présence !

Bon. Les bornes étaient dépassées.

— Eh bien, c'est ce que j'appellerais une heureuse coïncidence, déclara Millie.

— Ça grouille de touristes, annonça Hester en claquant la porte derrière elle. Et aucune trace de Lucas Kemp.

Dans le salon, elle se jeta sur le canapé et retira de ses pieds les deux instruments de torture que constituaient ses talons aiguilles hauts de douze centimètres.

— Autant essayer de débusquer une espèce exotique rare… Tu sais qu'il est là, d'autres gens te disent qu'ils l'ont vu, mais tu as beau chercher, rien.

— C'est peut-être les chaussures, hasarda Millie. On est moins efficace en talons hauts, dans la jungle.

Sans relever, Hester consulta sa montre.

— Dis donc, tu es déjà rentrée ? Tu n'es pas malade au moins ?

— Pas du tout, répondit Millie avec un grand sourire. Je suis même en pleine forme. Je viens de démissionner. Enfin, pour dire les choses poliment…

Elle étira les bras avec volupté.

— Je ne remettrai plus jamais les pieds à l'agence.

— C'est vrai ? Ça alors ! Tu as bien fait, bravo. Qu'est-ce qui s'est passé ?

— Je ne pouvais plus supporter ces gens.

— Ça ne m'étonne pas.

Hester était franchement admirative. Même si elle en mourait d'envie, elle savait qu'elle n'aurait jamais le cran de plaquer son « boulot ras-le-bol » avec un panache aussi spectaculaire.

D'autant qu'elle était son propre patron.

— En plus, ajouta Millie, d'après Sylvia, j'ai des visées sur son superbe mari.

Hester éclata de rire.

— Pouah ! C'est inouï, quand même, fit-elle en plissant le nez pour témoigner sa compassion. Le culot de cette femme, d'imaginer que tu puisses être attirée par son mari. En plus c'est un vieillard, ce type !

— Il doit avoir pas loin de cinquante ans. Presque l'âge de mes parents. La semaine dernière, il a perdu un bouton de sa chemise, et j'ai vu ces horribles poils sur sa poitrine.

— Immonde ! Et il en pince pour toi, vilaine petite garce briseuse de ménages ! s'écria Hester d'un ton triomphant.

— Mais non, même pas ! C'est juste Sylvia qui nous a fait sa grande scène. En tout cas, je ne suis pas fâchée de les avoir quittés.

Millie frissonna.

— Tu sais, jusqu'à ce que je démissionne, je n'avais pas vraiment réalisé à quel point je détestais cette promiscuité avec eux.

— Il va falloir que tu retrouves du boulot.

— Pas de problème.

Millie continuait à sourire, mais ce « léger » détail constituait indéniablement le mauvais côté de la situation. L'été, Newquay offrait des tas d'opportunités de travailler, mais le plus souvent dans des conditions déplorables. Sans parler des pitoyables salaires.

Enfin, elle trouverait bien quelque chose.

Elle se fit couler un bain, tandis que Hester essayait d'appeler Nat à Glasgow. Quelques secondes plus tard, celle-ci faisait irruption dans la salle de bains.

— Hmm. D'après son colocataire, Nat est sous la douche.

— C'est cette nouvelle lubie à la mode, ça s'appelle l'hygiène corporelle. Les gens les plus fréquentables font tous ça, de nos jours.

— D'accord, d'accord, mais si ce n'était pas vrai ? grogna Hester. Imagine que je sois là en train de me morfondre et de rester fidèle à Nat, pendant qu'il se tape toutes les serveuses de Glasgow ? Qui me dit qu'il n'est pas en train de se ficher de ma tête ?

Exaspérée, Millie versa un demi-flacon de bain moussant à la banane sous les robinets ouverts.

— Tu sais parfaitement que Nat ne ferait jamais une chose pareille. Il n'est tout simplement pas ce genre d'homme, fais-moi confiance.

— Confiance ? À toi, la traînée qui fait les yeux doux à son patron, un homme marié ?

— Arrête de te mettre la rate au court-bouillon au sujet de Nat, conseilla Millie en trempant un orteil dans le bain pour vérifier la température. Il va te rappeler dans une minute et tout ira très bien.

— Je déteste que tu me fasses ta voix à la Ménie Grégoire, se plaignit Hester. Toute fondante et apaisante et sirupeuse comme une glace à la fraise. Enfin, c'est ça que je venais te dire : je sors. Alors si Nat prend la peine de rappeler, dis-lui que je suis au gymnase.

— Au gymnase ? répéta Millie, stupéfaite. Ça fait des mois que tu n'y es pas allée !

— Raison de plus pour me remettre un peu en forme.

Hester tapota son estomac plat avec l'air vaguement satisfait de celle qui sait qu'elle n'a aucun besoin de se « remettre un peu en forme ».

— Je ne vais pas me laisser aller sous prétexte que Nat n'est pas là, hein ?

Ou plutôt, « maintenant que Lucas est revenu en ville », aurait pu corriger Millie. Elle se rappela d'ailleurs que Lucas était féru de musculation. Son amie devait espérer tomber sur lui là-bas – le plus fortuitement du monde, naturellement. Leurs regards se croiseraient au-dessus d'une féroce table à abdominaux…

— Bon, j'y vais, lança Hester sans laisser à Millie le temps d'ouvrir la bouche. À plus !

Nat rappela vingt minutes plus tard. Millie lui expliqua pourquoi Hester n'était pas là en séchant ses cheveux dans une serviette.

— Je m'émerveille qu'elle soit allée au gymnase. Je croyais qu'elle avait complètement laissé tomber.

— Mon pauvre, si tu la voyais. En trois semaines, elle a pris une trentaine de kilos. Ses seins sont affaissés, ses fesses ressemblent à un sac de navets. C'est affreux, une vision d'horreur.

— Mais elle était déjà comme ça avant, plaisanta-t-il. Pourquoi crois-tu que je sois parti ? Non, sérieusement, comment va-t-elle ?

— Très bien, le rassura Millie. Elle n'a pas pris un gramme.

— Tu sais ce que je veux dire, insista Nat. Elle me manque, Millie, reprit-il après une hésitation.

Il émit un petit rire et ajouta :

— Mon Dieu, écoutez ça. Envoyez les violons ! Je suis tout simplement en train de te demander si je manque aussi à Hester.

L'étonnante faculté qu'avait Millie de croiser ses orteils avait toujours suscité des hurlements de répulsion. Par chance, aucun témoin n'était là pour assister au spectacle, en cet instant.

— Bien sûr. Elle parle tout le temps de toi. Tu es le meilleur petit copain qu'elle ait jamais eu.

— Tu as toujours le mot qu'il faut, fit Nat, soulagé. Bon, dis-lui que j'ai rappelé et embrasse-la pour moi, d'accord ?

— Chastement, alors. Ah, il faut que je te laisse, quelqu'un a sonné.

— Et moi, je dois retourner au travail. Je tâcherai de rappeler demain soir. À bientôt, Millie.

— Au revoir.

En raccrochant, Millie se demanda si Hester se rendait compte de sa chance. Pourquoi les gens n'étaient-ils pas aussi adorables que Nat ?

6

Orla Hart frissonnait sur le seuil dans une chemise en dentelle rose, une longue jupe ample et des sandales argentées, tenue désespérément antifonctionnelle. Les conditions météo s'étaient brusquement détériorées, et de grosses gouttes de pluie se déversaient d'un ciel gris ardoise.

À côté d'Orla, sur le perron, se dressait une statue de pierre représentant une jeune fille tenant une sorte de bol.

Prise de court, Millie dit :

— Je n'avais même pas remarqué qu'il pleuvait...

— Eh bien, maintenant, c'est fait. Ça vous ennuie si je rentre quelques instants ?

Millie s'écarta et Orla passa à côté d'elle dans l'étroite entrée, la statue dans les bras. Légèrement haletante, elle la posa doucement par terre.

— Bon. La dernière fois que je vous ai raccompagnée à Newquay, vous n'avez pas voulu me dire où vous habitiez.

— Parce que vous vouliez absolument m'acheter quelque chose pour me remercier, lui rappela Millie.

— Mais vous m'avez sauvé la vie !

— Je vous ai simplement parlé un petit moment. Je ne méritais aucune récompense.

— Eh bien tant pis, fit Orla avec un sourire impénitent en tapotant la tête de la statue. Quand je l'ai vue cet après-midi, j'ai tout de suite su qu'elle était faite pour vous. Ne la trouvez-vous pas divine ? Imaginez comme elle sera magnifique dans votre jardin !

Elle le serait sûrement si nous en avions un, songea Millie.

— Elle est superbe, affirma-t-elle. Mais il ne fallait pas.

Peut-être s'en sortirait-elle avec un coup de bluff. Par miracle, Orla ne remarquerait pas qu'elles ne possédaient qu'une minuscule courette.

D'un mouvement de la tête, celle-ci écarta ses cheveux mouillés de ses yeux vert mordoré, qu'elle posa sur Millie.

— Vous vous souvenez, sur cette falaise, vous disiez que vous ne pouviez pas vous en aller parce que votre conscience vous l'interdisait? Que si vous me laissiez sauter, vous seriez bonne pour l'asile.

— Plus ou moins, oui.

Millie resserra les pans de sa robe de chambre autour de sa taille, et se demanda si elle avait des yeux de panda aux endroits où son mascara avait coulé, après le bain. Orla risquait de croire qu'elle avait pleuré.

— Eh bien, à moi maintenant de soulager ma conscience. Nous entrons?

Orla inclina la tête en montrant le salon, dont Millie savait avec certitude qu'il y régnait un bazar monstre.

Heureusement, la visiteuse ne sembla nullement s'en formaliser. Ses yeux vifs examinèrent la pièce, mais gentiment, pas d'une façon critique, constata Millie avec soulagement.

Contrairement à sa propre mère.

— Vous avez été virée, énonça Orla en se juchant sur l'accoudoir du vieux canapé Chesterfield vert bouteille.

— Plus exactement, j'ai démissionné.

— Ah bon? s'étonna Orla. Je suis retournée à l'agence cet après-midi, et cette femme m'a dit qu'ils avaient dû se séparer de vous.

— Je vous assure, c'est bien moi qui ai démissionné.

— Oh, bien! Tant mieux, alors.

Orla marqua une pause, afficha une mine inquiète, puis se lança:

— Bon. Mais soyez complètement franche, maintenant, et dites-moi: est-ce que j'y étais pour quelque chose?

— Absolument pas! s'exclama Millie, si théâtra-lement que cela sonna faux.

Si l'on voulait être crédible, il fallait démentir d'un ton normal. Rester impassible. Et surtout, surtout, ne pas trop en faire.

Mais naturellement, elle en rajoutait toujours.

— Ce n'était pas vraiment à cause de vous, s'empressa-t-elle d'expliquer.

— J'en étais sûre, s'alarma Orla. Cette horrible bonne femme avec sa verrue sur le nez.

Millie fronça les sourcils.

— Sylvia ? Sylvia n'a pas de verrue sur le nez.

— Elle est méchante comme une vieille sorcière, fit Orla avec impatience. Elle pourrait très bien avoir une verrue sur le nez. Et j'ai eu un mal fou à lui extorquer votre adresse. Alors racontez-moi : pourquoi êtes-vous partie ?

Puisque Orla avait glissé de l'accoudoir pour s'installer plus confortablement dans le canapé, Millie alla chercher une bouteille de vin rouge à la cuisine, dénicha deux verres assortis – rarissime occurrence – et lui raconta l'incident.

— Vous pouvez fumer, précisa-t-elle en détectant les symptômes du manque de nicotine tandis qu'Orla jouait frénétiquement avec ses nombreux bracelets.

— Vous êtes sûre ? Je peux sortir dans le jardin, si vous préférez.

Le linge étant actuellement sous la pluie au milieu de la cour, il ne resterait plus de place pour Orla. Seigneur, cette statue de pierre allait y paraître aussi déplacée qu'un éléphant au pôle Nord !

Généreusement, Millie affirma :

— Il pleut. De toute façon, ça ne me dérange pas. Vous n'avez qu'à mettre vos cendres dans cette espèce de plante, derrière vous.

Immensément soulagée, Orla retira ses sandales plates à lanières argentées et alluma une cigarette. Ses orteils gigotèrent de plaisir lorsqu'elle aspira la fumée.

— Alors comme ça, la sorcière vous a accusée d'en avoir après son mari. Ce doit être l'une de ces mégères maladivement jalouses, convaincues que toutes les femmes de moins de quatre-vingts ans ne rêvent que de leur piquer leur bonhomme. J'espère que vous lui avez répondu : « Même seule avec lui sur une île déserte, plutôt mourir ! » Entre nous, cela lui ferait les pieds, à cette vieille toupie, si vous aviez une liaison avec son sinistre mari. Ou mieux, si moi j'en avais une ! Ah ! Ça lui servirait de leçon, non ?

Seigneur, songea Millie avec inquiétude, tous les romanciers étaient-ils comme cela ? Le germe d'une idée, et hop, les voilà qui s'emballaient, impossibles à brider ?

Cela dit, l'idée était amusante…

— Si ce n'est que Tim est incapable d'avoir une liaison avec qui que ce soit, objecta-t-elle. Ils sont absolument inséparables, tous les deux. Je suis sûre qu'il l'accompagne aux toilettes la nuit quand elle se réveille.

— Je ne supporte pas ce genre de couple accouplé ! se récria Orla avec passion.

— Ils portent des pulls assortis.

— C'est tout bonnement ridicule.

— Et ils vont aux mêmes cours d'aérobic.

— Pathétique. Ça me donne envie de vomir, ces gens fusionnels.

— Et puis, ils n'ont jamais été aimables avec moi, ce n'était pas un plaisir de travailler pour eux. En fait, ça m'a fait beaucoup de bien de démissionner, assura Millie.

— Peut-être, mais je me sens tout de même horriblement coupable.

Orla avait terminé sa cigarette, qu'elle écrasa dans le pot d'azalée négligée.

— Et j'ai oublié de vous demander comment cela s'est terminé avec votre petit ami, la semaine dernière, après son départ en tempête. Vous a-t-il pardonné d'avoir sauté de sa voiture pour me sauver la vie ?

— Hmm… à vrai dire, non. Mais cela n'a aucune importance, s'empressa de poursuivre Millie. Je vous l'ai dit, je ne sais même pas pourquoi je continuais à sortir avec lui. Vraiment, tout cela valait mieux pour tout le monde.

— Mon Dieu, c'est terrible ! gémit Orla. Je suis une catastrophe ambulante. Regardez-vous, une charmante jeune fille attentionnée qui n'a jamais fait de mal à personne, qui se retrouve sans emploi et sans petit ami. Miséricorde, j'ai réussi à détruire votre vie !

— Arrêtez donc de vous jeter la pierre ! s'écria Millie en écarquillant les yeux. Vous recommencez à divaguer, à transformer en tragédie un… une broutille. D'une part, Neil n'était pas l'homme de ma vie. D'autre part, je peux très bien trouver un autre job.

— Mais…

— Et je ne suis pas toujours quelqu'un de gentil. Je peux être totalement ignoble, parfois.

— Eh bien, je regrette, mais je n'y crois pas une seconde. Franchement, il suffit de vous regarder, déclara Orla en étendant les mains. Avec votre cascade de boucles blondes et ces grands yeux magnifiques… vous êtes tout simplement un ange ! Exactement, c'est exactement cela : un ange.

Millie avait toujours rêvé d'être grande avec des pommettes saillantes, des cheveux noirs et raides, et un air hautain. Son idéal féminin était Lily Munster, l'héroïne de la série *The Munsters*.

— Ce n'est pas pour cela que je suis quelqu'un de gentil ! protesta-t-elle.

— Je vous parie que si.

Inutile d'insister, Orla s'était déjà forgé une opinion irréversible.

— Je suis certaine que vous n'avez jamais fait quelque chose de mesquin, ni manqué d'égards vis-à-vis de quelqu'un.

Millie se mit en devoir de lui prouver le contraire : sans citer de nom, elle lui relata brièvement l'épisode du portefeuille de Hugh Emerson, le coup de téléphone, l'atroce moment où elle avait réalisé qu'elle avait commis la gaffe suprême.

— Vous voyez bien, conclut-elle cinq minutes plus tard avec une pointe de triomphe. Je peux être aussi méchante que n'importe qui.

— Sauf que vous ne saviez pas que la femme de ce pauvre garçon était morte. Désolée, mais cela ne compte pas. D'ailleurs, vous êtes devenue écarlate rien qu'en me le racontant, ce qui prouve que vous êtes extrêmement sensible et humaine.

C'était sans espoir. Une fraction de seconde, Millie fut tentée d'annoncer à Orla que son passe-temps préféré consistait à arracher les ailes des papillons, et qu'elle n'avait rien contre une petite noyade de chaton une fois de temps en temps.

Mais gentille comme elle l'était, bien évidemment, elle ne put s'y résoudre.

Préférant changer de sujet, elle demanda :

— Alors ça va mieux, avec votre mari ?

Millie pria pour qu'Orla n'éclate pas en sanglots et ne se précipite pas à la salle de bains pour avaler une bouteille d'eau de Javel.

Elle n'en fit rien. Ouf.

— Giles ? Oh, tout va bien, parfaitement bien ! C'était un stupide, un absurde malentendu.

Orla alluma une autre cigarette, laissa choir son lourd briquet en argent dans son sac et afficha un sourire éblouissant.

— Je suis tellement heureuse que vous m'ayez empêchée de sauter dans le vide.

— Vous n'auriez pas sauté, objecta Millie. Pas vraiment.

Orla haussa une épaule.

— Je me suis posé la question, souvent. Mais j'étais vraiment désespérée.

Elle se tut un instant, avant de reprendre :

— N'empêche, je suis contente que vous ayez été là, sur cette falaise.

— Et sur quoi reposait cet absurde malentendu ?

Millie était stupéfaite d'avoir osé poser une question aussi indiscrète, mais elle se sentait en droit de le savoir. D'ailleurs, Orla lui avait déjà soutiré pratiquement toute l'histoire de sa vie : elle pouvait bien se confier à son tour.

— Oh, c'est tellement idiot que j'ose à peine l'avouer ! Je m'imaginais que Giles avait installé Martine ici… alors qu'il n'avait pas la moindre idée de sa présence en Cornouailles !

Dans un lacis de fumée agité, elle expliqua :

— Tout cela, c'est à cause de cette femme. Giles l'avait quittée, mais elle a refusé d'accepter la rupture. Le scénario classique de la maîtresse évincée. Elle a passé son temps à l'appeler pour le supplier de recoller les morceaux, mais Giles a été formidable. Il est resté catégorique. Et finalement, par désespoir, la pauvre fille est venue s'installer ici et a loué un cottage, de sa propre initiative. Giles n'avait rien à voir là-dedans. Quand je lui ai dit tout ce que j'avais sur le cœur, il était estomaqué !

— Oh ! fit Millie. Eh bien, hum… tant mieux.

— Et voilà. Résultat : je me suis minée pour rien. Bien sûr, nous ne pouvons pas faire expulser Martine de la région, mais j'ai cessé de me faire du souci. Je sais qu'elle est là, dans son coin, toute seule à se morfondre, mais ça m'est égal. J'ai retrouvé mon mari et je suis heureuse.

Orla croyait sincèrement ce qu'elle disait, décida Millie.

— C'est merveilleux, approuva-t-elle avec chaleur. Je suis contente pour vous.

— Mon Dieu, gémit Orla, consternée. Vous êtes sincère ? Je suis venue chambouler votre vie, j'ai semé la zizanie et, malgré tout, vous êtes contente pour moi.

Toute cette culpabilité… Elle devait être catholique.

— J'adore ce mot, soupira Millie en glissant ses jambes nues sous ses fesses. Je ne sais pas pourquoi, mais « zizanie », j'adore.

Elle serra un micro imaginaire et clama théâtralement :

— Et maintenant, mesdames et messieurs, nous avons l'honneur et le plaisir de vous présenter sur scène ce soir... les Zizaniques !

— Vous savez chanter ? demanda brusquement Orla.

— Euh... pas vraiment.

— C'est-à-dire ?

Et voilà, ça la reprend, songea Millie. Une avalanche de questions qui n'ont ni queue ni tête.

— Je ne suis ni extraordinairement douée, ni dramatiquement nulle. Dans la moyenne, mettons.

— Vous dansez ?

— J'ai des jambes, non ? fit Millie en agitant les orteils. Du moment qu'on a des jambes, on sait danser. Plus ou moins bien.

— Et vous n'êtes pas timide, poursuivit Orla en renversant du vin rouge sur son chemisier tandis qu'elle fouillait dans son sac. J'ai peut-être quelque chose qui va vous intéresser... Attendez une seconde, qu'en ai-je fait ? Ah, voilà !

Elle sortit une carte de visite qu'elle brandit triomphalement.

— Ce pourrait être exactement ce qu'il vous faut.

— J'ai deviné, grogna Millie. Andrew Lloyd-Webber va me supplier à genoux d'être la tête d'affiche de sa prochaine comédie musicale.

— Non, non, je ne plaisante pas. Nous nous sommes rencontrés brièvement dans une soirée, et il cherche des filles comme vous.

— Super, fit Millie. Un mac qui doit remplacer celles de ses filles qui ont fini en taule.

— Allez-vous m'écouter ? la gronda gentiment Orla. Ce garçon vient d'ouvrir un service de « kissogrammes », ici, en Cornouailles. Vous savez, ces télégrammes ou ces petits messages que l'on fait délivrer par des gens en chair et en os.

— Quoi ?

— Ne faites pas cette tête, cela n'a rien de glauque. C'est tout à fait bon enfant. Juste pour s'amuser un peu. On peut engager des beaux garçons musclés façon Chippendales pour des soirées entre filles, des mamiegrammes, des jolies filles pour l'anniversaire d'un célibataire, des gorillogrammes en rollers. Oh, ce serait un plus si vous saviez faire du roller ! Ou même jongler sur un monocycle...

— Je ne pense pas que ce soit vraiment mon truc, objecta Millie, gênée de sa réticence alors qu'Orla faisait preuve d'un tel enthousiasme.

— Je le reconnais, ce n'est pas précisément un emploi de bureau classique, mais d'après ce type, c'est bien payé. Après tout, pourquoi trimer huit heures par jour dans un bureau quand on peut gagner presque autant en une heure et demie?

— En faisant du roller en costume de gorille?

Justement, Millie *savait* faire du roller. Elle était même plutôt douée.

— C'est une simple suggestion, rien ne vous oblige à l'appeler. Mais le type qui a monté cette petite entreprise a un charme fou.

Elle fit un clin d'œil, adressa à Millie un signe de tête encourageant et lui glissa la carte de visite entre les mains.

Millie la retourna et étudia le petit texte rédigé au recto.

— En plus, il est célibataire. Je me suis renseignée.

Kemp's, lut Millie. *Avec un kissogramme, rendez vos soirées inoubliables. Contactez Lucas Kemp, Tél. 01637…*

Fantastique.

À voix haute, elle articula laborieusement:

— Merci, Orla.

7

Il ne fallut pas longtemps à Hester pour dénicher la carte.

— Qu'est-ce que c'est que cette affreuse statue dans la salle de bains ? demanda-t-elle le lendemain matin.

— Cadeau d'Orla Hart. Elle se sent coupable que je n'aie plus d'emploi. C'est sa façon de compenser.

— Eh bien, la prochaine fois qu'elle se sent coupable, dis-lui qu'on préférerait des chaussures. Et zut !

Hester contempla avec frustration ses jambes nues, décorées de bandelettes de papier hygiénique collées par du sang. Lorsqu'elle bougeait, le papier voletait.

— Ne jamais se raser les jambes quand on est pressée, déclara sentencieusement Millie.

— Je n'étais pas pressée, j'étais nerveuse. C'est peut-être aujourd'hui que je vais rencontrer tu-sais-qui. Oh, non, c'est archinul ! gémit Hester tandis qu'un filet de sang coulait derrière son mollet. Ça ne va jamais s'arrêter ? On dirait que j'ai été attaquée par une bande de rats.

— Mets un jean ! conseilla Millie par-dessus son épaule en disparaissant dans la salle de bains.

Lorsqu'elle en ressortit, dix minutes plus tard, Hester était plantée au milieu du salon, l'air bizarre.

— Qu'est-ce qu'il y a ? demanda Millie. Tu attends toujours que ton hémorragie s'arrête ? Tu vas être en retard au travail.

— Mon jean est dans le panier à linge sale, annonça Hester.

Seigneur, Orla Hart n'était pas la seule reine du mélodrame ! Qu'espérait Hester ? Que cela ferait la une de *La Gazette de Cornouailles* ?

— Alors je me suis dit que j'allais mettre des bas, poursuivit-elle.

Quel scoop ! Oubliez *La Gazette,* passez-moi immédiatement le rédacteur en chef de *Nouvelles du monde*.

— Mais je n'avais pas de collants non filés, continua Hester d'une voix neutre. Alors j'ai pensé que ça ne t'ennuierait pas si je t'en empruntais une paire.

Oh !

Zut !

— J'ai des soixante deniers noirs, proposa Millie. Ça cacherait bien tes estafilades.

— Et pendant que je cherchais dans ton tiroir de sous-vêtements, je suis tombée par hasard sur…

Hester brandit la carte de visite portant le nom de Lucas Kemp.

— Comment peux-tu me faire un coup pareil ? Je ne comprends pas. Cela fait trois jours que je suis dans tous mes états, que je me torture la tête pour savoir comment le rencontrer, et toi, depuis tout ce temps, tu savais parfaitement comment, parce que tu avais cette carte avec son numéro dessus, *cachée dans ton fichu tiroir de sous-vêtements* !

On se calme.

— Écoute-moi, Hester, cette carte, je ne l'ai pas depuis trois jours. C'est Orla Hart qui me l'a donnée hier soir, et j'avais besoin de réfléchir. Je comptais t'en parler ce soir, mais tu sais comme tu es. La dernière chose à faire, ce serait d'aller baver sous son nez comme un bouledogue obsédé et de te jeter à son cou.

Hester recula comme si elle l'avait giflée.

— Un bouledogue… obsédé ? C'est comme ça que tu me vois ?

Elle semblait horriblement blessée. Confuse, Millie secoua la tête.

— Non, bien sûr. Mais c'est le seul animal qui bave qui me soit venu à l'esprit.

— Les labradors bavent, annonça Hester froidement. Celui de ma tante bave tout le temps. Et les saint-bernard aussi. Tu pouvais trouver autre chose que bouledogue.

— Désolée.

— Et d'abord, je ne vais pas me jeter au cou de Lucas ! Je n'ai aucune intention de lui laisser penser qu'il n'a qu'à me cueillir.

— Non, bien sûr, répéta humblement Millie. Excuse-moi.

Elle savait, pourtant, elle *savait* sans aucun doute possible que Hester avait déjà appris par cœur le numéro de téléphone.

Radoucie, celle-ci demanda :
— Pourquoi Orla Hart t'a-t-elle donné la carte de visite de Lucas ?
— Il cherche des gens pour faire des kissogrammes. Orla a pensé que ça pourrait m'intéresser. Elle essayait de rendre service, parce qu'elle se sent responsable de…
— Mon Dieu mon Dieu mon Dieu !
En un éclair, Hester oublia qu'elle faisait la tête. Elle battit des mains telle une enfant excitée.
— C'est génial !
— Mais je lui ai répondu que je ne le sentais pas trop.
— Pourquoi ? Tu pourrais très bien le faire !
— Je suis voyagiste, protesta Millie.
— Au chômage, fit remarquer Hester.
— D'accord, mais de là à chanter des télégrammes ! C'est tellement… tellement…
C'était résolument tellement quelque chose, mais elle n'arrivait pas à exprimer quoi.
— Tu serais obligée de te déshabiller ?
— Non !
— Alors fais-le ! ordonna son amie.
— Je ne sais pas si j'en ai envie.
— Excuse-moi, mais est-ce que tu t'appelles Victoria Beckham ? soupira Hester en levant les yeux au ciel. Non, alors tu ne peux pas te permettre de jouer les difficiles quand on te propose un job.
— Je pensais plutôt travailler dans un bar.
— Allez, plaida Hester. Tu peux au moins l'appeler pour le rencontrer.
— Pourquoi donc ? s'enquit Millie en feignant la perplexité.
— Parce que, comme ça, vous pourrez papoter du bon vieux temps et ça lui permettra de te demander de mes nouvelles, et tu pourras lui dire combien je suis sublime et populaire. Tu verras qu'il rêvera de me revoir, et c'est là que tu diras : « Si on allait boire un verre ce soir tous les trois ? » Ce à quoi il répondra : « Excellente idée, Millie. » Et tout se sera passé avec aisance et naturel. Bingo ! Pas de bouledogue excité, pas le plus petit filet de bave en vue !
— Et pas de sexe non plus, lui rappela Millie.
D'un air choqué, Hester répliqua :
— Naturellement.

— Bon. D'accord.

C'est ça que veut dire Orla quand elle affirme que je suis gentille, réalisa Millie. J'ai caché la carte pour le bien de Hester, et elle a réussi à me culpabiliser tellement que j'ai fini par accepter de faire la seule chose que je n'avais pas vraiment envie de faire.

Eh bien, maintenant, je vais être méchante et mesquine par omission. Ça lui fera les pieds !

Souriante comme une épouse dévouée, elle se tint à la porte d'entrée et regarda partir une Hester follement heureuse. Sans collants et avec les bandelettes de papier hygiénique oubliées voletant autour de ses jambes.

Personne ne décrocha lorsque Millie composa le numéro de téléphone figurant sur la carte de Lucas Kemp. La conscience tranquille – presque –, elle décida de profiter de sa liberté inattendue pour aller rendre visite à son père.

Quand les parents de Millie s'étaient séparés, cinq ans plus tôt, cela avait été sur l'initiative de sa mère. Adele Brady aspirait à autre chose, à une vie métropolitaine plus glamour.

Et, en temps et en heure, à un mari métropolitain raffiné.

— Je ne suis pas faite pour la Cornouailles, avait-elle confié à Millie. C'est tellement étriqué. Il me faut du strass, il me faut l'opéra, il me faut… je ne sais pas… Harvey Nichols !

— Tu vois ? Elle a déjà des visées sur un autre homme, avait dit Lloyd, le père de Millie, en lui décochant un clin d'œil. Remarque, je n'aurais pas cru que c'était son type. Un ex-cavalier bedonnant, célèbre pour son salut militaire. J'ai du mal à l'imaginer en aficionado de l'opéra.

Millie avait ri sous cape, sachant qu'il se moquait de sa mère. Il savait très bien que Harvey Nichols était une boutique. Il savait même que feu la princesse Diana s'y habillait. La plaisanterie était passée complètement au-dessus de la tête d'Adele.

— Pathétique, vraiment pathétique, avait-elle répliqué d'un ton cinglant. Je mérite tellement mieux que toi.

— Très bien, très bien.

Lloyd ne s'était pas formalisé. Il était habitué aux incessantes critiques de sa femme. Au début, le fait qu'Adele et lui aient été des pôles opposés avait constitué une immense nouveauté. Vingt ans plus tard, l'attrait du neuf s'était émoussé.

— Je vais être heureuse, avait affirmé Adele avec une assurance absolue.

— Avec ce type, Harvey Nichols ? avait rétorqué Lloyd, une étincelle espiègle dans les yeux. Méfie-toi de ces bonshommes passionnés d'équitation. Il paraît qu'ils sont portés sur les fouets et les éperons…

— Une vie entièrement nouvelle, avait poursuivi Adele. Une vie de rêve à partager avec un homme de rêve.

— Eh bien, chacun son truc, avait répondu Lloyd. Personnellement, j'ai l'intention d'oublier les femmes. Désormais, je mènerai une existence de célibataire.

Telles avaient été leurs dernières répliques.

Ô les surprises que réserve la vie…

Adele avait passé les cinq dernières années à Londres, dans un état de désespoir croissant. Une Bridget Jones de cinquante-cinq ans en tricot de soie, qui passait son temps à se plaindre qu'on ne trouvait aucun homme correct nulle part, et que les seuls à apprécier l'opéra étaient tous homosexuels.

Entre-temps, Lloyd s'était installé très confortablement dans sa nouvelle vie de célibataire, pendant trois mois et demi. Puis, tout à fait par hasard, son chemin avait croisé celui de Judy.

Dans une station-service, à la sortie de Padstow, lieu antiromantique par excellence.

Il s'apprêtait à payer son essence au guichet, lorsqu'une voix de femme derrière lui dans la queue avait prononcé :

— Crotte !

Lloyd s'était retourné pour voir à qui appartenait la crotte, et avait adressé un grand sourire à Judy. Laquelle avait agité la main sans conviction en signe d'excuse, puis avait fait une grimace avant de lui rendre son sourire.

Et cela avait suffi.

— Je viens de mettre pour vingt livres d'essence dans ma voiture, avait expliqué Judy.

Tout en parlant, elle lui montrait le contenu de son sac usé jusqu'à la trame : un Mars, quelques os en plastique pour chiens, un tube de rouge à lèvres, un vieux livre de Dick Francis dont on aurait dit qu'il avait été lu dans une baignoire.

— Et je suis sortie sans mon portefeuille… C'est n'importe quoi !

Un seul rouge à lèvres. Et pas de brosse à cheveux. Lloyd avait été instantanément séduit.

— Pas de problème, je vais vous prêter l'argent.

Il avait adoré qu'elle ne se lance pas dans un « Oh non, vraiment je ne peux pas accepter ».

— Je suis peut-être une arnaqueuse professionnelle…

— Une arnaqueuse professionnelle ne dirait pas cela, avait-il objecté gravement.

— D'accord, c'est bon.

Judy avait accepté sa proposition et agité les clefs de sa voiture.

— J'habite au bout de la rue. Si vous n'êtes pas trop pressé, vous n'avez qu'à me suivre chez moi et je vous rembourse tout de suite.

— Je suis peut-être un dangereux criminel…

— J'ai mes chiens à la maison. Ça ne me fait pas peur, les dangereux criminels.

Et c'est ainsi que Lloyd avait réalisé, avant la fin de l'après-midi, qu'il avait rencontré l'âme sœur, la femme avec laquelle il voulait vivre jusqu'à la fin de ses jours.

Judy Forbes-Adams était veuve depuis trois ans. À cinquante-trois ans, ses enfants ayant grandi, elle était elle aussi satisfaite de son existence. Elle vouait une véritable passion aux chevaux, aux chiens et au paysage de Cornouailles. Les grands jours, elle appliquait un peu de rouge à lèvres Yardley et pensait à se brosser les cheveux. Elle n'aurait pas reconnu un tailleur couture s'il lui avait sauté aux yeux en hurlant « Chanel ! », mais elle possédait à la fois les revenus et la silhouette lui permettant de porter absolument tout ce qu'elle désirait. Et surtout, elle détestait l'opéra.

Pour Judy, passer une bonne soirée consistait à écouter la radio en plantant ses géraniums.

Adele avait été folle de rage que la bonne fée ait eu le culot d'accorder à Lloyd cet heureux dénouement.

— C'est vraiment injuste, se plaignait-elle.

Fréquemment, et avec énormément d'irritation.

— Tu vas rencontrer quelqu'un, la rassurait Millie.

Fréquemment, et avec de plus en plus de lassitude.

— Comment ton père peut-il se plaire avec une femme qui passe sa vie en jean ? Ça me dépasse. En jean, tu te rends compte ? Et elle est presque *sexagénaire*.

— Ne me demande pas de casser du sucre sur le dos de Judy. Je l'aime beaucoup.

— Bientôt, tu vas me dire qu'elle fait mieux la cuisine que moi !

Adele adorait passer des heures à préparer des repas excessivement sophistiqués, qu'elle disposait avec application dans les assiettes en soignant la présentation, et qui ressemblaient à des échafaudages miniatures.

— Sa cuisine n'a rien à voir avec la tienne, affirma Millie sans mentir. Elle fait des hachis Parmentier, des tourtes au bœuf et aux rognons, des trucs comme ça.

— Totalement indigeste ! Ça ne m'étonne pas que ton père soit heureux. De la cuisine de paysan, railla Adele. Tout ce qu'il aime.

8

La cuisine de paysan était aussi exactement tout ce qu'aimait Millie. Déjeuner avec Judy et son père était toujours un grand plaisir.

Ce jour-là, Judy avait préparé un ragoût à la saucisse et à l'oignon, riche et épais, accompagné de pommes de terre ruisselantes de beurre. Lloyd déboucha une bonne bouteille et Millie leur raconta les derniers potins, en terminant par les circonstances de sa démission.

— Mais c'est terrible ! s'exclama Judy. Ce genre de couples, ça me donne le frisson. Et te voilà sans emploi… Eh bien, si ta situation financière est désespérée, tu n'as qu'à demander : nous t'aiderons.

— Ça va aller, merci, fit Millie, touchée. Je n'aurai pas de mal à retrouver quelque chose. Justement, il y a un job que Hester aimerait me voir accepter.

Elle sortit de sa poche arrière la carte de visite de Lucas Kemp et la leur montra.

— Ma chérie, un strip-teasogramme ! s'écria Judy en tapant dans ses mains. C'est à hurler !

— Si je me déshabillais, c'est là que les gens hurleraient. Non, je n'aurais pas à faire de strip-tease. Ils veulent toutes sortes de gens qui savent chanter, faire du roller, danser. Enfin, ce n'est qu'une solution éventuelle. Je trouverai peut-être un boulot de serveuse dans un restaurant ou un bar.

— Tu pourrais jongler, déclara Judy avec enthousiasme. Ce serait fantastique ! Comment résister à un jonglogramme chanté sur rollers ?

— Sauf que je ne sais pas jongler, objecta Millie.

— Moi, si.

Judy bondit sur ses pieds, attrapa cinq mandarines dans le saladier et se mit à les lancer en l'air. Adroitement, elle les rattrapa les unes après les autres, jongla un moment, puis exécuta une modeste révérence.

— Cinq ans de vie commune et je n'étais même pas au courant, s'émerveilla Lloyd.

— C'est juste un de mes petits secrets, fit Judy en haussant un sourcil.

— Quand tu étais enfant, tu t'es enfuie de chez toi pour aller dans un cirque ? demanda Millie, aux anges. Qu'est-ce que tu sais faire d'autre ? Marcher sur la corde raide ? Dompter des lions ? Faire tourner un ballon sur ton nez ?

— L'été de mes dix-neuf ans, j'ai voyagé avec un copain. Quand on n'a plus eu d'argent, on a appris à jongler. Et c'est comme ça qu'on s'est offert une virée en Europe.

Judy haussa les épaules, comme si tout cela était parfaitement banal.

— Et une fois qu'on sait jongler, ça ne s'oublie jamais. C'est comme le vélo. Tiens, voilà une idée, justement, fit-elle en se tournant vers Millie, les yeux brillants. Tu pourrais délivrer des kissogrammes sur un monocycle. Ce serait le grand luxe.

Millie éclata de rire.

— Ne me dis pas que tu sais pédaler sur un monocycle.

— Mais non, bien sûr ! On n'aurait jamais pu s'en offrir un. Mon Dieu, nous étions tellement fauchés que nous n'avions même pas de quoi acheter de la paraffine pour nos torches.

Lorsqu'ils se furent rassis, Lloyd fronça les sourcils en regardant la carte restée sur la table.

— Comment se fait-il que ce nom me dise vaguement quelque chose ?

— C'est le garçon dont Hester était folle amoureuse quand elle était ado, lui rappela Millie. Le D.J. qui est parti pour Londres. Maintenant qu'il est de retour, elle est redevenue siphonnée. C'est pour ça qu'elle a tellement envie que j'accepte ce boulot. Pauvre Nat. J'espère juste qu'elle ne va pas commettre je ne sais quelle folie et se ridiculiser.

— Ça me rappelle… murmura Lloyd. J'ai été mordu d'une fille, autrefois. Je passais en vélo devant sa maison, j'essayais de voir à travers la fenêtre de sa chambre. Et un jour, je l'ai vue, qui me regardait. J'étais tellement excité que je suis rentré en plein dans la voiture de son père.

Judy sourit et remplit les verres de vin.

— Oh, si vous en êtes à vos moments de pire honte, moi, j'étais folle de ce garçon à St. Ives ! Un jour, on est partis se baigner, toute une bande, et il était là. On s'est déshabillés, on portait tous nos maillots sous nos vêtements, et je me suis lancée. Je me suis avancée jusqu'à lui et, devant tous ses copains, je lui ai demandé s'il avait l'heure.

— Et alors ? s'enquit Millie en retenant son souffle.

— Il a dit : « Oui, chouchou, c'est l'heure de retirer ta petite culotte. » Et quand j'ai baissé les yeux, j'ai vu que j'avais encore mon atroce culotte rose par-dessus mon maillot… Ce n'est pas drôle, protesta Judy. Vous imaginez le traumatisme ? J'ai mis des années à m'en remettre.

Enhardie par l'émulation – et par son troisième verre de vin –, Millie se lança dans sa propre anecdote, celle du portefeuille et du coup de téléphone.

Quand vint la chute hilarante (« Si vous voulez tout savoir, ma femme est morte »), Judy grogna et serra les mains dans un mélange d'horreur et de ravissement.

— Je sais, je sais, soupira Millie. J'avais tellement honte…

Elle secoua la tête et se sentit redevenir rouge pivoine. Cela arrivait chaque fois qu'elle repensait à l'incident.

Lloyd lui tapota le bras.

— Je reconnais bien là ma fille, toujours pleine de tact.

— Papa, j'étais mortifiée ! J'ai raccroché sans ajouter un mot.

— Ce n'était peut-être pas vrai, suggéra Judy. Mon mari avait un goût atroce pour les pulls, mais dès que quelqu'un se moquait, il prenait un air affligé et disait : « C'est la dernière chose que ma mère m'ait tricotée avant de mourir. »

C'était gentil de dire cela, mais Millie savait qu'elle ne pouvait se raccrocher à cette bouée.

— Non, répliqua-t-elle tristement. Il ne plaisantait pas. J'ai bien senti son dégoût. Jusqu'à ce moment-là, il avait été tellement gentil, il avait une voix vraiment chaleureuse…

— Qu'as-tu fait du portefeuille ?

— Je le lui ai envoyé par la poste avec un bref mot d'excuse, mais je continue à me sentir coupable. En fait, c'est même de pire en pire, bizarrement.

Millie frémit.

— Chaque fois que je repense à ce coup de fil, je suis saisie de frissons dans le dos…

— Ma chérie, écris-lui une autre lettre ! s'exclama Judy. Une lettre en bonne et due forme, cette fois, dans laquelle tu pourras t'excuser tout ton soûl.

Millie fit une grimace.

— Impossible de me rappeler son adresse. J'étais trop embarrassée, sans doute. Elle s'est totalement effacée de ma mémoire.

— Oh, eh bien dans ce cas, n'y pense plus ! Essaie d'oublier. La vie est trop courte, la consola Judy.

— Un, deux... zut. Un, deux, trois... ouille. Un... Et merde !

À la porte du salon, Hester commenta :

— Je te demanderais bien ce que tu fais, mais ce serait une question stupide.

— Ah, salut !

Millie se baissa et ramassa les mandarines qui avaient roulé sous la table. Elle les avait fait tomber tellement de fois, maintenant, qu'elles étaient aussi ramollies que des implants mammaires.

— Tu jongles, prononça Hester d'un ton accusateur.

— C'est vrai, je jongle, hein ?

— En fait, non. Tu essaies de jongler.

— Ça fait trois heures que j'essaie... Un, deux, trois, zut ! Judy m'a appris. Elle prétendait que c'était facile, mais pas du tout, ça relève de l'exploit !

— Alors arrête.

— Deux, trois, quatre... oh, non ! Non, je n'arrêterai pas, décréta Millie en ramassant la mandarine. Je vaincrai les éléments !

— Tu as même laissé le courrier sur le paillasson, remarqua Hester en agitant la pile de lettres. J'ai marché dessus en entrant... Oh, beurk !

Elle fit une grimace en parcourant le courrier sans intérêt.

— Je comprends pourquoi tu ne l'as pas ramassé. Facture d'eau, note de téléphone, relevé bancaire angoissant, facture de gaz... Un cauchemar.

— Il y a une lettre de Nat, remarqua Millie en reconnaissant l'écriture sur la dernière enveloppe.

— Si elle était pleine de billets, ça m'exciterait peut-être un peu plus. Alors, tu as appelé Lucas ?

Hester était vraiment une cause perdue.

— Non. Mais je vais peut-être écrire à Nat, le tenir au courant de… tout ce qui se passe.

Elle haussa les sourcils d'un air entendu.

— Franchement, si tu crois me faire peur… s'esclaffa Hester. Je sais très bien que tu ne ferais jamais ça.

— Pourquoi pas ? Nat est mon ami.

— Argument rejeté, parce que moi je suis ta *meilleure* amie.

— Je pourrais te reléguer au deuxième rang.

— Sûrement pas. Tu m'aimes trop. Tu appelleras Lucas demain ?

— Peut-être.

— S'il te plaît ?

— Je vais réfléchir, fit Millie en poussant un lourd soupir. Et pendant que je réfléchis, si tu me préparais un toast au fromage et à la Marmite, avec une bonne tasse de thé ?

Le déclic se produisit brusquement plusieurs heures plus tard. Hester était repartie au gymnase, où elle devait soigneusement se tamponner le visage avec une serviette toutes les deux minutes pour être sûre que son maquillage ne coulait pas. Après avoir pris un long bain, Millie enfila une robe de chambre et alla à la cuisine chercher un biscuit.

Pendant que la bouilloire chauffait, elle attendit. Les factures arrivées ce jour-là étaient éparpillées sur le plan de travail, en attente d'être triées.

Dans la poubelle finissaient toutes celles où ne figurait pas *DERNIER AVERTISSEMENT* en lettres rouges menaçantes.

De la vapeur sortit par le bec de la bouilloire, et Millie compta à voix basse, essayant de deviner à quel moment elle s'arrêterait automatiquement.

— Trois, deux, un… maintenant !

Clic, fit la bouilloire.

Et *tilt,* s'alluma la petite lampe dans son cerveau.

— Oh ! s'exclama-t-elle, le cœur battant.

Elle fouilla parmi la liasse de factures et trouva rapidement ce qu'elle cherchait. Je suis la dernière des crétines ! songea-t-elle. Comment ai-je pu ne pas y penser plus tôt ?

Là, sur la facture téléphonique détaillée, figurait le numéro du portable qu'elle avait appelé à minuit et demie le 3 mai.

Élémentaire.

4 mn 13 s, lut-elle.

Hugh Emerson et elle s'étaient parlé pendant quatre minutes et treize secondes.

C'est fou ce qu'on peut infliger comme dégâts en quatre minutes et treize secondes. Sans parler de la douleur, la gêne, la honte et les remords les plus cinglants…

9

Millie avait besoin de réfléchir. Elle prit quelques gâteaux secs et se prépara une tasse de thé.

Bon. Alors. À l'évidence, puisque la culpabilité s'obstinait à la ronger, il fallait qu'elle lui téléphone pour s'excuser convenablement.

D'un autre côté, elle redoutait d'entendre ce ton dédaigneux et glacial, dès l'instant où elle se présenterait à Hugh Emerson.

J'ai envie qu'il me parle, de cette belle voix si chaude… songea-t-elle avec tristesse. C'était étrange, mais elle rêvait vraiment de l'entendre lui parler comme au début de leur conversation : aimablement, gentiment.

Un instant plus tard, une idée germait dans l'esprit de Millie et un sourire ourlait ses lèvres.

Hugh Emerson risquait d'être nettement plus aimable s'il ignorait à qui il s'adressait.

Il lui fallut encore quinze minutes pour ruminer toutes les possibilités, peaufiner son plan et s'accorder quelques essais. Puis, enfin, elle trouva le courage de composer le numéro.

Biiiip. Biiiip. Biiiip.

Tout aussi bien, il n'était pas joignable…

— Allô ?

Au secours, c'était lui ! Millie serra le téléphone contre son oreille et s'y cramponna en respirant un grand coup. Puis elle se lança dans le baratin qu'elle avait préparé, en prenant son meilleur accent écossais.

— Joe ? Ah, quelle chance, tu es là, tu ne sais pas ce qui m'arrive, un cauchemar : och, je suis coincée sur une définition, ça me rend hystérique. Écoute bien, c'est en sept lettres…

— Euh, excusez-moi, interrompit Hugh Emerson lorsqu'il parvint enfin à placer un mot. Je crois que vous vous êtes trompée de numéro.

Millie feignit d'être ravie.

— Och, Joe, arrête donc de te moquer !

Ce n'était pas si facile de parler longtemps avec un accent totalement artificiel.

— Alors écoute, voici la première définition : en sept lettres… tu es prêt, Joe ?

— Je suis prêt, mais je ne suis pas Joe.

Millie entendit l'accent amusé de sa voix, elle savait qu'il secouait la tête. Le délicieux picotement dans ses orteils grimpa jusqu'à ses genoux.

— Och, pas possible ! Ce n'est vraiment pas toi, Joe ? Alors qui êtes-vous ? s'indigna-t-elle. Et pourquoi répondez-vous dans le téléphone de Joe ?

Hugh éclata de rire, puis il dit gentiment :

— Je pense que vous avez dû faire erreur en composant le numéro.

— Non ! Oh ! la la ! Pardon, pardon, je suis désolée !

Millie rit elle aussi – avec l'accent écossais, espérait-elle. Pense à *Local Hero*. Pense à Mel Gibson dans *Braveheart*. Pense à *Taggart*.

— Ce n'est pas grave, assura Hugh Emerson.

— Vous devez me prendre pour une folle, à vous bassiner comme ça. Bon, je ferais mieux de vous laisser tranquille, alors…

Millie laissa traîner sa voix, signalant le regret.

— Ma foi, maintenant que vous m'avez, autant me poser la question. En sept lettres, vous disiez ? Quelle est la définition ?

Ouiiii ! Millie retomba sur le canapé avec extase et agita les pieds en l'air comme un scarabée retourné sur le dos. Ce qui est vraiment extraordinaire, avec les mots croisés, c'est que personne ne peut laisser passer l'occasion de frimer.

— D'accord, c'est le titre d'un film avec Humphrey Bogart. Le faucon quelque chose.

Oups, dans son excitation, elle avait complètement oublié l'accent. Pour se rattraper, elle en rajouta une petite couche à la phrase suivante :

— Och, vraiment, je ne vois pas du tout.

— Maltais, répondit Hugh Emerson. *Le Faucon maltais*.

Zut, trop facile. Cet homme-là connaissait ses classiques.

— Fantastique ! s'exclama Millie. Et maintenant, dix-huit horizontal en deux mots, cinq et huit lettres… Oh ! la la !

mais je ne peux pas vous retenir comme ça, vous devez être occupé ! Je vous dérange, peut-être ?

— C'est bon. Allez-y.

Millie se raidit. Son ton paraissait légèrement paternaliste, à présent, comme si elle n'était qu'une petite écervelée.

— Réalisateur du film de 1954, *Les Sept Samouraïs*. Ah, attendez, attendez... c'est, oh... comment s'appelle-t-il, déjà ? Akira quelque chose. Je sais ! Akira Kurosawa !

— C'est ça. Bravo.

Ravie, Millie sentit qu'il était surpris. Voire impressionné. Ah, elle n'était pas si nulle finalement, hein ?

Et surtout, cela les ramenait à égalité.

Un partout.

C'était un homme. Elle savait qu'il ne résisterait pas... Et en effet, d'un ton soigneusement désinvolte, Hugh Emerson demanda :

— Vous en avez d'autres ?

Oh, comme il avait l'air charmant, tellement adorable, tellement... gentil !

— Vous êtes sûr ?

— Je vous écoute.

— D'accord. L'acteur qui incarnait Tonto dans *Les Justiciers du Far West*. Oh, attendez, je crois que je le connais...

— Jay Silverheels, répondit aussitôt Hugh.

Non sans une pointe de triomphalisme.

— Bravo ! Ça colle. Bien joué. Dites, vous devez être vraiment vieux, si vous vous souvenez des *Justiciers du Far West*.

Il rit.

— Merci beaucoup. Vous savez qu'on repasse les vieilles séries, de temps en temps ?

— Oh, piètre excuse !

— J'ai vingt-huit ans, si vous voulez tout savoir.

Je sais, songea Millie, dont le corps tout entier tressautait. Je sais exactement quel âge tu as. Je connais même ta date de naissance.

— Ah, si on parle de vieilles séries, moi, mon truc, c'était plutôt *The Munsters*.

— Et je parie que vous vouliez avoir de longs cheveux raides comme Lily Munster.

— Mais oui, oui ! hurla Millie, stupéfaite et ravie. Je passais des heures à répéter sa démarche et à me colorier la bouche avec du feutre rouge, parce que ma mère ne voulait pas me prêter son rouge à lèvres.

— Je suis sûr que vous ne vous souvenez pas du générique.

— Bien sûr que si ! J'adore cette musique, elle est pratiquement gravée dans mon cœur !

— Au fait, comment vont les nausées ? demanda Hugh avant qu'elle ait le temps de se lancer dans l'interprétation du générique de la série.

— Les nausées ? Je vous assure qu'il n'y a pas de honte à être fan de *The Munsters*. Être fan de *Star Trek*, là, je vous concède que c'est un peu bizarre...

— Je parlais des nausées matinales.

Millie fronça les sourcils. Était-ce une blague qu'elle ne saisissait pas ? Devant son silence, Hugh ajouta :

— Je croyais que les femmes enceintes vomissaient toujours plus ou moins, au début.

Il marqua une pause, le temps qu'elle assimile le sens de ses paroles. Millie, saisie d'une nausée pour de bon, bredouilla :

— J... Je ne...

D'un ton détaché, il poursuivit :

— Vous êtes la fille qui a appelé l'autre fois, non ? Pour me dire que vous étiez enceinte de moi ?

C'était cela le problème, avec les trous dans le sol : ils n'étaient jamais là quand on en avait besoin.

Oh, non... et au moment où elle s'amusait le plus.

Elle prit une longue, longue inspiration.

— Je suis désolée, je suis horriblement désolée. C'est pour ça que je vous appelais, je vous le jure : pour vous dire que je continue à me sentir affreusement mal à cause de ce qui s'est passé.

Les mots sortaient sans retenue, à présent.

— Je voulais vous écrire mais je n'avais pas gardé votre adresse, et ce matin, la facture de téléphone est arrivée et il y avait votre numéro alors j'ai eu l'impression qu'on me donnait une deuxième chance... mais je ne pouvais pas supporter l'idée de vous dire qui j'étais tout de suite, au cas où vous m'auriez crié dessus et raccroché au nez, et j'avais tellement envie de vous entendre parler avec une voix normale au lieu d'un seau à glace. J'allais vraiment vous le dire, je vous le promets, mais ensuite on a commencé à parler et vous étiez tellement adorable… je passais un tellement bon moment que je n'arrêtais pas de reporter la minute de vérité…

— Il n'y a jamais eu de mots croisés.

Hugh Emerson parlait sans émotion.

— Non, avoua-t-elle en étouffant un soupir.

— Akira Kurosawa, dit-il, incrédule. Comment saviez-vous ça ?

— Mon père adore ce film. Je lui ai offert la cassette à Noël.

— Et cet épouvantable accent écosso-irlando-gallois, d'où le sortez-vous ?

— Je suis désolée, fit Millie en s'affaissant dans les coussins du canapé, vaincue. Les accents n'ont jamais été mon fort.

— C'est le moins qu'on puisse dire.

Franchement, elle avait l'impression de passer une audition pour un rôle sur Broadway. Était-il obligé de se montrer si critique ?

— Je vais vous dire une chose, ajouta-t-il. Les Écossais ne commencent pas toutes leurs phrases par « Och ».

— Ah, oui ! Désolée.

— Vous n'arrêtez pas de dire que vous êtes désolée.

— Mais parce que je le suis. Je vous le répète, j'appelais pour m'excuser.

— Pour vous soulager la conscience, plutôt, corrigea Hugh Emerson.

Il ne lui rendait pas les choses faciles.

— C'est possible, oui. Aussi pour ça.

Elle entendit son propre ton changer, devenir plus cassant lorsqu'elle enchaîna :

— Parce que cela ne vous est jamais arrivé de commettre une gaffe, c'est ce que vous êtes en train de me dire ? La gêne, vous ne connaissez pas ? Vous avez toujours fait et dit exactement ce qu'il fallait, en toute circonstance ?

Cassant, et limite accusateur.

— Absolument, répliqua Hugh Emerson.

— Oh, dans ce cas, félicitations ! Vous êtes officiellement le plus grand veinard de la Terre.

Une fraction de seconde après avoir prononcé ces paroles, Millie les regretta. Si sa langue avait été assez longue et assez souple, telle celle d'un fourmilier par exemple, elle l'aurait sortie pour récupérer ses mots et les ravaler.

Car il n'était pas le plus grand veinard de la Terre: sa femme était morte.

Elle retint son souffle et attendit la riposte.

— Enfin, maintenant que vous m'en parlez... reprit Hugh Emerson, songeur. Il y a eu cette fois où j'ai dit à une fille: « Tu devrais te débarbouiller, tu as des miettes de gâteau autour de la bouche. » Et elle m'a répondu: « Ce ne sont pas des miettes, ce sont des verrues. »

— Non! hurla Millie avec ravissement. Vous n'avez pas dit ça! Je ne peux pas le croire!

— Si.

— Mais vous vous êtes excusé.

— J'ai essayé, mais je crois qu'elle n'a pas pu m'entendre.

— Et pourquoi donc?

— Mes six copains faisaient un foin de tous les diables, tapaient sur la table et criaient « Bravo, Hugh » en rugissant de rire.

Millie rit à son tour, transportée de joie à l'idée qu'il n'allait pas l'assassiner. Il ne lui en voulait pas, et le soulagement qu'elle ressentait était monumental. Hugh était même pratiquement redevenu humain.

— Au fait, merci de m'avoir renvoyé mon portefeuille. Où l'avez-vous trouvé?

— Ici, à Newquay. Sous une haie dans Furness Lane. C'est l'une des petites rues qui donnent sur le front de mer.

— J'avais enlevé ma veste. Il a dû tomber de la poche intérieure.

— Je me demande comment vous faites, vous les hommes, pour vous passer d'un sac.

Pendant la pause qui suivit, Millie craignit d'avoir encore gaffé. Tandis que le silence s'étirait, elle envisagea avec une horreur croissante les pires éventualités. Peut-être sa femme était-elle décédée en s'étranglant accidentellement avec la lanière de son sac à main?

Peut-être dansait-elle autour de son sac quand elle avait trébuché dessus, perdu l'équilibre, s'était cogné la tête contre une table et avait eu une hémorragie cérébrale?

Ou peut-être avait-elle été agressée par un type qui avait essayé de lui arracher son sac à main, et comme elle s'y cramponnait, l'avait poussée sous les roues d'un bus...

Seigneur, il y avait des milliers de façons dont on pouvait mourir à cause d'un sac à main! C'était pratiquement une arme mortelle!

Mais lorsque Hugh reprit enfin la parole, il ne parla pas de sac à main. Apparemment, elle n'avait mis les pieds dans aucun plat.

— Écoutez, refusez si vous voulez, mais j'aimerais bien vous offrir un verre.

Il marqua une pause, puis :

— Pour vous remercier de m'avoir renvoyé mon portefeuille.

— Mais c'est de la folie ! s'exclama Millie. Venir de Londres jusqu'en Cornouailles pour boire un verre avec une parfaite inconnue !

— J'ai perdu ce portefeuille il y a deux mois. Depuis, j'ai déménagé. La poste fait suivre mon courrier, ajouta-t-il d'un ton amusé.

— Oh ! Et où habitez-vous, maintenant ?

— Juste à la sortie de Padstow. J'ai acheté une maison non loin de Constantine Bay.

Seigneur Jésus tout-puissant ! Non loin de Newquay, par conséquent…

Nous avons rendez-vous, songea Millie en raccrochant peu après, totalement éblouie. J'ai réussi à avoir un rendez-vous avec un parfait inconnu. Le son de sa voix me fait des choses dans le bas du dos, et son rire me chatouille les entrailles, alors que je ne l'ai jamais vu.

Est-ce que ça compte comme un vrai rendez-vous dans l'optique « et plus si affinités » ?

Le téléphone sonna cinq minutes plus tard, tandis qu'elle versait de la sauce chili sur un bol de chips.

— Écoutez, c'est encore moi. J'ai oublié de vous demander si vous étiez mariée ou célibataire.

Gloups.

— Euh, fit Millie en frissonnant de plaisir et en léchant la sauce sur ses doigts. Eh bien, célibataire.

Dommage, ce pari avec Hester. Quelle idée saugrenue, de toute façon !

— Vous avez un petit ami ?

— Non, répondit-elle gaiement. Personne. Absolument personne.

— Bon. C'est que… je voulais que les choses soient claires. Ce n'est pas un rendez-vous, vous comprenez ? Je veux juste vous offrir un pot pour vous remercier de m'avoir renvoyé le portefeuille. Juste un verre, c'est tout.

— Oui, d'accord.

— Ce n'est pas un rendez-vous pour sortir avec vous, vous comprenez ? Pas ce genre de rendez-vous.

— Ce n'est pas un rendez-vous, non, non, bien sûr. Absolument. Tout à fait.

Le cœur de Millie était tombé dans ses chaussettes. À cela près qu'elle n'en portait pas. Ses orteils n'étaient plus recroquevillés de bonheur. Ils gisaient bien à plat, tristounets, sur le carrelage de la cuisine.

— Je ne souhaite pas sortir avec une fille, expliqua gentiment Hugh. Depuis ma femme… Je voulais juste m'assurer qu'il n'y aurait pas de malentendu entre nous. Je ne… je ne recherche pas une aventure.

Une petite voix dans la tête de Millie – la voix de Hester, en fait – chuchota triomphalement : « Ah ah, bien fait pour toi. Ah ah, ça t'apprendra ! »

— Ne vous inquiétez pas, déclara-t-elle avec autant de sincérité enjouée qu'elle le put. Je veux dire, je suis entièrement d'accord. Moi non plus. C'est évident.

10

— Alors, alors, Millie Brady, approche un peu que je te voie…

Lucas Kemp tendit les bras, embrassa Millie sur les deux joues et la toisa longuement des pieds à la tête. Puis, avec un grand sourire, il affirma :

— Tu es superbe. Tu n'as absolument pas changé.

— Toi non plus.

Millie sourit à son tour. Elle avait oublié qu'il était un incorrigible dragueur. Ou plus exactement, non, elle n'avait pas oublié qu'il était dragueur – cela revenait à oublier que les bananes sont jaunes. Mais c'était l'ampleur de son numéro de charme qui s'était estompée dans son esprit, au fil des années.

Lucas Kemp était capable de baratiner une table de cuisine. Rien ne l'arrêtait.

Il fallait reconnaître qu'il était toujours aussi séduisant qu'avant. Surtout si l'on songeait à la vie de patachon qu'il avait dû mener à Londres. Quand il avait quitté la Cornouailles six ans plus tôt, pour chercher la gloire dans la capitale en tant que D.J., il avait les cheveux aux épaules, de longs favoris effilés, et il cultivait un style vestimentaire un peu maniéré, voire efféminé, facile à tourner en dérision. En particulier à Newquay.

Ses cheveux avaient raccourci, les favoris étaient moins pointus. Il portait un sobre pull noir aux manches retroussées et un pantalon noir. Pas de chaussettes. Pas de chaussures non plus. C'était plus facile de se déshabiller en dix secondes chrono pour sauter sur sa prochaine conquête, songea Millie, amusée.

Mais Lucas Kemp était dans son bureau, au rez-de-chaussée de son domicile, et il avait bien le droit d'être habillé comme il le voulait.

— Bon, venons-en tout de suite aux choses sérieuses, déclara-t-il en se juchant sur le bord de son bureau et en lui désignant le fauteuil de cuir. Alors comme ça, tu crois que tu pourrais faire ce genre de boulot ?

— J'ai besoin d'un emploi, ça a l'air rigolo. Je sais faire du roller et ça ne me dérange pas de me ridiculiser. Quels autres arguments te faut-il ?

— C'est parfait, fit-il gaiement. Tu serais d'accord pour te déshabiller ?

— Désolée, répondit fermement Millie. Ça ne me gêne pas d'enfiler des déguisements ringards, mais pour le strip-tease, ne compte pas sur moi.

— Dommage. Tu as des vergetures ?

— Hein ? s'offusqua-t-elle avant de réaliser qu'il plaisantait.

Lucas souriait de nouveau.

— N'oublie pas non plus de garder le sens de l'humour.

Il passa les trente minutes suivantes à l'écouter chanter, à la regarder danser, à lui décrire précisément tout ce que signifiait ce travail, et à expliquer comment fonctionnait sa petite entreprise.

Enfin, il conclut :

— Eh bien voilà, je crois qu'on a fait le tour. Bienvenue chez Kemp's.

— Tu veux dire que je suis embauchée ? J'ai réussi ? Tu me prends ?

Oups, ce n'était pas le genre de mot à prononcer. Les yeux verts de Lucas se plissèrent comme dans le souvenir de Millie. Non qu'il se soit jamais montré particulièrement intéressé par elle, mais il était ainsi. Avec toutes les filles. Et les tables de cuisine.

— Quand tu veux, ma belle, fit-il en accompagnant ces propos d'un haussement de sourcils comique.

Il tendit les mains et ajouta :

— Qui ne voudrait de toi ? Avec une silhouette et des yeux pareils, sans parler des cheveux.

Il secoua la tête, admiratif.

— Tu sais à quoi tu m'as toujours fait penser ? À la fée Clochette de Peter Pan.

— Hmm, merci infiniment, grogna Millie.

Lorsqu'on a rêvé toute sa vie de ressembler à Lily Munster, ce n'était pas un compliment.

— Et comment va ta vie ? Mariée ? Célibataire ? Un petit ami sérieux ?

La veille, Hugh Emerson lui avait posé la même question.

— Lesbienne, répondit Millie.

Mais naturellement, cela ne découragea pas Lucas. Au contraire, ses yeux pétillèrent.

— Fabuleux.

— Non, je plaisante, s'écria-t-elle précipitamment avant qu'il ne commence à envisager des langogrammes saphiques. Et non, je n'ai personne en ce moment. Je m'offre une sorte de répit.

Il avait toujours son sourire en coin.

— Lucas, c'était une mauvaise plaisanterie. Je ne m'intéresse pas aux femmes. Et toi ?

— Moi ? Oh, je m'y intéresse toujours autant !

— Suffisamment pour en épouser une ?

Horrifié, il marmonna :

— Non merci.

— Une petite amie ?

— Bah, tu sais… je m'occupe.

Ce bon vieux Lucas, songea Millie avec un sourire. Il devait en avoir une demi-douzaine sur le feu, des filles qu'il voyait de temps en temps quand cela l'arrangeait, et qu'il traitait horriblement mal, comme autrefois.

Justement, pendant qu'il lui faisait visiter la maison, il demanda :

— Comment va Hester, au fait ? Vous vous voyez toujours ?

— Oh, oui !

Il sembla satisfait.

— C'est super. Qu'est-ce qu'elle devient ?

Toujours aussi foldingue de toi, en gros. Et entraînée pour le marathon de New York, à force de cavaler à travers la ville dans l'espoir de tomber sur toi « par hasard ».

— Elle est toujours dans l'industrie du bijou.

Cela faisait un peu mieux que de dire qu'elle vendait des boucles d'oreilles excentriques sur un stand du marché couvert de Newquay.

— C'est vrai ? Où habite-t-elle, maintenant ?

Et voilà.

— Avec moi.

Millie lui adressa un regard sévère.

— Et elle n'est pas lesbienne non plus.

Lucas éclata de rire.

— Cette vieille Hester, ç'a toujours été une chouette nana.

Hou ! la la ! Ce n'était guère prometteur. Hester ne serait pas flattée. Vieille et chouette, c'était une claque.

— Célibataire, elle aussi ?

C'était une réaction pavlovienne, décida Millie. Il ne pouvait simplement pas s'empêcher de poser la question. Certains hommes n'ont jamais assez de cordes à leur arc.

— Oh, non ! Hester a un petit copain canon, annonça-t-elle avec enthousiasme. Un type vraiment super. Ils s'entendent merveilleusement bien, et elle est radieuse et épanouie. Une magnifique histoire d'amour.

Millie se demanda si elle n'en avait pas fait un tout petit peu trop. Lucas était un homme qui aimait la chasse. L'idée que Hester puisse être heureuse avec un autre risquait de piquer son intérêt.

Grands dieux, il considérerait peut-être cette idée comme un défi à relever !

Mais il secoua la tête et sourit avec insouciance en ouvrant la porte d'entrée.

— Chère vieille Hester. C'est formidable, je suis content pour elle. Bon, rendez-vous demain à midi, je te présenterai le reste de l'équipe… Zut. Pardon.

Il répondit à son mobile tandis qu'ils se dirigeaient vers la Mini vert pomme de Millie, maculée de boue. Elle écouta Lucas user de son charme auprès d'une certaine « chérie », pour se faire excuser de lui avoir posé un lapin la veille. Ce faisant, il adressa un clin d'œil à Millie, d'un air désespéré et impuissant.

Quand la communication fut coupée, elle lui dit :

— Tu n'as décidément pas changé.

— Eh bien si, justement. Je me suis amélioré.

Sceptique, elle demanda :

— En quoi ?

— Oh, ma douce, répondit-il en haussant les sourcils, en tout ce que tu peux imaginer !

— Alors ? s'enquit Hester en la tirant si fort dans l'entrée que Millie faillit heurter le mur. Il a grossi ? Il est chauve ? Il t'a parlé de moi ?

— Il a tous ses cheveux et toutes ses dents. Non, il n'a pas grossi, et oui, il a parlé de toi.

Hester poussa un cri de joie.

— Qu'est-ce que tu lui as dit ?

— Que tu sortais sérieusement avec le garçon le plus sympa du monde.

— Non ! Je rêve ! Pourquoi a-t-il fallu que tu lui racontes un truc pareil ?

— Parce que c'est la vérité.

Hester rumina cette réponse quelques secondes, puis :

— Peut-être que ça va le rendre jaloux. Il se demandera ce qu'il rate.

— En tout cas, j'ai eu le job. Merci de t'intéresser à mon avenir professionnel.

— C'est vrai ? Super. Je pourrais peut-être postuler, moi aussi…

Le visage de Hester s'éclaira à la perspective de travailler pour Lucas.

— Mais tu chantes faux, lui rappela Millie. Il faut savoir chanter.

— Zut. C'est impératif ? Je ne pourrais pas simplement retirer mon soutien-gorge à la place ? proposa Hester avec espoir.

Dans le jardin d'hiver de sa splendide nouvelle maison avec sa spectaculaire vue sur la mer, Orla Hart regardait Giles, l'homme qu'elle aimait, son mari depuis plus de seize ans, descendre de sa voiture et lui faire signe de la main.

Oh, Giles, recommences-tu ? Dis-le-moi…

M'es-tu infidèle ?

Orla écarta de son front ses longs cheveux auburn, sourit, et lui rendit son salut. Un mari aimant et fidèle, voilà tout ce qu'elle souhaitait. Était-ce trop demander ? Giles menait une existence merveilleuse. Ils vivaient bien – très bien, même – et il pouvait jouer au golf aussi souvent qu'il le désirait.

Alors pourquoi fallait-il qu'il gâche tout avec ces aventures stupides ?

Le simple fait d'y penser éveillait une douleur dans la poitrine d'Orla. Elle détestait être ainsi soupçonneuse, toujours à l'affût d'indices. C'était non seulement déprimant, mais épuisant. Il n'était que midi et elle se sentait déjà horriblement lasse.

Au moins, aujourd'hui, elle avait des occupations qui lui permettraient de penser à autre chose qu'à Giles et à ce qu'il pouvait faire dans son dos.

— Bonjour, mon chéri ! l'accueillit-elle gaiement lorsqu'il vint la rejoindre dans le jardin d'hiver. As-tu ce que tu voulais ?

Question de pure rhétorique : Giles avait toujours ce qu'il voulait.

— Le journal, répondit-il en agitant le *Times*. De l'huile de truffe et du jambon de Serrano chez le traiteur. Des boîtes de cigares. Et j'ai repris deux bouteilles de ce bon porto.

Dix minutes de courses, et il était resté absent une heure et demie.

L'estomac d'Orla était totalement noué. Seigneur, pourquoi fallait-il que sa vie entière soit minée par le doute ?

Comme s'il lisait dans ses pensées, Giles ajouta avec désinvolture :

— Et aussi quelques autres bricoles. Il y avait un monde fou sur la route, naturellement. Toute la ville pullule de touristes.

Au moins, ce dernier point était véridique. Orla, tout en se détestant de le faire, se pencha vers lui pour l'embrasser. Elle respira discrètement, les sens en alerte, à l'affût de la plus infime trace de parfum.

N'importe quel parfum, mais en particulier l'Heure bleue.

Mais non, rien. Ô quel soulagement ! Cette fois, c'était d'avoir douté de lui qu'elle avait honte, et elle lâcha :

— Sais-tu combien je t'aime ?

Cela aurait été parfait, à ce stade, si Giles avait réagi avec romantisme. Mais les hommes ne semblaient jamais conscients de l'importance du romantisme. Il lui tapota distraitement le coude et déclara :

— Je meurs de faim… Grands dieux, qu'est-ce que c'est que ça ?

Il regardait quelque chose par-dessus l'épaule d'Orla. Elle se retourna et vit une antique Mini vert pomme qui remontait l'allée dans un nuage de poussière.

— Attention, les hippies sont de retour, pouffa Giles devant l'incongruité de la scène, lorsque la Mini se gara à côté de son étincelante BMW blanche.

— C'est Millie, dit Orla. La fille dont je t'ai parlé.

Enfin, à moitié parlé. Elle n'avait pas précisé les circonstances de leur rencontre, au sommet de la falaise battue par les vents.

— Oh, *elle* ! Comment peux-tu espérer que cela va fonctionner ? Cela me paraît ridicule, cette idée.

— Peut-être. Pourtant, je compte bien essayer.

Connue pour sa nature accommodante et joyeuse, Orla restait rarement campée sur ses positions. Mais quand cela arrivait, elle demeurait intraitable. Gentiment, elle proposa :

— Veux-tu déjeuner avec nous ?

Giles la considéra comme si elle lui avait demandé de manger son caleçon.

— Pourquoi diable le voudrais-je ?

— Millie est charmante, amusante. Elle te plairait.

— Non, merci, fit-il en mimant un frisson d'horreur. Si ça ne t'ennuie pas, je vais faire l'impasse. Je passerai l'après-midi au club.

11

Si c'était cela, la vie d'un écrivain célèbre, rien d'étonnant à ce qu'Orla Hart ne puisse imaginer que le commun des mortels ne pouvait s'offrir le luxe d'un jardin privatif.

L'immense et magnifique maison, peinte d'un blanc aussi éclatant qu'un dentifrice hollywoodien, était extraordinaire. Et malgré ses angles modernes, les planchers en hêtre ciré et les innombrables portes-fenêtres, elle restait accueillante. Orla avait rempli les pièces fraîches et lumineuses de fleurs, de coussins de couleurs vives et d'un assortiment éclectique de tableaux et de reproductions. L'éclairage était imaginatif, les canapés confortables, la vue, naturellement, imprenable.

— Et voici mon bureau, termina-t-elle en ouvrant la dernière porte du palier, à l'étage. C'est ici que j'écris.

Millie n'avait toujours aucune idée de la raison pour laquelle Orla l'avait invitée – « Venez donc déjeuner, j'en profiterai pour vous faire une sorte de proposition ». Sachant qu'elle se sentait coupable d'avoir contribué à la perte de son emploi, elle comptait sans doute lui proposer un travail à mi-temps, peut-être de la dactylo ou du classement.

Le bureau était entièrement fonctionnel, avec un ordinateur dernier cri dans un coin. Des armoires de rangement occupaient tout un mur, des étagères tout un autre. Les stores étaient fermés afin qu'Orla ne soit pas tentée d'admirer la vue, sous peine de se déconcentrer. La chaise pivotante, devant le P.C., était vieille et tout abîmée, et semblait horriblement inconfortable.

— C'est ma chaise porte-bonheur. Je l'ai achetée six livres soixante il y a douze ans, et au bout d'une demi-heure, on a les reins en compote. Mais pour écrire, c'est le siège que je préfère.

Les étagères étaient pleines d'exemplaires des livres d'Orla. Éditions reliées, brochées, livres de poche et éditions étrangères : des centaines de livres, de toutes les dimensions et de toutes les couleurs.

— Et c'est ainsi que vous organisez votre travail ? s'enquit Millie en s'approchant de la série de graphiques punaisés aux murs.

Tous les graphiques étaient couverts d'un entrelacs de noms, de flèches et de détails biographiques. Un feutre de couleur différente avait été utilisé pour chaque personnage. Sous le descriptif, des titres de chapitres étaient énumérés, avec des renvois, ce qui permettait aux rebondissements de l'intrigue d'être rigoureusement suivis et travaillés.

— Mon Dieu ! s'écria Millie. On dirait une campagne militaire !

Elle s'était naïvement imaginé que les auteurs se contentaient de s'asseoir et de consigner ce qui leur venait à l'esprit.

— Je sais, soupira Orla. C'est exactement cela. Rigide, réglementé. Tout est structuré, du premier paragraphe à la dernière ligne.

Millie admirait encore la précision des détails.

— Et moi qui pensais que vous inventiez tout au fur et à mesure…

— Seigneur ! Spontanément, vous voulez dire ?

Orla esquissa un sourire et alluma une cigarette.

— Que je m'asseyais ici chaque matin en me demandant ce qui pourrait bien arriver ensuite ? Sans avoir la moindre idée de la trame de mon histoire ?

Sa voix était légèrement tendue. Sans doute l'avait-elle vexée. Millie s'empressa de s'expliquer :

— Excusez-moi, j'ignore absolument tout de l'écriture d'un roman. Naturellement, il faut mettre à plat les éléments à l'avance…

— Sauf que… l'interrompit Orla, je ne le fais pas.

La tension était de nouveau perceptible. Millie fronça les sourcils. Elle ne comprenait plus rien à cette conversation.

— Enfin, si, c'est ce que je fais, parce que je l'ai toujours fait. Mais ce n'est pas vraiment obligatoire.

— Oh, je vois !

Millie hocha la tête, perplexe. Elle commençait à regretter de ne pas être restée à la maison pour s'entraîner à jongler.

— Asseyez-vous, Millie.

Orla sortit brusquement une feuille du tiroir de son bureau et montra la chaise pivotante.

— Et jetez un coup d'œil là-dessus. Cela vous éclairera peut-être.

Elle resta debout devant la fenêtre, tirant furieusement sur sa cigarette et sur la manche de sa chemise lilas.

Millie commença à lire la photocopie d'un article de journal concernant le dernier roman d'Orla et frémit de compassion. Le critique s'en était donné à cœur joie, condamnant le style aussi bien que le contenu du roman, et se moquant gaiement des personnages. Aucun détail n'était négligé. Le titre de l'article donnait le ton : *Orla en panne d'inspiration.* De cruelles références étaient faites à sa vie privée. Elle se reniait, écrivait sur pilote automatique, enchaînait des nullités qui étaient un affront à ses fans uniquement dans le but de gagner de l'argent, et probablement pour éviter à son mariage de partir à la dérive.

Ce livre, terminait le critique, cinglant, *est le pire que j'aie jamais lu. Mais au moins, on m'a payé pour le lire. À moins que quelqu'un ne soit disposé à vous rétribuer, je vous suggère de laisser le dernier navet d'Orla Hart soigneusement à sa place, sur l'étagère de votre libraire.*

— Mon Dieu ! souffla Millie. Comme c'est méchant !

— On peut dire cela comme ça.

Le ton d'Orla était désinvolte, mais des larmes brillaient dans ses yeux. Elle écrasa un nouveau mégot.

— Vous connaissez ce bonhomme ? Je n'ai jamais entendu parler de lui.

Le critique était un certain Christie Carson. La photo qui accompagnait l'article montrait un homme barbu et émacié, quintessence du mâle caustique quinquagénaire.

— En plus, il est moche comme tout, ajouta Millie, outrée.

— Un vrai putois tout velu.

Orla tripotait frénétiquement son paquet de cigarettes, visiblement en manque.

— Non, je ne l'ai jamais rencontré. Mais je me plais à me dire qu'il doit sentir aussi mauvais qu'un putois. Un pauvre type mesquin, aigri et jaloux. C'est l'un de ces nouveaux écrivains irlandais, qui ne parlent que de littérature et d'intégrité et de vérité.

Sa lèvre s'incurva dédaigneusement.

— Oh, il est brillant ! C'est un malin, toujours nommé pour un prix ou un autre. Mais il ne gagne pas autant d'argent que moi. Ils essaient de prétendre qu'ils s'en fichent, mais ils sont consumés de jalousie.

— C'est précisément pour cela que vous ne devez pas laisser cette critique vous détruire, affirma Millie. Ne lui offrez pas ce plaisir. N'y pensez plus !

— Facile à dire. La prochaine fois que vous serez éreintée par un salopard dans un journal national, passez-moi un coup de fil pour me dire si vous tirez un trait aussi facilement.

Elle agita ses doigts incrustés de diamants en manière d'excuse.

— Pardon, je m'emporte. Mais vous ne pouvez pas savoir combien c'est douloureux. Je me donne du mal pour écrire un livre distrayant, et voilà ce que je récolte : un sale bonhomme proclame que mes intrigues ne sont pas crédibles, que mes personnages sont tirés par les cheveux, et que mon style vaut à peu près six fois moins sur l'échelle des valeurs que celui de Barbara Cartland.

— Mais vous devez aussi recevoir des lettres gentilles, de gens qui ont aimé vos romans.

— J'en ai des kilos, de lettres gentilles. Mais elles ne comptent pas. Ce sont les critiques qui comptent… Ce sont elles qui me tiennent éveillée la nuit…

— Cette proposition que vous avez à me faire, intervint Millie, aurait-elle quelque chose à voir avec l'article de Christie Carson ?

— C'est amusant que vous disiez cela, remarqua Orla en soufflant la fumée de sa cigarette suivante. Justement, oui.

— Vous voulez que je lui écrive des lettres grossières ? Que je le poursuive dans la rue ? Que j'attende qu'il soit parti en vacances pour glisser des crevettes dans sa boîte aux lettres ?

L'ombre d'un sourire anima le visage d'Orla.

— Je ne voudrais pas gâcher des crevettes pour un type pareil. Des têtes de poissons pourries, à la rigueur.

Alarmée, Millie se défendit :

— Je plaisantais.

— Vous n'aurez pas à l'éliminer non plus, la rassura Orla en tenant ouverte la porte du bureau. Venez, redescendons. Nous allons parler de tout cela en déjeunant.

Elles mangèrent des poivrons rouges marinés, du saumon poché et des petites pommes de terre avec une noix de beurre.

— Vous voyez ? lui dit Orla lorsqu'elle eut fini d'exposer son plan. Vous n'aurez rien d'autre à faire que rester vous-même.

— Je ne suis pas sûre de comprendre, allégua Millie, qui n'avait jamais entendu une idée aussi extravagante. Votre prochain livre racontera l'histoire de tout ce qui va m'arriver dans le courant de… quoi, des six semaines à venir ? Six mois ? Un an ?

— Il n'y a pas de date limite. Cela prendra le temps qu'il faudra, jusqu'à ce que nous parvenions à une sorte d'heureux dénouement.

C'était inconcevable.

— Alors ce serait en quelque sorte mon autobiographie ?

— Biographie, corrigea Orla. Mais non. J'écrirais un roman à partir de vos informations. Tout serait romancé, vous voyez ? En revanche, je vous paierais pour me fournir l'intrigue.

— Et si je n'arrive à rien ?

Millie éclata de rire, tant ce projet était absurde.

— C'est tout à fait plausible, vous savez, ajouta-t-elle. Je n'ai pas de petit copain, je me suis promis de ne fréquenter personne de tout l'été, et ma vie sociale est à peu près aussi excitante que celle d'une pizza surgelée. Je regrette de vous l'avouer, mais votre roman manquerait franchement d'action.

Orla était tout à fait sérieuse. Elle haussa les épaules et fit une moue.

— Peut-être, mais au moins, personne ne le trouverait farfelu, irréaliste et ridiculement outrancier.

Millie cligna des yeux.

— Tout cela à cause d'une seule mauvaise critique…

— En fait, diverses raisons m'ont donné cette idée. Je pense que vous fourniriez matière à quelque chose de formidable.

Orla leva son verre de frascati dans la lumière, admirant les reflets du soleil qui jouaient dedans.

— Voyez, par exemple, comment nous nous sommes rencontrées. Et puis, cette superbe histoire de portefeuille… et vous perdez votre travail… et vous en trouvez un autre en travaillant pour le séduisant garçon dont votre meilleure amie était folle amoureuse.

— D'accord, d'accord, concéda Millie.

Son histoire de portefeuille n'était pas « superbe ».

— Et puis, cela me sortirait un peu de la routine dans laquelle je m'enlise. Je ne saurais pas ce qui va arriver ensuite, tout simplement parce que cela ne serait pas encore arrivé ! Plus besoin de me tourmenter au sujet de l'intrigue, fit gaiement Orla. Vous n'imaginez pas le soulagement. Je serais libre !

Elle avait raison : Millie n'imaginait pas le soulagement.

— Continuez, demanda-t-elle. Quoi d'autre ?

Orla disparut de la salle à manger et revint peu après avec un exemplaire de son dernier livre de poche. Elle le brandit devant Millie.

— Vous voyez ceci ? C'est un best-seller d'Orla Hart. En fait, c'est le treizième best-seller d'Orla Hart, et pour l'instant, nous en avons vendu un demi-million d'exemplaires. Ce qui est fantastique, bien sûr, pour moi comme pour mes éditeurs. Car je suis la star de leurs poulets en batterie. La poule aux œufs d'or. Tous les ans, ils attendent le prochain livre.

— Le prochain œuf.

— Un œuf Fabergé en or massif incrusté de diamants gros comme un canapé. C'est pourquoi, lorsque j'ai voulu changer mon style d'écriture il y a deux ans, ils ne m'ont pas laissé faire. Ils m'ont fait toute une histoire pour que je ne change rien, tant ils craignaient de voir leurs précieux bénéfices leur échapper. Eh bien cette fois, je m'en fiche, je vais jeter aux orties les clichés habituels, tout ce qui caractérise Orla Hart. Et je vais écrire un vrai roman *littéraire*, ne serait-ce que pour prouver à tous ces sales critiques que j'en suis capable !

Elle donna une tape dans la feuille qu'elle avait descendue avec elle.

— Et au diable ceux qui s'intéressent davantage à mon argent qu'à moi.

Elle marqua une pause, avant d'ajouter avec calme :

— C'est valable pour Giles également.

Mazette !

Millie hocha la tête, impressionnée. Orla en profitait pour punir son mari d'avoir eu une liaison. Peut-être était-ce sa façon de le mettre à l'épreuve. Si ce changement d'orientation se révélait moins lucratif, resterait-il à ses côtés ?

Pour le meilleur et pour le pire.

— Il faudrait que vous changiez tous les noms, s'inquiéta Millie.

— Bien entendu, mon chou. J'avais pensé à vous appeler Gertrude.

— C'est peut-être un peu radical…

Millie contempla, pensive, la photographie de Christie Carson.

— Vous pourriez lui téléphoner, lui hurler « connard ! » et lui dire que son nez ressemble à un topinambour.

C'était faux, mais Millie ne laissait jamais la réalité se mettre en travers d'une bonne insulte.

— Son nez ? Ah, sa quéquette, sûrement ! Et ne croyez pas que je n'aie pas été tentée.

Orla leur resservit du vin avant de s'adosser à sa chaise en rotin.

— Je déteste ce type. Je le déteste vraiment d'avoir écrit ce torchon horrible sur moi.

Elle s'interrompit, et posa sur Millie des yeux résignés :

— Mais ce que je déteste davantage encore, c'est de devoir admettre qu'il n'a pas tort.

Quand Millie s'en alla, deux heures plus tard, Orla rédigea un chèque de cinq mille livres et le fourra dans sa main.

Jésus Marie Joseph ! Cinq mille livres…

— Ce n'est pas la peine, je vous assure, protesta-t-elle en pensant le contraire.

Quelle horreur si Orla disait : « Ah bon ? D'accord, je le reprends, alors. » Dieu merci, elle n'en fit rien.

— Les affaires sont les affaires. C'est tout à fait juste.

Après tout, décida gaiement Millie, c'était juste, en effet… à un détail près :

— Je suis tout de même gênée. Supposez que vous écriviez un roman dans lequel l'héroïne passe son temps à regarder *Eastenders,* à se raser les jambes et à essayer de manger des chips sans se couvrir de miettes ?

Malgré des années d'entraînement, elle n'avait jamais réussi à finir un paquet de chips sans laisser tomber des miettes microscopiques sur ses vêtements.

— Il vous arrivera des tas de choses passionnantes, déclara Orla d'un ton apaisant. Et sinon, nous forcerons un petit peu le destin.

— Quel programme !
— Vous n'aurez qu'à venir me faire un rapport hebdomadaire.
On ne pouvait le nier : c'était un emploi en or.
— Et je devrai tout vous dire ?
— Tout.
— Faut-il vraiment que je m'appelle Gertrude ?
Orla lui tapota le bras.
— Nous vous donnerons le nom que vous souhaitez, mon chou.
Millie cligna d'un œil.
— Dans ce cas, vous pourriez me faire ressembler à Lily Munster ?

12

C'était extrêmement bizarre de se préparer pour ce rendez-vous qui n'en était pas un. La moindre des politesses, estima Millie, était néanmoins de prendre un bain avant de rencontrer Hugh Emerson. Mais elle n'osait pas s'habiller avec soin, au cas où il penserait qu'elle essayait de lui plaire. Il était veuf depuis peu, et n'avait aucune envie qu'une midinette en manque vienne se jeter à sa tête.

Elle n'avait rien d'une midinette en manque, mais Hugh ne pouvait pas le savoir.

Et zut, songea-t-elle en faisant une grimace à son reflet dans le miroir de la penderie. Ce serait tellement plus facile si je n'avais pas vu cette photo de lui, dans son portefeuille.

Ou s'il avait été très laid sur la photo.

Mais alors, peut-être n'aurait-elle pas été saisie de cette irrésistible et honteuse pulsion de le rappeler…

Sa femme vient de mourir. Sa femme vient de mourir. Millie s'obligeait à se répéter ce joyeux mantra en sortant un jean blanc, des espadrilles beiges et un T-shirt kaki. Ça prouve bien que je ne tiens absolument pas à faire impression. Elle passa une brosse dans ses cheveux blond cendré, en espérant qu'il ne penserait pas qu'elle se les décolorait.

Peu de maquillage. Juste un brin de mascara.

Et un peu de poudre pour le teint.

Hmm, et un tantinet de rouge à lèvres, bien sûr. On ne peut quand même pas sortir sans rouge à lèvres. Mais très pâle, rien de choquant.

Bah, tant qu'on y est, autant mettre un peu de fard à paupières aussi.

D'accord, je ne veux pas donner l'impression que je suis une midinette en manque, mais ce n'est pas la peine non plus qu'il me prenne pour un cageot.

Et, quoi qu'il advienne, ne jamais, jamais évoquer le mot fatal commençant par *m*.

Elle le repéra dès qu'elle entra chez Morton's, l'un des bars les plus fréquentés du front de mer. Elle fit semblant de ne pas l'avoir vu et regarda autour d'elle d'un air vaguement interrogateur, en attendant que Hugh Emerson vienne l'aborder.

Il lui fallut moins de trente secondes. Ce qui impressionna dûment Millie.

Incroyable, il était encore plus beau que sur la photo !

— C'est vous ? demanda-t-il, un léger sourire aux lèvres.

Avec son pitoyable accent pseudo-écossais, elle répondit d'un ton espiègle :

— Och, peut-être bien que oui, peut-être bien que non. Mais si vous voulez m'offrir un verre, je prendrai une pinte de porridge avec plaisir.

— Hmm, vous vous êtes entraînée, je vois, fit-il en hochant gravement la tête. Excellent. On va vous engager pour le prochain James Bond.

Millie lui adressa un sourire radieux.

— Fantastique. J'ai toujours rêvé d'avoir le permis de tuer, surtout ces ados qui essaient de vous renverser dans la rue sur leur skate, ou les vieilles dames qui vous rentrent dedans avec leur Caddie, ou les gens qui collent leurs chewing-gums sous les tables – ceux-là, ils méritent vraiment de *mourir*... Euh, salut, je suis Millie, désolée, un peu nerveuse, je me demande vraiment pourquoi, je veux dire, ce n'est pas vraiment un rendez-vous, hein ?

Comment ai-je pu ? Comment ai-je pu prononcer le mot interdit qui commence par *m*, le seul mot que je m'étais juré de ne pas prononcer ? Millie retint un soupir. Mon Dieu, et si sa femme était du genre à coller son chewing-gum sous les tables ? Ou bousculait les gens avec son Caddie ?

Au comble de l'agitation, elle ajouta :

— Écoutez, je ne voudrais pas que vous me preniez pour une alcoolique ou Dieu sait quoi, mais... si nous le commandions, ce verre ?

Ce qui bien sûr ne manquerait pas de la faire passer pour une alcoolique. Et une hystérique. Formidable, quel merveilleux départ !

Zut à la fin, il ne pouvait pas être moche ?

— On ne sert pas de porridge, ici, annonça-t-il.

— Non ? Oh, tant pis, je vais prendre un gin tonic, alors !

Elle s'assit et regarda Hugh Emerson commander les boissons au bar. Il était assez grand, au moins un mètre quatre-vingt-cinq. Sportif, sans doute, à en juger son corps athlétique... à moins, bien sûr, qu'il n'ait été un gros lard avant la mort de sa femme, jusqu'à ce que le chagrin lui ait coupé l'appétit...

Arrête, arrête de penser comme ça, bon sang ! Elle avait vu la photo de lui et de sa femme, d'ailleurs. Ce garçon n'avait jamais été gras du bide.

Mais c'était plus fort qu'elle. Millie ne connaissait pas de jeune veuf, elle ne pouvait soupçonner l'horreur de ce qu'il avait dû traverser.

Il avait un bien joli nez, sans doute le nez le plus droit qu'elle eût jamais vu. Et une mâchoire parfaite. Et des cils fabuleusement longs, et des cheveux châtain clair qui bouclaient sur le col de son polo bleu et blanc.

— Et voilà : un gin tonic, plein de glaçons, une rondelle de citron.

Millie prit le verre avec gratitude et avala une gorgée. Pouah ! Voilà le formidable avantage, quand on commande quelque chose dont on ne raffole pas : au moins, on prend son temps pour le boire et on ne perd pas la tête en vingt minutes. Et puis, alors que la mode était au cidre brut et aux *alcopops,* ces boissons à base de soda modérément alcoolisées, ce n'était pas plus mal de jouer la carte de la différence. Avec un gin tonic, elle se sentait tellement Lauren Bacall...

— Ça y est, vous avez fait votre devoir, dit-elle gaiement. Vous m'avez offert un verre pour me remercier. Si vous le souhaitez, vous pouvez vous en aller maintenant.

Hugh sourit et se pencha en avant, posant les coudes sur ses genoux. De bien beaux genoux, ne put-elle s'empêcher de remarquer. De bien beaux coudes, du reste.

— Je reconnais que j'étais intrigué, admit-il avec bonne humeur. Deux coups de fil dingues. Comment ne pas désirer vous rencontrer, mettre un visage sur cette voix ?

— Et alors ? demanda-t-elle avec une mine compatissante. Le choc n'est pas trop terrible ? Vous n'aviez pas envisagé que je pouvais être aussi affreuse ?

— Rassurez-vous, je m'étais préparé au pire.

— C'est très aimable à vous. Si vous aviez verdi et décampé vers la porte, je crois que je serais *morte* sur place…

Ô mon Dieu, mon Dieu, je ne peux pas le croire ! Je viens de recommencer !

Millie enfouit son visage entre ses mains, inspira profondément à deux reprises, puis s'obligea à regarder Hugh Emerson droit dans les yeux.

— Je suis désolée. Vraiment, vraiment désolée. Vous savez ce que c'est : quand on essaie désespérément de ne pas parler de quelque chose, ça revient constamment sur le tapis, justement parce qu'on se donne un mal fou pour l'éviter. Je suis vraiment, vraiment, totalement navrée, mais je ne peux pas m'en empêcher.

Elle savait qu'elle était écarlate. Son visage palpitait de honte.

— Bon, fit Hugh en haussant une épaule. D'accord. Pas de problème.

Après un court silence, il ajouta :

— Mais je ne sais absolument pas de quoi vous parlez.

Elle le contempla, médusée. Il le savait forcément ! Se moquait-il d'elle ? Ou était-il simplement excessivement bien élevé ?

À moins que… Oh, non ! Depuis le début, il lui jouait la comédie, prétendant que sa femme était morte alors qu'il n'avait jamais été marié.

— Morte. La mort. Mourir. Mortel, récita Millie. C'est ce genre de mots que j'essaie à tout prix de ne pas prononcer. À cause de votre femme.

De ta soi-disant femme, du moins.

— Oh, je comprends ! Je n'avais pas réalisé. Écoutez, ne vous tracassez pas pour ça.

Ou alors, tu es marié et ta femme est en pleine forme, auquel cas tu n'es qu'un beau salopard.

— Comment est-elle morte ?

Plus Millie y songeait, plus ses soupçons lui semblaient fondés. Ce qui soudain lui rendait incroyablement facile de poser des questions dont elle se serait crue incapable.

— Accident de cheval.

— Comment s'appelait-elle ?

— Louisa.

Il marqua une pause.

— Je vous l'ai déjà dit.

Je sais, songea Millie. Simple petit contrôle.

— Quand est-ce arrivé ?

— En octobre dernier.

— Quel jour ?

Un instant, Hugh la considéra, incrédule. Puis, lentement, il secoua la tête.

— Vous allez vérifier ce que je vous dis, n'est-ce pas ?

Embarrassée, elle fit l'innocente.

— Comment cela ? Je m'intéressais, c'est tout...

— Vous croyez que j'ai tout inventé.

Il avait compris. Inutile de feindre. Et cela ne semblait pas lui faire très plaisir.

Millie joua avec son verre et bredouilla, mal à l'aise :

— Après tout, c'est possible, non ? Cela s'est déjà vu, des hommes qui cherchent à toucher une corde sensible chez les femmes... Et puis, vous n'avez pas l'air d'un veuf.

— C'est possible. Quoi qu'il en soit, toute modestie mise à part, je n'ai pas *besoin* de tirer sur la corde sensible. De toute façon, ajouta-t-il froidement, ceci n'est pas un rendez-vous à proprement parler, n'est-ce pas ? Mon but n'est pas de vous convaincre de coucher avec moi. Je vous le répète, le sexe n'est pas du tout à l'ordre du jour.

Quelle assurance ! Mais quel défi galvanisant ! Un instant, Millie ressentit l'insensé désir – heureusement fugace – de se jeter sur Hugh Emerson et d'aller vérifier dans son jean s'il disait la vérité.

Au lieu de cela, elle changea de sujet.

— Qu'est-ce qui vous a donné l'envie de venir vous installer en Cornouailles ?

— Plus rien ne me retenait à Londres. Nous avions toujours adoré venir ici. Et je travaille chez moi, donc je pouvais très bien déménager. De toute façon, j'en avais assez de la ville. C'est un vrai bonheur de vivre au bord de la mer.

— Dans quel domaine travaillez-vous ?

— La mise au point de logiciels informatiques. Je conçois des sites Internet, je conseille des entreprises, je leur apprends à optimiser leur potentiel... J'offre mes services à ceux qui en ont besoin, en fait. Mais je suis assez compétent, dans ma branche. Et ça rapporte bien. Et puis, le reste du temps, je peux faire du surf.

Millie l'imagina aussitôt en combinaison de caoutchouc noire, ses cheveux blonds décolorés par le soleil retombant sur son front bronzé…

— Et vous ?

La voix de Hugh la ramena à la réalité.

— Hmm ? Moi ?

Elle avait presque perdu le fil de la conversation.

— Une carrière ? Un emploi ? Vous travaillez ?

Se faisait-elle des idées, ou lui parlait-il extrêmement lentement ? Encore un accès de paternalisme ? Elle répondit avec raideur :

— Bien sûr. Je suis voyagiste.

— Ah ? C'est bien. Dans quelle agence ?

— Fleetwood, dans Baron Street.

— Je connais, j'y suis allé justement hier, fit-il, ravi. Vous deviez être sortie déjeuner.

Damned.

Pourquoi faut-il toujours que je me fasse prendre en défaut ?

— À vrai dire, je n'y travaille plus depuis quelque temps.

Elle fit une grimace.

— Des problèmes relationnels avec les Fleetwood. Ce n'était pas ma faute, mais j'ai préféré partir.

Elle avait seulement essayé d'impressionner Hugh, de le convaincre qu'elle n'était pas la cause perdue pour laquelle il la prenait visiblement.

L'espace d'un instant, elle eut envie de lui dire qu'elle serait l'héroïne du prochain roman d'Orla Hart. Ça, c'était impressionnant, non ? Un peu plus glamour, déjà, un peu plus fascinant.

Mais cela risquait de lui poser d'autres problèmes. Hugh Emerson ne serait probablement pas impressionné. Il se dirait que « leur rendez-vous qui n'en était pas un » finirait dans le prochain best-seller d'Orla, ce qui ne lui plairait certainement pas.

C'était même injurieux, à la fois pour lui et pour la mémoire de sa femme.

Mieux valait ne rien dire, décida Millie. Pas la peine de le faire fuir.

Ni de risquer un procès.

— Alors, que faites-vous, maintenant ?

Hum, hum, hum. Quand il saurait quel était son nouveau job, tous ses espoirs de l'éblouir tomberaient à l'eau. Mais après tout, cela n'avait aucune importance, se rappela Millie. Et pourtant, si. Beaucoup, même, inutile de se leurrer.

Elle remua sur son siège, gênée.

— Je suis… Enfin, c'est juste provisoire, en attendant de trouver autre chose dans le domaine du tourisme, parce que bien sûr, c'est ça qui m'intéresse vraiment…

— Donc, en attendant, l'encouragea Hugh, qu'est-ce qui ne vous intéresse pas vraiment ?

— Euh… Aaaah !

Millie bondit sur sa chaise quand une main chaude lui caressa la nuque, puis, rapide comme l'éclair, glissa dans son dos. Elle pivota et vit Lucas Kemp qui riait.

— Lucas !

— Salut, Millie. Tu es bien nerveuse, ce soir.

— Tu m'as fait peur !

Ce n'était pas la seule chose qu'il lui avait faite, compritelle un instant plus tard. Elle éprouvait une toute nouvelle sensation de liberté… Oh, pour l'amour du Ciel, il avait réussi à dégrafer son soutien-gorge !

— Lucas, gronda-t-elle en le fusillant du regard. C'est ce que font les garçons quand ils ont quatorze ans.

Son sourire s'élargit.

— En tout cas, tu avoueras que je suis doué, non ?

Le cœur serré, Millie songea que le moment des présentations était venu. Elle allait devoir expliquer à Hugh Emerson que cet énergumène souriant, dégrafeur de soutiens-gorge, porteur de pantalons de cuir, était son nouveau patron.

Absolument typique, non ? C'était Hester qui passait son temps toute pomponnée à hanter la ville dans l'espoir de tomber sur lui, et elle, Millie, qui réussissait à le rencontrer au moment où elle en avait le moins envie.

Elle ouvrit la bouche, mais fut devancée par Lucas :

— Au fait, sois au bureau à dix heures demain matin pour essayer le costume de singe. Il est revenu du nettoyage à sec mais la glissière se coince un peu, et s'il faut faire des retouches, ce doit être avant vendredi.

— Vendredi ?

— Ton premier contrat, annonça Lucas. Pour un chirurgien de l'hôpital de Newquay. L'équipe de la salle d'opération nous a réservés à l'occasion de ses quarante ans. Ça les a enthousiasmés, le coup du gorille, parce que ce type a été coopérant en Ouganda.

Merci, Lucas.

Merci infiniment.

13

— Hugh, je vous présente Lucas, mon nouveau patron, dit Millie d'une voix monocorde. C'est le directeur de Kemp's, l'agence de kissogrammes. Vendredi, je me transformerai en gorille.

— Un gorille à roulettes, précisa Lucas. Ils ont adoré l'idée de faire ça en rollers.

— Je devrai entrer en rollers dans la salle d'opération ? On ne peut pas interrompre une opération comme ça ! s'alarma Millie. Je suis censée porter un masque et jongler avec des instruments chirurgicaux ?

— Il faudrait que tu t'entraînes à jongler encore un peu, lui dit gentiment Lucas. Et on ne te laisserait pas entrer dans la salle d'op, non. Tu feras ton numéro dans la cafétéria du personnel.

— Ah ! Bien… Et voici Hugh, conclut Millie. Un ami.

Tu parles comme on va devenir amis, après ce petit intermède…

— Enfin, une sorte d'ami.

Elle avait fait de son mieux pour oublier son soutien-gorge dégrafé, mais les deux bretelles lui pendaient maintenant sous les bras. Elle étouffa un soupir – franchement, quelle puérilité –, fit glisser les bretelles autour de chaque coude puis, telle une prestidigitatrice, tira le soutien-gorge rouge à travers sa manche gauche et le laissa tomber dans son sac, ouvert par terre.

Lucas et Hugh Emerson, qui finissaient de se serrer la main, l'applaudirent brièvement.

Mon Dieu, voilà qu'ils vont devenir copains, maintenant !

— C'est ma tournée, proposa Lucas en avisant les verres vides. Qu'est-ce que vous buvez ?

Millie hésita. Hugh aussi, et elle comprit qu'il avait envie de partir. Il lui avait offert un gin tonic : l'affaire était terminée. La perspective de passer encore trente minutes en compagnie d'un gorillogramme en rollers le dégoûtait.

— Merci, mais on ne peut pas, décréta-t-elle en se levant brusquement et en envoyant valser des sous-verres. Nous sommes attendus. Mon Dieu, déjà si tard ? On y va ? dit-elle à Hugh en tapotant sa montre. Les autres vont se demander ce qu'on fabrique.

Dès qu'ils furent dehors, elle tendit la main et secoua celle de Hugh.

— Une seconde, fit-il, étonné. Et les autres ? Ils ne vont pas se demander ce qu'on fabrique ?

Millie étouffa une petite déception. Elle avait espéré de lui un peu plus de vivacité.

— C'était un prétexte. Pour sortir.

Au même moment, elle réalisa que c'était elle qui s'était fait piéger. Hugh Emerson avait parfaitement compris.

— Comment ? Les autres ne nous attendent pas ? insista-t-il, les yeux sombres et espiègles. Quel dommage, moi qui avais tellement envie de les rencontrer…

— Ah, ah ! fit-elle avec un petit sourire forcé. Bon, je me lève tôt demain, j'y vais. Au revoir.

Elle s'éloignait déjà. À reculons.

— Millie, stop !

— Ouille !

Ayant fait la sourde oreille à son injonction, Millie avait percuté un lampadaire derrière elle. Elle se massa l'épaule gauche, et se demanda pourquoi sa vie ressemblait tellement à celle de Mister Bean. Que n'aurait-elle donné pour être chic et raffinée, et rester maîtresse d'elle-même en toute circonstance…

— Ça va ? s'inquiéta Hugh en venant vers elle.

— Impeccable. J'ai une triple fracture, évidemment, mais à part ça, tout baigne.

Elle serrait les dents tandis que des élancements lui transperçaient le bras.

— J'ai dit quelque chose qui ne vous a pas plu ? s'enquit-il.

— Non.

— Alors pourquoi ce besoin urgent de rentrer chez vous ? On pourrait aller manger un morceau.

Millie le considéra, si surprise qu'elle en oublia presque son épaule.

— Je croyais que vous vouliez partir. Vous sembliez désireux de vous échapper. La façon dont vous avez hésité, quand Lucas a proposé un verre…

— Vous hésitiez aussi. J'attendais que vous fassiez le premier pas. Puisque c'est votre patron, il me semblait que c'était à vous de décider.

Ils se regardèrent. Millie sourit la première.

— C'est un peu bête, hein ? D'accord, je me laisse forcer la main.

— Mais pas le bras, celui aux multiples fractures.

Hugh montra un restaurant dont l'auvent rouge, vert et blanc flottait paresseusement sous la brise.

— Cet endroit est censé être très bon. Vous aimez la cuisine italienne ?

Millie eut soudain envie d'air frais. La dernière fois qu'elle avait dîné au Bella Spaghetti, c'était avec Neil et une douzaine de ses copains ivrognes et bruyants.

— En fait, ce que j'aimerais vraiment, c'est une barquette de frites.

Ils prirent le sentier côtier et achetèrent du poulet et des frites à emporter, avant de descendre vers Fistral Beach. Il faisait chaud, c'était marée basse et un soleil flamboyant se couchait dans un ciel teinté de mauve. Les surfeurs partis, la plage était quasiment déserte. Millie et Hugh mangèrent leur poulet frites, se promenèrent longuement sur le sable mouillé, et bavardèrent sans interruption.

En d'autres circonstances, cela aurait été romantique.

— Alors raconte-moi, qu'est-ce qui t'est arrivé ? demanda-t-il en ramassant un galet plat pour faire des ricochets sur la surface de l'eau. Au téléphone, quand je t'ai dit que je ne voulais sortir avec personne, tu m'as dit que c'était parfait : toi non plus.

— Oh, pas grand-chose ! répondit Millie avec embarras.

Elle avait l'impression de s'être cassé un ongle et de se faire consoler par un unijambiste manchot.

— J'ai rompu avec quelqu'un il y a quelques semaines, et j'ai décidé que j'en avais assez de me compliquer la vie avec les hommes.

Une mouette hurla en tournoyant au-dessus d'eux, comme si elle se moquait d'elle.

— J'ai fait vœu de célibat, précisa-t-elle en ramassant un bâton. (Elle le lança à la mouette, qui l'esquiva aisément.) Pas de sexe jusqu'à la fin de l'été. En fait, c'est très libérateur.

— Quand on a le choix, sûrement, remarqua Hugh.

— Mais tout le monde a ce choix.

Il se tourna vers elle.

— Tu peux très bien rencontrer quelqu'un demain et en tomber raide dingue amoureuse, c'est toi qui décides de coucher ou non avec lui.

Confuse, Millie acquiesça prudemment :

— Oui…

Mon Dieu ! Avait-il deviné ? Avait-il compris qu'elle était tombée raide dingue amoureuse de lui ?

— Je dis juste que tu as de la chance, c'est tout, fit-il en haussant les épaules et en donnant un coup de pied dans un amas d'algues. De pouvoir être attirée par quelqu'un. Et de tomber amoureuse de lui, si ça te chante. Parce que je ne peux pas imaginer que cela m'arrivera de nouveau un jour.

Ses yeux noirs s'assombrirent encore.

— D'ailleurs, je ne le souhaite pas, ajouta-t-il.

Millie ne savait comment réagir. Elle était rarement prise de court, mais cette fois, elle redoutait de prononcer des paroles irrémédiablement frivoles ou blessantes, ou parfaitement stupides. Enfin, elle hasarda :

— Les choses vont évoluer. Ça ne fait que huit mois. Tu rencontreras quelqu'un d'autre, un jour.

Cliché, quand tu nous tiens…

— Peut-être, mais je n'en ai pas envie.

Un petit crabe détala de sous un rocher tandis qu'il se baissait pour ramasser une nouvelle provision de galets. Rapidement, l'un après l'autre, il les lança dans les vaguelettes.

— Mais…

— Il n'y a pas de mais. Je l'ai décidé. Car je sais, je sais sincèrement que je ne veux plus jamais revivre cette horreur. J'aimais ma femme, dit-il simplement, et elle est morte. Si je rencontre quelqu'un dans un an ou deux… qui peut me garantir qu'elle ne mourra pas aussi ? C'est parfaitement possible. À n'importe quel moment, n'importe quel jour, sans prévenir.

Il secoua la tête.

— Ça ne m'intéresse pas, c'est tout. Le risque n'en vaut pas la chandelle. Je préfère rester célibataire et ne pas m'attacher.

Millie avait du mal à l'admettre.

— Mais les gens sont veufs et se remarient. Parfois, ils le sont même deux, voire trois fois.

— Si cela les rend heureux, tant mieux. Mais pas pour moi, merci.

Un couple marchait devant eux le long de la plage. Millie écarta les cheveux de ses yeux et les regarda. Le bras de l'homme reposait, protecteur, sur l'épaule de la fille, qui le tenait par la taille. Ils marchaient en rythme. Le garçon rit de quelque chose que disait sa compagne et l'embrassa sur le front.

— Qu'est-ce que ça te fait ? demanda Millie. Quand tu vois ces deux amoureux, tu ne les envies pas ?

Hugh enfonça les mains dans les poches de son jean.

— Non. Je suis triste pour eux. Parce que demain, l'un ou l'autre pourrait mourir.

— Mais tu ne peux pas passer le reste de ta vie dans cet état d'esprit !

— Tu crois ? Tu ne sais pas quel enfer ça a été. Tu n'imagines pas ce qu'on peut éprouver…

Il se tut, contempla la mer en plissant les yeux, et reprit :

— Je vais te raconter une chose qui se répète trois ou quatre fois par semaine. Je dors dans mon lit et le téléphone sonne. Je décroche, je dis allô. Et j'entends la voix de Louisa. Elle prononce mon nom et je ne peux pas y croire, elle est vivante, je suis tellement heureux…

Il se tut brusquement. Au bout d'un moment, il termina :

— Et là, je me réveille.

Millie battit des cils et s'essuya furtivement les yeux. Comme c'était gênant ! C'était elle qui pleurait, alors que c'était lui qui avait perdu sa femme.

Elle secoua la tête.

— Mon Dieu, je suis désolée.

— Je ne peux rien faire pour empêcher ce rêve, poursuivit Hugh. Être aussi heureux, me réveiller et retomber brutalement sur terre… c'est indescriptible.

— Quelle horreur…

— C'est comme ça, fit-il en soupirant.

Il eut pitié d'elle et sourit, mais son sourire n'atteignit pas ses yeux.

— Et le truc, avec les rêves récurrents, c'est qu'on ne peut pas les contrôler. Je ne demande qu'une chose : qu'ils cessent.

Il lança un nouveau galet sur l'eau.

— Or je ne vois pas pourquoi cela cesserait un jour.

— Mes aïeux, il est carrément sublime ! roucoula Hester, qui avait vu à travers les rideaux de sa chambre Millie se faire déposer par Hugh. Et la voiture, pas mal non plus. Mais tu ne l'as pas embrassé ! Qu'est-ce qui te prend, ma fille ?

— Ce n'était pas un rendez-vous de ce genre, lui rappela Millie avec lassitude. Et il n'était absolument pas question que je l'embrasse.

Elle frissonna à cette pensée. Hugh Emerson était inaccessible.

— Je te rappelle que sa femme vient de mourir.

Hester roula les yeux.

— Je ne parlais pas d'un baiser torride. Tu n'es pas obligée de lui sauter dessus et de lui enfoncer la langue dans la gorge ! Un petit bisou sur la joue, c'est tout. Rien de vulgaire. Simple politesse.

— On ne s'est même pas serré la main. On s'est dit au revoir, et voilà.

Millie esquissa une grimace. En toute franchise, elle n'avait pas trop su comment prendre congé de Hugh. Après leur longue conversation à bâtons rompus, la fin de la soirée avait laissé entre eux un léger malaise. Peut-être regrettait-il déjà de s'être confié à elle.

— Alors, quand le revois-tu ?

— Ce n'était pas un rendez-vous, patate ! On n'a pas prévu de se revoir. Il est reparti chez lui, c'est tout.

Vautrée sur le canapé dans son « T-shirt chemise de nuit » Ricky Martin, Hester se mit sur le ventre et attrapa la télécommande. Elle zappa jusqu'à ce qu'elle ne trouve rien de mieux à regarder que la rediffusion d'un vieux concert des Sex Pistols.

— Tu parles d'une soirée… Tu as dû t'ennuyer à mourir.

— Pas du tout.

Instinctivement, Millie prenait la défense de Hugh Emerson.

— Va te faire couper les cheveux ! cria Hester à Sid Vicious sur le petit écran.

Par-dessus son épaule, elle ajouta à l'intention de son amie :

— Dis donc…

— Quoi ? demanda Millie, occupée à décoincer le couvercle de la boîte à biscuits.

— Qu'est-ce qui nous dit que sa femme est vraiment morte ?

— Elle est morte. Je le sais, soupira Millie.

— Oui, mais il n'y a pas plus crédule que toi. Tu accordes toujours à tout le monde le bénéfice du doute. Par exemple, tu trouves que si Sid Vicious ressemble à une pelouse négligée, c'est simplement à cause de son implantation de cheveux.

— Elle est morte dans un accident de cheval.

Hester haussa plusieurs fois les sourcils.

— Réellement ? Ou est-ce lui qui l'a tuée ?

Millie soupira.

— D'accord, il l'a tuée, si tu veux… C'est une conversation ridicule. Et de toute façon, je ne le reverrai sûrement jamais.

— Si c'est un dangereux criminel qui a assassiné sa femme, il reviendra, tu peux en être sûre, décréta Hester en hochant la tête sentencieusement. Il trouvera un prétexte minable pour te revoir. Tu es sans doute déjà ciblée comme sa prochaine victime.

14

— Un peu grand, commenta Millie le lendemain matin. Mais plutôt confortable.

Elle s'était préparée au pire et se réjouissait que le costume ne la gratte pas.

Lucas était occupé au téléphone. Sasha, qui avait des seins de dimensions olympiques et des cheveux blond platine, prenait les mesures nécessaires pour retoucher le costume. Elle était la strip-teasogramme de Lucas, et probablement aussi sa petite amie occasionnelle. Elle devait faire une formidable Marilyn Monroe.

— Je suis contente que ce soit toi et pas moi, là-dedans, dit Sasha gaiement en fixant la dernière épingle. Rester enfermée dans ce grand truc poilu… ça me rendrait claustrophobe !

Sans blague.

— Ce n'est pas trop dramatique, finalement, dit Millie en exécutant une petite danse. Au moins, j'ai de la place pour remuer, à l'intérieur.

Elle fit une grimace et ajouta :

— Je me sentirais nettement plus claustrophobe si j'étais enfermée dans le pantalon de cuir de Lucas.

— Qui parle d'être enfermée dans mon pantalon ?

Lucas avait raccroché et son clin d'œil s'adressait autant à Sasha qu'à Millie.

— Moi je sais ce que ça me ferait, une jolie fille enfermée dedans, et je ne parle pas de claustrophobie ! Alors, ce costume, comment te va-t-il ?

— Très bien. Je ne me suis jamais sentie aussi sexy.

Kemp's proposait quatre sortes de kissogrammes, et Millie soupçonnait que le gorille serait le plus fréquemment sollicité. Sasha faisait la bombe sexuelle avec strip-tease à la clef. Elle ne gardait que deux pompons sur les seins et un string. Eric, honnête professeur d'histoire de son état, se transformait le soir, sitôt enfilé son suspensoir en peau de léopard, en un adorable patapouf rigolo façon *Full Monty*.

Le quatrième type de kissogrammes était réservé aux soirées entre filles : le beau ténébreux – en l'occurrence Lucas en personne – soulevait de terre l'heureuse élue et la flattait outrageusement, en priant le Ciel pour que l'effort de soulever quatre-vingts kilos de femelle hurlant et trépignant ne fasse pas craquer la couture de son pantalon en cuir.

— Qu'est-ce qui t'a donné l'idée de revenir ici démarrer une agence de kissogrammes ? demanda Millie pendant que Sasha l'aidait à ôter le déguisement.

— Des petits soucis avec les filles.

Lucas sourit et arracha la languette de son Coca.

— Il y en avait une qui refusait de quitter mon appartement, une autre qui ne me lâchait plus d'une semelle. J'en ai eu ma claque de ces enquiquineuses. Et je commençais à me lasser de la radio, de toute façon. Je devais me lever à quatre heures et demie tous les jours, pour assurer l'émission du petit déjeuner.

Généreusement, il offrit à Millie une gorgée de Coca.

— Donc, j'avais un ami qui se débarrassait d'un lot de déguisements. Je les lui ai rachetés et j'ai décidé de revenir m'établir en Cornouailles. Au moins pour l'été. On verra comment évoluent les choses.

Les différents costumes étaient suspendus à un rail derrière lui. Il y avait de tout, de l'uniforme de policier à la tenue de Cléopâtre fabuleusement sexy réservée à Sasha. Posés par terre à côté, une pile de T-shirts sous cellophane sur lesquels était écrit *On m'a Kempé,* et une caisse de mousseux.

Et demain, il faut que j'exécute mon contrat, songea Millie avec un soudain accès de trac. Chanter, danser, faire rire les gens et ne pas tomber de mes rollers…

— Ne t'inquiète pas, lança joyeusement Lucas. Ça va se passer comme sur des roulettes, c'est le cas de le dire. La première fois, c'est toujours la pire. Ferme les yeux et pense à l'argent.

— Si je ferme les yeux, là c'est sûr, je me casse la figure.

Le téléphone sonnait quand elle arriva à la maison. Millie décrocha :

— Oui ?

— En cinq lettres. Quand il est gros, souvent il tache.

Son cœur se dilata. C'était plus fort qu'elle. Elle n'avait pas envie qu'il se dilate, mais on ne peut rien contre ces choses-là.

— Rouge, répondit-elle.

Par une extraordinaire coïncidence, c'était actuellement la couleur de son visage. Cela faisait si longtemps qu'elle n'avait pas été vraiment attirée par quelqu'un, elle avait complètement oublié ces histoires de rougissement. Elle ne savait même pas qu'on pouvait rougir toute seule dans une pièce.

— Bravo. Et maintenant : article féminin de nature conique.

— Euh… chapeau de sorcière ?

— Pas tout à fait. Essaie encore : article de lingerie…

— Mon soutien-gorge ! Oh, mon héros, tu as retrouvé mon soutien-gorge rouge ! s'écria Millie avec ravissement.

— Dans ma voiture.

— Génial ! C'est mon préféré. En arrivant à la maison, j'ai constaté que je ne l'avais plus, et je me suis dit qu'il avait dû tomber de mon sac quand on était sur la plage. Je le voyais déjà voyager des semaines entre deux eaux avant d'atterrir en Amérique.

On se calme, Millie, on se calme.

— Je l'ai retrouvé ce matin…

Hugh marqua une pause.

— … sous le siège du passager.

La pause était éloquente. Jusqu'à cet instant, Millie avait simplement été enchantée de réentendre sa voix, et contente de récupérer son soutien-gorge fétiche.

Mais pendant cette significative fraction de seconde entre les deux morceaux de phrase, l'affreuse vérité lui avait éclaté à la figure. Elle frissonna.

Il croit que je l'ai fait exprès. Il croit que j'ai délibérément caché mon soutien-gorge dans sa voiture, pour avoir un prétexte de le revoir.

Exactement le genre de choses que ferait Hester. Millie se demanda comment elle pourrait le convaincre qu'elle n'avait absolument aucune idée de la présence de son soutien-gorge sous le siège. Et surtout, qu'elle ne se livrerait jamais, au grand jamais, à une manigance de ce genre.

— Écoute, j'ai un rendez-vous à Newquay demain après-midi. Si tu es là vers cinq heures, je passerai te le rapporter.

Millie ferma les yeux, puis les rouvrit.

— Formidable. Merci beaucoup.

Elle s'obligea à parler d'un ton joyeux et enthousiaste, comme si elle n'avait rien remarqué de bizarre.

— Mon petit soutien-gorge chéri… Oh, au fait, ajouta-t-elle avec désinvolture, Hester et moi serons toutes les deux sorties, demain après-midi ! Alors ne t'embête pas à sonner. Tu n'as qu'à le glisser dans la boîte, d'accord ?

Nous t'aimons, James, de tout cœur,
Tu es si doué, tu es le roi
De la greffe du cœur
Ou de la crise de foie

Tu es notre chirurgien préféré
Nous adorons ton postérieur bien galbé
Plus sexy que celui de Doreen ou de Bert
Et si engageant sous ta blouse verte

Tu as quarante ans aujourd'hui et tu vaux de l'or
Car avec l'âge tu t'améliores
Rendez-vous ce soir au Crown pour boire un verre
Et fêter tous ensemble ton anniversaire !

Millie parcourut le poème une dernière fois. Et quel poème, mes aïeux…

Enfin, au moins, ce n'était pas sa prose à elle. Les membres de l'équipe qui avaient engagé le gorillogramme avaient faxé le texte au bureau de Lucas la veille, visiblement ravis de leur esprit. Elle n'avait qu'à le réciter.

— C'est bon, il est sorti de la salle d'op, lui souffla l'une des infirmières.

Elle prit Millie par le bras, la propulsa dans le couloir et la fit tourner à droite.

— N'oubliez pas, c'est le blond avec une moustache tombante.

— D'accord, fit Millie en coiffant sa tête de gorille.

— Vous êtes prête ?

— Oui.

— Vous arrivez à respirer, là-dedans ?
— Pas vraiment, non.
— Oh ! la la ! Bon allez, tant pis, gloussa l'infirmière. On y va !

Tout se passa merveilleusement bien. James, le chirurgien quadragénaire, était un homme adorable. La quarantaine de personnes de l'hôpital qui avaient réussi à s'entasser dans la petite cafétéria sifflèrent, crièrent et applaudirent. Millie, qui avait l'impression d'être sur scène, tourna en rollers autour de James en lui récitant son poème. Tout le monde était plié de rire.

Puis, des appareils photo sortirent et des flashes crépitèrent, pendant que Millie offrait à James sont T-shirt *On m'a Kempé* et sa bouteille de mousseux. Elle retira sa tête de gorille et l'embrassa sur la joue. Il la prit dans ses bras et la fit tournoyer, en lui disant qu'il n'avait jamais vu un gorille avec des boucles blondes. Enfin, revenue sur la terre ferme, Millie leur fit entonner *Happy Birthday*.

Encore des photos, d'autres gens qui la félicitaient chaleureusement. Ils lui adressèrent même une salve d'applaudissements. Elle n'était plus sur n'importe quelle scène : elle était Shirley Bassey dans un spectacle à guichets fermés au London Palladium.

— C'était ma première fois, confia-t-elle à James en prenant congé.

— Ne vous inquiétez pas, répliqua-t-il avec un grand sourire. Nous ne le disons jamais aux patients non plus. Allez comprendre, ils préfèrent ne pas le savoir…

Millie fut revenue à quatre heures. Encore enivrée d'adrénaline, elle était infiniment tentée de se laver les cheveux, totalement aplatis par la tête de gorille, de se remaquiller et d'accueillir Hugh à la porte en lui disant qu'elle était rentrée, finalement, avant de lui raconter son triomphe.

Mais c'était le genre d'attitude à laquelle il s'attendrait, de la part d'une fille qui manquait tellement de subtilité qu'elle laissait exprès son soutien-gorge dans une voiture.

Je ne dois pas ouvrir la porte quand il viendra, se jura-t-elle.

Ni la fenêtre.

Hugh était en retard. Il ne viendrait pas. Il avait réalisé qu'il ne pouvait se défaire de l'irrésistible soutien-gorge rouge à armatures. Peut-être même voulait-il le porter…

Ainsi fantasmait Millie Brady.

À cinq heures et demie, en écartant les rideaux de la chambre de Hester, elle aperçut sa voiture qui ralentissait, puis s'arrêtait devant la maison. Elle se plaqua aussitôt à terre – très film d'action.

Il sonna et attendit. Histoire de voir si elle était là. Simple politesse. Ne pas, surtout ne pas descendre ouvrir.

Elle se déplaça en crabe sur la moquette, rampa jusqu'au palier et regarda, nez au sol, le rabat métallique de la boîte aux lettres s'ouvrir et une fine bretelle en satin émerger dans la fente. Elle s'imagina l'attraper et faire à Hugh la peur de sa vie.

Ressaisis-toi, Millie, tu as déjà fait assez de foin autour de ce soutien-gorge. Quelle honte !

Un instant plus tard, une tache rose fuchsia apparut au côté de la silhouette sombre de Hugh à travers la vitre en verre cathédrale de la porte d'entrée. Millie se figea d'horreur en entendant Hester lancer gaiement :

— Tiens, bonjour. Je sais qui vous êtes !

Zut, zut et zut ! Hester, avec sa manie de toujours tomber au mauvais moment, rentrait du travail. Pire, elle était guillerette.

— Moi aussi, je sais qui vous êtes, répondit Hugh.

Millie entendit un bruit de boîte aux lettres, vit la lanière trembler.

— Vous êtes venu voler de la lingerie, ou en livrer ? demanda jovialement Hester.

— Je ne volerais pas ce soutien-gorge, répliqua gravement Hugh. Ce n'est pas ma taille.

Hester éclata d'un rire exagéré.

— Millie l'avait laissé dans ma voiture, il était tombé de son sac, expliqua-t-il.

— Mais elle n'est pas là ? Il est cinq heures et demie, elle devrait être rentrée…

— J'ai sonné, ça ne répond pas.

— Vous n'allez tout de même pas poster un soutien-gorge et filer comme ça ! Millie avait peur de ne plus jamais vous revoir…

Millie laissa échapper un gémissement assourdi et se cogna le front avec désespoir – mais sans bruit – sur la moquette.

— D'ailleurs, elle ne va pas tarder, babillait Hester. Vous n'avez qu'à entrer l'attendre. Je vais faire du thé, on pourra bavarder un peu.

Non, non, nooon ! hurla silencieusement Millie tout en reculant, toujours à plat ventre, sur le palier. Mais sa supplication muette resta vaine. Elle aurait dû s'en douter. Hester était trop insistante, et Hugh trop bien élevé.

Revenue dans la chambre de Hester, elle se cacha dans un étroit espace situé entre le lit et la fenêtre. Elle entendit le déclic familier de la clef dans la serrure, et espéra qu'elle n'allait pas éternuer.

Elle espérait surtout que Hester n'allait pas profiter de l'incapacité de Hugh à dire non, pour l'entraîner dans sa chambre et lui rappeler tout ce qu'il avait manqué pendant ces longs mois d'abstinence.

Toutefois, songea Millie, le cas échéant, ce serait formidable de jaillir soudain de sa cachette, taper sur l'épaule de Hester et annoncer :

— Tu me dois deux cents livres, ma vieille.

15

Ce furent les vingt-cinq minutes les plus longues de la vie de Millie. N'osant pas bouger de crainte que le plancher ne craque, elle retint son souffle et écouta le joyeux babil de Hester, tellement désireuse de prolonger la visite de Hugh qu'elle le laissait à peine placer un mot. Il valait sans doute mieux que Millie ne distingue pas ce que disait son amie…

— En haut de l'escalier, à droite ! entendit-elle crier.

Son cœur se mit à galoper telle une gazelle affolée. C'était ce que répondait systématiquement Hester quand on lui demandait où se trouvaient les toilettes, et des deux portes qui s'offraient aux gens, ils choisissaient invariablement la mauvaise.

Bing, bing, *bang,* fit le cœur de Millie lorsque s'ouvrit la porte de la chambre. Pendant une seconde, elle sut que Hugh était là, sur le seuil, à regarder le lit. Elle ferma les paupières et cessa de respirer. Quelque chose lui chatouillait le nez…

Ouf. Voilà. La porte s'était refermée. Elle entendit Hugh trouver les toilettes. Une minute plus tard, il redescendait.

Peu après, il s'en alla.

Au moment où Millie sortait de sa cachette – beurk, ces toiles d'araignée –, elle entendit Hester grimper l'escalier. Rapide comme l'éclair, elle se jeta sur le lit de son amie et ferma les paupières.

— Ça alors !

Feignant la surprise, Millie cligna des yeux et se les frotta en marmonnant :

— Hein… quoi ?

— On te croyait sortie ! Qu'est-ce que tu fais sur mon lit ?

— Hein ? Oh, j'étais crevée ! Il y avait une mouche qui m'énervait dans ma chambre, alors je suis venue m'allonger ici.

L'air perplexe, elle ajouta :

— Qui ça, « on » ?

— Ton copain ! Hugh Emerson ! Il était là, en bas, il t'attendait !

— C'est vrai ? Bah, tant pis... J'ai bien dormi.

Millie bâilla et s'étira – assez peu convaincante, de son propre avis.

— Quand je suis rentrée, il était à la porte en train de glisser ton soutif dans la boîte aux lettres. Ton soutif *préféré*, précisa Hester avec ce petit mouvement de sourcils à la Roger Moore. Entre nous, je me demande bien comment tu as pu « l'oublier » par inadvertance dans sa voiture.

— Ça ne m'étonne pas que tu penses ça.

Millie aurait aimé, par moments, qu'il existe un bouton arrêt/marche dans le dos de Hester. Parfois, elle était carrément soûlante.

— Ça paraît évident, non ? Surtout avec un type aussi craquant.

— Et aussi inaccessible.

— Ça ne fait que le rendre encore plus craquant. On veut toujours ce qu'on n'a pas.

Et ce n'est pas toi qui l'auras, songea soudain Millie avec une bouffée d'émotions extrêmement confuses. S'il y a quelqu'un ici qui veut l'avoir et qui ne l'aura pas, c'est moi et moi seule !

Doux Jésus, qu'est-ce qui lui prenait ?

— Qu'est-ce que tu fais de Lucas ? demanda-t-elle.

— Ah, soupira Hester en mimant l'évanouissement, il reste mon grand chouchou !

Pauvre Nat.

— Et Nat ?

— Oh, arrête de me regarder comme une vieille fille flétrie ! J'ai bien le droit de fantasmer, non ? Ce serait Nat mon chouchou, s'il était là, mais il préfère poêler des coquilles Saint-Jacques à Glasgow.

La sonnette retentit une heure plus tard.

— Tu es une vraie pro ! dit Lucas à Millie lorsqu'elle ouvrit. Je passais dans le coin, ajouta-t-il avec un grand sourire, alors je suis venu. Une des filles de la salle d'op m'a appelé pour me dire que tu avais été fantastique. D'ailleurs, elle a été tellement impressionnée qu'elle te réserve pour après-demain.

— Super. Où ?

— Le grand supermarché à la sortie de Wadebridge, tu sais ? Son mari est le directeur. C'est leurs noces d'argent et elle voudrait que tu sois là à treize heures. Pendant sa pause déjeuner à la cafétéria.

Lucas lui tendit l'enveloppe renfermant toutes les explications.

— Le poème est à chier, du concentré d'eau de rose, mais bon, ce n'est pas notre prob…

— Ouille ! se plaignit Millie, percutée sur le flanc par une bombe humaine généreusement parfumée.

Dans l'entrée, l'air était soudain alourdi d'Estée Lauder.

— Il me semblait bien que je reconnaissais cette voix, s'exclama Hester en serrant sa serviette de bain autour d'elle, dégoulinante d'eau et de mousse. Lucas ! Comment vas-tu ? Tu n'as absolument pas changé, tu as l'air en pleine forme !

— Bonjour, ma belle. Toi aussi.

Il se pencha pour l'embrasser chaleureusement sur les deux joues. Puis, simplement parce qu'il ne pouvait s'en empêcher, il passa l'index sur sa clavicule.

Hester se mit à frétiller comme un chiot. Un miracle que sa langue ne pende pas hors de sa bouche !

— Ça me fait tellement plaisir de te voir, ajouta-t-elle, comme si ce n'était pas suffisamment flagrant.

Elle tendait le cou, essayant de se rapprocher de lui, quémandant une nouvelle caresse.

— Lucas est juste passé m'expliquer mon prochain engagement…

— Oh, mais il faut absolument que tu restes boire un verre ! s'écria Hester en agrippant son bras bronzé. On pourra parler du bon vieux temps…

Quelle honte, se dit Millie. Deux heures plus tôt, Hester avait obligé Hugh à « rester boire un verre », et voilà qu'elle recommençait. Vraiment, celle-là, elle fondait sur ces jeunes mâles innocents comme une veuve noire sur ses proies.

À ceci près que Lucas était aussi innocent que Peter Stringfellow, le roi du porno.

— C'est tentant, fit-il avec un clin d'œil à Hester, mais on ne peut pas s'attarder. J'emmène Sasha à St. Ives.

Tout en parlant, il jeta un œil derrière lui, en direction de la voiture garée devant la maison. Sasha, dans sa tenue de religieuse, était appuyée contre le capot et fumait une cigarette en redressant négligemment la couture d'un de ses bas résille. Deux retraités qui attendaient l'autobus un peu plus loin s'appliquèrent à ne pas paraître choqués.

Hester se décomposa.

— C'est ta petite copine ?

— On s'entend bien, répondit gaiement Lucas. On se voit de temps en temps, ce genre de truc, tu vois ?

Hester voyait. Elle devinait aussi tous les « genres de truc » en question. Sasha avait de la chance. Beaucoup de chance.

La garce.

— « Un petit mot de ta femme qui t'aime », lut Millie à voix haute après avoir ouvert l'enveloppe.

Elle s'éclaircit la gorge.

Vingt-cinq ans de conjugale félicité,
Jamais un jour sans un tendre baiser.
Alan mon chéri,
C'est du fond du cœur
Que je te remercie
Pour un tel bonheur.

— Tu as raison, c'est vraiment tarte, conclut-elle.

Une boule s'était formée dans la gorge de Hester. Elle trouvait cela très romantique.

— Garde ton sérieux et tout se passera bien, conseilla Lucas.

Il consulta sa montre.

— Allez, je dois filer. Il ne faut pas que je fasse attendre ces chers messieurs du Club.

Il adressa un nouveau clin d'œil à Hester et lui tapota brièvement la tête.

— À bientôt, ma belle. Sois sage, hein ?

— Tu vois, je t'avais bien dit qu'il était devenu gros et moche, murmura Millie tandis qu'elles le regardaient sauter dans la voiture.

Sasha jeta sa cigarette à moitié consumée dans le caniveau, leur adressa un signe d'adieu et envoya un petit baiser aux deux retraités.

— Il m'a tapoté la tête, gémit Hester. Tu parles d'un romantisme !

— Ça pourrait être pire, répondit Millie.

— Je le revois pour la première fois depuis des siècles et il me traite comme une gosse de cinq ans !

Pour illustrer une injustice aussi criante, Hester éleva la voix et tapa du pied.

— Je croyais que me montrer sortant du bain, ça serait efficace. Je suis mouillée, nue, encore maquillée… Bon sang, qu'est-ce qu'il peut vouloir de plus ?

Millie songea à Sasha.

— Peut-être une religieuse en habit ?

Hester fit un effort pour ne pas paraître agacée quand Nat l'appela au milieu de son feuilleton préféré, *Coronation Street*. Elle lui avait répété des centaines de fois qu'il ne fallait jamais l'appeler entre sept heures et demie et huit heures, aucun soir de la semaine, mais il l'oubliait toujours. Ce devait être propre aux hommes. À moins, se disait-elle, qu'ils ne le fassent exprès.

Et justement au moment d'un rebondissement intéressant, en plus.

— J'ai cinq minutes devant moi avant le coup de feu, lui dit Nat gaiement. Jacques est convaincu que le type qui a réservé la 6 à vingt heures est critique au guide Michelin. On affiche complet, Danny a appelé pour prévenir qu'il était malade, et les serveuses sont toutes entassées aux toilettes pour se maquiller, parce que la 4 a été réservée par Sean Connery. Mais à mon avis, ce n'est pas le Sean Connery qu'elles espèrent. Tu me manques.

Hester eut soudain envie de pleurer. Millie avait raison : Nat était un amour, et il lui manquait atrocement. Le son de sa voix le lui rappela brutalement, puissamment, comme une déferlante s'écrasant à Fistral Beach.

— Oh, Nat, j'aimerais tellement que tu sois là…

Nat l'aimait, lui. Jamais il ne lui tapoterait la tête.

— Quelle coïncidence : moi aussi. Justement, c'est pour ça que je t'appelle. J'ai persuadé Jacques de me donner la journée de samedi. Tu pourrais venir vendredi soir, on passerait le week-end ensemble et tu reprendrais le train dimanche soir. Qu'est-ce que tu en penses ? Un week-end entier !

Il semblait tout content de lui. Le moral de Hester grimpa en flèche pendant un quart de seconde, avant de retomber brutalement. En théorie, c'était formidable. Mais en réalité, cela signifiait un voyage en train fatigant. La journée du samedi, ils seraient tous les deux exténués. Le samedi soir, d'accord, ils s'éclateraient. Mais le dimanche serait assombri par la perspective de se dire adieu sur le quai de la gare, sachant qu'ils ne se reverraient pas avant Dieu sait combien de semaines. Puis il faudrait refaire le voyage dans l'autre sens, expérience la plus déprimante qui soit.

Cela signifierait aussi qu'elle ne ferait pas le marché samedi, journée la plus lucrative de toutes. Et le voyage lui coûterait une fortune, ce qu'elle ne pouvait pas vraiment se permettre ces temps-ci.

— Hess, tu es toujours là ?

— Bien sûr, dit-elle en se frottant le front. C'est super, mais… je ne sais pas, je suis complètement fauchée en ce moment, et le voyage en train, c'est interminable… Je ne sais pas si ça vaut le coup, en fait.

Bref silence.

— Mais au moins, on serait ensemble, reprit Nat. Je croyais que c'était ce que tu voulais.

— Ce que je voudrais, c'est pouvoir me téléporter à Glasgow en trois secondes montre en main.

Un autre silence, plus long.

— Tu voudrais que je vienne ?

— Oh, Nat…

Les yeux de Hester s'emplirent de larmes de honte.

— Ce serait encore pire. Tu ne termines pas avant minuit le vendredi soir. Tu dormirais toute la journée du samedi… Non, ça ne vaut vraiment pas le coup.

Elle entendit quelqu'un crier quelque chose à Nat.

— O.K. C'était juste une idée… Bon, il faut que je retourne bosser. Le type du Michelin est arrivé.

— C'était une idée merveilleuse, Nat…

Une larme coula le long de la joue de Hester, qu'elle essuya du revers de la main.

— Mais quand je te revois, c'est encore plus difficile de te quitter ensuite. Je ne peux pas supporter le moment où le train démarre et…

— Il faut que j'y aille, ma douce. Je t'aime. Au revoir.

— Moi aussi je t'aime, chuchota Hester.

Trop tard. Il avait déjà raccroché.

Millie vint la réconforter avec une tasse de thé.

— Et un Snickers, fit-elle en sortant théâtralement la barre de derrière son dos. Pour te remonter le moral.

— Et merde, grogna Hester tandis que le générique familier emplissait le salon. J'ai raté *Coronation Street*.

— Ce n'était pas terrible, finalement.

— N'empêche, j'avais quand même envie de le voir. J'en ai marre, pourquoi faut-il que Nat gâche toujours tout ?

— Hess, protesta Millie. Tu ne peux pas lui en vouloir, il t'appelle quand il le peut. Ce n'est pas sa faute.

— Bien sûr que si, je peux lui en vouloir ! cria Hester. Et c'est sa faute. S'il n'était pas parti en Écosse, j'aurais peut-être une vie normale avec un petit copain que je pourrais voir quand je veux, et je ne serais pas obligée de rester enfermée tous les soirs comme une vieille fille et devenir accro à ces crétineries de feuilletons à l'eau de rose !

16

Millie commença à avoir l'impression d'être en plein feuilleton à l'eau de rose elle-même, le lendemain matin, quand elle découvrit sa mère sur le seuil de sa porte, serrant entre ses doigts crispés un exemplaire du magazine *L'Amateur d'opéra*.

Encore plus mystérieusement, l'ancien patron de Millie, Tim Fleetwood, haletant légèrement, déchargeait une série de bagages du coffre de sa Megane gris métallisé.

— Maman ! Qu'est-ce que tu fais là ? Que se passe-t-il ?

Adele, comme d'habitude ridiculement trop élégante, cette fois en tailleur turquoise façon Chanel et talons aiguilles assortis – à Newquay, à une heure de l'après-midi –, enveloppa Millie d'une bouffée de Byzance tandis qu'elle se penchait pour l'embrasser.

Sur les deux joues. Personne ne faisait ça, ici. Adele et ses manies de citadine… Bientôt, elle allait passer au lait écrémé.

— C'est plutôt à moi de te demander ce qui se passe, répliqua-t-elle en agitant un doigt. J'avais prévu de te faire une surprise en venant à l'agence. Tu imagines le choc, quand Tim m'a annoncé que tu n'y travaillais plus ! Tu aurais pu me prévenir, ma chérie. Je me suis sentie complètement niaise.

Hmm. Fidèle à elle-même. Millie avait beau aimer sa mère, elle aurait apprécié qu'Adele se conduise un peu plus sobrement. Elle mentit :

— J'ai essayé de t'appeler l'autre jour, mais ça ne répondait pas.

— Et cela a suffi à te décourager ? Tu aurais pu réessayer plus tard. Franchement, les jeunes d'aujourd'hui… Déposez-les simplement dans l'entrée, voulez-vous, Tim ?

Tim se faufila entre elles en se déhanchant, les bras chargés. Il fut bien obligé de jeter un coup d'œil à Millie et de dire, un brin penaud :

— Bonjour, ça va ?

Penaud, on l'aurait été à moins. C'était une telle lavette qu'il n'était même pas capable de s'opposer à sa femme, le temps de lui dire qu'il n'avait pas de maîtresse.

Un nul, une chiffe molle.

— Extrêmement bien, merci. J'ai un nouveau boulot épatant, les gens avec qui je travaille sont adorables, et c'est très bien payé.

Ayant enfoncé le clou, Millie demanda doucereu-sement :

— Comment va Sylvia ?

— Bien.

Tim posa les deux dernières valises par terre et se redressa.

— Voilà. Bon, je ferais mieux de retourner à l'agence…

… où sans aucun doute Sylvia devait l'attendre, l'index braqué sur l'aiguille des secondes de sa montre, songea Millie.

— Tim, vous êtes un amour… *smack, smack,* fit Adele en embrassant les courants d'air autour de ses deux joues, ce qui procura à Tim une petite suée.

Le pauvre homme était terrifié, réalisa Millie. Absolument affolé. Sylvia l'attendait peut-être avec une machette, plutôt qu'un chronomètre !

— Je pensais te faire une surprise, t'emmener déjeuner dans un endroit chic et choc, expliqua Adele autour d'un café. Comme on ne pouvait stationner nulle part du côté de l'agence de voyages, j'ai renvoyé le taxi. Imagine comme je me suis trouvée bête en apprenant que tu n'étais plus là !

— Tu aurais dû m'appeler. Mais c'est gentil de la part de Tim de t'avoir accompagnée jusqu'ici.

— Penses-tu, j'ai dû faire des allusions grosses comme des maisons, ricana Adele.

Même en ricanant, elle restait raffinée.

— Alors dis-moi, pour combien de temps es-tu là ? s'enquit Millie en croisant les doigts derrière son dos.

— Oh, je ne sais pas, une quinzaine de jours, peut-être ! J'avais besoin de changer d'air.

En réalité, elle s'était beaucoup attachée à un banquier qui avait eu le culot de la quitter pour une traînée. Mais c'était une autre histoire, et certainement pas de celles que l'on raconte à sa fille.

— Il fait étouffant à Londres, et c'est envahi de touristes à cette époque de l'année, dit-elle en frissonnant théâtralement. Une horreur. Je ne supportais plus. Il fallait que je bouge.

Naturellement, Newquay, la capitale européenne du surf, était déserte en été, ironisa Millie. Une histoire d'homme, certainement, avait fait fuir sa mère. Elle l'aurait parié. Elle savait aussi pertinemment pourquoi Adele n'allait jamais nulle part sans un magazine « intellectuel » sous son bras : on ne savait jamais sur qui on pouvait tomber. À l'évidence, c'était un merveilleux moyen de briser la glace entre gens « cultivés » que d'annoncer au monde en général – et aux maris potentiels en particulier – qu'on n'était pas une idiote.

— En tout cas, ça me fait plaisir de te voir, déclara Millie vaillamment. Je peux te prêter ma chambre. Je dormirai sur le canapé-lit.

Dieu seul savait comment réagirait Hester devant ce débarquement, mais que faire ? Difficile de recommander à sa propre mère une confortable chambre d'hôte.

— Mon trésor, c'est très gentil de ta part, mais il n'est pas question que je reste ici !

Ouf. Merci, merci... Même sa mère avait le bon sens de comprendre qu'on ne pouvait pas débarquer sans prévenir et s'imposer ainsi aux gens...

— Dans cette minuscule maison ? s'esclaffa Adele comme si l'idée seule était risible. Où on n'a pas la place de se retourner, et où il n'y a même pas une cafetière correcte ? Seigneur, plutôt mourir !

Ah !

— Ah ! fit Millie.

C'était une petite claque, mais finalement, le genre de claque qui n'avait pas trop d'importance.

— Où séjournes-tu, alors ? À l'hôtel ?

— Avec ma pension alimentaire dérisoire ? Tu plaisantes, ma chérie.

Adele but une petite gorgée de café et fit une grimace de dégoût. Puis elle se ressaisit et sourit à sa fille.

— Je pensais m'installer chez ton père et Judy.

— Tu sais ce que tu es ? demanda Millie. Cinglée.

Assises dans le jardin, Judy et elle partageaient une bouteille de vin en savourant la chaleur du soleil. À l'étage, Lloyd montrait sa chambre à Adele.

Judy haussa une épaule et chassa une abeille bourdonnante.

— Pourquoi ? Qu'étais-je censée faire ? Refuser ?

— Mais oui !

— Cela donnerait l'impression qu'Adele me pose un problème. Alors que ce n'est pas le cas. Pas du point de vue de la jalousie, du moins.

— Mais ça doit te faire un peu bizarre, non ?

— Pas vraiment. Elle n'est pas infernale à ce point. Après tout, ce n'est que ta mère, pas Saddam Hussein.

— Hmm.

Millie n'en était pas si sûre.

— Elle peut être insupportable, je ne sais pas pourquoi papa s'est laissé embobiner...

— Mais si, tu le sais. Nous le savons tous. Parce qu'il est tout simplement trop gentil.

— D'accord, mais si elle te rend folle, préviens-moi. Il n'y a pas de raison pour que tu en pâtisses.

— Ne t'inquiète pas, je saurai me débrouiller toute seule.

Judy semblait amusée.

— Ce n'est que l'ex-femme de ton père. Il a été adorable quand ma tante Sarah, qui est complètement farfelue, est restée un mois ici l'an dernier. Et elle était clouée au lit, la pauvre ! Je ne vais tout de même pas faire une scène parce que Adele va passer quelques jours chez nous.

Millie soupçonnait qu'il ne faudrait pas longtemps avant que Judy souhaite voir Adele alitée, elle aussi. Elle se tourna vers la maison et vit ses parents qui revenaient.

Adele serrait autour d'elle un châle à franges lilas et une volumineuse biographie brochée de Placido Domingo.

— Vraiment, tu me désespères, disait-elle à Lloyd.

Elle leva les yeux vers Millie et expliqua :

— J'ai demandé à ton père ce qu'il pensait d'Andrea Bocelli, et il m'a répondu que c'était une grosse erreur d'avoir signé dans l'équipe d'Aston Villa. Quel incurable béotien ! soupira-t-elle en levant les yeux au ciel.

Lloyd, qui la suivait quelques pas derrière, souriait. Il adressa un clin d'œil à Millie et demanda innocemment :

— C'est quoi, un béotien ?

Le supermarché à la sortie de Wadebridge était bondé. Millie franchit la large porte vitrée en rollers, parfaitement stupide, sous les rires et les doigts pointés vers elle. Elle se consolait en se disant qu'elle gagnait de l'argent. Et qu'elle offrait un peu de bonheur. Et que le directeur ne serait pas près d'oublier ses noces d'argent.

Personne ne l'attendait. Pat, l'infirmière, lui avait expliqué la situation au téléphone :

— Son personnel est adorable, ils forment une grande famille unie. Mais je crains qu'ils ne sachent pas garder le secret. Or il suffit qu'une personne ne tienne pas sa langue pour tout gâcher. Quand vous arriverez, ce sera une surprise fantastique pour tout le monde.

Sur son passage, un bébé en poussette émit un cri d'angoisse et éclata en sanglots.

C'est la vie, songea Millie. On ne peut pas plaire à tout le monde…

Elle passa devant le stand de presse en réalisant qu'elle attirait de plus en plus l'attention. Des enfants s'étaient mis à la suivre comme si elle était le joueur de flûte de Hamelin. Sur sa gauche, on s'activait aux caisses. À droite, on se bousculait devant les fruits et légumes. Deux adolescents bombèrent le torse et se tapèrent la poitrine en poussant des cris de Tarzan.

Elle repéra le guichet des renseignements à l'extrémité de la série de caisses. Elle coinça le T-shirt et la bouteille de mousseux sous son bras, et s'y dirigea. Le tourniquet et le système d'entrée à sens unique l'obligèrent à évoluer parmi les pâtes et les sauces, les gâteaux et biscuits, les croquettes pour chats et les os en caoutchouc parfumés au bœuf.

Enfin, elle arriva à destination. Trois employées lui sourirent.

— Vous cherchez les cacahuètes ? Allée 16, mon chou, dit l'une d'elles, hilare.

— Je viens voir le directeur, annonça Millie tandis qu'une petite foule s'agglutinait autour d'elle.

— Le directeur ?

— Alan Heseltine.

Pourquoi ces filles échangeaient-elles des regards bizarres ?

— Je suis dans le bon supermarché, insista-t-elle. Sa femme m'a tout bien expliqué.

Encore des expressions circonspectes, des coups de coude et un sourire en coin.

— Elle m'a demandé de venir à treize heures pour lui faire une surprise. C'est leurs noces d'argent.

Les caisses commençaient à devenir silencieuses derrière elles. L'une des jeunes employées chargées de remplir les sacs étouffa un petit rire. Tous les yeux étaient fixés sur Millie.

— Alan Heseltine, répéta-t-elle en transpirant un peu dans le costume. C'est bien votre directeur ?

Seigneur, comme ce serait gênant s'il n'était que caissier et avait menti à sa femme pendant vingt ans en prétendant qu'il était le patron !

— Oh, c'est bien notre directeur ! répondit enfin l'une des employées, dont le badge précisait qu'elle s'appelait Mavis. Mais il n'est pas là.

— Sa femme m'a affirmé qu'il serait là, implora Millie en frémissant à l'idée de devoir attendre. Pouvez-vous me dire où le trouver ? Savez-vous ce qu'il fait, et à quelle heure il rentrera ?

Les deux filles qui flanquaient Mavis se mirent à ricaner. Mavis consulta négligemment sa montre et répondit :

— Ce qu'il fait ? Eh bien, étant donné qu'il est une heure moins cinq, il est en train de tringler Doreen Pringle, je suppose.

— Oh noooooon ! s'exclama Millie en portant une patte à sa gueule, horrifiée.

— Et il ne reviendra pas aujourd'hui, conclut Mavis avec un petit sourire espiègle. Ils ont tous les deux pris leur après-midi.

— Quel cauchemar, gémit Millie. C'était censé être tellement romantique...

— C'est un sale con, égoïste et salaud, déclara Mavis. Et elle, une minette qui vous prend de haut. Elle travaille au rayon traiteur. Trois fois par semaine, entre midi et deux, ils vont chez elle. Ça fait deux ans que ça dure.

— Quelle ordure !

Millie retira tristement sa tête de gorille.

— Doreen habite au coin de la rue, suggéra l'une des autres employées. À Lime Acres. Vous pourriez toujours vous pointer là-bas et débiter votre petit boniment sur le pas de sa porte ?

— Merci, mais je ne crois pas, non, soupira Millie.

Aux caisses, personne n'avait perdu une miette de l'échange. En regagnant lentement la sortie, Millie réfléchit à l'égoïsme masculin. La pauvre infirmière avait été tellement contente de faire une gentille surprise à son gentil mari… Comment pouvait-elle être mariée avec lui depuis vingt-cinq ans, et se tromper à ce point sur son compte ?

Bing !

Quelque chose heurta la nuque de Millie, qui faillit culbuter dans un stand de plantes en pots. Elle se rétablit vivement et pivota. L'un des deux adolescents de tout à l'heure venait de lui lancer une banane.

Morts de rire, ils sautillaient sur place en produisant des bruits de singes.

Pitié… Il y avait de quoi vous dégoûter à vie du sexe opposé.

Revenue à la voiture, elle ôta ses rollers et posa la tête de gorille sur le siège du passager, à côté d'elle. Ouf.

Elle le vit trente secondes plus tard, alors qu'elle sortait du parking. Il déchargeait le contenu d'un Caddie dans son coffre. Il portait un jean blanc et un polo vert d'eau, et il était plus beau que jamais.

Bon. On se calme. On respire normalement. Conduis tranquillement, et fais comme si tu ne l'avais pas remarqué.

Garde les yeux droit devant, sur la route. Ne regarde pas à gauche. Surtout ne regarde pas à gauche, ne regarde… Zut !

Zut et zut ! Elle avait regardé à gauche. Au moment où Hugh Emerson finissait de remplir son coffre et relevait la tête.

Il sourit en la reconnaissant. Millie se mit aussitôt à transpirer, d'autant qu'elle était toujours enfermée, du cou aux chevilles, dans un costume de gorille qui devait bien peser huit kilos.

Bon. Ce n'est pas la fin du monde. Hoche la tête et fais un petit signe désinvolte. Montre que tu l'as reconnu toi aussi, puis continue à rouler. Facile. Pas besoin de paniquer, tu peux très bien y arriver.

Et elle aurait pu y arriver, si devant elle une femme poussant un Caddie débordant de victuailles n'en avait pas perdu le contrôle à cet instant précis. Le chariot percuta le trottoir. Un paquet de papier hygiénique et un sac de pommes mal fermé dégringolèrent par terre. La femme s'affola, tenta de redresser le Caddie. En vain. Frénétiquement, sans cesser de proférer des excuses, elle se pencha et commença à ramasser ses Granny Smith. Mais le sac en plastique était troué, et à peine les avait-elle ramassées et remises dans le sac qu'elles retombaient aussitôt.

Le Caddie continuait à lui boucher le passage. Pas d'issue.

C'est exactement ce qui m'arriverait, songea Millie, si je venais de cambrioler une banque et si je voulais m'enfuir.

La poisse.

17

Hugh eut pitié de la pauvre femme et vint l'aider à ramasser ses pommes. Elle en fut, constata Millie, aussi reconnaissante qu'impressionnée. Puis il remonta habilement son Caddie sur le trottoir, et elle repartit toute contente vers sa voiture.

Non moins habilement, Hugh fut revenu devant la Mini avant que Millie ait le temps de repartir. Avec un petit sourire, il lui fit signe de baisser sa vitre.

Elle s'exécuta. Elle avait retiré pour conduire les mains velues de gorille, bien sûr, mais elles pendaient toujours de leurs attaches en velcro, à ses poignets.

Une seule vanne sur des cacahuètes, décida-t-elle, et je lui roule sur les pieds.

Et il n'avait pas intérêt non plus à parler de bananes.

— Ils devraient fabriquer des Caddies qui ressemblent à des buggys de golf, remarqua Hugh. Le premier supermarché qui lancera des buggys, au lieu de ces misérables Caddies impossibles à manœuvrer, est sûr de faire fortune, non ?

Millie sourit. Comment résister ? Dès qu'elle pensait à Hugh Emerson – c'est-à-dire affreusement souvent –, elle avait la bouche sèche et paniquait. Mais à peine commençaient-ils à bavarder qu'elle se détendait, mystérieusement.

— Merci, fit-elle en hochant gravement la tête. Merci de ne pas faire de l'humour dans l'esprit jungle et bananes.

— Je ne connais aucune blague avec des bananes.

Hugh marqua une pause.

— Enfin, sauf une que je ne saurais répéter…

Encore une pause.

— Pas devant un gorille, en tout cas.

— Tu veux bien mettre ton pied sous ma roue avant, juste un instant ? demanda Millie d'une voix enjôleuse.

— Oh ! la la ! ça a été une mauvaise journée ? Ton sketch s'est mal passé ?

Brièvement, elle lui raconta l'épisode.

— Et au moment où je repartais, un crétin de collégien a failli m'assommer, termina-t-elle, indignée. Avec une saloperie de banane.

— Tu sais ce qu'il te faut ? Un verre.

— Tu plaisantes ? Je ne remettrai plus les pieds dans ce supermarché.

— Je ne voulais pas dire une tasse de thé et un pain au raisin à la cafétéria. Je parlais d'un verre digne de ce nom. Une immense vodka tonic avec plein de glace et de citron.

La maison de Hugh n'était qu'à trois kilomètres du supermarché. Il avait des produits surgelés dans son coffre, et Millie le suivit jusqu'à sa petite maison victorienne, au sommet de la colline dominant Padstow.

Elle avait très envie d'une vodka tonic.

Et de voir où habitait Hugh.

Mais, surtout, de l'aider à déballer ses courses.

Ce qu'achetait un homme était tellement révélateur de sa personnalité… En se garant dans l'allée derrière la voiture de Hugh, Millie ressentit un pincement d'excitation mêlée à de l'inquiétude. Là, c'était vraiment le test. Ça passe ou ça casse. S'il était allé au supermarché acheter des boulettes de viande surgelées et du pâté en boîte – ou, pire, du tofu –, elle parviendrait peut-être enfin à se le sortir de la tête.

Elle avait oublié qu'elle portait toujours son costume, jusqu'à ce que la voisine passe la tête par-dessus le mur pour dire quelque chose à Hugh puis, voyant Millie, s'écrie :

— Oh !

— C'en est fait de ma réputation, remarqua-t-il en haussant un sourcil tandis que la femme battait en retraite. Je ne serai pas invité au prochain dîner d'Edwina. Tu veux retirer ton déguisement ?

Millie feignit l'affolement.

— Hein ? Ici ?

— Oh, pardon ! fit-il en riant. Mais tu dois avoir des habits de rechange, non ?

Bien sûr. Bien sûr qu'elle avait de quoi se changer. Une jupe orange et un débardeur blanc, fourrés dans un sac sous le siège de sa voiture.

Mais il y avait quelque chose d'irrésistible à l'idée d'emprunter des vêtements à quelqu'un.

Surtout si ce quelqu'un vous donne des frissons partout et vous donne l'impression d'être redevenue une écolière.

— Je ne pensais pas en avoir besoin. Je comptais rentrer directement à la maison, une fois ma mission terminée.

Millie essuya des gouttes de sueur imaginaires de son front, haussa les épaules et ajouta bravement :

— Ce n'est pas grave, ne t'inquiète pas pour ça.

— Tu es folle ! s'exclama Hugh. Il fait vingt et un degrés, et tu roules en voiture dans un costume de gorille. Tu vas avoir un coup de chaleur.

— Ça va, je t'assure, protesta Millie.

Mollement, et en se demandant si elle aurait le cran de défaillir.

Hugh souriait.

— Viens, je vais te prêter quelque chose.

Youpi !

La maison était joliment restaurée et décorée, mais il lui manquait une touche féminine. Sans être une maniaque des intérieurs ressemblant à des magazines de décoration, Millie éprouva le besoin de jeter deux ou trois coussins sur le rebord de la fenêtre, d'accrocher quelques tableaux et de disposer des tapis colorés sur le parquet ciré.

— Je sais, dit Hugh en suivant son regard. C'est un peu dépouillé. La déco, ça a toujours été plutôt le truc de Louisa.

Laissée seule dans la cuisine, Millie examinait subrepticement le contenu des sacs de courses, lorsqu'il revint avec une chemise en jean délavée et un Levi's coupé au genou.

— Ce sera trop grand, mais c'est mieux que rien.

Les vêtements sentaient divinement bon. On ne pouvait pas critiquer un homme qui utilisait du Lenor.

— Tu n'as qu'à te changer là-haut. Je vais déballer tout ça. Et ensuite, on se le boira, ce verre.

La salle de bains topaze et bronze était propre, bien rangée, et exempte de tout produit de soin inutile. Millie ôta son costume en songeant que les hommes rataient beaucoup de choses. Ce devait être ennuyeux de se lever le matin sans avoir le choix entre seize shampooings différents. Comment pouvait-on se limiter à une bouteille et l'utiliser jusqu'à ce qu'elle soit vide ? Et un seul savon !

La chemise était douce comme une peau de chamois, et si décolorée qu'elle était presque blanche. Elle avait dû être lavée et repassée des milliers de fois. Millie réalisa avec un sursaut, en fermant les boutons de nacre, que cela avait peut-être été fait par Louisa.

Elle fut aussitôt submergée de culpabilité. Voilà la chemise que la femme de Hugh avait amoureusement lavée et repassée, et une dévergondée ne rêvait que de séduire son mari…

Dégrisée, elle enfila le Levi's et serra la ceinture.

Au moins, toute dévergondée qu'elle était, c'était hors de propos : Hugh lui avait clairement fait comprendre qu'il n'avait aucune visée sur elle.

Pour se punir, elle ne lui emprunta pas sa brosse à cheveux. Et en redescendant, elle ne s'autorisa même pas à jeter un coup d'œil dans aucune des chambres.

Enfin, si. Peut-être une. Et de toute façon, la porte était ouverte.

C'était la chambre où dormait Hugh. La vue sur le fleuve était magnifique. Le grand lit double, avec une couette bleu marine et blanc, était défait. Des vêtements étaient posés sur la chaise, des magazines informatiques éparpillés sur la table de chevet.

Ainsi qu'un réveil, une lampe de table coudée et une photographie, dans un cadre en laiton tout simple, de Louisa.

Qu'avait-elle espéré ?

— Que se passe-t-il ? demanda Hugh derrière elle.

— Oh !

Surprise en flagrant délit, Millie fit volte-face.

Seigneur, il allait en conclure qu'elle était venue uniquement pour fouiner ! Peut-être même croirait-il qu'elle l'avait délibérément suivi dans le supermarché pour comploter leur rencontre…

— Pardon, pardon, pardon. Je n'ai pas pu résister à l'envie de jeter un petit coup d'œil, mais je te promets que c'est tout…

Hugh sourit.

— C'est dans la nature humaine.

— Quoi donc ? s'enquit-elle, pétrifiée.

— De regarder dans les chambres des autres. De voir comment ils vivent, d'en savoir plus sur leur intimité. Tu n'as jamais acheté un magazine people ?

— Non.
— Mais tu les feuillettes dans les salles d'attente.
— Oh, les feuilleter… oui, bien sûr.
— Tu vois bien…
Éperdument reconnaissante, Millie serra contre sa poitrine le costume de gorille et dit :
— Je n'ai regardé dans aucune autre chambre, je te le jure.
— Ne t'en fais pas, je n'ai rien à cacher. Pas même une esclave nue enchaînée au grenier.
Il souriait. Il lui avait pardonné son indiscrétion. Elle se détendit.
— Et *un* esclave nu ?
— Ah oui, bien sûr ! Mais à part ça, rien du tout !
Millie l'aida à déballer les provisions et à les ranger. À son grand soulagement, elle approuva presque tout ce qu'il avait acheté. En particulier le carton d'un litre de glace vanille-noisette Rocombe Farm. Hormis une passion apparente pour les cornichons, ils étaient étonnamment compatibles, du point de vue supermarché. Elle remplit gaiement le réfrigérateur de beurre doux danois, d'œufs non calibrés, de mascarpone et de parmesan frais. Elle fut ravie de voir qu'il avait choisi des tomates cerises, du papier hygiénique de qualité, et deux bouteilles de fitou. Incontestablement un homme comme elle les aimait.
Dieu merci, aucune boîte de petits pois de format économique.
Ni ces atroces feuilletés à la viande.
Ni, malédiction suprême, des chips saveur crevette.

— Ah, les hommes… de beaux salauds, tout de même, soupira Millie en agitant ses orteils nus et en admirant la façon dont les glaçons, dans son verre, scintillaient au soleil.
— J'ouvre une bouteille de vodka et une bouteille de tonic spécialement pour toi, et voilà comment je suis insulté. Merci infiniment.
Assis dans le jardin, ils savouraient le soleil en se disputant au sujet des cornichons, quand Millie s'était soudain rappelé la raison de sa présence dans ce quartier. Deux bonnes heures s'étaient déjà écoulées, sans qu'elle voie le temps passer.

— Cette pauvre femme, gémit-elle. Il faut que j'appelle Lucas pour lui raconter ce qui s'est passé. Il lui expliquera que son mari a été appelé à l'extérieur pour un rendez-vous impromptu.

— Ne fais pas cette tête-là ! dit Hugh en riant. Ce n'est pas ton mari.

— La question n'est pas là, se plaignit Millie. Cette femme croit qu'elle a épousé un homme formidable, alors qu'il lui ment depuis vingt-cinq ans ! Comment peut-on être sûr qu'on n'est pas le dindon de la farce ? C'est effrayant, je trouve.

Elle fit une grimace.

— Je pourrais très bien rencontrer quelqu'un de sublime demain, tomber raide dingue de lui. Mais comment lui faire vraiment confiance ?

Hugh haussa les épaules.

— Il faut écouter son instinct, je suppose. C'est tout ce qu'on peut faire.

— Impeccable. Comme la femme du directeur du supermarché.

— Je t'offrirai un détecteur de mensonges à Noël, promit-il avec un grand sourire.

— Mon Dieu, il va falloir que j'attende si longtemps ?

— De toute façon, je croyais que tu passais un été en célibataire. Tu ne t'étais pas autoproclamée « zone hors sexe », ou quelque chose dans ce goût ?

Millie inclina la tête en arrière et but une gorgée. Un glaçon et la rondelle de citron atterrirent sur son nez. Elle en avait assez de son pari, mais il valait mieux ne pas l'annoncer à Hugh. C'était précisément parce qu'elle s'était vouée à un été de célibat, qu'il avait pu se détendre en sa compagnie. Cela leur avait permis de devenir amis sans qu'il s'inquiète constamment de la voir fantasmer.

Par exemple, s'imaginer lui arrachant ses habits avec les dents et… Non, non, stop ! Interdiction de penser à ça, Millie !

Mieux valait que ses divagations restent secrètes. Bien gardées. Dans un coffre en Suisse, par exemple.

Elle hocha la tête et mentit gaiement :

— Pas d'hommes, pas de sexe, pas de soucis. Cela procure une liberté d'esprit totale… Bon, il faut vraiment que je raconte à Lucas ce qui s'est passé. Je peux emprunter ton téléphone ?

— Bien sûr. Tu m'apporteras une autre bière du frigo, quand tu auras fini. Et sers-toi aussi, bien sûr.

— Je vais reprendre le volant…

— Tu pourrais rester manger un morceau. Mes placards sont pleins. Tu ne vas peut-être pas me croire, mais je reviens du supermarché.

À la cuisine, tandis qu'elle décapsulait, rêveuse, deux bouteilles de Becks, Millie se demanda quel effet cela ferait d'embrasser Hugh Emerson, de passer les doigts dans ses cheveux souples décolorés par le soleil, sa peau chaude glissant contre la sienne.

Avant de se laisser complètement emporter, elle se donna une bonne tape sur chaque joue, prit le téléphone et composa le numéro de Lucas.

18

Naturellement, il trouva cela très drôle.

— Ne te mets pas dans des états pareils, ma douce, ce n'est pas si grave ! la rassura-t-il. Elle a payé d'avance.

Grands dieux. Les hommes ! Elle l'aurait volontiers fait bouillir dans une cocotte-minute.

— Lucas, son mari a une liaison ! C'est un salaud ! Tu ne vas pas garder son argent, il faut la rembourser.

— Les affaires sont les affaires. Nous avons fait ce qu'on nous demandait. Ce n'est pas notre faute si son bonhomme la trompe.

— Tu n'as pas de cœur ! l'accusa Millie.

— Dieu merci, non. Je préfère ça plutôt que me faire marcher sur les pieds.

— Je te déteste.

— Tant pis, je suis ton boss. C'est normal que mes subalternes enfoncent des aiguilles dans des petites poupées à mon effigie.

Lucas souriait : elle le devinait au son de sa voix.

— Tu es de son côté, gémit-elle. Pour toi, c'est une vaste plaisanterie. Imagine que ce soit toi, à la place de cette femme.

— Écoute, c'est mignon de te sentir aussi concernée…

— Lucas, j'ai toujours cru que peut-être, dans le fond, tu étais un type bien.

— Eh bien tu vois, non. Je suis résolument impitoyable. Le sexe et l'argent, ma douce, c'est ça qui fait tourner le monde. Quoi qu'il en soit, la femme de ce type ne sait pas qu'il la trompe. Alors, où est le mal ?

— Tu devrais avoir honte, gronda Millie avec dédain. Je suis sidérée que l'on puisse proférer des choses pareilles.

— Hmm. Tu es magnifique quand tu es en colère, dit Lucas.

Il riait encore lorsqu'elle raccrocha.

— Voilà ta bière. Désolée d'avoir été si longue, mon patron n'est qu'un gros porc et il mériterait… Oups, pardon !

Millie s'immobilisa en réalisant que Hugh n'était plus seul. En robe rose et serrant les genoux, une jeune fille de dix-sept ou dix-huit ans était juchée sur l'accoudoir du fauteuil de jardin. Elle avait de longs cheveux brillants qui lui arrivaient à la taille, du rouge à lèvres orange et une expression adoratrice.

Le genre d'expression qu'on voyait parmi le public d'un concert de Keith Richards. Éblouie, sentimentale. Jusqu'à ce que la jeune fille se retourne en sursaut vers Millie et demande :

— Hugh ? Qui est-ce ?

Un affreux scénario se déroula aussitôt dans l'esprit de Millie. Hugh allait partir d'un petit rire et déclarer : « Elle ? Oh, ce n'est que Millie, je l'ai invitée à boire un pot avec nous ! Tu te souviens, ma chérie ? Millie le gorille, je t'en ai parlé l'autre jour. Millie, je te présente Lèvres orange, ma copine. »

Ou « ma fiancée ».

Ou « ma nouvelle femme ».

Millie se raidit, s'attendant au pire, le cœur battant.

— Kate, je te présente Millie, une amie. Millie, voici Kate, la fille d'Edwina. Elle habite à côté, ajouta-t-il avec un hochement de tête en direction du mur de pierre.

Ouf.

Enfin… demi-ouf. Il aurait été préférable que la petite voisine ne soit pas aussi ravissante.

— Maman voulait te rappeler le dîner de ce soir, tout à l'heure, expliqua Kate. Elle a dit que tu étais avec une personne déguisée en gorille.

— En effet. Millie travaille pour une agence de kissogrammes à Newquay.

— C'est extraordinaire ! Ma pauvre.

Kate se tourna brièvement vers Millie, avant de reporter son attention sur Hugh.

— Enfin, écoute, j'ai hâte de te voir ce soir, maman prépare un carré d'agneau… Oh, et il s'est passé tellement de choses, j'ai des tonnes de trucs à te raconter…

— Kate, une seconde. Ta maman ne m'a jamais invité à dîner ce soir.

— Je sais. C'est moi qui t'ai prévenu, tu te souviens ? Le week-end dernier.

— Ça me rappelle quelque chose, concéda-t-il. Mais je n'avais pas dit oui.

Kate haussa les sourcils, affolée.

— Ah bon ? Tu es sûr ? Je croyais que c'était entendu. Mon Dieu, et maman qui a passé son après-midi à cuisiner…

— Je regrette, mais je viens d'inviter Millie à rester dîner.

— Maman va être dans tous ses états.

Le visage de Kate se décomposa comme celui d'une enfant de sept ans.

— Nous étions tellement contentes de te voir !

— Écoutez, il n'y a pas de problème, aucun problème. De toute façon, il faut que je rentre.

Millie posa brutalement les deux bouteilles sur la table en bois, incapable de supporter le malaise une seconde de plus.

— C'est vrai ? Oh, très bien, enchantée de vous avoir rencontrée !

Kate lui adressa un grand sourire et prit l'une des bouteilles couvertes de condensation.

— Alors tout est réglé. Maman va être tellement contente, ajouta-t-elle en faisant tinter la bouteille contre celle de Hugh.

Mon Dieu, ne me dites pas que « maman » a le béguin pour lui, elle aussi ! songea Millie.

— Je suis désolé, murmura Hugh en la raccompagnant à sa voiture. C'est ma croix à porter. Quand on s'installe quelque part, on s'efforce d'être en bons termes avec ses nouveaux voisins, mais que veux-tu faire avec quelqu'un comme Kate ?

Millie espéra que son nez n'allait pas s'allonger et commenta :

— Elle a l'air sympa.

Hugh lui jeta un regard impatient.

— Millie, voyons, ne me dis pas que tu n'as rien remarqué. Kate s'est amourachée de moi.

Ah bon ? Quelle horreur. Qu'ont donc les filles, de nos jours ?

— Si, naturellement, je l'avais remarqué.

Entre amoureuses, on se comprend.

— C'est terriblement gênant, ajouta Hugh. Elle est tellement lourde, parfois, et déterminée. Je ne voudrais pas la blesser, mais elle ne saisit pas trop les allusions. Autant essayer de repousser un grizzly de cent cinquante kilos. Elle ne comprend pas que c'est la dernière chose dont j'aie besoin en ce moment.

Non, corrigea mentalement Millie. La dernière chose dont tu aies besoin, c'est que *deux* filles amourachées de toi se disputent tes faveurs.

Elle chercha maladroitement ses clefs, réussit à ouvrir la portière du conducteur. Par la vitre, elle vit dépasser sous le siège le sac en plastique contenant ses habits de rechange.

— Décidément, il y aura toujours une histoire de vêtements entre nous, dit Hugh en souriant et touchant la manche retroussée de sa chemise en jean. D'abord ton soutien-gorge, maintenant ma chemise et mon short.

— Ne t'inquiète pas, cela ne se reproduira plus, je te le promets. Je te posterai tes affaires. Bon, je file. Passe une bonne soirée avec tes voisines. Du carré d'agneau, miam-miam.

Elle était déjà au volant et faisait rugir le moteur, comme pour le départ d'un grand prix.

— Millie…

— À un de ces jours, et merci pour le verre, chantonna-t-elle tandis que la voiture bondissait en avant. Ciao !

Millie se délassait dans le bain le lendemain matin, quand le téléphone sonna par terre à côté d'elle. Vive les sans-fil !

— J'ai un nouvel engagement pour toi. À moins que tu ne sois encore trop remontée contre moi ?

— Eh bien, oui. Mais d'un autre côté, un job, c'est un job.

— Ah, voilà qui est mieux !

Lucas n'était pas susceptible.

— Dans ce cas, je ne t'en veux pas de m'avoir traité de tous les noms.

— Oh, ça, ce n'était rien ! répondit Millie en faisant émerger ses orteils de la mousse. Si tu savais tout ce dont je t'ai traité *après* avoir raccroché !

— Que veux-tu, quand on est aussi irrésistible que moi, on s'y fait. D'ailleurs, tu es sûre que tu ne serais pas secrètement amoureuse de moi ?

— Zut, me voilà démasquée. Rendez-vous à minuit sur le parking de Gretna Green. Je serai en robe blanche à froufrous.

Elle marqua une pause, puis :

— Tu es toujours capable de deviner quand une fille s'intéresse à toi ?

— Bien sûr. Rien de plus simple.

— Toujours ?

— Toujours. Sans erreur.

Elle imaginait son petit sourire satisfait.

— Toutes les filles sont les mêmes : de vrais livres ouverts.

— D'accord, je reconnais que certaines filles ne sont pas très subtiles. Mais c'est parce qu'elles s'en fichent que tu le saches.

— Tu veux dire, comme ton amie Hester ?

Eh bien, il n'avait papoté avec elle que trente secondes sur le pas de la porte !

— Hmm… éventuellement, répondit-elle prudemment.

— Arrête, fit Lucas à l'autre bout du fil. C'est écrit au milieu de sa figure.

— Mais… et les filles qui, euh, qui ne veulent pas que tu le saches ? Celles qui font tout pour cacher qu'elles ont le béguin, tu le devines quand même ?

— Il y a les yeux, la voix, le langage corporel… un million d'imperceptibles signaux, et personne ne peut tous les cacher. Crois-moi, affirma Lucas, on le sait toujours.

Ce n'était pas du tout ce qu'elle avait voulu entendre.

La cata !

19

Dans sa longue robe bain de soleil violette à l'ourlet frangé en zigzag, Orla fumait comme un pompier, prenait quantité de notes, et bondissait toutes les deux minutes pour inscrire des détails pertinents sur l'une des nombreuses feuilles tapissant les murs de son bureau. Millie lui faisait un exposé des événements de la semaine écoulée en s'efforçant de les rendre vivants et exaltants. Allongée sur une chaise longue en daim mauve, elle lui tendait les feutres de différentes couleurs afin qu'Orla, au passage, puisse saisir le bon en fonction du personnage.

Plus précisément, un exposé de *la plupart* des événements de la semaine passée. Millie avait décidé que Hugh ne devait pas être inclus dans cette aventure. Elle se sentait toutefois légèrement coupable, et se demandait si ce n'était pas tricher. Après tout, Orla la payait très cher pour la version non expurgée de sa vie. Or elle en omettait la personne qui était précisément celle qui la bouleversait le plus.

Elle fut saisie d'une bouffée de chaleur, suivie d'un frisson. Cela se produisait chaque fois qu'elle repensait aux paroles de Lucas : « Crois-moi, ça crève les yeux. On le sait toujours. »

Elle se raccrochait à l'espoir que c'était une caractéristique propre à Lucas, un talent qu'il avait de déceler les tocades des filles, comme d'autres ont le don des langues ou de la musique.

Quoi qu'il en soit, elle ne dirait rien à Orla, point final. Ce n'était sûrement pas tricher qu'omettre une personne. Inventer des personnages, des aventures, là, ce serait tricher.

Donc, tout allait bien, se rassurait Millie. Elle n'avait pas à se sentir coupable, elle pouvait passer Hugh sous silence.

D'ailleurs, Orla avait déjà des tonnes de matériel, songeat-elle en la regardant consigner la débâcle du supermarché sur le mur, au feutre rouge. Elle avait précédemment adoré l'installation d'Adele chez Lloyd et Judy, la fixation de Hester pour Lucas, et la découverte que non seulement celui-ci le savait, mais qu'il était aussi tenté qu'un végétarien dans une boucherie.

— J'adore tout, déclara Orla. C'est tellement vivant et tellement prosaïque. Pas de paillettes, pas de glamour, pas de célébrités, juste des gens anodins qui mènent des vies terre à terre, portent des vêtements venant de magasins qui font partie d'une chaîne, et des chaussures bon marché...

Les yeux brillants, elle agita sa main libre vers les tongs roses de Millie.

— Et pourtant, avec ou sans argent, nous recherchons toutes la même chose, n'est-ce pas ? Peu importe qui on est, et combien on gagne. L'amour et le bonheur, c'est cela le nerf de l'histoire.

Des gens anodins qui mènent des vies terre à terre ? Dans des chaussures bon marché ? Merci, Orla !

— Mon Dieu, je suis désolée ! Je ne voulais pas dire cela...

Voyant à son expression ce que pensait Millie, Orla se lança dans un déluge de justifications :

— Je voulais juste dire que c'est entièrement nouveau pour moi, parce que je n'ai jamais écrit de romans concernant des gens ordinaires. Vous ai-je offensée ? Oh, je vous en prie, ne soyez pas vexée ! Je disais cela vraiment gentiment, je vous assure ! Je...

— Ce n'est rien, j'ai compris...

Millie dut l'interrompre avant qu'elle ne devienne impossible à maîtriser. Les romans d'Orla Hart étaient un genre en soi, truffés de milliardaires, de personnes célèbres, des gens riches et beaux et spirituels qui menaient des existences exceptionnelles, fertiles en rebondissements. Tout l'intérêt de ce nouveau roman était qu'il soit radicalement différent.

Mais il ne se passait pas grand-chose chez des personnages fauchés, rasoir, qui prenaient le bus et qui étaient si moches que personne ne s'intéressait à eux.

Millie commençait à se demander si c'était une bonne idée, finalement. Peut-être devrait-elle s'excuser d'être aussi ratée et rendre son chèque à Orla ?

À cela près – zut ! – qu'elle en avait déjà dépensé une partie.

Purement fortuitement, bien sûr. Et uniquement pour des dépenses de première nécessité, comme traîner sa voiture au contrôle technique.

Et acheter des rochers au chocolat.

Et du vin pour le frigo – leur réfrigérateur adorait le vin.

Et, oh oui, un nouveau bikini à rayures… plus quelques autres vêtements… et un baladeur.

Et des chaussures. Mais bon marché, naturellement.

— Ma chérie, je suis ravie, ravie ! continuait Orla en montrant avec enthousiasme les feuilles punaisées au mur. Mais il est temps que vous ayez une vie à vous. Du piment, des sentiments. Ou au moins, quelqu'un qui vous intéresse…

Ne rougis pas. Ne rougis pas !

— Je vais essayer, je vous le promets. Je traverse une période un peu morne, en ce moment. Ça arrive, ajouta-t-elle avec un haussement d'épaules. C'est ça aussi, la vraie vie.

— Bien sûr, approuva Orla en écrasant sa cigarette. Mais on ne peut pas se le permettre dans un roman. Vous êtes ravissante, ma chérie, vous avez vingt-cinq ans ! Ce qu'il nous faut, maintenant, c'est un peu de piment dans votre existence. Que quelqu'un vous fasse perdre la tête, rallume l'étincelle dans vos yeux, fasse battre votre cœur plus vite…

Le cœur battant déjà très vite, Millie fit un immense effort pour bannir Hugh Emerson de son esprit. Gaiement, elle répondit :

— Je connais quelqu'un qui pourrait faire ça : Jamie Theakston, le présentateur de Top of the Pops.

— Je regrette, ma chérie, ce roman est interdit aux célébrités. Autrement, je me serais arrangée pour que vous le rencontriez.

Millie déglutit.

— Mon Dieu ! En vrai ?

— Non.

Ses yeux verts pailletés d'or pétillants de malice, Orla posa les feutres sur le bureau. Elle passa les mains dans ses cheveux et s'approcha lentement de la fenêtre.

— Mais la vie est à nous.

— Une vie terre à terre.

Petite déception, tout de même, pour Jamie Theakston.

— Quand vous rencontrerez l'homme de votre vie, il ne sera plus terre à terre. Tout, en lui, vous transportera, et c'est ainsi que vous saurez que c'est le bon.

— Dans ce cas, pas de problème. Dès ce soir, je vais faire une descente dans le bar au coin de la rue, et je branche quelqu'un ?

— Bien sûr, bien sûr, approuva Orla avec enthousiasme. Tout est possible, vous savez. C'est justement l'intérêt de ce projet. Mais il y a d'autres endroits que les bars pour rencontrer des gens. Par exemple, venez donc ici regarder par la fenêtre…

Perplexe, Millie démêla ses jambes et quitta la chaise longue. Orla s'écarta et mit les mains sur ses épaules pour lui montrer les buissons, vers la gauche de la pelouse.

En contrebas, torse nu, un homme brun et bronzé charriait des pierres dans une brouette.

— Qui est-ce ?

— Il s'appelle Richard, annonça Orla avec fierté. C'est notre nouveau jardinier. Comment le trouvez-vous ?

Incrédule, Millie demanda :

— Vous l'avez engagé spécialement pour moi ?

— Mais non, voyons, mon chou, ne dites pas de bêtises. Notre propriété est gigantesque. Giles déteste le jardinage, et moi, je n'ai pas le temps de m'en occuper. Il nous fallait donc un jardinier.

Millie se tourna vers elle et la considéra longuement.

— Admettons, il vous fallait un jardinier. Donc, comment avez-vous procédé ? Après avoir cherché « Jardiniers » dans les pages jaunes, vous avez téléphoné au premier de la liste et, comme par hasard, il avait ce physique ?

Orla sourit et alluma une nouvelle cigarette.

— Pas tout à fait. J'ai appelé huit jardiniers, que j'ai fait venir pour un entretien. Ils étaient tous terriblement gentils, et ils avaient des montagnes de qualifications professionnelles.

— Et alors ?

— Eh bien, certains étaient vieux, d'autres moches, et deux étaient… disons, très séduisants.

Elle aspira une longue bouffée.

— Alors je leur ai posé quelques questions sur leur vie privée. Le premier était marié, trois enfants et un rottweiler.

— Tiens donc.

— Et l'autre était célibataire. Séparé de sa petite amie depuis un an. Il m'a paru si charmant, et il a des muscles incroyables… Oh, et son auteur préféré est Salman Rushdie, n'est-ce pas merveilleux ? Je me suis dit qu'un homme cultivé, ça vous plairait.

— Vous n'avez pas honte, Orla ?

— Pas du tout. Pourquoi engager un jardinier sans charme alors qu'on peut en avoir un beau ? Sincèrement, trouvez-moi un homme dont la secrétaire est moche, et je vous dirai qu'il est terrorisé par sa femme.

— Vous jouez les entremetteuses, en somme.

— Absolument pas ! Je me contente de… d'élargir vos horizons, mon chou. Vous donner l'occasion de rencontrer plus de gens.

— Plus d'hommes.

— Et pourquoi pas ? Quel mal y a-t-il ?

— Ça s'appelle tricher.

— Pas du tout. Ça s'appelle exploiter une situation, mettre la machine en route, puis laisser les choses progresser toutes seules. Cela peut porter ses fruits, ou non, mais qu'avez-vous à perdre ?

Orla fit un geste vers la fenêtre.

— Regardez-le ! Franchement, si j'avais quinze ans de moins, je serais déjà en bas en train de lui faire la conversation.

Millie suivit son regard.

— Il a les cheveux trop courts.

— Les cheveux, ça repousse.

— Et je ne crois pas une seconde à cette histoire de littérature. Comment peut-on avoir Salman Rushdie comme auteur préféré ?

— D'accord, mais cela ne l'empêche pas d'être charmant. Je vous le promets.

Millie contempla l'homme qu'Orla voulait lui jeter à la tête. Cette affaire commençait à ressembler de façon alarmante à un mariage arrangé. Elle se demanda ce qu'en penserait Richard le jardinier s'il était au courant du complot.

Pauvre garçon, lui qui croyait avoir été engagé uniquement pour ses compétences horticoles.

— Alors ? s'enquit Orla. Qu'en pensez-vous ?

Mon Dieu, que dire ? Il est bien bâti, il a un beau port de tête, et il sait incontestablement manier la brouette ?

Mais il ne me fait rien du tout dans le bas du dos…

— Je ne sais pas, hésita Millie. Je ne suis pas sûre…

— Naturellement, voyons ! Vous ne lui avez pas adressé la parole ! Tout à l'heure nous descendrons, je lui proposerai de boire quelque chose avec nous sur la terrasse, et je vous présenterai en bonne et due forme. Et inutile de me faire ces yeux-là, je serai parfaitement discrète.

Orla fronça les sourcils en entendant la sonnerie du téléphone.

— Allô ?

Millie s'écarta de la fenêtre. Si Richard levait la tête, il allait se croire espionné.

— J. D., quel plaisir de t'entendre !

Orla se jucha sur le bord du bureau et articula « mon éditeur » à l'intention de Millie. Puis, avec un sourire espiègle, elle appuya sur la touche du haut-parleur. Immédiatement, la voix de J. D. retentit dans la pièce.

— Ma chérie, le service comptabilité s'arrache les cheveux. Il faut vraiment qu'on rédige ce nouveau contrat. Je ne peux pas les faire lanterner indéfiniment.

— C'est gentil de t'en préoccuper, J. D., mais je ne me sens vraiment pas prête à signer un nouveau contrat pour l'instant. Je n'ai pas la moindre idée du délai dans lequel je terminerai mon prochain roman.

— Et tu ne m'as toujours pas dit de quoi il s'agirait ! Enfin, je ne te demande pas un synopsis détaillé, mais au moins, donne-nous quelques indices…

Une pauvre fille fauchée qui a des chaussures bas de gamme, pas de petit copain, et qui mène une vie parfaitement banale, songea Millie. L'intrigue du siècle.

— Tu vois, tu recommences, se plaignit gaiement Orla. Toujours à me harceler, à me mettre la pression. Eh bien je regrette, J. D., mais je n'ai rien à te montrer pour l'instant, je n'en suis qu'au stade de l'élaboration. Il faudra que tu patientes.

Millie considéra Orla avec admiration. Elle ne connaissait strictement rien au monde de l'édition, mais il fallait être un auteur monstrueusement reconnu pour s'adresser en ces termes à son éditeur.

J. D., qui se disait visiblement la même chose, fit machine arrière.

— Bien sûr, ma chérie, bien sûr… Prends tout le temps que tu voudras.

« Quel menteur », articula Orla à l'intention de Millie.

Toujours perchée sur le bord du bureau, elle fit danser une sandale en sortant une nouvelle cigarette de son paquet. La sandale tomba par terre ; c'était une Manolo Blahnik. Pas de chaussures bon marché pour Orla Hart, cela allait sans dire.

— Alors, tu te plais en Cornouailles ?

J. D. changea de sujet, excessivement jovial, à présent.

— Tu es bien installée ? Tu dois apprécier le calme, après l'agitation londonienne. Et ces paysages… Tu sais, je t'envie. Quand j'étais petit, mes parents nous emmenaient tous les ans en Cornouailles, c'était superbe. Je n'y suis plus retourné depuis… oh, ça doit bien faire vingt ans.

— C'est toujours aussi magnifique. Il faut absolument que vous veniez nous voir, Moira et toi, nous avons plein de chambres d'amis. Comment va Colin, à propos ? J'ai appris que ça n'allait pas très fort avec sa petite amie.

« Son fils », articula Orla en guise d'explication.

— Ils ont rompu. Ça n'a pas abouti. Moira est déçue, bien sûr, elle aimerait tellement le voir installé avec quelqu'un. Il a trente ans, maintenant. Mais que veux-tu faire ?

Millie vit une idée jaillir dans l'esprit d'Orla. Elle assista réellement à ce phénomène. Exactement comme lorsque Tom songe à une nouvelle méthode pour attraper Jerry et qu'une ampoule s'allume au-dessus de sa tête. Les yeux d'Orla s'écarquillèrent avec ravissement et un sourire ourla ses lèvres.

— J'insiste, J. D., il faut absolument que vous veniez nous voir ! Justement, nous donnons une soirée, euh… samedi en huit, et nous serions enchantés que vous veniez. Moira et toi, et Colin, bien sûr. Venez passer le week-end et prenez quelques jours de plus. Qu'est-ce que tu en penses ?

Millie savait ce qu'elle en pensait, elle. Pas besoin d'être ingénieur en aéronautique pour comprendre ce que mijotait Orla. Visiblement, un garçon de trente ans qui venait de se faire larguer par sa petite amie conviendrait parfaitement à une fille de vingt-cinq ans terre à terre aux chaussures à bas prix.

On pourra porter des lodens et des pantalons en velours côtelé assortis, songea Millie. Elle voyait d'ici le tableau, tous les deux se tenant timidement la main. Colin, boutonneux à souhait…

— Oh oui, une grande fête ! continuait Orla. Une pendaison de crémaillère pour nos amis, anciens et nouveaux.

Alors, qu'en dis-tu ? Vous viendrez ? Et Colin aussi ? Formidable ! Oui, bien sûr, il y a de la place dans le parc pour l'hélicoptère. Très bien, parfait. On se rappelle dans la semaine.

— Vous êtes complètement timbrée, fit Millie en secouant la tête quand elle eut raccroché.

— Mais non, mon chou, c'est une idée de génie ! Nous avons tous besoin d'une bonne fête pour nous remonter le moral. Ne croyez pas une seconde que je fais cela uniquement pour vous.

Ce que Millie ne croyait pas une seconde, c'était qu'Orla disait la vérité.

— Et qui comptez-vous inviter ? Vous ne connaissez encore personne, ici.

— Raison de plus pour organiser une soirée, déclara Orla, ravie. C'est la meilleure façon de se faire de nouveaux amis.

Au rez-de-chaussée, Giles était revenu de sa matinée de golf. Visiblement de bonne humeur, il leur prépara du café tandis que Millie explorait le contenu de la boîte de biscuits et qu'Orla, assise devant la table de cuisine, agitait ses nombreux bracelets avec excitation en dressant une liste d'invités.

Amusé par l'incrédulité croissante qui se dessinait sur le visage de Millie à mesure que s'allongeait la liste, Giles lui expliqua :

— Il faut que vous compreniez une chose au sujet d'Orla : elle collectionne les nouveaux amis comme d'autres les timbres. C'est son hobby.

— Mais c'est nettement plus intéressant, intervint Orla. Et d'ailleurs, quel mal à cela ? Je suis écrivain. Si je ne rencontrais pas de gens, je ne pourrais pas faire mon travail, n'est-ce pas ? Surtout maintenant, précisa-t-elle en jetant un coup d'œil malicieux à Millie par-dessus la table. Pour commencer, j'aimerais que votre amie Hester vienne. Et votre mère aussi. Et naturellement, il nous faut Lucas, l'étalon moulé de cuir !

— Du moment qu'il ne décide pas de vous ajouter à sa liste de conquêtes.

Elle regarda Orla inscrire d'autres noms.

— Fogarty et Phelps ? Les traiteurs de High Street ? Vous vous adresserez à eux pour le buffet ?

— Non. Je voulais juste les inviter à la soirée. Nous achetons des tas de choses, là-bas.

Millie se demanda qui d'autre allait atterrir sur la liste. La fille de la station-service, peut-être ? Le facteur ? L'employé du gaz qui venait relever le compteur ?

— Les Westlake, bien sûr.

Orla parlait presque toute seule, absorbée par sa liste.

— Oh, fit-elle en relevant la tête, votre père et Judy, naturellement.

— Mais ils ne vous connaissent pas. Tous ces gens que vous invitez sans même les avoir rencontrés… comment savez-vous qu'ils viendront ?

Orla alluma une cigarette, échangea un regard avec Giles, et adressa à Millie un sourire éblouissant.

— Ils viendront.

Debout derrière sa femme, Giles posa les mains sur ses épaules et déclara avec une fierté manifeste :

— Il s'agit d'Orla Hart. Évidemment qu'ils viendront.

20

Giles avait raison. Millie comprit à quel point elle avait été naïve de s'inquiéter. Ravies d'avoir été invitées, deux cents personnes répondirent qu'elles se rendraient avec plaisir à la soirée d'Orla. Le traiteur londonien auquel elle faisait régulièrement appel se présenta le samedi matin pour dresser la grande tente sur la pelouse, organiser musique et nourriture, tout en s'extasiant sur la maison – « superbe ! » –, le jardin – « fabuleux ! » – et la vue – « extraordinaire ! ».

À la demande d'Orla, Millie était venue à l'heure du déjeuner. Elles s'étaient beaucoup vues, ces derniers temps, et il naissait entre elles une réelle amitié. Millie s'émerveilla de l'effervescence qui régnait sur place.

— Crois-moi si tu veux, mais on est loin des fêtes qu'on organise chez nous, Hester et moi, où chacun apporte une bouteille.

Même les bouquets de fleurs étaient spectaculaires. Cette soirée devait coûter une fortune. Millie se demanda si le fait que cela constituait une source de recherches pour son prochain roman lui permettrait de la passer en note de frais.

Il faisait un temps radieux. Une légère brise ébouriffait la mer scintillant sous un chaud soleil.

— Lucas a un engagement à vingt heures, mais il viendra dès qu'il aura terminé, annonça Millie en suivant Orla dans sa chambre. Et qu'en est-il de ton éditeur et de sa femme ? Je croyais qu'ils venaient pour un week-end prolongé.

— Il avait je ne sais quelle obligation hier soir, à laquelle il ne pouvait se soustraire. Ils arrivent cet après-midi. Avec Colin, ajouta Orla en lui faisant un clin d'œil.

L'image mentale restait fixée dans l'esprit de Millie. Elle voyait un empoté au grand cœur, boutonneux, les mains moites, la coupe au bol. Pour la première fois, elle trouva le courage de dire :

— Ce Colin, tu ne vas pas me l'imposer, hein ?

Elle l'imaginait déjà, une main crispée sur une assiette de vol-au-vent, passant la soirée sur ses talons. Chaque fois qu'elle se retournerait, il serait là, à sourire niaisement et à lui offrir une bouchée. Pendant ce temps, un peu plus loin, Orla et les J.D. échangeraient des coups de coude en chuchotant que tout cela se présentait merveilleusement bien.

— Te l'imposer ? s'écria Orla, choquée. Je n'impose rien à personne. Tout l'intérêt de ce livre est que tu vives ta vie. Je me suis contentée d'inviter Colin ici. Peut-être que tu tomberas folle amoureuse de lui, peut-être qu'il te tapera sur le système. Mais la décision t'appartient en exclusivité, naturellement.

Elle sourit.

— Ne t'inquiète pas, mon chou. Je ne suis pas une mère maquerelle.

Millie décida de lui accorder le bénéfice du doute.

— Alors, à quoi ressemble-t-il ? Il travaille ?

Elle avait secrètement conclu que Colin, avec ses pulls tricotés par sa mamie et ses manières placides, était un peu simplet.

— Eh bien, on peut dire qu'il est en période de repos, en ce moment, fit Orla avec cette désinvolture qu'ont les gens pour parler de personnes un peu simplettes, précisément. Il fait un break.

Millie hocha la tête.

Un loser total.

Elles étaient arrivées dans la chambre d'Orla et Giles, tout en nuances de bleus et de verts, avec une succession de penderies couvertes de miroirs. Orla prit une housse Dolce & Gabanna accroché à l'une des portes de placard pour le donner à Millie.

— Waouh, c'est ce que tu vas mettre ce soir ?

Avec révérence, Millie sortit une robe en daim couleur de miel, d'une finesse et d'une douceur inimaginables. Elle était décolletée, sans manches, et très élégante. Le genre de choses dans lesquelles les top-modèles se déhanchent sur les podiums. Elle était aussi très courte.

— Non, toi.

L'air satisfait, Orla s'allongea sur le lit.

— Je l'ai choisie pour toi. Elle est belle, non ?

Dolce & Gabanna. S'ils venaient d'ouvrir une boutique à Newquay, Millie n'était pas encore au courant. Stupéfaite, elle demanda :

— Comment ?

— Je l'ai repérée dans le *Sunday Times* la semaine dernière. J'ai téléphoné, je l'ai commandée et on l'a livrée hier.

Orla haussa une épaule comme si c'était tout naturel.

Voilà comment certaines personnes faisaient leur shopping.

— Je vois.

— Allez, essaie-la !

Millie leva les yeux.

— Je suis désolée. Cette robe est sublime, et c'est vraiment gentil de me l'avoir achetée. Mais je ne peux pas la mettre.

— Pourquoi donc ? s'étonna Orla en se redressant d'un bond. Parce que c'est du daim ? Mais tu n'es pas végétarienne !

— Non, pas parce que c'est du daim, répondit Millie en caressant le tissu de la robe. Parce que c'est une robe Dolce & Gabanna, qu'elle coûte horriblement cher et que ce ne serait pas *moi*. Là, je tricherais. Les gens me prendraient pour une fille du genre Dolce & Gabanna, alors que j'achète mes vêtements dans des boutiques qui ont des succursales à travers toute l'Europe.

— Mais c'est un cadeau ! Elle t'irait merveilleusement, insista Orla.

— Tu voudrais me transformer en Cendrillon, mais Cendrillon, c'est une héroïne de conte de fées. Or tu tiens à ce que ton livre soit authentique. Je t'assure, les vêtements de créateurs, c'est peut-être toi, mais ce n'est pas moi.

— L'étiquette est à l'intérieur de la robe, objecta Orla. Personne ne saura d'où elle vient. Si on te pose la question, tu diras que tu l'as trouvée chez Promod.

— Ce serait encore plus mensonger.

On frappa à la porte, et Giles passa la tête dans l'entrebâillement.

— J. D. a appelé pour prévenir qu'ils seraient un peu en retard. Colin a été retenu à je ne sais quelle interview. Ils arriveront vers six heures.

Millie fronça les sourcils.

Une interview ? Un samedi après-midi ? Il devait se présenter pour être assistant au lavage des laitues chez McDonald's.

— Ah oui, J. D. m'en a parlé hier !

Des diamants gros comme des petits pois scintillèrent lorsque Orla battit des mains.

— C'est ce truc pour MTV. Je suppose que Madonna a fait poireauter tout le monde pendant des heures.

Madonna ?

Venait-elle de dire Madonna ou McDonald's ?

Perplexe, Millie demanda :

— Pardon ?

— Oh, ma chérie, je ne te l'ai pas dit ? Ils doivent tourner un film ensemble... Mais tu sais ce que c'est dans ce milieu, cela ne se fera peut-être jamais.

— Un film ? *Colin ?*

Un large sourire éclairait le visage d'Orla. Elle avait tenu bon le plus longtemps possible sans vendre la mèche.

— Ils formeraient un couple épatant à l'écran, c'est incontestable. Et maintenant que son spectacle dans le West End est terminé, il cherche un nouveau projet, quelque chose d'un peu différent.

Faire un film avec Madonna... Voilà qui changeait tout.

— Allez, qui est-ce ? s'enquit Millie.

— Pour nous, il reste ce cher Colin, répondit Orla en souriant avec tendresse. Mais tu dois le connaître sous le nom de Colin Deveraux.

L'estomac de Millie décrivit un saut périlleux. Elle déglutit. Colin Deveraux était la star chantante et dansante de l'éblouissant spectacle qui venait de remporter un succès foudroyant dans le West End.

Une bombe sexuelle.

L'antithèse du boutonneux en loden.

Dieu tout-puissant, et Orla qui l'a invité uniquement pour *moi* !

— C'est de la triche ! déclara-t-elle. Tu avais dit, pas de célébrités.

Orla afficha une mine indignée.

— Absolument pas. Je connais Colin depuis qu'il a quatorze ans. Pour toi, c'est peut-être une célébrité, mais pour moi, c'est juste le petit garçon de J. D.

— Alors, qu'est-ce que tu fais de beau, ce soir ? Tu sors ?

Le téléphone était en sandwich entre l'oreille et l'épaule gauches de Hester, tandis qu'elle appliquait un vernis orange vif sur ses ongles de pied. Elle savait qu'elle n'avait pas besoin de mentir : Nat n'avait jamais refusé qu'elle voie du monde et s'amuse. Elle n'avait qu'à lui parler de la soirée d'Orla Hart. Il serait ravi, lui demanderait ce qu'elle allait mettre, et l'encouragerait à passer un bon moment.

Mais c'était cela, le problème. Ce qu'elle ne pouvait pas dire à Nat, c'était que Lucas Kemp figurait sur la liste des invités. Et qu'elle risquait fort de passer un très bon moment, en vérité. Pas le genre de moment qui ferait plaisir à Nat. Tout compte fait, mieux valait raconter un petit bobard.

— Je n'ai pas trop envie de bouger. Je vais rester à la maison, tranquille.

Zut, elle venait de rater un ongle.

— Allons donc, fit-il, amusé. On est samedi soir. Tu auras changé d'avis avant neuf heures.

Que voulait-il insinuer ? s'offusqua Hester. Qu'elle était une girouette ou quoi ?

— Je ne changerai pas d'avis.

Elle agita ses ongles humides tout en parlant, déplia les jambes et écarta les orteils en vue d'une deuxième couche.

— C'est absolument catégorique.

— Je n'ai plus de pièces, dit Nat, qui appelait d'une cabine. Je t'aime, ma douce. À bientôt, au revoir, conclut-il en couvrant la série de bips annonçant qu'ils allaient être coupés.

— Moi aussi… commença Hester.

Trop tard. Il était six heures, Nat allait retourner en cuisine, courir, émincer, s'éreinter à la tâche. Elle voyait comme si elle y était la chaleur et l'effervescence, tout le monde qui se criait dessus…

C'était presque insultant que Nat préfère rester à Glasgow endurer cette torture, plutôt que vivre à Newquay avec elle.

Bon. Deuxième couche de Soleil orange.

Elle veillerait à ce que quelqu'un apprécie les efforts qu'elle déployait, dût-elle en mourir.

Et l'orange n'avait-il pas toujours été la couleur préférée de Lucas ?

Orla et Giles – ou, plus exactement, l'entreprise organisant la soirée – avaient frappé un grand coup. En remontant l'allée dans la voiture de Millie, elles remarquèrent qu'outre les élégants éclairages tout autour de la maison, des petits lumignons avaient été accrochés dans tous les arbres. La grande tente occupait une pelouse. De la musique en jaillissait, et des groupes d'invités s'étaient formés dans le jardin. Le ciel était marbré de jaune et de violine, l'air était chaud, sans un souffle de vent.

Elles aperçurent des voitures extrêmement chic dans l'allée et, derrière la maison, Millie distingua la silhouette d'un hélicoptère. Heureusement, il y avait aussi des voitures plus ordinaires. Elle se gara entre une Jaguar noire rutilante et une camionnette bleue qui avait connu des jours meilleurs, sur laquelle avait été écrit dans la poussière de la vitre arrière : *À boire, j'ai besoin d'eau.* Elle coupa

le contact, avisa Orla parmi la foule et regretta pour la centième fois d'avoir mis la robe.

— Je suis comment ? demanda-t-elle à Hester, qui tordait le cou en avant pour allonger frénétiquement ses cils dans le rétroviseur.

— Qu'est-ce que ça peut faire ?

Les mains de Hester s'étaient mises à trembler, ce qui n'arrangeait guère l'opération.

— C'est moi qui vais rencontrer Lucas. Tu devrais me dire que moi, je suis bien.

21

— Magnifique. Éblouissante, déclara Orla avec la satisfaction d'une mère de mariée.

Elle serra de nouveau Millie dans ses bras.

— Je suis vraiment heureuse que tu aies changé d'avis pour la robe.

Millie, en revanche, était rongée par la culpabilité. Elle avait l'impression d'être une végétarienne en train de s'empiffrer de sandwich au bacon.

À la maison, elle avait essayé pratiquement tout le contenu de son armoire à la recherche de la tenue idéale. Mais pendant tout ce temps, elle entendait la robe Dolce & Gabanna lui chuchoter suavement: « Allez, porte-moi, tu sais bien que tu en meurs d'envie… »

Même à l'intérieur de sa housse, même cachée derrière la porte de la salle de bains, elle n'avait pu résister au son de cette voix hypnotique. « Allez ! Je suis là, et tu sais très bien que tu vas être renversante. »

Millie avait des scrupules. Si elle devait fournir la matière à l'héroïne du prochain roman d'Orla Hart, il fallait qu'elle reste elle-même.

Dans ses propres vêtements.

Malheureusement, au bout d'une heure d'essayage, il était devenu extrêmement difficile de garder ses scrupules: tout le reste était moche, et la robe la plus belle du monde l'attendait, provocante, dans sa housse.

Elle avait fini par être *obligée* de l'enfiler. Ne serait-ce que pour la faire taire.

— Et vous devez être Hester, continua Orla en l'accueillant avec un baiser enthousiaste sur les deux joues. Vous êtes magnifique aussi, bien sûr. J'ai beaucoup entendu parler de vous, c'est formidable de vous rencontrer enfin. Merci mille fois d'être venue.

Hester fut instantanément conquise par le charme et la chaleur d'Orla. Elle comprenait à présent comment Millie était devenue si proche d'elle en si peu de temps. Et comment Orla pouvait inviter des tas de gens qu'elle ne connaissait même pas.

— Mes parents sont arrivés ?

Millie grimaça. La formulation de la question était résolument bizarre. Amalgamer son père et sa mère… alors qu'en fait ils formaient une sorte de ménage à trois forcé, avec Lloyd et Judy en couple officiel, et Adele en électron libre.

— Absolument, répliqua Orla, une étincelle dans les yeux. Ta mère garde à la main un volume de poésie de Sylvia Plath. Je crois que je me suis grillée quand elle m'a demandé quels auteurs j'admirais le plus, et que j'ai répondu Stephen King.

— Mince alors ! s'exclama Hester.

— Oh, ma chérie, vous êtes choquée ? Je sais, les gens disent toujours que leur auteur préféré est Tolstoï ou Proust, mais personnellement j'en suis incapable. Et je suis désolée, ajouta-t-elle, gênée, mais Stephen King écrit des bouquins remarquables…

Millie s'éclaircit la gorge.

— Hum, je ne crois pas que c'était ce genre de « mince alors »…

Orla jeta un coup d'œil par-dessus son épaule dans la direction que regardait Hester, bouche bée, et elle se détendit.

— Ah, Colin…

Colin Deveraux venait vers elles, porteur d'un objet rectangulaire enveloppé dans un papier cadeau.

— J'ai apporté un petit quelque chose qui pourrait te plaire, dit-il à Orla.

Elle poussa une exclamation ravie et déchira le papier bleu et or.

— C'est tout chaud sorti de la presse. Un de mes amis travaille chez l'imprimeur.

— Beurk ! glapit Orla avec un sursaut de dégoût en voyant de quoi il s'agissait.

Elle tint l'objet à bout de bras, comme une boîte de vers grouillants, et demanda :

— J'ai le droit de le brûler ?

Hester continuait à lorgner Colin Deveraux dans son pantalon en coton blanc cassé et sa chemise vert pâle. S'il n'était pas d'une beauté conventionnelle, il se rattrapait largement en charisme. Il respirait la testostérone et le charme.

— Qu'est-ce que c'est ? interrogea Millie en regardant la couverture du livre qui pendait des mains d'Orla.

— Le premier roman de Christie Carson. Le sale petit mégalomane à face de putois qui a rédigé cette diabolique critique sur moi.

Orla fit une grimace à Colin.

— Je ne comprends pas pourquoi tu veux que je lise ce torchon.

— Quelqu'un s'y connaît en magie noire, ici ? fit Millie. On pourrait jeter un sort, en faire le livre le moins vendu de tous les temps…

Colin lui sourit.

— Vous êtes Millie, n'est-ce pas ?

Sentant Hester, à côté d'elle, qui haletait comme un yorkshire, Millie dit :

— Et vous devez être le fils de J. D. ?

Il rit.

— Orla m'avait dit de vous chercher.

Pourquoi, songea Hester, pourquoi Orla n'a-t-elle pas pu lui dire de me chercher, moi ? Pourquoi les choses bien arrivent-elles toujours à Millie ? D'accord, Lucas n'allait pas tarder, mais la question n'était pas là. Si quelqu'un pouvait rivaliser avec Lucas en termes de séduction, c'était Colin Deveraux.

— Et moi, je suis Hester, apprit-elle à Colin, au cas où il la trouverait charmante mais serait trop timide pour demander à lui être présenté.

— Ce n'est pas pour cela que je te l'ai acheté.

Avec un petit sourire d'excuse en direction de Hester, Colin récupéra le livre.

— J'ai soumis l'idée à mon père pendant le vol et il est d'accord. C'est toi qui vas faire la critique de ce livre. Pour le journal qui te donnera la meilleure couverture. Tout le monde sait ce que t'a fait Christie Carson…

— Tu veux dire que je vais pouvoir me venger de ce sale barbu à face de putois ? Lui casser du sucre sur le dos et rédiger sur son sale bouquin la pire critique qu'on ait jamais lue ? Quelle idée de génie !

— Ma foi, c'est une éventualité, oui. Cela te ferait énormément de bien, et les gens te taperaient sur l'épaule en disant que tu as eu raison et que ça lui apprendrait, à ce salopard.

— Parfaitement, décréta Orla avec satisfaction.

Puis, saisissant l'expression de Colin, elle gémit :

— Oh, non ! Qu'est-ce que tu vas m'annoncer, maintenant ? Je sens qu'il y a un « mais ». Tu t'apprêtes à me dire quelque chose qui commence par « mais ».

Colin fit un clin d'œil à Millie. Celle-ci, remarquant un serveur juste à côté, attrapa un verre pour Hester et elle au passage.

— *Mais* mon ami m'a donné ces épreuves hier.

En aparté, Colin expliqua brièvement à Millie et Hester :

— Les épreuves sont les textes imprimés avant publication, destinés aux correcteurs et aux gens de l'édition.

Il se tourna de nouveau vers Orla et reprit :

— Et j'ai passé la nuit à lire ce livre.

Orla leva les mains en signe d'avertissement.

— Ne dis rien. Je ne veux pas savoir.

— Il est très, très bon.

— Oh, non ! s'écria Orla, dégoûtée.

Colin haussa une épaule.

— Je regrette, mais c'est la vérité.

— Je peux quand même l'éreinter, grinça-t-elle.

— Bien entendu. Mais tout le monde verrait clair dans ton jeu.

— Au contraire ! s'exclama Millie. Il faut qu'elle fasse l'inverse. Qu'elle rédige une excellente critique de cet ouvrage.

— Exactement, approuva Colin en lui souriant de nouveau. Ce n'est pas en rendant œil pour œil et dent pour dent, que cela rapportera des bons points à qui que ce soit.

— Il faut t'élever au-dessus de cela, conseilla Millie à Orla. Prouver à tout le monde que tu n'es pas rancunière ni mesquine. Tu aurais l'occasion idéale de te venger… mais tu n'en fais rien. Parce que tu vaux mieux que ça, et tu ne t'abaisserais pas si bas.

— Pour être franche, si, déclara Orla. J'en rêve.

De l'autre côté de la pelouse éclaboussée de pâquerettes, Millie aperçut sa mère. Adele était en grande conversation – sur le mode charmeur, visiblement – avec un homme d'une soixantaine d'années.

— Hmm… fit-elle en tapotant le bras d'Orla. Qui est ce monsieur, là-bas ?

Mon Dieu, comme c'était embarrassant : Adele lui montrait son Sylvia Plath…

— Où donc ? Celui qui parle à ta mère ?

Colin Deveraux suivit son regard et répondit :

— C'est mon père.

La voiture n'était pas toute neuve, mais elle avait le mérite de rouler à merveille. Nat, dont l'antique Ford Escort tombait en panne à peu près toutes les heures, ces dernières semaines, avait convaincu Julio, l'un des serveurs avec qui il partageait un appartement, de lui prêter sa petite Renault pour faire la route.

Il avait mis neuf heures, mais enfin, il était là. De retour en Cornouailles. De retour à Newquay. L'odeur de la mer par les vitres ouvertes, familière et vivifiante, lui emplit les narines. Quel bonheur d'être revenu.

Il mourait d'impatience à l'idée de revoir Hester. De découvrir son expression quand elle ouvrirait la porte.

Il trouva une place à deux maisons de chez Hester et Millie. En descendant de la Renault jaune moutarde, il se rendit compte à quel point il était ankylosé. Depuis qu'il avait téléphoné à Hester, de la station-service sur l'autoroute, ses articulations s'étaient encore plus crispées.

Mais cela n'avait aucune importance. Plus rien n'avait d'importance, maintenant. Il était là, et le long voyage en valait la peine. Hester allait avoir la surprise de sa vie.

Il frappa et sonna plusieurs fois, avant de comprendre que sa grande surprise se transformait en eau de boudin. Hester n'était pas là. Elle avait changé d'avis, finalement, et était sortie.

Bah, ce n'était pas la fin du monde. Il était déçu, mais il s'y était vaguement attendu.

Ils auraient encore le reste du week-end.

Nat s'étira et retourna vers la voiture. Il remit son sac de voyage dans le coffre et ferma la Renault. Il allait faire le tour des bars du quartier, voir s'il trouvait sa chérie quelque part.

Sinon, il reviendrait l'attendre à l'heure de la fermeture. Il connaissait suffisamment sa petite Hester pour savoir que si elle était fatiguée, elle ne rentrerait pas tard.

Millie et Hester firent le tour de la tente et réalisèrent qu'elles connaissaient finalement un bon nombre d'invités. Au moins de vue, suffisamment pour leur dire bonjour. Richard, le fameux jardinier, était incroyablement soigné dans son costume safari kaki bien repassé.

— Je comprends qu'il ne m'ait pas tapé dans l'œil, murmura Millie à Hester. Tu te vois sortir avec quelqu'un qui porte un costume safari ?

— Il veut être David Bellamy et sauver la forêt tropicale, quand il sera grand, suggéra Hester en lui donnant un coup de coude. Eh, regarde comme Fogarty et Phelps sont métamorphosés, sans leur tablier rayé !

Tom Fogarty et Tim Phelps, les copropriétaires du meilleur traiteur de toute la Cornouailles, étaient là avec leurs épouses. Un groupe d'hommes en vêtements tape-à-l'œil – sans doute les amis de golf de Giles – s'esclaffaient. Des gens commençaient déjà à danser, parmi lesquels Lloyd et Judy, remarqua Millie.

— Tiens, voici Jen et Trina, fit Hester en apercevant deux jeunes blondes guillerettes qu'elle avait souvent croisées dans les boîtes branchées de Newquay. Ah, c'est vrai, elles habitent par ici. Je les ai raccompagnées, un soir. Elles doivent être voisines d'Orla.

Il était neuf heures, et la grande tente se remplissait rapidement.

— Je suis comment ? s'enquit Hester en vidant son verre et prenant la pose. La coiffure, ça va ? Mon rouge à lèvres n'a pas bavé ? Pas de lambeaux de nourriture entre les dents ?

— Tu es parfaite.

Millie savait ce qui avait motivé cette subite inquiétude. Lucas allait arriver d'une minute à l'autre.

Hester était une cause perdue.

— Aglagla ! couina-t-elle soudain. Le voilà !

Dressé à l'entrée de la tente, ses cheveux noirs ébouriffés, son pantalon de cuir luisant dans la pénombre, ses yeux verts ne ratant rien, Lucas était là, en effet. En voyant Jen et Trina en short et bustier fluo crocheté, il sourit, puis il agita la main et adressa des signes de tête à plusieurs personnes qu'il connaissait. Enfin, quand tout le monde l'eut remarqué, il se dirigea vers Millie et Hester.

— Il y a un monde fou, commenta-t-il en prenant un verre sur le plateau d'une serveuse qui s'était empressée de venir à lui. Hess, tu es superbe. J'adore tes chaussures.

Le cœur battant la chamade, Hester regarda stupidement ses pieds pour voir celles qu'elle avait choisies. Ah oui, des mules argentées à paillettes roses... Désormais, ses préférées au monde ! Hourrah pour les mules à paillettes !

— Comment s'est passée ta prestation ? s'enquit Millie. Elles t'ont laissé repartir intact ?

— La reine de la fête était ivre morte. Elle voulait annuler son mariage pour s'enfuir avec moi. Elle a essayé de me convaincre de partir en voyage de noces à Antigua, à la place de son futur mari !

Ô comme Hester la comprenait...

— Et qu'est-ce que tu as fait ? demanda-t-elle avec intérêt.

— Je l'ai emmenée dans les toilettes et je lui ai fait voir du pays.

— Non !

— Bien sûr que non, dit Lucas avec un clin d'œil. Hess, je suis choqué. Sérieusement, tu me crois capable d'une chose aussi inélégante ?

Inélégante ? Grands dieux, c'était son fantasme absolu ! Ses orteils la chatouillaient à la seule idée d'être royalement honorée dans les toilettes d'un bar...

— La voilà, la voilà !

Rayonnante, Orla surgit au côté de Millie et la tira par le bras pour la mettre face à face, une fois encore, avec Colin Deveraux.

— Nous nous demandions où tu étais partie. Je parlais de tes talents de jongleuse à Colin. Il est très impressionné.

Pendant que Lucas chahutait les niveaux d'adrénaline de Hester, Millie attrapa un verre de vin sur un plateau et lança innocemment à Orla :

— Tu te souviens de Lucas ? Vous vous êtes croisés, je crois.

Comme si l'on pouvait oublier Lucas Kemp !

— Bien sûr que je m'en souviens, s'extasia Orla.

— Bonjour.

Lucas la régala de son plus ravageur sourire et ajouta :

— Merci de m'avoir invité. Au fait, j'adore vos chaussures.

Incrédule, Hester contempla Lucas. Ça n'allait pas du tout ! Ce ne sont pas ses chaussures que tu aimes, mais les *miennes*.

— Je comprends que vous ayez tant de succès auprès des filles, répliqua gaiement Orla.

— Ciel ! fit Lucas en lui adressant un clin d'œil. J'ai oublié de remonter ma braguette ?

22

Lucas flirtait avec Orla. Se sentant évincée, Hester partit en quête d'un autre verre. Au bord de la piste de danse, elle tomba sur Jen et Trina, qui dansaient le shimmy comme des folles et risquaient à tout moment de faire jaillir de leurs orbites les yeux des membres de l'orchestre.

— Eh, Hess ! On s'éclate, hein ? Pas mal, pour une teuf pleine de vieux.

Trina, se déhanchant énergiquement, attrapa le verre de Hester et le vida d'un trait.

— Il vaut mieux en profiter tout de suite, renchérit Jen avec une grimace. Ça risque de ne pas durer : avant minuit, ils voudront être rentrés et bien bordés dans leur lit.

Trina et Jen avaient respectivement dix-huit et vingt ans.

— Je n'ai aucune envie d'être rentrée et bien bordée à minuit, s'alarma Hester.

Enfin, sauf si c'est avec Lucas…

— Alors tu viendras avec nous ? On va faire une tournée des boîtes, tout à l'heure.

— Pourquoi pas ? Bonne idée.

— Mais oui, ça va être sympa.

— D'accord. On verra comment ça évolue ici.

Difficile de renoncer complètement au fantasme de Lucas.

Tandis que Hester retournait vers le bar, Jen donna un coup de coude à sa copine :

— Elle l'est toujours, tu as vu ?

— Toujours quoi ?

— Toujours accro à ce cavaleur de Lucas.

Trina parut surprise.

— Je croyais qu'elle sortait avec ce type, le cuisinier…

De sa position de sœur aînée, Jen roula les yeux et soupira :

— Oh ! la la ! ce que tu peux être jeune !

— Je ne sais pas si tu l'as remarqué, observa Colin Deveraux avec un petit sourire en coin, mais il semblerait que l'on tente de nous rapprocher.

C'était la quatrième fois en moins d'une heure qu'Orla les avait habilement réunis et aiguillés sur une conversation avant de s'éclipser.

— Ça ne m'a pas échappé, admit Millie. Je suis vraiment navrée.

— Il n'y a pas de quoi.

— Tu ne crois pas que c'est moi qui l'ai demandé à Orla, j'espère ?

Il sembla amusé.

— Pas du tout, rassure-toi.

— Souris, souffla Millie. On nous regarde.

La mère de Colin et Orla les observaient à une distance discrète.

— On nous espionne, tu veux dire, corrigea-t-il d'un ton résigné. Bah, j'y suis habitué. Ma mère n'aura de cesse de me voir marié à la femme idéale.

— Pourquoi donc ? Tu n'es pas si vieux.

Mon Dieu, je vieillis, songea Millie. Il a trente ans et je trouve ça jeune.

Colin haussa les épaules.

— C'est son but dans la vie. Tu as une jolie robe, à propos. Cette couleur te va très bien.

Millie vit Moira Deveraux et Orla plongées en grande conversation. En croisant son regard, Moira se tut aussitôt et fit semblant d'admirer les compositions florales.

— Cela doit lui tenir vraiment à cœur, remarqua-t-elle.

— Si tu savais à quel point…

— Ce ne serait pas plus simple de lui dire tout simplement que tu es homo ?

En un éclair, Colin lui arracha son verre des mains et l'entraîna dehors.

Millie ne sentait même pas ses pieds toucher terre. Le bras de Colin était serré autour de sa taille tel un étau… Dieu, qu'il était fort.

Lorsqu'ils furent dans le jardin, il continua à avancer sans desserrer son étreinte. Il slaloma entre les petits groupes d'invités, jusqu'à ce qu'ils arrivent à l'arrière de la maison.

Mais cela ne lui suffisait toujours pas. Colin tapota de sa main libre la poche arrière de son pantalon, en sortit deux clefs et guida Millie jusqu'à l'hélicoptère, qui attendait sur l'herbe tel un prédateur préhistorique.

Stupéfaite, elle demanda :

— Grands dieux, tu as l'intention de m'enlever ?

Si c'était le cas, elle aurait bien aimé connaître Paris.

— Il faut qu'on parle. Sans être entendus.

Il fit coulisser la porte du passager et l'aida à grimper. Puis il contourna l'engin et vint s'asseoir de l'autre côté.

Dès que les deux portes furent refermées, Colin se tourna vers elle :

— Comment l'as-tu su ?

— Je ne sais rien. Je ne savais pas, je t'assure.

Une fois de plus, Millie se maudit d'avoir cette faculté de toujours dire ce qu'il ne fallait pas, à la mauvaise personne, au mauvais moment.

— J'ai lancé ça pour rire, c'est tout. Je pensais que ce serait la meilleure manière pour que ta mère cesse de te harceler avec ces histoires de petites amies. Je suis désolée, insista-t-elle. Ce n'était même pas drôle, d'ailleurs, mais je te promets que je n'étais pas au courant.

Colin la fixait sans ciller.

— Tu en es sûre ?

— Absolument sûre.

Il ralentit.

— Bon.

— Mais maintenant, je le sais, hasarda Millie. Alors, que penses-tu de ma suggestion ?

Colin secoua la tête.

— Tu veux dire, avouer mon homosexualité au grand jour ? Impossible.

— Pourquoi ?

— Je ne peux pas, c'est tout.

Quelle tête de mule.

— Donne-moi une bonne raison, persévéra-t-elle.

— Tu ne comprends pas... Cela tuerait ma mère.

Au loin, ils entendaient les bruits étouffés de la fête qui se poursuivait sans eux. Mais là, dans l'intimité de la bulle de l'hélicoptère, Millie eut le sentiment qu'elle pouvait tout oser.

D'une voix douce, elle se jeta à l'eau:

— Je ne pense pas que cela tuerait ta mère. Elle serait peut-être choquée et bouleversée pendant quelque temps, mais cela finirait par se tasser.

Hmm, écoutez-moi ça, le gentil petit discours du genre courrier du cœur...

— C'est ta mère, elle t'aime. Inconditionnellement, cela crève les yeux. Donc, elle l'acceptera. Tu ne peux pas passer le reste de ta vie dans le mensonge.

Dans la pénombre, le profil de Colin était tendu. C'était une conversation surréaliste à avoir avec un quasi-étranger, songea Millie.

— Tu as peut-être raison, mais en fait...

Il se tourna vers elle et la regarda droit dans les yeux.

— ... c'est surtout jusqu'à la fin de sa vie à elle que je vais vivre dans le mensonge.

Millie se représenta Moira Deveraux. Une jolie femme, mince et élégante, guère plus de cinquante ans, un grand sourire et des cheveux blonds magnifiques.

— Ma mère a une tumeur maligne au cerveau, poursuivit Colin d'un ton égal. On ne peut pas l'opérer. On a essayé la chimiothérapie, en vain. Les médecins lui donnent entre six et huit mois à vivre.

— Mon Dieu! s'écria Millie en touchant les articulations blanchies de Colin. Je suis tellement désolée...

Elle comprenait pourquoi son regard, tout à l'heure, avait été attiré par la coiffure impeccable de Moira. C'était une perruque.

— Je connais ma mère. Et je l'aime plus que quiconque.

Une fraction de seconde, la voix de Colin se brisa.

— J'allais tout lui révéler, pour les raisons que tu m'as exposées, quand elle est tombée malade. Et maintenant, je ne peux plus rien lui dire. Cela la ravagerait, elle n'aurait pas le temps de s'habituer à l'idée.

Il se tut, les larmes aux yeux.

— C'est pourquoi elle ne doit rien savoir. Je veux qu'elle meure heureuse...

Millie lui serra la main.

— Je suis désolée, répéta-t-elle dans un murmure. Tu as raison. Entièrement raison.

Colin esquissa un bref sourire.

— Merci. Pas un mot à Orla, hein ?
— Non, bien sûr.
Il l'étreignit.
— Et si j'étais hétéro, je te jure que je serais dingue de toi.
Mi-riant, mi-pleurant, Millie le pressa contre elle à son tour.
— Si ma mère nous voyait maintenant, elle serait au septième ciel, murmura Colin contre ses cheveux.
Elle ravala ses larmes.
— Orla aussi.

— Oh ! la la ! Regarde ça !
Impressionnée, Kate donna un coup de coude à Hugh tandis qu'ils contournaient la maison.
— C'est cool, hein ? Avoir un hélico dans son jardin, tu te rends compte ?
Hugh jeta un coup d'œil au Bell Jet Ranger turquoise et blanc. Il était venu plusieurs fois dans cette maison et n'y avait jamais vu d'hélicoptère.
— Je ne pense pas qu'il appartienne à Orla. Ce doit être l'un des invités qui est venu avec.
— Trop cool, soupira Kate en l'attirant vers l'engin. Oh, regarde ! s'écria-t-elle avec excitation. Il y a quelqu'un à l'intérieur ! Regarde, incroyable, ils se roulent des patins dans un hélico, c'est dingue !
Kate le tirait par la manche. Hugh n'avait pas particulièrement envie de regarder, mais ses yeux se tournèrent malgré lui vers l'hélicoptère.
Et malgré lui, il fut obligé de reconnaître la fille assise sur le siège du passager, serrant passionnément contre elle son compagnon.
Il ne reconnaissait peut-être pas la robe, mais cette cascade de cheveux blond cendré, on ne pouvait s'y tromper.
Quelque chose se tordit dans l'estomac de Hugh. Un instant plus tard, l'homme qui tenait Millie dans ses bras leva la tête et constata qu'on les observait.
Hugh le vit sourire brièvement et tapoter l'épaule de Millie pour lui montrer qu'ils avaient un public. Celle-ci rit et se tourna vers le jardin faiblement éclairé…

— Ça alors ! s'exclama Kate en ouvrant des yeux ronds, stupéfaite. Tu l'as reconnue ? C'est cette fille, comment elle s'appelle… la fille gorille…

— Millie.

— Jésus Marie Joseph !

Dans l'hélicoptère, Millie était tellement sidérée qu'elle faillit tomber à la renverse.

— Sûrement pas, je ne vois que deux personnes et ils ne leur ressemblent pas, plaisanta Colin.

— Zut ! gronda Millie tandis que Hugh se détournait.

— Tu les connais ?

— Plus ou moins.

Que diable faisait Hugh ici ? Était-ce un ami d'Orla ?

Et surtout, songea-t-elle avec une bouffée de jalousie, que faisait-il avec cette petite voisine énamourée et roucoulante pendue à son bras ?

— Qui est-ce ? Ton petit copain ?

Pff… quand les poules auront des dents.

À voix haute, elle répondit :

— Mon Dieu, non.

23

Lucas avait disparu. Trina aussi.

— Où est-elle ? demanda Hester à Jen.

— Aucune idée. Aux toilettes, je suppose. Ça fait une éternité qu'elle est partie…

Super. Il ne manquait plus que ça, songea Hester.

En s'éloignant, elle faillit heurter l'un des garçons du bar qui portait une caisse de vin. Bonne idée, se dit-elle. C'est exactement ce qu'il me faut.

Elle saisit une bouteille ouverte dans la caisse, murmura « C'est une urgence » au jeune homme stupéfait, et sortit dans le jardin.

Il faisait nuit, mais les guirlandes lumineuses qui éclairaient les arbres donnaient à l'endroit un petit air de Noël. Elle erra dans le jardin à la recherche de Lucas ou de Trina, et essaya d'imaginer ce qu'elle dirait si elle les surprenait en flagrant délit.

Que dirait-elle, en vérité ? Elle n'avait aucun droit sur lui. Aucun.

Hester emprunta le chemin bordé d'arbres qui partait de l'extrémité de la pelouse. Percevant un bruit d'éclaboussures, elle réalisa que c'était là qu'était cachée la piscine. Millie le lui avait dit.

Visiblement, quelqu'un d'autre avait découvert l'endroit.

Elle serra contre elle la bouteille perlée de condensation et avança à pas de loup dans l'étroite allée, en priant le Ciel de ne pas tomber sur Lucas et Trina s'ébattant gaiement dans l'eau.

Lorsqu'elle atteignit la clairière devant la piscine illuminée, ses yeux s'emplirent de larmes.

De soulagement.

Lucas n'était pas avec Trina. Il était seul. Il nageait. Oh, merci mon Dieu, merci ! Rayonnante, Hester se félicita que

Lucas soit en train de nager sous l'eau. Sinon, il aurait sûrement entendu ses genoux jouer des castagnettes.

Elle s'approcha, tremblante. Les vêtements de Lucas étaient jetés sur le banc de pierre. Elle toucha la douce chemise en coton blanc Ralph Lauren, passa les doigts amoureusement sur le pantalon de cuir... hmm... encore chaud.

— Hester !

La tête de Lucas émergea de l'eau. Avec un grand sourire, il lança :

— Tu n'avais pas l'intention de t'enfuir avec mon pantalon, j'espère ?

— Ah ah ! fit Hester gaiement. On a le droit de se baigner ?

— J'ai demandé à Orla, elle m'a dit O.K.

Il était en caleçon bleu marine. L'eau, qui clapotait contre les parois de la piscine, était presque aussi tentante que son corps.

— Qu'est-ce que tu fais ? s'enquit-il en nageant sur place.

Stupide question. Hester retirait sa robe.

— Je te rejoins.

Il nagea paresseusement sur le dos.

— J'allais sortir.

— Attends un peu. Reste pour me tenir compagnie, demanda Hester en plongeant.

À peine eut-elle touché l'eau que son soutien-gorge remonta sur sa poitrine. Lorsqu'elle ressortit la tête, il flottait sous son menton, petit morceau de dentelle claire, visiblement pas à la hauteur de sa tâche dans l'élément aquatique. Heureusement, plusieurs verres de vin avaient désinhibé Hester, qui ne s'en formalisa pas. Quelle importance, après tout ? Les filles montraient leurs seins sur toutes les plages, de nos jours.

— Mon Dieu ! fit Lucas en riant. Ton mascara.

Zut, elle n'avait pas pensé à cela. Pour le faire taire, Hester l'éclaboussa. Être mouillé, bien entendu, rendait Lucas encore plus sexy, avec ses immenses cils exempts de mascara.

Il l'arrosa à son tour. Feignant d'être scandalisée, elle lui lança une grande brassée d'eau. Oh oui, c'était formidable – exactement comme un de ces vieux films avec Rock Hudson et Doris Day, quand Rock et Doris se chamaillent continuellement mais qu'on sait bien que, dans le fond, ils sont fous l'un de l'autre.

— Attention, je vais te mettre la tête sous l'eau ! s'écria Hester.

Il lui prit les bras en riant. Elle fixa sa bouche, sans cacher son désir. Les mains de Lucas lui tenaient les coudes, tout son corps était en émoi. Elle ferma les paupières et se laissa doucement flotter vers lui, jusqu'à ce que ses lèvres effleurent la barbe naissante de Lucas.

— Allez, je vais sortir, dit-il.

Elle garda les yeux fermés. Ce n'était pas le genre de choses que Rock aurait dites à Doris.

— Non, murmura-t-elle, le cœur battant. Pas déjà.

— Hester, regarde-moi. Ce n'est pas bien.

Non, ce n'est pas bien du tout, songea-t-elle avec frustration. Ce n'était pas dans le scénario. Je suis Doris Day, rappelle-toi, et tu es Rock Hudson…

— Tu es une très chouette fille, continua Lucas gentiment, mais tu n'es pas libre. Millie m'a parlé de ton petit ami. Je sais que vous êtes faits l'un pour l'autre.

Fantastique. Merci, Millie. Merci beaucoup !

— Il est en Écosse, marmotta-t-elle.

— N'empêche, tu ne dois pas le tromper. Ce ne serait pas honnête.

— Mais il ne le saurait pas, plaida Hester.

D'une main douce, Lucas écarta une mèche mouillée de ses yeux.

— Rien ne te garantit qu'il ne serait pas au courant un jour ou l'autre. C'est un trop gros risque à courir.

— Ce n'est pas à moi d'en décider ?

— Je t'assure que je n'en vaux pas la peine. Allez, viens, fit-il avec un clin d'œil en s'écartant. On fait la course jusqu'au bord. Retournons à la fête. Millie doit se demander où tu es passée.

— Tu es sûre que ça ne te dérange pas, cette histoire de bras ?

— Pas du tout, répondit Millie.

Colin avait un bras autour de ses épaules et lui caressait affectueusement le poignet de l'autre main. Sur la piste de danse, feignant de n'avoir rien remarqué, Moira Deveraux rayonnait comme une lampe halogène.

— Nous faisons très, très plaisir à ma mère.

— Tant mieux, déclara Millie en lui souriant. Fais-moi signe chaque fois que tu auras besoin d'une figurante.

— Millie Brady, je ne peux pas te laisser seule cinq minutes! fit une voix amusée derrière elle.

C'était Lucas, les cheveux mouillés, souriant d'une oreille à l'autre.

— Lucas! Tu es tout mouillé.

— Je sors de la piscine.

— Tu n'as pas vu Hester? Je ne la trouve nulle part.

— On a nagé ensemble.

Mon Dieu, songea Millie.

— Juste nagé, précisa-t-il. Elle ne va pas tarder. Elle est partie rattraper un peu son maquillage.

Les hommes étaient d'incurables optimistes. Si Hester s'était baignée, elle en avait bien pour une heure à se remaquiller.

— Alors c'est ton patron? demanda Colin quand Lucas se fut éloigné. Je suppose qu'il est hétéro?

— Tu supposes extrêmement bien.

— Je m'en doutais. Dommage, murmura Colin.

— J'aime autant ça, gronda Millie avec un coup de coude réprobateur. Ce n'est pas ainsi que tu impressionnerais ta mère!

— Je suis tellement heureuse que vous vous entendiez bien, dit Orla à Millie, ravie, lorsque Colin fut parti chercher des verres. Je savais que le courant passerait entre vous.

Ouille! En moins de temps qu'il n'en fallait pour dire « pièce montée », on allait voir Orla publier les bans.

Quant à Moira, elle commencerait bientôt à tricoter des brassières…

— Il est très sympathique, concéda Millie, mais je ne sais pas si on peut parler de l'amour du siècle.

— Non? Quel dommage. Bah, tant pis, fit Orla sans s'émouvoir. Heureusement, tu as le choix.

— Le choix?

Était-ce pour cela qu'Orla avait invité Hugh à la soirée? Dans ce cas, que faisait Kate engluée à son flanc?

— Richard, bien sûr, chuchota Orla avec un signe de tête vers la piste de danse, où Richard le jardinier riait, sans doute d'une blague horticole.

Millie hocha la tête, déçue.

— Ah, c'est vrai…

— Et aussi Miles Carter-Buck, du club de golf. Tu ne le connais pas encore, c'est un agent de change. Mais je t'assure qu'il est tout à fait charmant.

Elle ne mentionna pas Hugh, qui d'ailleurs n'était nulle part en vue. Millie ne put se résoudre à demander ce qu'il faisait là, car l'antenne d'Orla frétillerait aussitôt et rien ne l'arrêterait plus. Mieux valait changer de sujet.

— Qui est cette fille qui parle à Giles ?

Qui était-ce, en effet ? Orla ne l'avait jamais vue, mais les petits nœuds familiers se resserraient déjà dans son estomac. Elle n'avait aucune raison particulière d'être soupçonneuse, mais c'était cela le problème avec un mari cavaleur. S'il l'avait trompée une fois, pourquoi ne recommencerait-il pas ? Une fois la confiance ébranlée, on ne parvenait jamais à se détendre complètement. On ne pouvait pas vérifier les poches de ses habits avant qu'ils ne partent dans la machine, sans se blinder mentalement en vue d'une découverte compromettante – un morceau de papier avec un numéro de téléphone, un reçu – capable de vous faire chavirer le cœur.

Mais il était inutile de s'aventurer sur ce chemin douloureux. Elle devait lui donner une chance de se racheter, de prouver qu'il avait tourné la page. Elle ne savait que trop bien que ses soupçons et sa jalousie risquaient de ravager leur mariage, aussi efficacement que l'infidélité de Giles.

Sa liaison avec Martine était terminée. Elle *devait* le croire.

— Je ne la connais pas, répondit-elle avec un grand sourire. Mais si nous allions voir ce qu'il en est ?

24

— Coucou, ma chérie, dit Giles en passant un bras affectueux autour de la taille d'Orla. Je te présente Anna, du club de golf. Elle habite à Perranporth.

— Enchantée de vous connaître.

Orla serra chaleureusement la main de la fille. Anna avait une poignée de main ferme – normal, de la part d'une golfeuse –, de beaux yeux gris et des cheveux magenta coupés au carré.

— Moi aussi, répondit-elle en souriant. C'est très gentil à votre mari de m'avoir invitée ce soir. Je viens d'arriver dans la région, je ne connais pas encore beaucoup de monde. C'est une bonne idée d'avoir organisé cette grande soirée. Et vous avez une maison magnifique, ajouta-t-elle timidement.

— Eh bien, venez donc dîner un de ces jours, lança Orla avec son enthousiasme caractéristique.

Superstitieusement, elle avait décidé que plus elle serait gentille avec cette fille, moins Giles risquait d'avoir une aventure avec elle. Ou du moins, l'autre aurait peut-être des scrupules à briser le cœur d'un être si bon.

— Anna me racontait qu'elle est couturière, dit Giles.

— Couturière ? C'est formidable ! Il faut absolument que je vienne vous voir, babilla Orla. J'adorerais être l'une de vos clientes. C'est vous qui avez fabriqué cette robe ravissante ?

— Excusez-moi, murmura Millie en apercevant Hugh et Kate parmi la foule. Je reviens. Je voudrais juste dire bonjour à quelqu'un.

Colin avait été entraîné sur la piste de danse par deux femmes tape-à-l'œil du club de golf. Il dansait aimablement avec elles, et il adressa un clin d'œil à Millie lorsqu'elle passa devant lui.

Que vais-je dire à Hugh ? Que lui dire ?

Millie n'eut pas le temps de se torturer davantage. À peine deux mètres la séparaient de Hugh et de Kate, quand elle fut entreprise sans cérémonie par Richard le jardinier. Le visage fendu d'un large sourire, il avait déboutonné sa chemise, façon Tom Jones, presque jusqu'à la taille.

Visiblement, quelques bières, et les inhibitions de Richard s'envolaient.

— Milliemilliemillie… mon petit doigt me dit que vous ne refuseriez pas de danser, roucoula-t-il en refermant les bras autour d'elle.

Merci Orla !

— Tout à l'heure, peut-être.

Millie n'avait pas besoin de tourner la tête pour savoir que Hugh et Kate les regardaient.

— Pourquoi remettre à plus tard… protesta Richard en l'entraînant comme une brouette récalcitrante sur la piste de danse. Allez, venez donc. Ne soyez pas timide, je sais que je vous fais craquer !

— Euh, à vrai dire…

Elle avait l'intention de dire « non », mais elle fut trop lente. La bouche avide de Richard s'écrasa telle une ventouse sur la sienne, et elle ne put que gargouiller une protestation.

Seigneur, ce pouvoir de succion…

Lorsqu'il se détacha pour reprendre son souffle, Richard annonça :

— Voilà, je sais que je suis un peu bourré, sinon je n'aurais jamais eu le courage de faire ça. Mais je vous trouve supercanon, et quand Orla a commencé à faire des allusions… j'ai compris ce qu'elle voulait dire, que je vous plaisais bien aussi.

Millie fit une grimace. Le problème, avec les allusions d'Orla, c'était qu'elles étaient grosses comme des tondeuses à gazon. De type motoculteur.

— Alors ? demanda Richard en la contemplant d'un air interrogateur.

— Alors quoi ?

— Vous et moi. Qu'on sorte ensemble. Qu'est-ce que vous en dites, hein ?

La technique de séduction était franchement sommaire. Voilà pourquoi cet homme était resté célibataire, songea-t-elle. Il devrait peut-être suivre des cours particuliers de subtilité.

— Euh…

— Millie, tu n'as pas vu Hess ? Oups.

Jen esquissa un sourire.

— Désolée d'interrompre votre grande séance de bécotage. Mais elle m'a dit que ça l'intéresserait de venir en boîte avec nous, et maintenant, je ne la trouve plus.

Avec reconnaissance, Millie s'extirpa de l'étreinte de Richard. Une étreinte ferme, comme si elle était une racine coriace qu'il était déterminé à arracher.

— Je vais t'aider à la chercher.

Dehors, Jen sortit son téléphone portable et appela un taxi.

— On va faire le tour des bars, tu veux venir ? proposa Trina.

— Je ne peux pas. Je dois raccompagner ma mère, expliqua Millie avec une petite grimace. Écoutez, les filles, je cherche dans la maison, et vous allez voir dans le jardin. Elle est forcément quelque part.

Hester n'était pas dans la maison. Quand Millie en ressortit, Jen et Trina avaient disparu. Soient elles avaient retrouvé Hester et l'avaient embarquée dans le taxi, soit elle était retournée sous la tente.

Mais non. Point de Hester sous la tente. Elle avait définitivement disparu.

Colin Deveraux accueillit le retour de Millie avec ravissement.

— Ma chérie, cela fait des heures que je ne t'ai plus vue. D'horribles mégères m'ont traîné sur la piste comme une vieille serpillière. Si tu savais comme tu m'as manqué…

— Laisse-moi deviner, s'amusa Millie tandis qu'il passait un index charmeur sur sa clavicule. Ta mère nous observe ?

— Avec des yeux d'aigle. Une maman aigle très fière et très heureuse.

Il sourit et lui pressa tendrement l'épaule.

— Il va falloir que je te présente, avant que la joie ne la fasse exploser.

— Si tu veux, mais d'abord, j'aimerais dire un mot à quelqu'un.

Millie, qui continuait à scruter les alentours, avait enfin repéré Hugh et Kate.

— Je reviens tout de suite.

L'orchestre avait accompli l'exploit de faire danser tout le monde, et le plancher était comble. Elle se fraya un chemin parmi les bras et les corps en mouvement, et vit que Hugh et Kate bavardaient avec Orla.

Zut. Pas idéal.

Elle resta un moment immobile en attendant que leur conversation cesse, tandis que les danseurs tournoyaient et se déhanchaient autour d'elle.

Hugh embrassa Orla. Kate, gloussante et l'œil vitreux, l'embrassa aussi. Puis Orla les embrassa à son tour... Ils riaient à présent tous les trois.

Mais que signifiait ce petit numéro ? Ils viennent de se fiancer, ma parole ! songea Millie.

Elle fut saisie d'une nausée. Seigneur, si c'était cela...

Quand elle eut enfin réussi à traverser la piste, Orla était seule. Hugh et Kate avaient disparu.

— Salut. Euh, ces gens, ce couple... ils sont partis ?

Millie s'efforça de donner l'impression qu'elle faisait poliment la conversation et se souciait uniquement de voir si Orla ne s'ennuyait pas.

— Ils sont rentrés.

Orla faisait signe à des gens qu'elle connaissait, réclamait un serveur et tapait du pied en rythme avec la musique.

— Ils doivent se lever tôt demain.

Boum, fit le cœur de Millie en chutant dans ses chaussures. Avec son imagination débordante, se lever tôt ne pouvait signifier qu'une chose : un départ en voyage pour fêter leurs fiançailles.

D'une petite voix, elle couina :

— Hum, qui sont-ils ?

Orla lui jeta un coup d'œil et se mit à rire.

— Tu veux dire, l'extrêmement beau garçon qui était là il y a une minute ? Tu te demandes si par hasard ce ne serait pas l'un des prétendants que je te réservais ce soir ? Je regrette, ma belle, mais il est hors compétition.

Millie était heureuse que les lumières clignotent sur la piste pour camoufler ses joues rosies.

— Je ne me demandais rien du tout. Je voulais juste savoir qui ils étaient. Simple curiosité.

— Hugh Emerson. Conseiller en informatique de haut vol, répondit Orla avec un sourire coquin. Mais pas pour toi.

— Oh ! Sa petite amie a l'air très... jeune, osa-t-elle, le cœur tambourinant dans sa poitrine.

— Ce n'est pas sa petite amie, juste une voisine. Hugh est venu installer mon ordinateur. Sa femme est morte il y a quelques mois.

Orla devait crier pour couvrir la musique.

— C'est tragique, tragique… Épouvantable. Et c'est bien la dernière chose dont tu aies besoin. Qu'il s'intéresse à toi uniquement pour oublier son chagrin.

Elle frissonna théâtralement.

— Ce sont les pires relations du monde. Vouées au désastre, ma chérie. N'y pense même pas !

Une voisine. Pas sa petite amie, ni sa fiancée, songea Millie, aux anges. Une simple voisine… Hourrah !

— Non, occupe-toi plutôt de Colin, reprit Orla en lui pressant le bras. Il est adorable, et célibataire.

Oui, songea Millie, mais je suis une fille.

À minuit, Nat remonta la rue en espérant que la lumière serait allumée chez Hester et Millie. Une tournée des bars et des boîtes lui avait fait rencontrer plusieurs vieux amis, mais de Hester, nenni. Il était épuisé. Les huit cents kilomètres de voiture n'avaient rien arrangé.

Il n'y avait pas de lumière, mais il sonna. Peut-être étaient-elles couchées.

Il sonna encore, puis cogna sur la porte avec son poing fermé.

Rien, aucune réponse.

Hess, où es-tu ?

Il s'accroupit sur le perron et écrivit un mot au verso d'une publicité pour des pizzas à emporter.

Hess, devine qui est là ? Tu vois la Renault jaune garée dehors entre la camionnette blanche et la Jaguar bleu marine ?

Regarde à l'intérieur…

Il sourit et glissa le mot dans la fente de la boîte. Puis, bâillant à s'en décrocher la mâchoire, il retourna vers la voiture. Au moins, il faisait doux. Il dormirait jusqu'au retour de Hester. La connaissant, dès qu'il fermerait les yeux, elle reviendrait et le couvrirait de baisers, en hurlant de plaisir et en réveillant toute la rue.

Hester contempla la voûte formée par les arbres au-dessus de sa tête. À travers le feuillage du cerisier, elle voyait scintiller des étoiles dans le ciel indigo.

Elle serra contre elle la bouteille de vin vide, et réalisa qu'elle devait être extrêmement soûle pour ne pas se soucier que des insectes, à cet instant précis, puissent être en train de ramper dans ses cheveux.

Elle ne se souciait pas non plus que le sol soit inconfortable, sa bouche desséchée et ses yeux endoloris d'avoir tant pleuré. Au moins, elle était au calme. Elle n'entendait que le léger clapotis de l'eau dans la piscine et les bruits amortis de la musique, au loin.

Elle avait entendu, tout à l'heure, Jen et Trina l'appeler. Puis un couple de lapins l'avaient brièvement distraite en sautillant sur l'herbe avant de disparaître dans les fourrés.

Ensemble.

Pour se faire des câlins, sans nul doute. Se reproduire comme... des lapins.

Mon Dieu, je me suis complètement ridiculisée, songea Hester en levant la bouteille pour vérifier si elle était entièrement vide. Je vais être la risée de Newquay, quand ça se saura.

C'est la faute de Nat. S'il avait été là, rien de tout cela ne serait arrivé...

Ses yeux s'emplirent de larmes à nouveau, tandis qu'elle réalisait combien elle était injuste envers Nat.

Je suis nulle. Je ne suis qu'une personne horrible, horrible. Je ne mérite pas un si gentil petit copain, décida-t-elle, au supplice.

N'empêche, ça ne serait pas arrivé s'il avait été là...

Hester ferma ses yeux bouffis. Ouuuh, sa tête tournait, maintenant, comme une toupie. Bon, ne pas faire attention. Rouler sur le côté, peut-être, ce sera mieux. Oh oui, c'est beaucoup mieux...

Elle s'endormit en quelques secondes.

25

Un éditeur. Un vrai géant de l'édition. Aaaah, voilà qui devenait intéressant !

Tout à son excitation d'être en conversation avec un intellectuel, Adele déployait le grand jeu pour impressionner J.D. – Jasper Deveraux, quel nom – par sa connaissance des grands poètes.

Elle aurait préféré, toutefois, qu'il manifeste un peu plus d'enthousiasme en retour.

— Sylvia est bien évidemment ma préférée…

Adele sortit adroitement de son sac son volume de Sylvia Plath et l'agita sous ses yeux surpris.

— Mais on ne peut pas laisser de côté Christina Rossetti : une puissance et une grâce admirables…

La poésie n'était pas du tout le truc de J.D. Pour lui, rien de plus soporifique que deux ou trois alexandrins. À moins qu'il n'y ait une chute comique à espérer.

Qui était cette Christina Rossetti, d'abord, avec sa puissance et sa grâce admirables ? Elle portait plutôt un nom de gymnaste.

Il hocha vigoureusement la tête et tenta de changer de sujet :

— Vous avez absolument raison. Alors, dites-moi, vous avez pu prendre un peu de vacances, cette année ?

Mon Dieu, songea-t-il, on dirait un coiffeur qui fait la conversation.

Adele, qui s'apprêtait à citer quelques vers puissants et gracieux de Rossetti, fut stoppée dans son élan. Des vacances, des vacances… Voyons, que pourrait-elle dire pour impressionner cet homme érudit, riche et influent ?

— Pas encore, mais j'en ai bien l'intention, gazouilla-t-elle. J'adore Monte-Carlo et Saint-Tropez. Et vous ?

— Oh, nous avons une villa en Toscane ! La cuisine est exquise, le vin délicieux, c'est l'endroit idéal pour échapper à la foule et au stress. Du moins, ajouta-t-il en riant, jusqu'à ce qu'on réalise que tous les gens qu'on connaît s'y trouvent pour la même raison !

La Toscane ? Elle le regarda s'esclaffer, abasourdie, en réalisant deux choses : la Toscane, pays du chianti, était l'endroit où les intellectuels, artistes et écrivains prenaient leurs vacances. Les célébrités, les grands pontes du journalisme, les acteurs, les chanteurs d'opéra. Seigneur ! Pourquoi n'avait-elle pas compris plus tôt que c'était la Toscane, le lieu de villégiature idéal pour rencontrer des gens passionnants, exactement sur la même longueur d'onde qu'elle ?

La deuxième chose que réalisa Adele était la suivante : bien qu'elle ait lu quantité d'articles sur cette région et les gens qui y prenaient leurs vacances – mon Dieu, même les Blair ! –, elle n'avait absolument aucune idée de l'endroit où se trouvait la Toscane.

Qu'on lui donne une carte d'Europe, et elle aurait été bien en peine de situer la Toscane. Espagne ? France ? Italie ? Quelque chose lui disait que cela devait se trouver au *centre* de quelque part, mais d'où ?

Quelle horreur ! Comme c'était gênant ! Le pays du chianti. Mais si vous n'étiez pas un grand buveur de vin, cela n'était pas d'une grande aide.

Dès le lendemain matin, se jura Adele, elle saurait tout ce qu'il fallait savoir sur la Toscane, jusqu'au plus infime détail.

— Bien sûr, j'adore l'opéra, lança-t-elle vivement. Je suis une fervente admiratrice d'Andrea Bocelli.

J. D. décida que le moment était venu de s'éclipser. Il toucha la main d'Adele et proposa aimablement :

— Voulez-vous que j'aille vous chercher un verre ?

Il avait beau partager le désir de Moira de voir leur fils marié et heureux en ménage, il ne pouvait s'empêcher d'espérer qu'il ne choisirait pas Millie. Être condamné à fréquenter une belle-mère comme Adele Brady, c'était un cauchemar !

— Votre fille est formidable, déclara Orla à Lloyd Brady lorsqu'ils prirent congé à la fin de la soirée.

Elle se tourna vers Judy, qui tenait le châle en cachemire rose d'Adele tandis que cette dernière embrassait J. D. et Moira avec effusion, et ajouta à voix basse :

— Et vous avez la patience d'une sainte…

— C'est vrai, répondit gaiement Judy. Mais j'ai une réserve secrète de cyanure.

Moira Deveraux chuchota à l'oreille de son fils :

— Tu n'es pas obligé de rester dormir ici avec nous, tu sais. Personne ne se formaliserait si tu… disparaissais.

Colin sourit de voir sa mère hausser ses délicats sourcils peints en direction de Millie.

— Maman, je ne peux pas croire que tu suggères une chose pareille.

— Nous ne sommes ici que pour une journée encore, dit Moira en tapotant sa montre. Parfois, mon chéri, il faut savoir forcer un peu le destin.

Son expression s'adoucit et elle ajouta tendrement :

— Ton père et moi étions fous l'un de l'autre, tu sais. Il m'a enlevée et, huit jours plus tard, nous étions fiancés.

— Tu veux dire qu'il t'a essayée le premier soir et qu'il a touché le jackpot ? Maman, je regrette, mais je suis scandalisé ! Profondément choqué.

Sans s'émouvoir, Moira répondit sereinement :

— L'étincelle était là. Quand l'étincelle est là, on ne peut pas faire comme si elle n'existait pas.

Elle regarda Millie en souriant.

— Et je l'ai bien vue, l'étincelle, entre vous deux, ce soir…

— D'accord, fit Colin en levant les mains, s'avouant vaincu. J'ai déjà tenté ma chance. Je lui ai demandé qu'on passe la nuit ensemble et elle a refusé. Elle m'a dit qu'elle n'était pas ce genre de fille.

Ainsi, Millie avait des principes, une moralité. Moira approuva de la tête.

— Je ne l'en aime que davantage.

Il était deux heures du matin quand Millie rentra chez elle après avoir raccompagné sa mère, son père et Judy. Elle se gara un peu plus loin dans la rue, passa devant une camionnette, une Renault moutarde et une Jaguar bleu foncé poussiéreuse.

La maison était silencieuse et déserte. Quelqu'un avait encore glissé dans la boîte une publicité pour des pizzas. Elle chassa du pied le papier et se dirigea vers l'escalier. Hester n'était pas rentrée. Ce qui n'avait rien d'étonnant si elle écumait les bars avec Jen et Trina.

Harassée, Millie retira la fabuleuse robe en daim Dolce & Gabanna. Elle ne prit même pas la peine de se démaquiller – « une coquette sale », aurait dit sa mère – et s'endormit dès que sa tête effleura l'oreiller.

Quelque chose sonnait. De façon horriblement persistante. Millie gémit, se tourna sur le côté et mit l'oreiller sur sa tête. Si c'était Hester qui était appuyée contre la sonnette parce qu'elle avait oublié sa clef, elle serait contrainte de la tuer.

Mais ce n'était pas la porte, lui souffla son cerveau confus. La sonnerie était trop rythmique...

Le téléphone.

Oh non !

Enfouie sous l'oreiller, Millie garda les yeux fermés en attendant que cela cesse. Mais la personne qui appelait avait de la suite dans les idées. Apparemment, elle n'allait pas s'avouer vaincue.

C'était peut-être une urgence ? Millie descendit répondre dans le salon.

Hester, qui voulait à tout prix rentrer mais ne se rappelait plus où elle habitait ?

Ou Adele, affolée parce qu'elle avait égaré son précieux volume de poésie et voulait savoir si elle l'avait oublié dans la voiture ?

Colin Deveraux, qui l'appelait pour lui dire qu'il n'arrivait pas à dormir, tant il pensait à Lucas dans son pantalon de cuir moulant, et la suppliait pour qu'elle lui donne son numéro de téléphone ?

Hmm... non, probablement pas.

— Allô ?

— Tu es seule ?

— Quoi ?

— Il est là, avec toi ?

Mal réveillée et l'esprit confus, Millie ne reconnaissait pas la voix à l'autre bout du fil. Enfin, ce n'était pas tout à fait exact. Elle *croyait* ne pas la reconnaître, car cette voix était exactement la même que celle de Hugh Emerson. Or, la partie moins confuse et logique de son cerveau lui disait que c'était impossible. Elle devait se tromper.

— Si *qui* est là avec moi ?

— Je ne sais pas. N'importe lequel, à toi de voir. Dis-moi seulement oui ou non.

Seigneur, cela ressemblait vraiment à la voix de Hugh ! Stupéfaite, et tout à fait réveillée maintenant, Millie répondit :

— Il n'y a personne, je suis seule. Pourquoi ?

Une pause. Suivie d'un soupir. De soulagement ?

— Je voulais seulement le savoir.

Le cœur cavalant comme un lévrier, elle chuchota :

— Pourquoi ?

— Allons… (Cette fois, la voix était narquoise.) Je crois que tu le sais très bien.

Millie resta muette. Le lévrier dans sa poitrine galopait en rond. Étourdie, elle jeta un coup d'œil sur la cheminée et vit qu'il était trois heures et demie.

Trois heures et demie du matin.

— Millie ? Tu es toujours là ?

— Je crois, oui.

— Ouvre les rideaux.

— Hein ?

— Vas-y.

Était-ce vraiment en train d'arriver ? Ou était-elle dans son lit ?

Après tout, si c'était un rêve, quel mal y avait-il à le laisser se poursuivre ?

En tout cas, cela risquait de devenir le plus beau rêve qu'elle ait fait depuis des années.

Elle avança jusqu'à la fenêtre et écarta les rideaux.

Hugh était là, sur le trottoir, sous le halo orange du lampadaire. Il s'était changé et portait un jean et une chemise blanche. Dans son mobile, il dit simplement :

— J'avais besoin de te voir.

Dieux du ciel !

Millie regretta aussitôt de porter son T-shirt violet Harry Enfield tout déformé. La photo, devant, représentant le Kevin de *Kevin et Perry* n'était pas vraiment sexy. Elle regretta aussi, illogiquement, de ne pas avoir eu la présence d'esprit de se brosser les cheveux avant de descendre décrocher.

— Tu voulais me voir ? Pourquoi ?

— Je voulais te voir, c'est tout.

Elle hasarda une faible pointe d'humour :

— Tu dois le regretter, maintenant.

— Pas du tout. J'ai toujours eu un faible pour Harry Enfield.

Un silence. Millie était incapable de parler.

— Bon, reprit-il. On peut continuer comme ça pendant le reste de la nuit, ou tu pourrais décider si tu as envie d'ouvrir ou non la porte d'entrée.

— Deux minutes, dit-elle d'une voix tremblante. Je reviens dans deux minutes.

— Où vas-tu ? demanda-t-il avec un petit sourire. Tu remontes réveiller un homme et le faire sortir par la fenêtre de derrière ?

— Presque. Je remonte me brosser les dents.

26

Quand Millie ouvrit la porte, deux minutes plus tard, elle dit :

— Je ne m'attendais pas à ça.

— Moi non plus.

Hugh la fit reculer doucement dans le salon sans la quitter des yeux, son expression indéchiffrable.

— Ce type avec qui je t'ai vue, dans l'hélicoptère… est-ce que, tous les deux… ?

— Non, répondit-elle en frissonnant. Non.

— Et l'autre ? Sous la tente ?

— C'est le jardinier d'Orla. Je ne sais pas ce qui lui a pris.

— Bon. Et il n'y a vraiment rien entre ton patron et toi ?

— Lucas ? Oh, non ! chuchota Millie. Vraiment rien de rien.

— Bon. Bien, tant mieux.

Il repoussa de son front une mèche de cheveux décolorés par le soleil.

— Je n'arrivais pas à m'endormir, tu sais, reprit-il. Je ne pouvais pas supporter l'idée de tous ces hommes qui ont tourné autour de toi ce soir. Ça m'a fait réaliser… mon Dieu, tellement de choses…

— Et ?

— Et il fallait que je te voie.

Millie se sentit soudain audacieuse – après tout, c'était peut-être un rêve. Elle haussa un sourcil.

— Seulement me voir ?

Il lui toucha le visage. Ses doigts chauds effleurèrent sa bouche rose pâle.

— D'accord. T'embrasser.

C'était trop lent… trop *lent*. Millie craqua. Elle jeta les bras autour de son cou et appuya son corps contre Hugh en chuchotant :

— Dans ce cas, autant le faire, non ?

Le baiser la fit complètement chavirer. Elle avait l'impression d'être un brasier. Elle n'aurait pas été surprise si sa chemise de nuit s'était soudain enflammée. Son corps était parcouru d'assez d'électricité pour illuminer le sapin de Noël de Trafalgar Square. C'était tout simplement inimaginable qu'une bouche, que des lèvres puissent exercer un effet aussi bouleversant sur… sur toute sa personne.

Jamais elle n'avait connu un baiser pareil, une expérience aussi étourdissante qu'elle en vacillait. Elle dut ouvrir les yeux pour vérifier que la maison ne tournoyait pas autour d'elle. Sur un nuage, elle réalisa que si le reste de son corps s'était vertigineusement laissé emporter par la bouche divine de Hugh contre la sienne, ses doigts avaient sorti la chemise de son jean, défait les boutons avec une dextérité dont elle ne se serait pas crue capable, et parcouraient frénétiquement sa poitrine…

— Ouille ! grinça Hugh. Qu'est-ce qui se passe ?

— Mon Dieu, pardon, pardon… Je voulais être absolument sûre que je ne rêvais pas.

Millie frotta la marque rouge sur la main de Hugh.

— Je me pinçais, expliqua-t-elle. Mais je comprends pourquoi je ne sentais rien : je pinçais la mauvaise main.

Il lui prit le visage et chuchota, sa bouche à deux centimètres de la sienne :

— Je rêve de faire ça depuis des semaines. Je ne peux pas m'empêcher de penser à toi. Je m'étais juré qu'il n'y aurait jamais rien entre nous, mais ce soir, j'ai craqué. Je ne pouvais plus rester en retrait.

Millie était tellement heureuse qu'elle en avait les larmes aux yeux.

— Je suis si contente. Je veux dire, moi aussi je pensais à toi tout le temps…

Enivrée, elle avait du mal à former une phrase cohérente. L'odeur merveilleuse de sa peau nue la mettait en transe.

— J'étais jalouse de te voir ce soir avec Kate. Je croyais que tu allais t'envoler avec elle Dieu sait où. Et tu es là, tu es venu jusqu'ici pour me voir, enfin, pour m'embrasser… Tu sais que tu embrasses formidablement bien, à propos ? Je ne sais pas comment tu as pu devenir si doué. En tout cas, si tu as besoin d'un petit boulot, je suis sûre que Lucas t'embaucherait aussitôt.

— Millie, tu es un moulin à paroles…

— C'est vrai ? Sûrement pas. Non, je t'assure, je ne parle jamais sans arrêt pour ne rien dire quand je suis nerveuse.

— Tu es nerveuse ? demanda-t-il en souriant. Pourquoi ?

Pourquoi ? Cet homme était fou !

— Parce que tu es venu jusqu'ici pour m'embrasser, et maintenant que tu m'as embrassée, tu es encore là, lâcha-t-elle. Et je ne suis peut-être pas Einstein, mais j'ai ma petite idée sur ce qui pourrait bien arriver ensuite.

Pendant qu'elle jacassait, Hugh avait tenu sa main entre les siennes et caressé doucement la peau ultrasensible sous les lobes de ses oreilles. Il retira ses mains et commença à reboutonner sa chemise.

— Je ne suis pas venu pour te forcer à faire une chose que tu ne souhaites pas. Si je te rends nerveuse, je vais partir…

— Non !

Millie l'attrapa par le bras.

— Je ne voulais pas dire cela ! Je veux que tu restes, j'en rêve, c'est trop beau. Mais j'ai peur que tu ne sois déçu… par ma prestation.

Hugh semblait avoir du mal à garder son sérieux.

— Qu'est-ce qui te fait penser une chose pareille ?

Millie n'en avait aucune idée. Mais elle savait soudain, inexplicablement, que c'était envisageable.

— Eh bien, c'est comme Richard le jardinier, essaya-t-elle d'expliquer en secouant la tête. Pendant la soirée, il m'a embrassée et c'était atroce, j'avais l'impression de me faire agresser par une ventouse. Mais ce pauvre garçon ne sait pas qu'il embrasse mal, tu comprends ? Il se trouve probablement formidable. Alors comment savoir si je ne suis pas nulle en… enfin, tu vois ce que je veux dire ?

La bouche de Hugh tressaillait.

— Tu n'embrasses pas comme une ventouse, je te le promets. D'ailleurs, c'est valable aussi pour moi. Je suis peut-être nul au lit.

— Sérieusement ?

— Non. En réalité, je suis transcendant.

— Tu te moques de moi.

Il l'enlaça, et elle sentit que ses épaules étaient secouées par le rire.

— Non. Je pense juste qu'on devrait courir le risque, c'est tout. Tu pourras m'octroyer une note sur dix, si tu veux.

Millie sourit et se détendit. Imperceptiblement. Elle savait bien qu'elle n'était pas nulle au lit.

Mon Dieu, ça va arriver, ça va vraiment arriver…

Comble de chance, ayant visiblement décidé de dormir chez Jen et Trina, Hester n'était pas là. Elle ne saurait rien ! Pas besoin de lui donner les deux cents livres !

Il l'embrassa, et le feu d'artifice fut encore plus éblouissant cette fois. Et Millie découvrit avec stupeur que ses propres doigts, presque malgré elle, défaisaient la braguette de Hugh.

— Les rideaux sont encore ouverts, murmura-t-il.

— Montons, décida-t-elle en frissonnant au contact érotique de ses lèvres contre les siennes.

— Pas d'hésitation ?

— Non. Et toi ?

— Question idiote. Est-ce que je ne suis pas venu ici à trois heures et demie du matin ?

Millie respira un grand coup. Elle n'avait pas envie de dire ce qu'elle s'apprêtait à dire, mais il le fallait.

— Et… tu sais… ta femme ? Louisa.

Instantanément, elle regretta d'avoir ajouté le dernier mot. Comme s'il pouvait oublier le prénom de sa femme !

— Je suis ici, répéta Hugh en écartant une mèche de cheveux blonds de sa joue. Je n'ai pas envie de parler de Louisa.

Tant mieux, songea-t-elle, parce que moi non plus.

— Tu en es sûr ?

Il la souleva dans ses bras et la porta vers l'escalier. Amusé par ses efforts inutiles pour tirer sur sa chemise de nuit et rester décente – du moins pendant les trente secondes à venir –, il affirma :

— J'en suis sûr.

Cela avait été magique. Les yeux fermés, confortablement lovée dans les bras de Hugh, Millie décida qu'il n'existait pas d'autre terme.

Tout simplement magique.

— Et maintenant, le score du jury, s'il vous plaît ? déclama-t-il. D'abord, une note sur dix pour le contentement.

— Facile, dit-elle en battant des cils. Deux.

— Style.

— Un.

— Éclat.
— Un et demi.
Hugh secoua la tête et fit « Tss », comme un plombier à qui l'on demande un devis.
— Mon Dieu, la juge britannique est sévère. Se rend-elle compte de ce à quoi elle s'expose… ?
— Au secours, non !
Millie poussa un cri tandis qu'il commençait à la chatouiller. Au bout de quelques secondes, elle n'était que contorsions et couinements, emmêlée dans les draps.
— Dix, je voulais dire dix sur dix, incontestablement… La perfection !
— Pour quelle catégorie ?
— Toutes !
— Même l'éclat ?
— Seize sur dix pour l'éclat.
— Bien.
Hugh hocha la tête avec satisfaction et cessa les chatouilles.
— Mesdames et messieurs, la juge britannique a sensiblement révisé ses scores, et je dois dire que nous sommes nettement plus proches de la réalité. J'ajouterai que la juge britannique n'était pas mal non plus. Elle s'est prêtée à l'opération de façon tout à fait satisfaisante.
Suivit alors le genre de moment hollywoodien qui serrait toujours la gorge de Millie. Pendant plusieurs secondes, Hugh et elle se contemplèrent sans rien dire, sachant tous deux que ce qui venait de se passer *devait* arriver.
Enfin, il pencha la tête et déposa une série de baisers à la base de sa gorge.
— Merci.
— Pas de quoi. Quand tu voudras. Tout le plaisir était pour moi.
Les yeux de Hugh s'adoucirent.
— Je suis sérieux. Tu es quelqu'un d'exceptionnel. Je n'arrêtais pas de penser à toi. J'ai cru que j'avais une hallucination quand je t'ai vue à la soirée d'Orla. Sauf que si ç'avait été une hallucination, tu n'aurais pas été en train d'embrasser un garçon dans un hélicoptère.
— On ne s'embrassait pas. Pas comme tu l'entends. Il était perturbé par quelque chose. Et d'abord, tu étais avec Machinette.

Elle cala sa tête confortablement au creux de l'épaule de Hugh et enroula une jambe autour d'une des siennes.

— Je ne sais toujours pas comment tu connais si bien Orla.

— J'ai conçu un site web pour Fogarty & Phelps. Les gens peuvent commander chez eux des paniers gourmands de luxe, des quatre coins du monde. Ça a augmenté leurs ventes de trois cents pour cent. Bref, Orla a pris leur prospectus chez eux un jour, elle s'est mise à leur parler comme elle sait si bien le faire, et elle leur a dit qu'elle avait désespérément besoin de quelqu'un pour lui installer un nouveau système informatique. Je ne fais pas ça, en principe, mais tu connais Orla. Elle m'a téléphoné en me suppliant de lui rendre ce service, et je n'ai pas pu refuser.

Il sourit.

— Et toi ?

— Elle est venue à l'agence. Et on s'est tout de suite bien entendues, répliqua Millie, presque sans mentir. Mais que faisais-tu à sa fête avec ta petite voisine ?

Il roula sur le côté en ébouriffant ses cheveux.

— Je n'avais pas l'intention d'y aller. Je ne suis pas sorti depuis la mort de Louisa. Mais Kate est venue m'emprunter du lait…

— Du lait ? s'exclama Millie, incrédule. Elle n'aurait pas pu aller chez l'épicier pour acheter du lait ? Tu sais, la petite épicerie du coin de la rue, à moins de cinquante mètres de chez toi ?

— Visiblement, non, répondit Hugh, amusé. Elle trouve toujours un prétexte pour passer à la maison.

— Aucune pudeur !

— Quoi qu'il en soit, elle a repéré l'invitation sur la table de la cuisine et ç'a été le délire. Elle était folle à l'idée que je n'aie pas l'intention d'y aller. Kate est une grande fan des romans d'Orla et, sur l'invitation, il était écrit que je vienne accompagné. Elle m'a tanné jusqu'à ce que je cède. Je n'ai pas eu le cœur de la décevoir.

— Tu es une vraie poire, déclara Millie. Et elle, une vraie… garce.

Elle déposa des baisers sur sa poitrine dure et délicieusement bronzée.

— Tu claquerais des doigts, et cette fille coucherait avec toi. C'est d'une impudeur… Dieu merci, je ne suis *absolument* pas comme ça.

— Dieu nous en préserve, plaisanta Hugh en lui caressant légèrement la hanche. Mais je me suis comporté en parfait gentleman, je tiens à le préciser. Je l'ai emmenée à la soirée, je l'ai reconduite chez elle, j'ai prétendu ne pas remarquer qu'elle attendait que je l'embrasse sous prétexte de lui dire bonsoir…

— Je l'espère bien !

— En fait, je ne pensais qu'à toi. Je n'arrivais pas à dormir, j'étais horriblement jaloux. Je me demandais ce que tu mijotais avec l'homme de l'hélicoptère, je l'imaginais t'enlevant et t'emmenant à Londres…

— Oh, non… chuchota Millie.

Ses yeux s'emplirent de larmes de bonheur pour la deuxième fois.

— Non et non. C'est toi que je veux, tu es le seul. Et maintenant que c'est arrivé…

— Quoi ? l'encouragea Hugh en la prenant dans ses bras.

— Je n'ai qu'une envie : recommencer.

Il sourit d'une oreille à l'autre.

— Quelle bonne idée. Enfin, si tu n'es pas trop fatiguée…

— Tu me prends pour une demi-portion, ma parole !

Vexée, elle se positionna au-dessus de lui et cloua ses bras au lit.

— Que cela te serve d'avertissement : ni toi ni moi n'allons fermer l'œil de la nuit !

Dring, dring, dring…

Millie se réveilla en sursaut et tendit la main pour éteindre le réveil. Mais au lieu de trouver le vide à côté d'elle, ses doigts touchèrent un corps chaud. Une fraction de seconde plus tard, les merveilleux événements des heures précédentes lui revinrent en mémoire.

Hugh se frotta les yeux et remarqua :

— Ce n'est pas ton réveil.

En effet, ce n'était pas son réveil, qui indiquait par ailleurs six heures et demie. Finalement, calcula Millie, ils avaient dormi trois quarts d'heure.

Alors d'où venait ce bruit horriblement perçant ?

— C'est la porte, murmura Hugh. Descends vite, Cendrillon : ton hélicoptère t'attend.

Elle lui fit une grimace.

— C'est peut-être ta voisine Machinette qui est venue me provoquer en duel.

Son T-shirt Harry Enfield était toujours sur le miroir de la coiffeuse où elle l'avait jeté. Millie couvrit sa nudité sous son peignoir en éponge blanc et s'escrima sur la ceinture tout en sortant de la chambre. Des muscles qu'elle n'avait pas utilisés depuis longtemps se faisaient puissamment sentir à présent. Chaque pas lui arrachait une grimace, mêlant la douleur et le plaisir à l'évocation de ce qui l'avait causée.

La porte de Hester était ouverte, son lit inoccupé. Ce devait être elle qui sonnait, joyeuse et fatiguée d'une nuit de bamboche.

Joyeuse et fatiguée… et bientôt ravie lorsqu'elle découvrirait Hugh là-haut. Bah, qu'elle remporte leur pari et soit riche de deux cents livres supplémentaires, après tout. Aucune importance ! Tant mieux !

Un sourire de contentement aux lèvres, Millie décida que certains paris méritaient bien d'être perdus. Elle avait largement gagné au change.

27

— Ça alors !

Un afflux de sang monta à la tête de Millie quand elle ouvrit.

Nat ?

Nat !

— Désolé, fit-il avec un sourire contrit. C'est toujours la mauvaise personne qu'on tire du lit. Je te réveille ?

— Il est six heures et demie du matin et on est dimanche. Bien sûr que tu me réveilles ! Nat, je ne peux pas le croire… Qu'est-ce que tu fais là ?

— Je suis arrivé en voiture hier soir, je voulais faire la surprise à Hester. Mais elle était sortie, alors j'ai attendu dans la voiture. Hess devait me réveiller en rentrant. J'ai laissé un mot…

Tout en parlant, Nat baissa les yeux. Par terre, sous le talon gauche de Millie, gisait le prospectus publicitaire de la pizzeria avec son message.

— Oh, je suis désolée…

Elle se pencha pour le décoller de son pied.

— C'est ma faute. Enfin, je suis là maintenant.

Nat était échevelé après sa nuit dans la voiture, mais enjoué.

— Je vais monter, hein ?

Dieux du ciel… Si Millie avait pu tenir sous la main un clone de Hester, elle l'aurait utilisé sans l'ombre d'une hésitation.

Elle songea brièvement à improviser que Hester s'était levée tôt et était sortie courir ou quelque chose, mais cela ne marcherait jamais. Elle prit une profonde inspiration et se lança :

— Écoute, on était à une soirée hier, Hester et moi, et deux filles qu'on connaît l'ont persuadée d'aller en boîte avec elles et de rester ensuite dormir chez elles. Elle n'est pas là, elle doit cuver chez Jen et Trina et ronfler comme un saint-bernard, à l'heure qu'il est. Tu sais comme elle est quand elle a fait la n… la nouba.

Pas la noce, surtout pas la noce. Pourtant, à voir l'expression de Nat, elle aurait pu aussi bien dire « quand elle a passé une nuit d'ivresse dans le lit d'un autre homme ». Il était devenu livide.

— J'ai appelé Hester hier, répliqua-t-il avec lassitude. Elle m'a dit qu'elle ne sortait pas.

— Elle a changé d'avis…

— Je peux entrer quand même ?

— Euh… c'est-à-dire… bien sûr…

Nat plissa les yeux.

— Elle est là, c'est ça ? Dans sa chambre, avec quelqu'un ?

— Oh, non ! Nat, je te jure qu'elle est chez Jen et Trina… Si je connaissais leur numéro, je les appellerais tout de suite pour te le prouver !

Pourvu que Nat n'aie pas leur numéro, songea-t-elle en croisant les doigts. Si jamais Hester avait fini la soirée avec Lucas…

— Viens, fouille la maison, proposa Millie en s'écartant. Je te promets qu'elle n'est pas là. Je te prépare du thé, ajouta-t-elle, désolée pour lui. Et un petit déjeuner, si tu veux. Un bon sandwich au bacon.

Pauvre Nat, avoir fait tout ce trajet en voiture pour rien…

— Non, merci, dit-il en frottant distraitement sa barbe naissante. Je vais te laisser te recoucher.

— Nat ! Tu ne peux pas partir comme ça.

Elle essaya de le tirer par la manche.

— Si, je peux partir comme ça. Pardon de t'avoir réveillée. Quand Hester rentrera, conclut-il, la mâchoire contractée par la tristesse, dis-lui que je l'appellerai.

— Qui était-ce ?

— Le petit copain de Hester, Nat. Il a parcouru huit cents kilomètres en voiture pour la voir, et elle n'est pas là. Alors il repart, le pauvre… Qu'est-ce que tu fabriques ?

Confuse, Millie se rendit compte qu'il avait déjà remis son jean. Il boutonnait sa chemise, à présent.

— Je suis désolé, j'ai plein de choses à faire. Du travail.

Hugh ne la regardait pas. Il était occupé à rentrer sa chemise dans son jean, à se coiffer avec ses doigts, à chercher ses chaussures.

— Du travail ? À sept heures moins dix un dimanche matin ?

Ça dégringolait en chute libre, dans le creux du ventre de Millie.

— Écoute, merci pour cette nuit. Mais il faut vraiment que je file.

Elle le considéra, incrédule. Il n'avait jamais été plus beau… ni plus distant. Alors que tout allait si bien. Ce n'était absolument pas la suite logique des événements !

— Je croyais que tu pensais sans arrêt à moi.

Oh, non… *non*, ce n'est pas du tout ce que préconisent les magazines dans la rubrique « Cinquante conseils infaillibles pour garder votre homme » ! Mais c'était plus fort qu'elle. Il fallait qu'elle comprenne.

— C'était parce que j'avais envie de coucher avec toi, éluda Hugh en tâtant ses poches pour trouver ses clefs de voiture. Maintenant que c'est réglé, tout devrait bien se passer. Redevenir normal.

— Je ne comprends pas.

Humiliée, Millie entendit sa voix grimper de deux octaves. Formidable : le registre de la mégère, maintenant. On aurait dit l'un de ces jouets en plastique pour chiens que l'on fait couiner.

Et que l'on rejette avec désinvolture, une fois l'intérêt de la nouveauté émoussé.

— Que veux-tu, fit-il, c'est un truc d'hommes. On est comme ça.

— Mais…

— Millie, nous avons couché ensemble, c'est tout.

Il marqua une pause sur le seuil de la chambre, et son expression s'adoucit.

— Et c'était géant, vraiment. Mais cela ne se reproduira plus. Cela ne peut pas se reproduire. Je te l'ai déjà dit, non ? Je ne veux pas de relation suivie avec quelqu'un.

Mais elle pensait qu'il avait changé d'avis.

Je suis naïve…

Elle hocha la tête.

— O.K. D'accord, je comprends.

Hugh parut soulagé.

— C'est vrai ?

— Oh oui, absolument ! Pas de problème.

Salaud, salaud, et moi qui croyais que tu m'aimais…

— Tant mieux. Bon, je me sauve, alors.

Millie se recoucha et remonta le drap froissé sous son menton.

— Tu trouveras la sortie ?

— Sûrement. Je ne sais plus où j'ai mis mes…

— Tes clefs ? Sur la table, à côté de ton téléphone.

Celui avec lequel tu m'as appelée quand tu t'es pointé sous ma fenêtre, Roméo de pacotille !

— Ah, merci !

— Pas de quoi. Contente de servir à quelque chose.

C'était pire, bien pire que de s'entendre dire qu'on portait des chaussures bon marché. Millie s'enfonça le coin du drap dans la bouche et écouta les pas de Hugh dans l'escalier. Puis le tintement des clefs, la porte d'entrée qui s'ouvrait et se refermait.

C'était peut-être une ruse. Peut-être faisait-il semblant d'être parti ? En ce moment précis, il pourrait être en train de remonter l'escalier, s'apprêter à faire irruption dans la chambre avec un grand sourire et une exclamation triomphante :

— Ah, ah ! Je rigolais ! Tu ne m'as pas cru, j'espère ?

Puis elle entendit un moteur démarrer dehors, suivi du son d'une voiture qui s'éloignait.

Elle s'efforça de voir le bon côté des choses : au moins, elle n'aurait pas à débourser l'enjeu de son pari à Hester.

Finalement, coucher avec Hugh Emerson ne valait pas deux cents livres.

À neuf heures, Giles apporta à Orla une tasse de thé au lit.

— Alors, c'est comment ?

Il montra du menton le livre qu'elle tenait à la main, l'infâme épreuve du roman de Christie Carson.

Orla poussa un soupir réticent.

— Très irlandais. Le style est fleuri, mais c'est en même temps profond… En fait, c'est assez difficile d'être objectif, alors qu'on rêve d'enfoncer des piques dans l'homme qui l'a écrit.

— Tu vas le démolir ?

Orla le regarda avec amour remuer son thé avant de le lui donner. Elle adorait que Giles fasse cela pour elle. Il pouvait être tellement attentionné et prévenant, quand il le voulait.

— J'adorerais, annonça-t-elle avec agitation. Mais J. D. trouve que je devrais être élogieuse…

Elle jeta le livre, s'étira et tendit les bras.

— Pourquoi es-tu debout si tôt ? Reviens donc te coucher.

Giles était tourné vers la fenêtre, dos à elle. Soudain, ses épaules se raidirent sous l'effet de la surprise.

— Mais qu'est-ce que… ?

— Quoi ? Qu'est-ce que quoi ?

— Un OTNI, répondit Giles en riant. Qui se dirige vers la maison.

— Un OTNI ?

— Objet Titubant Non Identifié. Mon Dieu ! Elle aura de la chance si elle arrive à traverser la pelouse !

Orla sauta à bas du lit et suivit la direction de son index.

Hagarde, une bouteille de vin vide dans une main et des mules argentées dans l'autre, Hester émergeait des arbres, au fond du jardin.

Dépenaillée et manifestement en piteuse forme.

— Salut, euh… bonjour, je suis vraiment désolée… bafouilla Hester en réalisant qu'elle était couverte de brindilles et d'herbe. Je me suis endormie dans votre jardin. À côté de la piscine. Je ne pourrais pas utiliser vos toilettes, par hasard ?

Mon Dieu, comme c'était embarrassant. Son cerveau, ayant doublé de volume, prenait trop de place dans son crâne. Elle était complètement ankylosée d'être restée allongée toute la nuit sur le sol dur, et sa vessie menaçait d'exploser.

Giles, qui lui avait ouvert la porte de la cuisine, portait un pull jaune canari, un pantalon de golf et un litre d'après-rasage Kouros, ce qui n'arrangeait rien.

Sans parler de son sourire moqueur.

— Ma chérie ! Vous étiez donc là-bas ! Millie vous a cherchée toute la soirée !

Dans un déshabillé de soie turquoise, Orla vint la serrer contre elle avec enthousiasme.

— Ma pauvre petite choute, vous êtes dans un état… Qu'est-il arrivé ?

Hester se serait volontiers passée de l'étreinte. La moindre pression autour de sa taille, et elle risquait de faire pipi dans sa culotte.

— Rien. J'ai trop bu, je crois, et je me suis endormie. Où sont les toilettes, s'il vous plaît ? demanda-t-elle d'un ton suppliant.

— En haut de l'escalier. Tournez à gauche, quatrième porte à droite. Thé ou café ? demanda Orla en remplissant la bouilloire à l'évier.

Hester détalait déjà dans l'escalier, parfaitement consciente de la vision d'horreur qu'elle devait fournir dans sa robe froissée, avec ses yeux vitreux et son visage luisant.

— Euh, du thé, volontiers.

Elle se précipita dans la salle de bains. Elle était presque devant les toilettes et commençait à baisser l'élastique de sa petite culotte en Lurex couleur or, quand elle comprit qu'elle n'était pas seule.

Colin Deveraux, nu et dégoulinant, sortit de la douche.

— Aaargh !

Hester remonta son slip si vivement qu'elle faillit s'étrangler.

— Allons, je ne suis pas si laid, quand même ! protesta Colin en prenant une serviette rayée vert et blanc. Je suis désolé, je croyais m'être enfermé. Ça m'arrive tout le temps. Chez moi, il y a une espèce de verrou pour gauchers à la porte des toilettes, ça se tourne à l'envers et…

— Dehors ! *Dehors !* hurla Hester, sans rien à envier à lady Macbeth.

Le désespoir la rendait audacieuse et elle éjecta le célèbre Colin Deveraux de la salle de bains, sans même lui laisser le temps d'attacher la serviette autour de sa taille.

Ô délice, ô béatitude absolue de pouvoir enfin faire pipi sans être interrompue ! Sa peau la picotait, tellement était grand son soulagement. Elle poussa un gémissement sourd et s'abandonna à l'instant, sans se soucier que Colin Deveraux soit encore devant la porte et entende tout ce qui… se passait.

Tel était le cas. Lorsqu'elle se fut aspergée le visage d'eau et eut vaguement tenté de se peigner avec ses doigts, Hester rouvrit la porte et le trouva adossé, bras croisés, au mur opposé.

Un grand sourire aux lèvres, naturellement.

— Ça va mieux ?

— Je te demande pardon, je n'en pouvais plus.

— C'est l'impression que j'ai eue. Mais je suis désolé de t'avoir fait peur. Je ne savais pas que tu restais dormir ici, ajouta-t-il tandis que son sourire s'élargissait.

Étant donné que ses cheveux devaient être couverts de fragments de jardin, Hester devina qu'il disait cela par politesse.

— Moi non plus, grinça-t-elle.

28

— Cessez donc de vous excuser, la gronda Orla en posant dans les mains tremblantes de Hester une tasse de thé et deux Nurofen. Une fête n'est pas une fête si personne ne s'écroule dans les coins. Buvez ceci, avalez ces cachets, et voyons si vous vous sentez d'attaque pour manger quelque chose. Millie va peut-être se faire du souci pour vous. Voulez-vous qu'on l'appelle pour lui dire où vous êtes ?

Les Nurofen passèrent comme une lettre à la poste. Hester avala le thé brûlant avec reconnaissance et secoua la tête.

— Elle doit dormir encore, ce n'est pas la peine de la réveiller. Mais si je peux vous emprunter votre téléphone, je vais appeler un taxi.

— Allons, ma chérie ! Giles va vous raccompagner.

Celui-ci jeta un coup d'œil à sa montre, fit une grimace et objecta :

— C'est un peu juste, nous avons un départ à dix heures…

— Je vais la raccompagner, ça ne me dérange pas, annonça Colin en entrant dans la cuisine, vêtu de pied en cap. Je peux emprunter ta voiture, Orla ?

— Bien sûr. Et ne crois pas que je ne voie pas clair dans ton jeu, ajouta-t-elle, rayonnante.

Giles, qui s'entraînait à faire des swings avec un fer imaginaire, demanda :

— Quel jeu ? De quoi s'agit-il ?

— D'amour, mon chéri. D'amour…

Tandis que Giles considérait avec incrédulité Hester – un beau garçon comme Colin ne pouvait pas s'intéresser à une fille aussi dépenaillée ! –, Orla poursuivit d'un ton triomphal :

— Colin est impatient de revoir Millie. Oh, quand Moira va se lever, elle sera si contente !

Hester était tellement malheureuse et s'apitoyait tellement sur son sort, qu'il suffit d'une seule question de Colin – « Alors, comment ça s'est passé hier soir, avec ce Lucas ? » – pour que le sordide épisode dans son intégralité jaillisse en désordre.

— Et voilà, conclut-elle. J'ai pété un plomb.

Elle s'en voulait toujours autant, mais se sentait étrangement soulagée d'avoir tout raconté à Colin. C'était vrai, la confession apaisait l'âme. Rien d'étonnant à ce que les catholiques en fassent tout un bazar.

— Je me suis jetée à sa tête et il n'a pas voulu de moi, répéta-t-elle. Si tu savais comme c'est humiliant ! Lucas a la réputation de sauter sur tout ce qui bouge. Il coucherait avec n'importe qui. N'importe qui !

Elle secoua la tête, au désespoir, avant d'ajouter :

— Sauf moi.

— N'importe qui ? répéta Colin, discrètement intéressé.

— Du moment que ça respire. Et que c'est une femme... C'est vraiment gentil de me ramener, reprit-elle tandis qu'ils approchaient de la maison. J'habite à gauche, un peu plus loin, au numéro 42. Ces touristes ne nous laissent plus une seule place pour se garer, comme d'habitude... Oh, regarde, quelqu'un s'en va.

Pendant que Colin attendait que la voiture quitte son emplacement, il dit :

— Mais tu as toujours ton petit copain, c'est déjà ça. À moins qu'il ne t'intéresse plus ?

— Nat ?

À la pensée de Nat, une boule grosse comme un marshmallow gonfla dans la gorge de Hester.

— Bien sûr qu'il m'intéresse toujours.

Colin haussa les épaules.

— Alors où en es-tu avec lui ?

Allait-il la sermonner ?

— Je l'aime, dit-elle d'une voix chevrotante. Je l'aime vraiment. Mais il n'est pas là, tu comprends ? Ça fait des mois qu'il est parti. Et cette histoire avec Lucas... cela remonte à des années, bien avant que je connaisse Nat. Quand j'ai appris que Lucas était revenu à Newquay, j'ai éprouvé ce besoin irrésistible de le revoir, de savoir si je ressentais toujours les mêmes sentiments à son égard... Notre histoire était tellement inachevée, tu comprends ? Et naturellement, les sentiments étaient toujours là. Mais seulement de mon côté, conclut-elle avec désespoir.

Colin sourit.

— Tu t'en remettras.

— Je suppose. Ça m'apprendra à être aussi garce et à vouloir tromper Nat, grogna-t-elle alors qu'il faisait son créneau. Je me jette à la tête de l'homme qui ne dit jamais non, et il me repousse. C'est une punition de Dieu. Comment appelle-t-on ça, déjà ? Un truc divin…

— Châtiment divin. J'ai toujours pensé que ça ferait un nom formidable pour une drag-queen.

Il avait réussi, contre toute attente, à lui remonter un peu le moral. Hester souriait lorsqu'elle descendit de la Mercedes orange. Elle glissa son bras sous le sien pour aller jusqu'à la maison.

— Tu sais, ça serait génial si vous sortiez ensemble, Millie et toi.

Colin ne lui expliqua pas que ce serait plus que génial : miraculeux.

— Parce que si elle couchait avec toi, elle me devrait deux cents livres, raconta gaiement Hester. Oh, à propos, peux-tu être un amour et ne pas parler de cette affaire à Millie ? Elle va me traiter de fille facile et me remonter les bretelles, et je ne me sens vraiment pas de taille.

— Je promets de ne pas évoquer l'affaire Lucas, assura-t-il solennellement.

— Approche.

Hester planta un gros baiser baveux sur sa joue.

— Je t'adore, tu es… *sublime*.

Nat avait déjà atteint la banlieue de la ville, quand il avait fait demi-tour en se reprochant d'être ridicule : sa réaction était disproportionnée. Hester avait très bien pu finir la nuit chez Jen et Trina.

C'était même probable.

Elle n'allait pas tarder à rentrer en taxi.

Après tout, il n'en était plus à deux heures près.

Autant l'attendre…

Il le regrettait amèrement, maintenant. Maintenant que Hester et l'inconnu avaient disparu dans la maison.

Nat jeta un coup d'œil à la pendule du tableau de bord. Il aurait pu être à l'embranchement de l'autoroute, s'il n'avait pas rebroussé chemin.

Certains hommes, dans sa situation, auraient bondi de la voiture, tambouriné sur la porte jusqu'à ce qu'elle s'ouvre, et balancé un coup de poing au salaud qui venait de passer la nuit avec leur petite amie.

Mais à quoi bon ?

Ce n'était pas la faute de l'autre. À voir la façon dont ils riaient ensemble, il ne l'avait pas kidnappée et obligée à rester dans son lit contre son gré.

Le cœur chaviré, Nat tourna la clef de contact pour la deuxième fois de la matinée et s'éloigna.

Épuisée, Millie sursauta jusqu'au plafond quand elle entendit de l'activité sur le perron. Pendant un bref, très bref instant, son imagination envisagea un heureux dénouement. Hugh revenait, chargé d'un monumental bouquet de fleurs, lui demander pardon et déclarer qu'il n'avait pas voulu dire un mot de ce qu'il lui avait débité tout à l'heure…

— Coucou ! Debout, grosse paresseuse, j'ai une surprise pour toi !

Mais la surprise n'était autre que Colin, découvrit Millie en sortant de son lit et avançant sur le palier.

— Moi aussi, j'en ai une pour toi, annonça-t-elle à Hester. Nat est venu.

Silence. Hester écarquilla les yeux.

— *Quoi ?* s'écria-t-elle enfin.

— Il est venu de Glasgow en voiture.

Millie montra le mot griffonné au verso du prospectus, sur la console de l'entrée.

— Comme tu n'étais pas là, il est reparti.

Décomposée, Hester gémit :

— Oh, non…

— Heureusement que je ne suis pas amoureuse de toi, grogna Millie en contemplant son reflet dans le rétroviseur de la Mercedes. Je fais peur à voir.

— Et heureusement que *je* ne suis pas amoureux de toi, remarqua gaiement Colin. D'ailleurs, je ne comprends pas pourquoi tu es si fatiguée. On croirait que tu as passé la nuit à boire et à danser sur les tables.

Elle aurait préféré. Cela aurait largement mieux valu que de se faire jeter par le garçon dont elle était amoureuse, après leur première nuit ensemble.

Mais s'il y avait une personne à qui elle pouvait se livrer en toute confiance, c'était Colin.

— Quelqu'un est venu, après la soirée, reconnut-elle. Je me suis ridiculisée. Je croyais que je comptais pour lui, mais je me trompais. Ce qu'il voulait, ce n'était pas une relation, c'était juste coucher avec moi, conclut-elle avec tristesse.

— Mon Dieu… Maintenant, c'est toi qui dois deux cents livres à Hester.

Cette Hester, quelle pipelette !

— Je ne vais pas le lui dire, sinon elle exigera de savoir qui c'était.

Colin sembla amusé.

— Ne me dis pas que tu as couché avec son petit copain.

— Non !

— Avec Lucas, alors ?

— *Non !* s'écria Millie en lui donnant un coup de coude.

— Ouille ! fit Colin en se frottant le bras, amusé. Je ne vois pas ce que cela a de si terrible. Moi, j'aimerais bien coucher avec Lucas Kemp.

— Dis-moi plutôt où tu nous emmènes. Je ne me sens pas vraiment dynamique, ce matin.

Millie contempla sans enthousiasme deux randonneurs solidement chaussés qui passèrent devant eux, lorsque Colin gara la Mercedes dans le parking de l'Ocean View Hotel.

— J'ai pensé qu'on pourrait commencer par un petit déjeuner, déclara-t-il. Ensuite, on ira à la plage.

Il montra l'étendue de sable blond en contrebas.

Millie grimaça. Le sable blond en question s'étendait précisément sur trois kilomètres.

— Je n'ai pas envie de marcher.

— Dans ce cas, je resterai assis à reluquer les surfeurs, pendant que tu rattraperas un peu de sommeil en retard.

Hugh vivait la pire journée qu'il eût connue depuis des mois. Le dégoût et la haine de lui-même lui retournaient les entrailles comme une combinaison de produits chimiques.

Une fois rentré chez lui, pas question de dormir. Il n'avait pu se résoudre à s'asseoir, ni à avaler quoi que ce soit, pas même un café. Enfin, en proie au désespoir le plus absolu, il était sorti marcher, sans but. L'épuisement physique l'apaiserait peut-être.

Encore qu'après ce qu'il avait fait, il ne méritait pas d'apaisement.

Il se détestait.

Il n'était qu'un animal.

Il avait trahi Louisa.

Ce n'était pas la faute de Millie, et il se sentait coupable de l'avoir traitée ainsi. Mais, pour être honnête, le chagrin de Millie ne figurait pas au premier plan dans son esprit, pour l'instant. Il ne voyait que le visage de Louisa, le beau visage de sa femme ; et elle ne lui souriait plus, parce qu'il lui avait fait encore plus de peine qu'il n'en avait infligé à Millie.

Huit mois, songea-t-il en fermant les yeux. Cela faisait huit mois seulement qu'elle était morte. Huit mois, ce n'était rien ! Et il couchait déjà avec une autre, comme si Louisa n'avait jamais existé.

Même le mari le plus insensible attendrait un an.

Hugh frotta ses tempes douloureuses. Il n'avait jamais imaginé qu'il pourrait se montrer aussi abject. Il avait renié son mariage. Toutes les émotions d'avant, refoulées depuis si longtemps, avaient resurgi la veille comme chez un adolescent en crise hormonale. Il n'avait plus été capable de raisonner, moins encore de les repousser, tant était omniprésente son obsession de posséder Millie. Et, sur le coup, ce qu'ils avaient partagé avait été fantastique. Il s'était laissé aller sans la moindre culpabilité, parce qu'il n'avait tout simplement même plus *pensé* à Louisa.

C'était tellement fabuleux de se sentir redevenu normal. Redevenu un homme comme les autres, au lieu du veuf affectivement anéanti dont la jeune épouse était morte dans des circonstances tragiques.

Fabuleux, jusqu'au moment où sa conscience s'était brutalement réveillée. Quand la sonnette avait retenti et que Millie était descendue ouvrir.

Car à cet instant, soudain, il s'était demandé si la personne qui sonnait ne pouvait pas être Louisa, venue lui réclamer des comptes.

Il n'était pas complètement fou, bien sûr, il ne s'était pas réellement attendu que ce soit Louisa. Mais l'image avait suffi à le déstabiliser. La culpabilité l'avait submergé comme une lame de fond glaciale. Huit mois. Huit mois, c'était une insulte.

D'autant que ce qui s'était passé avec Millie n'avait pas été du sexe pur et simple, sans sentiments…

— Eh ! protesta un vacancier bedonnant. Vous pourriez regarder où vous mettez les pieds !

Hugh avançait sans même savoir où il allait. Cela n'avait strictement aucune importance. Il longeait le sentier côtier, marchant dans l'espoir vain de trouver l'oubli.

Bientôt, il se trouva devant l'endroit appelé « Tresanter Point », et réalisa qu'il avait atteint la falaise si tristement célèbre pour son point de vue et l'attrait qu'elle exerçait sur les suicidaires potentiels.

Il s'approcha du rebord et contempla la masse bouillonnante d'écume qui battait les rochers déchiquetés.

Non.

Avec une pointe d'amusement, Hugh décida qu'il avait déjà été assez odieux avec Millie, sans ajouter ce coup de grâce à sa conscience. Il l'imaginait découvrir que le jour où il avait couché avec elle, il s'était donné la mort.

Ça l'aurait anéantie.

29

Fistral Beach était décidément le lieu par excellence pour mater. Appuyé sur les coudes, Colin Deveraux s'amusait beaucoup, derrière l'écran de ses lunettes de soleil, à observer les corps minces et athlétiques des surfeurs en combinaison noire. Ils étaient des centaines, en rangées sinueuses, à attendre dans l'eau émeraude, telles de gracieuses otaries, la vague parfaite qui les emmènerait le plus loin possible.

À côté de lui, la tête posée sur son sweat-shirt roulé, Millie dormait, allongée sur le ventre. Sa respiration était profonde et régulière, et le soleil de midi, éclatant dans le ciel bleu cobalt, malmenait ses épaules nues. Déjà légèrement bronzées, elles viraient à une délicate nuance de rose pivoine.

En se penchant pour prendre le tube de crème solaire qui dépassait de son sac, Colin remarqua une silhouette familière qui marchait sur la plage dans leur direction. Pendant un instant, il fronça les sourcils, puis il se souvint : la soirée d'Orla, la veille. Très beau garçon. Hétérosexuel, malheureusement. Et visiblement d'humeur très sombre. En fait, il avait une véritable tête d'enterrement.

Colin déposa une noisette de crème solaire dans la paume de sa main, la roula sur le dos exposé de Millie et entreprit de la masser.

Après tout, un invité d'Orla était un ami d'Orla, et cela ne ferait pas de mal de jouer les hétérosexuels de façon convaincante. De plus, le pansement couleur chair, sur la cuisse droite de Millie, commençait à l'intriguer…

Lorsque Hugh vit Colin Deveraux, il était trop tard. Colin retirait déjà ses lunettes noires et lui souriait chaleureusement.

— Salut ! On s'est aperçus hier soir chez Orla.

Il fallut moins d'une fraction de seconde à Hugh pour reconnaître la silhouette allongée que Colin tartinait généreusement d'Ambre solaire. Seigneur, il ne lui manquait plus que cela...

— Rassure-toi, elle dort.

Colin souleva une boucle platine et la laissa retomber tel un membre mort.

— Tu vois ? Elle est K.-O. C'est l'effet que je produis sur le sexe opposé, précisa-t-il gaiement.

Puis, se rappelant la réaction de Millie dans l'hélicoptère, la veille, quand elle avait vu cet homme qui les observait, il ajouta d'un air innocent :

— Vous vous connaissez, il me semble ?

Hugh hocha la tête.

Je parie que Millie regrette de m'avoir connu, songea-t-il.

— Alors, tu as une idée sur ce petit mystère ?

Colin Deveraux passa un doigt au bord du pansement carré, sur la jambe de Millie, tout juste visible sous l'ourlet frangé de son short blanc coupé.

— Ce qu'il y a là-dessous ? Non, désolé, je n'en sais rien.

— Plus je pose de questions, plus elle s'obstine à ne rien vouloir dire.

À moi non plus, pensa Hugh, curieux malgré lui. Le doigt de Colin glissait sous un coin du pansement, qui se décollait légèrement de la peau.

— Une morsure de requin, m'a-t-elle affirmé, confia Colin en riant. Ah, c'est un tatouage. Regarde, tu vois l'encre bleue ?

Il soulevait l'Elastoplast millimètre par millimètre, avec l'adresse d'un cambrioleur devant un coffre-fort.

— Ouille !

Colin poussa un cri de douleur lorsqu'une main de fer se referma brusquement sur son poignet. Millie s'était retournée, plus vive qu'une langue de lézard, et enfonçait ses ongles.

— *Ouille !* Pardon pardon pardon *pardon*... Tu me fais mal !

Millie était plus heureuse que jamais d'avoir recouvert, pour une fois, son tatouage avant la soirée de la veille. Les tatouages et les petites robes Dolce & Gabanna, cela faisait mauvais ménage. Son sang se figea à la pensée qu'elle avait bien failli le montrer à Hugh, durant la nuit.

— Ne recommence jamais ça, dit-elle à Colin. *Jamais*. Sinon, je serai au regret de devoir te tuer.

Cela n'avait pas été facile, de rester allongée à faire semblant de dormir et d'ordonner mentalement à Hugh de s'en aller. Finalement, le désir de ne pas le voir avait été balayé par la nécessité d'interrompre l'investigation de Colin.

Elle leva les yeux vers Hugh et lança brièvement :

— Salut.

— Bonjour, Millie.

Il semblait mal à l'aise, ce qui était tout à son honneur, mais elle n'était pas d'humeur à se soucier de l'honneur d'autrui. Sale petit égoïste, grogna-t-elle télépathiquement. Qu'est-ce que tu fiches ici, d'abord ? C'est notre plage, pas la tienne. Retourne dans ton quartier, espèce de mufle !

Agacée qu'il puisse encore la mettre dans un état pareil, Millie s'appliqua à recoller le pansement et secoua le sable de ses cheveux.

Puis, avec un regard appuyé, elle donna un petit coup de coude à Colin.

— Il faut qu'on y aille.

— Moi aussi, dit Hugh.

Il comprenait les allusions, c'était déjà ça.

Parfait. Alors dégage, phacochère ! dit-elle.

Télépathiquement, bien sûr.

— Regarde-les, se félicita Moira Deveraux en agitant la main depuis la terrasse, tandis que la Mercedes orange s'arrêtait au bout de l'allée et que Millie et Colin en descendaient. Ne sont-ils pas merveilleusement assortis ?

Orla en était encore à essayer de digérer l'atroce nouvelle que venait de lui apprendre Moira. Elle hocha la tête en silence et pressa la main de son amie. Celle-ci avait raison : Millie et Colin formaient un couple parfait. Et tout cela, grâce à elle.

— Miséricorde, gémit Giles en voyant les yeux d'Orla s'emplir de larmes. Nous voilà en plein roman à l'eau de rose.

— Ça finit toujours bien, rétorqua Moira, qui n'appréciait guère le mari d'Orla. Qu'y a-t-il de mal à cela ?

Deux heures plus tard, alors que l'hélicoptère s'envolait dans les airs, Orla éclata :

— Elle a une tumeur au cerveau, tu sais. Il ne lui reste que quelques mois à vivre... Mon Dieu, tu te rends compte ? Je n'en savais rien. C'est quelqu'un de tellement charmant !

— Je suis au courant. Colin me l'a dit.

Millie continuait à agiter la main, tandis que Giles retournait dans la maison en roulant les yeux.

— Colin et toi, c'est fantastique...

Orla la serra contre elle, puis elle prit un mouchoir en papier et se tamponna les yeux.

— Voilà que je pleurniche comme un bébé. Mais vous avez rendu Moira tellement heureuse... Tu te rends compte, si on t'annonçait que tu vas bientôt mourir ? Cela donne du recul par rapport aux vicissitudes de la vie, non ? Je suis là à me mettre dans tous mes états chaque fois que Giles rentre en retard à la maison, parce que j'ai peur qu'il n'ait rencontré quelqu'un... Je veux dire, c'est réellement pathétique, non ? Alors que pendant ce temps, Moira et J.D. parlent de ses obsèques... J'ai honte d'être aussi égoïste, j'ai vraiment honte de moi. J'ai un mari merveilleux qui m'aime, et je ne le mérite pas !

Millie cligna des yeux. Était-ce une plaisanterie ? Apparemment, non.

Orla alluma une cigarette, puis glissa un bras sous celui de Millie.

— Allons, montons dans mon bureau. Tu vas me raconter ce qui s'est passé hier soir. Et je veux *tous* les détails, hein ?

Ses yeux étaient redevenus brillants à la perspective de potins croustillants et de matière pour son livre. Millie étouffa un soupir. Le problème avec Orla, c'était qu'elle ne pouvait pas plus garder un secret que retenir un éternuement. C'était pour elle une impossibilité physique. Elle venait d'en donner la preuve, avec la tumeur de Moira.

Pas question de lui raconter que Colin était homo.

Pas question non plus de parler de sa nuit avec Hugh. Orla serait capable d'estimer qu'elle devait se mêler un peu de cette situation.

Ou plus vraisemblablement, elle la sermonnerait copieusement : « Grands dieux, Millie, il faut être bête pour tomber dans un panneau pareil. Je t'avais prévenue. Comment as-tu pu être aussi candide ? »

Millie frémit d'horreur.

Cinq mille livres, songea-t-elle. Elle n'en donnait pas à Orla pour son argent. Une fois encore, elle édulcorait. Tiens, c'est une idée, ça... Ce serait formidable si on pouvait revenir en arrière et faire des coupures, histoire de bazarder tous les épisodes de notre vie qui nous donnent envie de pleurer...

Quelqu'un devrait inventer cela.

— Colin est vraiment très agréable, très sympathique. Nous sommes tout à fait sur la même longueur d'onde. On a pris le petit déjeuner à l'Ocean View Hotel, et ensuite on a traîné un peu sur la plage.

Au moins, cette partie était véridique. Balançant les jambes contre le côté du bureau d'Orla, Millie jeta un coup d'œil par la fenêtre. Le jardin était merveilleusement entretenu.

— Oh, et Richard le jardinier s'est jeté sur moi, hier soir. Il embrasse comme une ventouse.

Orla griffonna quelque chose avec excitation sur l'un des tableaux punaisés à gauche de l'armoire de rangement, puis elle chercha un feutre de couleur différente et se précipita vers un autre graphique, au-dessus du bureau.

— Fabuleux ! Colin l'a-t-il vu t'embrasser ? A-t-il fait une scène de jalousie ?

— Ce n'était pas le genre de baiser susceptible de rendre jaloux qui que ce soit.

Millie grimaça, écœurée.

— Richard était ivre mort, je crois.

— Il t'adore, cela crève les yeux. Oh, je *savais* que cette soirée ferait bouger les choses ! s'écria Orla triomphalement.

Elle voyait là, manifestement, la naissance d'un scénario secondaire divertissant.

— Raconte, quel effet cela t'a fait quand il t'a embrassée ? On aurait dit un psychiatre !

— Un effet de succion.

Millie regarda la main d'Orla voler sur le papier. Son écriture était stupéfiante.

— Et Hester ?

— Je n'ai jamais tenté d'embrasser Hester. Elle essaierait sûrement de me mordre.

— Mais a-t-elle abouti à quelque chose avec Lucas, hier soir ? Elle avait l'air totalement subjuguée.

Orla marqua une pause. Ses yeux pétillaient devant l'éventualité d'une intrigue.

— Mais le coup de s'endormir à côté de la piscine me paraît plutôt suspect…

— Et pendant ce temps, son petit copain est descendu de Glasgow pour la voir.

— Non ! Quand ?

— Hier soir. Il a passé la nuit dans sa voiture, devant chez nous.

— Ô mon Dieu ! Et Hester qui n'est pas rentrée ! Mais c'est… épouvantable !

Orla avait failli dire « fantastique » ; elle s'était reprise in extremis.

— Nat, c'est cela ? Et qu'a-t-il dit, quand Hester a fini par revenir ?

— Rien. Il était déjà reparti. En Écosse.

Millie fit une grimace.

— Voyons le bon côté des choses : au moins, il n'était plus là pour voir Hester se faire raccompagner en Mercedes par Colin…

30

Quand Millie rentra, à sept heures trente ce soir-là, Hester sanglotait sur le canapé. Orla, qui l'avait raccompagnée, aurait aimé entrer pour être tenue au courant des derniers rebondissements. Heureuse d'avoir réussi à l'en dissuader, Millie demanda gentiment :

— Tu lui as parlé ?

Hester acquiesça de la tête et sa lèvre inférieure se mit à trembler. Elle s'était lovée dans sa couette, symptôme flagrant de bouleversement affectif. Le téléphone gisait sur le tapis, au milieu d'une poignée de Curly éparpillés par terre. Un paquet géant, format familial, dépassait de sous le canapé. Millie le ramassa. Il était vide. Et périmé depuis plus d'un mois. Ils devaient être complètement rassis, mais Hester n'en avait cure. En période de stress, traditionnellement, elle s'empiffrait de Curly.

— J'ai passé la journée à lui téléphoner. J'ai laissé message sur message, en lui demandant de me rappeler. Et il a enfin appelé il y a dix minutes… Oh, Millie, c'était horrible ! s'écria Hester en frissonnant.

Elle agrippa sa couette pathétiquement, cherchant quelques miettes de Curly oubliées.

— Il parlait comme… un androïde. Calme et poli, on aurait pu croire qu'il ne me connaissait pas. Je lui ai dit la vérité, que j'étais allée à la fête avec toi et que je m'étais endormie dans le jardin. Mais je sais qu'il ne m'a pas crue ! Ô mon Dieu, mon Dieu, gémit-elle en se balançant d'avant en arrière, qu'est-ce que je vais devenir ?

Comparée à son amie, Millie estimait qu'elle gérait sa propre débâcle émotionnelle remarquablement bien. En fait, cette histoire avec Nat réussissait à lui faire oublier un instant… comment s'appelait-il, déjà ? Ah oui, Hugh le mufle !

— Bon.

Elle se mit à arpenter le salon, obligeant Hester à tourner la tête de droite à gauche et de gauche à droite comme un spectateur à Wimbledon. Puis, avec une mine revêche de femme d'affaires intraitable, elle énuméra sur ses doigts :

— Premièrement, d'accord, il est malheureux pour l'instant, mais c'est parce qu'il s'est farci huit cents kilomètres et qu'il ne t'a même pas vue. Deuxièmement, il croit peut-être que tu as passé la nuit à t'éclater au pieu avec quelqu'un d'autre, mais il se trompe. Ce n'est pas le cas. Troisièmement, il ne nous reste plus qu'à l'en convaincre. Des preuves, c'est cela qu'il faut à Nat. Je vais téléphoner à Orla pour qu'elle l'appelle et lui dise la vérité, qu'il ne s'est rien passé, que tu t'es tout simplement endormie dans son jardin.

Hester semblait déchirée, comme si une moitié d'elle-même rêvait de se jeter sur cette idée brillante, tandis que la deuxième freinait des quatre fers. Car s'il ne croyait pas Orla ?

— Oui, mais… commença-t-elle.

— Pas de mais ! coupa vivement Millie. À te voir, on croirait que tu es coupable, alors que tu n'as absolument rien à te reprocher. Tu ne comprends donc pas ? Tu n'as rien fait de mal !

Silence.

— Oh, non… murmura Millie.

Elle contempla son amie comme s'il venait de lui pousser deux cornes et une queue. Orla ne s'était pas trompée, alors…

— C'est vrai ? Tu as passé la nuit à t'éclater au pieu avec quelqu'un d'autre ? Mon Dieu… pas Lucas !

Hester secoua la tête, l'archétype de la désolation.

— Non.

— *Qui,* alors ? hurla Millie.

— Personne. Je veux dire, c'était bien Lucas, mais on n'a pas couché ensemble. J'ai pourtant essayé, avoua-t-elle, les épaules affaissées. Mais il n'a pas voulu. Je me suis pris une belle veste.

— Ça alors !

Millie oublia son efficacité de femme d'affaires et se laissa tomber sur le canapé à côté de Hester.

— Tu veux dire que tu lui as fait des avances ?

— Je me suis déshabillée, j'ai sauté dans la piscine et je me suis jetée à sa tête, grogna Hester. Et il n'a pas voulu de moi.

Tu te rends compte ? J'étais là, toute nue, et Lucas Kemp n'a pas voulu coucher avec moi. Tu vois quelque chose de plus humiliant ? Moi pas.

Millie était stupéfaite. Cela ne ressemblait pas à Lucas, en effet.

— Est-ce qu'il… euh, il a dit pourquoi ?

— Des conneries. Que j'avais déjà un petit copain et qu'il avait des scrupules, soi-disant.

De plus en plus improbable. Des scrupules ? Lucas ?

Millie afficha une mine compatissante, car en effet, on n'avait jamais entendu prétexte plus ridicule.

— Vois le bon côté des choses, suggéra-t-elle d'un ton apaisant. Il ne s'est rien passé.

— Mais je *voulais* que ça arrive.

— Au moins, tu n'auras pas à me donner deux cents livres !

— Ça les aurait largement valu, se lamenta Hester.

Millie fut brièvement tentée de lui confesser son aventure avec Hugh. Très brièvement, car d'une part elle ne voulait pas que Hester soit au courant, et d'autre part, à quoi cela servirait-il ?

— Mais au moins, tu peux enfin oublier Lucas, maintenant, mettre ça sur la liste des expériences passées et cesser de fantasmer.

— C'est vrai.

Hester dénicha un Curly solitaire dans un repli de la couette et le mangea, plus démoralisée que jamais.

— Et tu peux te concentrer sur Nat. Le reconquérir. Ce n'est pas comme s'il t'avait quittée, quand même.

— Ça me pend au nez, murmura Hester en se frottant le visage avec lassitude. Il pourrait en venir là.

— Eh bien, œuvrons de façon qu'il ne te quitte pas. Il faut le convaincre de ton innocence. Je persiste à croire qu'Orla est notre meilleure alliée, déclara Millie. Tu sais comme elle est persuasive : elle enfoncera le clou jusqu'à ce que Nat comprenne qu'il a tort, elle est très forte pour ce genre de choses… Quand elle aura fini, Nat rampera à tes pieds et te demandera pardon.

Millie s'interrompit brusquement en voyant Hester pleurer.

— Pourquoi pleures-tu encore ?

— Je me déteste. J'aurais trompé Nat sans hésiter, si ce salaud de Lucas l'avait voulu. Or Nat ne mérite pas d'être traité comme ça. Je l'aime tant, comment ai-je pu faire ce que j'ai fait ? Je suis répugnante.

— Alors tu veux que Nat te quitte ?

— Je le mériterais.

— Et ça te rendrait plus heureuse ?

— Nooon !

Hester nageait dans un océan de culpabilité. Il était temps de redevenir efficace.

— Maintenant, tu vas te ressaisir, annonça Millie avec fermeté, et sauver la seule chose qui mérite de l'être, c'est-à-dire ta relation avec Nat. Parce que si tu le laisses filer, je te le garantis, tu le regretteras jusqu'à la fin de tes jours.

— Je suis tellement bête… gémit Hester.

— Pas du tout. Tu as commis une erreur, ça arrive à tout le monde. Mais ce n'est pas la fin du monde pour autant, d'accord ?

Millie s'efforça de ne pas penser à Hugh. Elle se pencha pour ramasser le téléphone.

— Qu'est-ce que tu fais ? demanda Hester.

— J'appelle Orla.

Hugh regarda dans les pages jaunes, ouvertes à la page F comme Fleuristes. Il ne pouvait se décider. Était-ce une bonne idée d'envoyer des fleurs à Millie ?

Cela arrangerait-il les choses ?

Ou le contraire ?

Le lendemain, quand Millie émergea de la douche, un de ses plus grands fantasmes se réalisa. Elle entendit de l'activité dehors, s'enveloppa dans un drap de bain et jeta un coup d'œil par la fenêtre de la chambre. Une camionnette de fleuriste stationnait en double file devant la maison.

Un jeune type maigrichon en descendit, contourna la camionnette, ouvrit le hayon arrière et sortit le panier de fleurs le plus époustouflant qu'elle eût jamais vu. Le cœur battant, elle observa le type vérifier l'adresse sur le carton de livraison et se diriger vers leur porte.

Oh oui, oui, oui, merci mon Dieu, merci ! songea-t-elle en dévalant joyeusement l'escalier. C'était en train d'arriver ! Un fantasme se concrétisait. Événement rarissime, dans le cas de Millie. Hugh était revenu à la raison et avait compris qu'il ne voulait pas dire toutes ces choses blessantes et hourrah ! hourrah ! quelle belle journée, quelle magnifique journée…

Gloups.

À moins que les fleurs ne soient pour Hester.

Auquel cas, directement aux orties, la belle et magnifique journée.

Sa serviette bien arrimée, le cœur bien arrimé aussi, elle ouvrit la porte.

La tête du jeune type apparut au milieu d'une jungle de fleurs.

— Millie Brady ?

Oui, oui, *ouiiii* !

— C'est moi, répondit-elle en s'empêchant à grand-peine de faire un saut de un mètre.

— C'est pour vous.

— Ah bon ? fit-elle en se limitant à un modeste sourire. Pour moi ? Mon Dieu, je me demande de qui elles viennent…

Bah, cela ne faisait pas de mal de laisser entendre que l'on croulait sous les admirateurs.

— Sais pas. La carte est dans le panier. Vous n'aurez qu'à regarder.

Maussade, le type remit le volumineux panier entre les mains de Millie.

Il est sûrement jaloux parce que personne ne lui envoie jamais de fleurs, décida-t-elle. Passer sa vie à livrer des bouquets aux autres l'avait rendu aigri.

Peu importe. Il n'allait pas lui gâcher sa journée. Rien ne saurait la lui gâcher, à présent. Car Hugh avait décidé qu'il l'aimait, finalement, il lui demandait pardon. Tout allait pour le mieux dans le meilleur des mondes, et sa vie entière s'écoulerait sous le signe de la perfection.

Millie déposa précautionneusement le panier sur la table de la cuisine. Il la recouvrait presque intégralement ! Elle dénicha enfin, au milieu, la fameuse enveloppe attachée à un trombone en plastique.

Du pollen plein les narines, elle déchira l'enveloppe et en sortit la carte.

Chère Millie,

Je suis vraiment désolé, mon comportement samedi soir a été révoltant. J'espère de tout cœur que tu me pardonneras.

Richard.

Millie fronça les sourcils. Elle retourna la carte, ne trouva rien au verso, la tourna de nouveau.

Elle lisait toujours « Richard ».

Le message était correct, mais pas le nom. Il devait s'agir d'une erreur. Les fleurs venaient forcément de Hugh. *Forcément*. C'était lui qui avait couché avec elle samedi, pas Richard le jardinier. Richard ne savait même pas où elle habitait, bon sang !

À moins que…

31

— Mon chou ! Comment vas-tu ? Tu as de nouveaux scoops à m'annoncer ? Attends, j'attrape un stylo... Voilà, ça y est. Je t'écoute !

Millie s'efforça de garder une voix calme.

— Orla, quelqu'un t'a-t-il demandé mon adresse ?

— Hmm, mon chou ?

— On m'a envoyé des fleurs.

— Vraiment ? C'est fantastique ! Eh bien, il n'a pas perdu de temps, fit Orla en riant. Le pauvre garçon, il est arrivé ici ce matin dans tous ses états... Je n'ai jamais vu quelqu'un d'aussi penaud.

— Richard le jardinier ?

Millie voulait en être absolument certaine à six cents pour cent.

— Naturellement, Richard le jardinier, voyons ! C'est un gentil garçon, tu sais, très réglo, jamais une goutte d'alcool. Alors après quelques verres, tu penses... Toute sa timidité s'est envolée. Je lui ai dit que c'était tout l'intérêt des fêtes !

Orla s'interrompit, le temps d'allumer une cigarette.

— Mais bien sûr, quand il s'est réveillé hier matin et qu'il a réalisé ce qu'il avait fait, il était absolument mortifié.

Bienvenue au club, songea Millie. Le nombre des membres augmentait d'heure en heure.

— Il ne peut pas croire qu'il se soit comporté ainsi, poursuivait gaiement Orla. Je lui ai promis qu'il n'avait rien fait d'épouvantable, mais il a affirmé qu'il t'avait empoignée et tripotée comme un animal, et qu'il n'avait jamais eu aussi honte de sa vie.

— Tu lui as dit qu'il embrasse comme une ventouse ?

— Bien sûr que non ! Seigneur, le pauvre garçon se serait fait hara-kiri dans ma cuisine avec son sécateur ! Quoi qu'il en soit, je pense qu'il n'embrasse pas vraiment comme une ventouse. C'était seulement samedi soir, parce qu'il était ivre mort. Je suis convaincue qu'il embrasse parfaitement bien, quand il est à jeun.

— Dans ce cas, donne-lui une chance, suggéra Millie.

— Mon Dieu, je suis bien trop vieille pour lui ! Il n'a que faire d'une ancêtre comme moi. De toute façon, c'est de toi qu'il est fou.

Orla semblait très contente d'elle.

— Il me l'a avoué ce matin. Mais je le savais déjà, évidemment.

— Comment le savais-tu ? s'étonna Millie.

— C'est mon métier, mon chou, de savoir ces choses-là. Et devine quoi ?

— Quoi ? fit Millie avec l'impression d'être un perroquet.

— Il va te téléphoner pour t'inviter à dîner !

Contente d'elle, Orla ? Non, elle jubilait littéralement. Elle était en ébullition, un Alka-Seltzer dans un verre d'eau...

Faiblement, Millie objecta :

— Ce n'est pas la peine. Vraiment, un baiser baveux, ce n'est pas méchant. Je le lui pardonne, promis.

— Allons, allons, gronda gentiment Orla. Ce n'est pas pour cela qu'il le fait. C'est pour te courtiser, mon chou, te courtiser !

— C'est une idée de toi ? demanda Millie, soupçonneuse.

Orla parut choquée.

— Tu plaisantes ! Ce serait de la triche. Inviter certaines personnes à ma soirée, c'est une chose, mais de là à leur donner des instructions sur ce qu'ils doivent faire ensuite... absolument pas. Je ne suis pas Machiavel, ma chérie !

Elle l'était, pourtant, d'une certaine façon, songea Millie.

— C'est inutile, protesta-t-elle mollement. Ça n'aboutira à rien, entre nous.

— Voyons, chouchou, qu'en sais-tu ? Tu le connais à peine ! Accorde au moins le bénéfice du doute à ce pauvre garçon.

Tout excitée, Orla ajouta :

— Cela obligera Colin à rester vigilant, ne serait-ce que cela. Peut-être même un tantinet jaloux.

À contrecœur, Millie se trouva embarquée dans l'histoire. Quand Richard l'appellerait, elle serait charmante, et quand il l'inviterait à dîner, elle accepterait.

Pour cinq mille livres, c'était la moindre des choses.

Et puis, il ne s'agissait que d'une sortie. Point final. Orla n'attendait tout de même pas qu'elle porte les enfants de Richard.

Enfin, espérons-le !

— Attends une seconde, se plaignit Lucas lorsque Millie eut fini de lui raconter les nouvelles concernant Hester. Apparemment, je foire tout, là. Moi qui me disais : je joue le héros pour une fois dans ma vie, je suis noble et grand. Et voilà qu'on me le reproche, maintenant !

— Je ne te reproche rien. Je t'apprends que tu l'as profondément vexée. Et depuis, je partage une maison avec une fille convaincue qu'elle est sexy comme une cocotte-minute.

Lucas soupira et se pencha sur le bureau pour vérifier le carnet de rendez-vous.

— O.K. La prochaine fois qu'une fille à poil s'offre à moi, je la prends. Et tant pis pour le respect.

— Tu n'as jamais respecté les filles, protesta Millie.

— Hester a un petit copain. C'est pour cela que je l'ai éconduite. Comment oses-tu dire que je n'ai pas de respect ?

— Hmm… bon. Enfin, de toute façon, il va sûrement la larguer quand même, et tout ça, c'est à cause de toi.

— Quoi ? s'exclama Lucas en riant.

— Si tu n'avais pas repoussé Hester samedi soir, elle ne se serait pas soûlée et endormie dans le jardin. Dix minutes dans tes bras, c'est tout ce qu'il aurait fallu. Et elle serait rentrée tranquillement à la maison avant que Nat ne vienne frapper.

— Dix minutes ? Je te remercie, fit-il avec un sourire en coin. Mais avoue que tu ne penses pas un mot de ce que tu viens de dire.

— Oh, je ne sais plus ce que je pense ! soupira Millie, exaspérée. Tout ce que je veux dire, c'est que ce n'est pas drôle de vivre sous le même toit qu'une épave qui sanglote toute la journée… Enfin, changeons de sujet. Qu'est-ce que tu m'as réservé de beau ?

— Jeudi soir, neuf heures, au Castle Hotel de Truro. La personne s'appelle Drew. C'est sa femme qui a réservé. Tu dois surprendre le mari pendant qu'ils dîneront dans le restaurant de l'hôtel. Voici le poème à réciter. C'est leur anniversaire de mariage, apparemment.

Millie jeta un coup d'œil au poème – encore un cliché sur l'amour éternel, je suis à toi, tu es à moi, etc. Ringard à souhait, mais pas trop difficile à mémoriser.

Mon Dieu, je trouve ça ringard uniquement parce que je n'ai pas d'amoureux. Personne ne m'aime, alors je deviens aigrie et cynique…

Elle plia le papier et le fourra dans son jean.

— Et autre chose, avant que tu ne partes.

— Quoi ?

— La question que tu m'as posée l'autre jour, tu sais, si on savait toujours quand les gens sont amoureux de vous ? Eh bien, ton nouveau copain…

Lucas cligna de l'œil.

— Avec qui tu étais à la soirée. Colin Deveraux…

— Oui ? Quoi ?

— Je voulais juste que tu saches : j'ai une cote d'enfer avec lui.

Les lèvres de Sylvia Fleetwood étaient pincées comme les fesses d'un chat quand la porte de l'agence de voyages s'ouvrit, à dix-sept heures vingt et une. Tim et elle avaient quelques courses à faire au supermarché avant de rentrer. Ce soir, ils avaient décidé de prendre des filets de saumon pochés à l'aneth avec des pommes de terre nouvelles et des fèves. Or il n'y avait rien de plus agaçant que d'être retenu au travail et de découvrir en arrivant au supermarché qu'ils n'avaient plus de saumon.

— Je te laisse t'en occuper, dit-elle à son mari, suffisamment fort pour que la cliente entende. Je vais commencer à fermer. Il ne faut pas qu'on se mette en retard.

— Désolé. Bonjour, madame, ne vous inquiétez pas de l'heure.

Ayant reconnu la nouvelle venue, Tim Fleetwood lui montrait l'un des sièges avec un geste d'excuse.

— Asseyez-vous, prenez tout votre temps. Comment allez-vous ? Vous semblez en pleine forme.

— Vous êtes bien aimable, déclara Adele en prenant place confortablement sur le fauteuil et souriant du compliment.

Elle avait passé l'après-midi à se faire dorloter chez Deluxe, le salon où officiait la meilleure esthéticienne de Newquay.

— Mais j'ai besoin de vacances. Et de vos conseils avisés, confia-t-elle en se penchant en avant. Je veux tout savoir sur la Toscane.

Tim Fleetwood se frotta les mains, enchanté. C'était le genre de requête qui le mettait en joie. Depuis vingt ans, il ne jurait que par la Toscane, sa destination de villégiature favorite. Même si, ces temps-ci, ils s'aventuraient généralement plus loin, à la demande de Sylvia.

— Ah, ah ! Eh bien, vous avez frappé à la bonne porte.

Il pivota sur lui-même, inspirant les effluves du parfum sensuel d'Adele, et consulta les rangées de brochures disposées sur les étagères, derrière lui.

— Attendez, je vais vous montrer ceci… et cela… et ces trois magazines…

À la porte, son sac à la main, jouant ostensiblement avec ses clefs, Sylvia intervint :

— Nous ne devons pas nous mettre en retard, chéri. N'oublie pas que nous avons squash à dix-neuf heures trente.

— Mon Dieu, mon Dieu ! s'exclama Adele. Je vois bien que je vous importune. Écoutez, je vais emporter ces brochures et les examiner à la maison. Je repasserai demain, voulez-vous ?

— Non, non, c'est inutile.

Bravement, Tim remonta ses lunettes, jeta un coup d'œil à sa femme et se lança :

— Si tu faisais les courses au supermarché pendant que je termine ? Je serai rentré avant six heures et demie.

Le visage tout entier de Sylvia, à présent, était pincé. Elle venait seulement de reconnaître en la cliente la femme que son mari avait accompagnée en voiture chez Millie.

— Vous n'en avez sûrement pas pour une heure !

Qu'est-ce que tu comptes faire, pour l'amour du Ciel ? Coucher avec elle ?

— Non, je ne pense pas, admit Tim en tapotant les brochures sur le bureau. Mais j'ai une autre petite chose à régler.

Il sourit à sa femme revêche et lâcha une allusion :

— Ce n'est pas sans rapport avec un anniversaire…

À moins de le traîner dehors par ses cheveux blond-roux clairsemés, Sylvia ne pouvait que s'avouer vaincue.

Presque vaincue.

— Très bien.

Délibérément, elle évita de regarder la mère de Millie Brady, toute pomponnée.

— Du moment que tu n'as pas l'intention de m'infliger un de ces télégrammes chantés. C'est d'un goût…

— Vous êtes un héros, affirma Adele avec chaleur quarante minutes plus tard. Sérieusement, vous avez été merveilleux, d'une précieuse compétence. Vous me rendez un fier service, vous savez.

Tim Fleetwood devint écarlate.

— C'était un plaisir.

Il ne mentait pas.

— Mais je ne veux pas vous accaparer davantage. Et vous devez rentrer chez vous, ajouta Adele en tapotant son bras d'un doigt manucuré. Il ne faudrait pas rater votre partie de squash.

Personne n'avait flirté avec Tim depuis des années. Le sachant marié à la féroce Sylvia, aucune femme n'avait eu le courage de s'y aventurer. Il ressentit soudain l'envie brutale de se livrer à un jeu d'un tout autre ordre que le squash. Et il avait comme l'impression qu'il n'était pas le seul.

Les mots sortirent précipitamment :

— Il y a un bar à vin, au coin de la rue. Auriez-vous le temps de prendre un petit verre ?

Ils avaient discuté avec bonheur Renaissance et opéra. Tim Fleetwood était incontestablement charmant, tout à fait son genre d'homme. Adèle effleura son chignon blond cendré et répondit :

— Ce serait avec plaisir, mais… votre femme ?

Femme ? Ou geôlière ? À moitié étourdi, Tim réalisait qu'il y avait autre chose, dans la vie, que flotter entre deux eaux enchaîné à une Sylvia despotique et maladivement jalouse.

N'était-il pas temps qu'il bénéficie enfin d'une liberté conditionnelle ?

— Elle doit déjà être rentrée et en train de préparer le dîner, répondit-il avec un sourire téméraire. Elle n'aura pas envie de se joindre à nous.

— Il dit qu'il me croit, mais je sais bien que non…

Des larmes ruisselaient sur les joues de Hester, qui cramponnait le téléphone contre sa poitrine. Elle avait téléphoné trois fois à Nat, ce jour-là, et savait bien que cela ne faisait que l'agacer. Mais plus elle entendait sa placide irritation, plus elle avait envie de le rappeler.

Au désespoir, elle jeta le téléphone à Millie.

— Tiens, confisque-le-moi. Cache-le dans un endroit où je ne le retrouverai pas.

— Dans l'évier, par exemple, suggéra Millie qui avait pâli en rentrant à la vue de la vaisselle accumulée.

— Tu es mon amie, tu dois être compréhensive et compatissante.

Je ne suis pas d'humeur, songea Millie. Parce que toi, tu as peut-être peur de te faire larguer, mais moi, on m'a déjà larguée, merci beaucoup. Et c'était vraiment moche, d'autant plus que je continue à me demander ce que j'ai fait pour le mériter. Mon Dieu, comment ai-je pu être aussi stupide ?

— On n'a plus de Curly ? geignit Hester.

— Non, tu as causé une catastrophe nationale. L'usine où on les fabrique travaille vingt-quatre heures sur vingt-quatre pour assurer la production. Mais on a des chips au vinaigre, tu n'as qu'à prendre ça à la place.

Elle savait qu'elle se montrait cruelle. Des chips, ça ne vous réconfortait pas du tout comme des Curly.

— Tu ne comprends pas, tu ne *peux* pas comprendre ! s'écria Hester avec agitation. Depuis combien de temps n'as-tu pas eu un vrai petit ami, quelqu'un à qui tu es réellement attachée ? Et ne me parle pas de Neil, c'était une vraie tache et il compte pour du beurre.

Millie envisagea brièvement d'assassiner Hester. Si elle l'étouffait avec un oreiller, cela laisserait-il des traces ?

Par chance, à cet instant, le téléphone sonna dans ses mains.

— Je réponds !

Hester se propulsa hors du canapé, se jeta vers son amie et lui arracha le téléphone des mains.

— Allô ? Allô ? Quoi ? Qui ?

C'était absolument pathétique, mais Millie continuait à croiser les doigts mentalement en priant le Ciel que ce soit Hugh, revenu à la raison et disposé à ramper à ses pieds pour se faire pardonner.

— Tiens, c'est pour toi.

Hester lui lança l'appareil avec dégoût et précisa :

— Un type visqueux qui veut nous fourguer un jardin d'hiver. Si tu t'y prends bien, va savoir, ça deviendra peut-être ta prochaine tache en titre ?

32

— Oh, non… zut… zut… oh non, *non* !

Giles, qui se trouvait dans la chambre voisine, glissa la tête par la porte du bureau d'Orla.

— Que se passe-t-il ?

— Cette satanée bécane, gémit Orla.

Ses doigts volaient sur le clavier. Elle enfonçait les touches au hasard telle une pianiste démente.

— J'étais tellement bien partie, et impossible de retrouver mon fichier… Il a complètement disparu de l'ordinateur. *Disparu !*

— Allons, allons, calme-toi. Il doit bien être quelque part.

Giles n'en avait aucune idée, mais il savait dans quel état pouvait se mettre Orla lorsqu'elle cédait à un accès de panique.

— Mais non, il n'y est pas. Il s'est effacé ! Oh non, je ne peux pas le croire ! Je savais que j'aurais dû continuer à travailler sur ma vieille machine à écrire. Onze chapitres. J'ai perdu onze chapitres, bon sang, et je ne les récupérerai *jamais* !

— Arrête, dit Giles.

Chaque syllabe d'Orla était ponctuée d'un grand coup porté à la souris sur le petit tapis circulaire.

— Ça ne servira à rien de démolir ton ordinateur. Là, là, fit-il en massant ses épaules contractées. On va arranger ça. Comment s'appelle le garçon qui nous a installé tout ça, déjà ? Hugh quelque chose…

— Hugh Emerson.

Orla fouilla désespérément son bureau, à la recherche d'une cigarette.

— Tu n'as qu'à l'appeler et le faire venir ici. C'est un expert, non ?

Elle glissa une Marlboro entre ses lèvres, alluma son briquet et inspira.

— Et s'il est occupé et qu'il ne peut pas venir avant des semaines ?

— Ne t'inquiète pas, il viendra.

— Mais on ne sait jamais… gémit Orla en soufflant sa fumée dans tous les sens avec un sens théâtral achevé.

— Mon trésor, tu es Orla Hart. Bien sûr qu'il viendra. Donne-moi son numéro, je vais l'appeler moi-même.

De temps en temps, il jouait le petit numéro « Moi Tarzan, toi Jane ». Orla bondit sur ses pieds et se jeta dans ses bras.

— *J'adore* quand tu es dominateur comme ça. Oh, mon amour, j'ai tellement de chance de t'avoir ! On forme une belle équipe, tous les deux…

— Voilà, c'est réglé, annonça Giles en venant la rejoindre dans la cuisine cinq minutes plus tard.

Orla aurait très bien pu appeler elle-même, mais elle se délectait de cette sensation ô combien rare d'être dorlotée et chouchoutée. En retour, elle lui servit une tasse de café, comme une bonne épouse aimante.

— Mon chevalier dans son armure étincelante. Je ne sais pas ce que je ferais sans toi. Quand vient-il ?

— À trois heures cet après-midi. Il a d'abord essayé de se défiler, ajouta-t-il d'un ton satisfait, mais je n'ai pas voulu en entendre parler.

— Oh, zut ! s'exclama Orla. J'ai rendez-vous chez le coiffeur à quatorze heures trente… Tant pis, j'annulerai.

— Pas la peine, je peux très bien rester ici, fit-il avec un haussement d'épaules.

— Mais… ? (Orla cligna des yeux, sincèrement stupéfaite.) Tu ne vas pas au golf, cet après-midi ?

— Qu'est-ce qui compte le plus, ton ordinateur ou mon golf ? Ça ne va pas me tuer de rater un après-midi.

— Oh, toi… toi, toi !

Orla l'enlaça avec un mélange de joie et de soulagement.

— Tu n'imagines pas à quel point je t'aime.

— Justement, il y a un tournoi à St. Ives, demain. Ça s'étale sur toute la journée, mais ça a l'air sympathique…

Joie et soulagement se désintégrèrent aussitôt, à la façon d'un bouillon cube.

Mon Dieu, songea Orla, je suis folle. C'est ridicule d'être aussi inquiète, simplement parce qu'il va s'absenter une journée.

D'ailleurs, ne venait-il pas d'annuler une partie ? Elle garda un sourire résolument brave.

— Bien sûr, tu dois y aller demain. Tu mérites bien de te distraire.

— Seulement si ça ne t'embête pas.

— Ça ne m'embête pas du tout.

Pour une autre qu'Orla, Hugh aurait refusé. Il était créateur de logiciels, pas dépanneur. Mais en tout état de cause, il était incapable de se concentrer sur son dernier projet, pour une compagnie automobile. Sortir de la maison, aller à Newquay et régler un petit problème technique lui changerait les idées. Tout en rendant service à une amie.

Orla. Pas Giles, en qui il n'avait aucune confiance.

Sur la route, les pensées de Hugh revinrent inexorablement vers Millie. C'était à cause d'elle qu'il ne pouvait se concentrer plus de trente secondes d'affilée. Il avait finalement décidé de ne pas lui envoyer de fleurs en signe d'excuse, mais sa conscience continuait à le tarauder.

Avant, la culpabilité d'avoir trahi Louisa prédominait dans son esprit, effaçant tout le reste. Mais depuis quelque temps, sa culpabilité semblait changer de camp. Il s'était montré odieux envers Millie et était bourrelé de remords.

Elle méritait mieux que cela. Pour le moins une explication…

En se garant devant la maison d'Orla, Hugh vit Giles dans l'allée qui parlait dans son portable. Il surprit la fin de la conversation.

— D'accord, je passe te prendre demain matin à huit heures précises. Il faut que je file, le type qui vient réparer l'ordinateur est arrivé. Oui, oui, moi aussi. Au revoir… Bonjour ! lança-t-il à Hugh en raccrochant, un grand sourire aux lèvres. Orla n'est pas là, un rendez-vous urgent en ville. Je vous emmène dans son bureau.

Hugh cacha sa déception. Quand il était venu installer le nouveau système, ils avaient rapidement sympathisé, Orla et lui. Sans même prétendre s'intéresser au fonctionnement d'un ordinateur, elle avait passé des heures juchée sur le rebord de la fenêtre de son bureau à fumer cigarette sur cigarette, balancer les jambes, boire du café et papoter sans fin sur n'importe quel sujet. L'installation terminée, Hugh en connaissait davantage sur elle que sur certains de ses amis les plus proches. Et comme elle était d'une curiosité à toute épreuve, il s'était confié, beaucoup plus qu'il n'en avait eu l'intention.

Il réalisa soudain qu'il avait espéré poursuivre leur conversation. Orla était au courant de sa vie antérieure, à Londres, et des raisons pour lesquelles il était venu s'établir en Cornouailles. Elle n'ignorait rien au sujet de Louisa. Peut-être aurait-elle pu lui donner quelques conseils pleins de bon sens, le rassurer, ou même le sermonner, lui faire comprendre que la vie continuait, qu'il avait le *droit* de tomber amoureux d'une autre femme.

Amoureux ?

Eh, d'où cela venait-il ?

Il chassa le mot de son esprit. Quoi qu'il en soit, Orla n'était pas là. Et ce n'était pas à Giles Hart qu'il allait révéler ses états d'âme.

— Quand doit-elle rentrer ?

— Hmm, d'ici à quelques heures, je pense. Un rendez-vous chez le coiffeur pour une importante opération de camouflage, poursuivit Giles par-dessus son épaule en montant l'escalier. Elle a découvert son premier cheveu gris hier soir. Panique à bord ! Vous savez comment sont les femmes : toujours à l'affût de ce qui pourrait les mettre sur les nerfs.

Hugh secoua la tête en se demandant comment Orla avait pu épouser un homme pareil.

— Nous y voilà. Elle a perdu onze chapitres. Espérons, pour notre bien à tous, que vous les retrouverez, conclut Giles en ouvrant la porte et en montrant l'ordinateur qui bourdonnait encore.

La dernière fois que Hugh était venu, Orla et Giles venaient d'emménager. Les murs blancs étaient nus, les étagères vides, et le sol couvert de cartons. Cette fois, on voyait la moquette bleu cobalt, les étagères débordaient de livres et de dossiers, et les murs étaient tapissés de graphiques multicolores.

Hugh approcha la chaise pivotante de l'ordinateur, prit la souris et entreprit de démêler le chaos qu'avait causé Orla en s'acharnant sur le malheureux clavier. Alors seulement, il chercherait le dossier manquant.

— Je vous monte une bière ? proposa Giles.

— Volontiers.

Il lui fallut moins de cinq minutes pour localiser l'erreur, la réparer et récupérer le fichier crucial. C'était simple, si l'on savait ce qu'on faisait. Et c'était gratifiant de savoir qu'Orla, malgré tous ses efforts, n'avait pas réussi à effacer accidentellement les deux cents premières pages de son prochain livre.

Il pivota sur sa chaise, s'appuya contre le dossier, croisa les mains derrière la tête et contempla distraitement les graphiques qui tapissaient les murs. Le téléphone avait sonné en bas, et Giles ne lui avait pas encore monté la bière. En repartant, il irait peut-être à Fistral Beach, louerait une combinaison et une planche, et ferait un peu de surf.

Hester Tresilian/Annie Jameson – 26 ans, cheveux noirs courts (plumes ébouriffées). Bien fichue, vêtements moulants, chaussures de folie, gros béguin unilatéral pour Lucas Kemp ; petit copain adorable, Nat (chef cuisinier), qui travaille loin.

Lentement, Hugh se redressa sur le fauteuil tandis que la signification de ce qu'il lisait commençait à faire son chemin. La biographie abrégée de Hester était griffonnée au feutre orange sur le graphique le plus proche de lui. D'autres choses étaient écrites, mais ses yeux s'étaient déjà posés sur le diagramme suivant.

Lucas Kemp/Dan Anders – 30 ans, beau ténébreux en pantalon de cuir, yeux verts, cheveux noirs un peu longs, charmeur invétéré, avait écrit Orla au feutre violet.

Le cœur tournoyant comme un ivrogne dans sa cage thoracique, Hugh ne lut pas la suite et porta son regard sur le tableau suivant, qui contenait davantage de détails que les autres.

Millie Brady/Cazzy Jackson – 25 ans, angélique, cascade de cheveux blond platine, yeux bleus malicieux, mystérieux tatouage, impulsive, aventurière... Il lui arrive toujours quelque chose de farfelu. Travaillait auparavant dans une agence de voyages (réf. Fleetwood). Maintenant, chante des télégrammes (réf. Lucas Kemp). Mère Adele (réf. A. Brady). Père Lloyd (réf. L. Brady et Judy Forbes-Adams).

Il y en avait beaucoup plus, l'ensemble entouré d'une profusion de flèches multicolores allant du graphique de Millie aux autres. Durant la fraction de seconde dont il disposa avant que la porte du bureau ne se rouvre, Hugh nota une explosion d'astérisques et de points d'exclamation, et le nom *Colin Deveraux,* suivi de quelques mots griffonnés avec frénésie : *Peut-être le bon !*

— Comment ça va ?

Giles le ramena brutalement à la réalité en lui tendant une bouteille de Labatt.

— Pardon ? Ah, oui !

Hugh s'obligea à se concentrer et se tourna de nouveau vers l'écran.

— C'est bon. J'ai retrouvé le fichier. Onze chapitres, tous bien là.

— Ah, tant mieux, tant mieux...

— Mais pendant que j'y suis, je vais tout de même en faire défiler un ou deux, pour être sûr que rien ne soit passé à travers les mailles du filet.

C'était parfaitement impossible, bien sûr, mais Giles n'avait visiblement aucune notion d'informatique. Hugh parcourut les lignes en silence. En trente secondes, ses soupçons furent confirmés. Il savait exactement ce qu'il lisait, même si les noms des personnages avaient été modifiés.

Inconcevable.

Il referma le fichier.

— Tout a l'air correct.

— Bravo. Envoyez-nous la facture.

Vraiment inimaginable...

Hugh éteignit l'ordinateur, pivota sur la chaise et montra négligemment les graphiques couvrant les murs.

— Qu'est-ce que c'est que tout ça ?

— Oh, la dernière idée d'Orla ! De la fiction basée sur des faits réels.

Giles haussa une épaule et but une gorgée de bière.

— Les critiques ont descendu son dernier bouquin – enfin, un critique, précisément – et elle a décidé de baser le suivant sur un personnage réel, quelqu'un qu'elle a rencontré depuis que nous vivons ici. Une certaine Millie. Elle était à la fête, la semaine dernière. Vous avez dû la voir. C'est d'ailleurs en son honneur qu'Orla a lancé cette soirée.

Quoi ?

— N'est-ce pas un peu risqué ? demanda Hugh, ébloui par le culot d'Orla. Comment cette... fille va réagir, à votre avis, quand elle découvrira qu'elle est le personnage central du prochain best-seller d'Orla ? Imaginez qu'elle lui intente un procès ?

Giles éclata de rire.

— Ne craignez rien, Orla n'est pas si bête. Millie est au courant depuis le début. Et Orla l'a payée, donc il n'y aura aucun problème de ce côté.

Hugh cacha sa stupeur. Ce ne pouvait pas être vrai. Millie ne lui avait jamais parlé d'une chose pareille. Hébété, il insista :

— Elle l'a payée, vous dites ?

— Une jolie somme, si l'on sait que cette fille n'avait même pas de boulot à l'époque. Cinq mille, en échange de tous les détails de ce qui lui arrive. À vrai dire, je ne suis pas tout cela de très près – je n'ai même jamais lu un seul des livres de ma femme – mais Orla a l'air de bien s'amuser. Elle encourage la fille à voir du monde. Elles se retrouvent une fois par semaine, et Millie lui raconte les derniers dénouements. Travail, hommes, sexe… tout y passe ! La soirée de la semaine dernière a porté ses fruits, vous pensez. Ça nous a peut-être coûté une petite fortune, mais d'après Orla, c'est un excellent investissement. Elle change les noms, bien sûr, mais sinon, vous avez droit aux détails les plus scabreux, conclut Giles avec un plaisir évident.

Il agita sa bouteille vide vers Hugh et haussa un sourcil blond.

— Je vais vous en chercher une autre ?

Un excellent investissement…

Orla encourageait la fille à voir du monde…

Les détails les plus scabreux…

Hugh secoua la tête. S'il ne sortait pas immédiatement, il allait exploser.

— Non merci.

33

Orla avait été tirée du sommeil le lendemain matin par le réveil de Giles à six heures. Il avait chanté sous la douche, choisi sa tenue de golf préférée – un pull Pringle en cachemire rose, un pantalon à carreaux orange et rose –, et apporté à Orla son petit déjeuner au lit, avant de partir pour le tournoi de St. Ives.

Dans les courriers du cœur, on conseillait toujours aux femmes de se méfier quand leur mari se mettait soudain à se doucher plus souvent, utiliser de l'après-rasage et s'acheter des caleçons neufs. Ce n'était pas si facile, songea Orla, lorsque votre mari avait toujours pris grand soin de son apparence. Giles n'allait jamais ouvrir au facteur sans s'asperger d'eau de Cologne.

Sans parler de sa crème teintée Clarins pour l'éclat flatteur.

Il avait planté un baiser aimant et parfumé – Hugo Boss – sur son front avant de partir, à sept heures trente. Et il lui avait apporté des toasts – coupés en triangles – à la confiture de pamplemousse, *et* du jus d'orange, *et* du café, *et* même ses cigarettes et un briquet, sur un plateau d'argent.

Donc, de deux choses l'une : soit il l'aimait profondément, soit il culpabilisait énormément parce qu'il…

Stop, stop, *stop* ! Au désespoir, Orla alluma sa septième cigarette de la matinée – il n'était que dix heures – et s'obligea à se concentrer sur le chapitre XII. Hugh avait réparé l'ordinateur. Elle n'avait pas perdu ses deux cents premières pages, finalement. C'était le moment idéal pour travailler, sans interruption en perspective. Giles jouait au golf. Voilà tout. Il fallait absolument qu'elle cesse d'être aussi paranoïaque. Quoi de plus innocent qu'un tournoi de golf ?

À onze heures, elle essaya d'appeler Giles sur son téléphone portable, mais il était déconnecté. Après tout, c'était normal : imaginez que des portables déclinent continuellement leur petite musique en plein tournoi, cela ferait vraiment mauvais effet.

Le téléphone sonna pour la troisième fois de la matinée. Elle ne répondit pas. Quand elle travaillait dans son bureau, elle laissait le répondeur prendre le relais.

Elle alluma encore une cigarette, réaction à l'anxiété qui lui vrillait le ventre, et contempla l'ordinateur en s'ordonnant de cesser d'être obsédée par Giles.

À sept heures du soir, elle avait terminé. Le chapitre XII était bouclé. Une bonne journée de travail, décida Orla avec satisfaction en descendant l'escalier. Elle allait manger un morceau, s'immerger dans un bain et enfiler une chemise de nuit. Puis elle boirait peut-être un ou deux verres de vin rouge en regardant une nullité à la télévision, jusqu'au retour de Giles.

Elle sortit du congélateur des *pasta puttanesca* de chez Fogarty & Phelps. Elle piqua la cellophane avec une fourchette, mit les pâtes au micro-ondes et ouvrit une bouteille de valpolicella.

Il y avait sept messages sur le répondeur. Orla alluma une cigarette et but une petite gorgée de vin, en écoutant un bref message de son agent concernant des droits de traduction en espagnol, deux appels de son responsable éditorial, et un message de l'opticien de Newquay prévenant Giles que ses lunettes de soleil Bausch & Lomb étaient réparées et à sa disposition.

Il y avait également deux appels sans message.

Et au moment où le micro-ondes faisait *ding*, le dernier message se déroula. Pendant une seconde, Orla crut que l'interlocuteur avait encore raccroché sans rien dire, puis son cœur fit un bond lorsqu'elle entendit un sanglot étouffé.

— Giles ? Giles ? C'est moi, Martine…

La voix était enrouée par le chagrin. Figée sur place, Orla écouta la fille essayer de se dominer.

— Oh, Giles, ça fait si longtemps… Je sais que c'est fini, mais je voulais jute entendre ta voix… Je suis d… désolée.

Martine pleurait ouvertement, maintenant.

— Je sais que tu aimes ta femme, et je le comprends, je t'assure. Mais c'est tellement dur de me dire que je ne te reverrai plus jamais. Je t'en supplie, ne m'en veux pas de t'appeler chez toi, je ne savais pas quoi faire. Tu as changé le numéro de ton portable. Enfin, je voulais juste te prévenir que je suis retournée à Londres, et j'espère qu'Orla et toi, vous serez très heureux ensemble. Bon, voilà. Au revoir.

Après quelques secondes de sanglots incontrôlables, la ligne fut coupée.

Orla ferma les yeux, relâchant enfin son souffle. Des larmes de bonheur s'échappèrent de ses yeux. Son soulagement était indescriptible. Tout était donc vraiment terminé entre Giles et Martine. Elle avait passé des semaines à se faire un sang d'encre pour rien ! Sans parler des douze dernières heures avec l'estomac noué, terrifiée à l'idée que Giles ait menti au sujet du tournoi et ait passé la journée avec Martine.

Alors que celle-ci était rentrée à Londres, le cœur brisé. À cause d'un homme qui ne s'intéressait plus à elle…

Elle renversa du vin en avalant gaiement une nouvelle gorgée, s'essuya les yeux et sourit.

Pauvre Giles, comment avait-elle pu douter de lui ?

— Reste encore un peu, supplia Martine, joueuse, quand Giles sortit de la douche et se rhabilla.

— Ce n'est pas raisonnable. On a déjà passé toute la journée ensemble.

Il sourit et s'écarta du lit lorsqu'elle fit mine de l'attraper.

— Poltron !

Giles tapota sa montre. Il lui faudrait encore un quart d'heure pour aller de chez Martine à Newquay.

— Il est dix heures. Ce serait bête de forcer notre chance.

Martine prit le téléphone de l'autre côté du lit et le porta à son oreille d'un air taquin.

— Je pourrais rappeler Orla, sangloter un peu, la supplier de me laisser te parler. Allô ? Je v… voudrais parler à Giles, s'il vous p… plaît…

Il pouffa, mais secoua la tête.

— Le message suffit. Elle sera aux anges.

Il l'était aussi. Orla était devenue très nerveuse, ces quinze derniers jours. Le coup du téléphone, quelle idée de génie !

— Crois-tu qu'elle te dira que j'ai appelé ?

Martine passa la langue sur sa lèvre supérieure en le regardant finir de s'habiller. L'avantage, avec son épouvantable tenue de golf, c'était qu'elle n'avait eu qu'une hâte : la lui retirer au plus vite.

— Probablement pas, répliqua-t-il en se penchant pour l'embrasser au-dessus des draps froissés. Ce sera le petit secret d'Orla.

— Je croyais qu'elle était incapable de garder un secret.

— C'est vrai ! Elle le dira au reste du monde. Mais pas à moi.

— Heureusement que nous savons être plus discrets qu'elle, se moqua Martine. Tu es sûr de pouvoir venir demain ? Tu as intérêt… ajouta-t-elle, faussement menaçante.

Elle s'était donné beaucoup de mal pour organiser quelque chose de spécial. Ce serait une soirée qu'il n'oublierait pas.

Giles avait déjà tout prévu : il avait prévenu Orla qu'il était invité à rejoindre la branche locale des francs-maçons.

— Ne t'inquiète pas, dit-il en l'embrassant une dernière fois. Je ne raterais cela pour rien au monde.

Hester avait dû se rendre à l'évidence : l'abus de Curly provoquait des ravages. Peut-être que le chocolat, les chips, les glaces et les salades vertes n'y étaient pas pour rien non plus.

Enfin, pas les salades vertes.

Elle s'émerveillait d'être encore capable de faire de l'humour. Alors que sa vie était anéantie, que Nat la considérait comme la dernière des garces et qu'en moins d'une semaine elle avait réussi à prendre trois kilos.

C'était cela, le truc, quand on devenait boulimique pour compenser une peine de cœur. La salade, ça ne faisait pas l'affaire.

— Mon Dieu, je suis *grosse,* laissa-t-elle échapper, effarouchant à tout jamais deux touristes qui s'apprêtaient à lui acheter cinquante paires de boucles d'oreilles.

Pff, tu parles, Charles…

Danielle, qui tenait le stand voisin, coupa son baladeur :

— Hein ?

— Moi. Grosse.

Hester pinça avec dégoût la taille tendue de son jean.

— Regarde toute cette chair flasque.

Le visage de Danielle s'éclaira aussitôt. Rien de plus plaisant qu'une bonne histoire de kilos en trop entre filles. Surtout ceux des autres.

— Il faut dire que tu as mangé plus que d'habitude, ces derniers temps. Tu es peut-être enceinte ? ajouta-t-elle gaiement en avisant le paquet vide de roulés à la confiture dans la corbeille, derrière Hester.

— Aucune chance. Je n'ai couché avec personne depuis quinze ans. Tu l'as oublié ?

Morose, Hester secoua la tête.

— Admettons-le : je suis grosse parce que je mange trop, tout simplement.

— Alors arrête.

— Je ne peux pas. Je suis si malheureuse.

Hester se donna un coup de poing dans la cuisse.

— Manger est la seule chose qui me réconforte.

— Tu parles d'un réconfort, remarqua Danielle. C'est de maigrir un peu qui te réconforterait vraiment.

— Pas question. Je suis trop déprimée pour me mettre au régime !

Danielle réprima un soupir. Hester était casse-pieds, certes, mais elle avait été extrêmement gentille par le passé, à l'écouter pendant des heures rabâcher ses propres soucis existentiels.

Soudain, elle eut un éclair d'inspiration.

— Je sais ! Le nouveau salon de beauté sur Cavendish Street !

Hester plissa le nez.

— Un salon de beauté ? Pour me teindre les sourcils et me faire un nettoyage de peau ? Je ne vois pas en quoi ça me remonterait le moral.

— Ils pratiquent des bains de boue, expliqua Danielle avec enthousiasme. Ma belle-sœur y est allée la semaine dernière. Ils proposent une offre spéciale, en ce moment. Ça fait perdre du poids !

— Comment ?

— On te supprime toutes les impuretés.

Tout en parlant, Danielle décrivait d'extravagants gestes de « suppression » avec ses mains.

— Ça te raffermit, ensuite ta peau a un grain fantastique, et tu perds plusieurs centimètres, *partout*. Ma belle-sœur m'a dit que c'était génial, elle ne rêve que d'y retourner. Il paraît qu'en sortant du salon elle avait l'impression d'être Elle MacPherson.

Hester arrondit les yeux. La belle-sœur de Danielle ?

— C'est Margaret dont tu parles ?

— Mais oui !

Margaret mesurait un mètre cinquante-deux et était bâtie comme une miche de pain. Soit elle avait pris des substances hallucinogènes, soit elle mentait comme un arracheur de dents, soit le traitement était réellement miraculeux.

Une titillation d'espoir chatouilla le ventre de Hester.

— Une offre spéciale de quel genre ?

— Tu paies la moitié, l'autre est gratuite.

— Quoi ?

— Tu paies pour qu'on t'enveloppe une jambe, et ils te font l'autre gratuitement. Ça mérite un détour, non ?

Cela commençait à devenir séduisant.

— Tu sais quoi ? Je crois que je vais tenter le coup.

À dix-huit heures trente, Hester était allongée sur une couchette, à moitié recouverte de boue.

— Nous appelons cela la boue miraculeuse, lui confia l'esthéticienne qui s'était présentée sous le nom de Zelda.

Énergiquement, elle étalait de gros paquets de bouillasse verdâtre sur le ventre et les cuisses de Hester.

— C'est vraiment efficace, vous allez voir.

L'odeur était assez bizarre, mais cela ne dérangeait pas Hester. Il fallait souffrir pour être belle. Elle était heureuse qu'on lui ait donné une petite culotte pour se changer, même si elle était franchement peu glamour. Tandis que Zelda continuait à étaler et à masser, la boue s'insinuait partout.

Hester renifla.

— Ça sent une drôle d'odeur.

— C'est la boue, ne vous inquiétez pas. Alors, vous êtes ici en vacances ?

Zelda lançait dûment la conversation, en bonne esthéticienne.

— Je parlais de l'autre odeur. Une odeur de cuisine, on dirait.

— Ah, ce doit être mon dîner ! Tartines de fromage grillées.

Zelda avait un rire en cascade.

— Quand je suis toute seule au salon, je me fais un petit en-cas pour tenir le coup. Nous avons une kitchenette, derrière.

Elle montra une porte sur sa gauche, tout en étalant vivement la boue sur les bras de Hester. Puis elle prit un rouleau de film plastique géant.

— Bien. Maintenant, soulevez la jambe droite, que je commence à vous envelopper. Voilà... un tour... et encore un... Alors, vous m'avez dit que vous veniez d'où ?

L'estomac de Hester gargouilla. Elle mourait de faim, et l'odeur du fromage grillé était irrésistible.

— Newquay.

— Ah oui ? C'est charmant, Newquay... Oh, *Newquay* ! Vous voulez dire que vous habitez ici ? C'est formidable.

Zelda n'était pas d'une intelligence extraordinaire mais, ce qui lui faisait défaut en termes de concentration, elle le compensait en dextérité. Elle était en train de ficeler Hester comme un poulet rôti bardé de lard.

Puis elle régla un minuteur et demanda gaiement :

— Vous sentez la chaleur qui commence à monter ?

Hester acquiesça de la tête. Elle la sentait.

— Bien, bien. Ce sont les minéraux renfermés dans la boue qui agissent et suppriment toutes ces mauvaises toxines. Vous savez, la chaleur va grimper jusqu'à soixante degrés Celsius.

Hester essaya de se redresser.

— *Comment ?*

— Oh, pardon, je me suis trompée ?

Le petit rire de Zelda cascada.

— Je voulais peut-être dire Fahrenheit. Je m'emmêle toujours les pinceaux, avec ces histoires de degrés. Ne vous faites pas de souci, notre boue miraculeuse va vous chauffer agréablement sans vous causer la moindre douleur.

Maintenant qu'elle était enveloppée dedans, l'odeur de la boue avait envahi les narines de Hester. C'était donc cela qu'aimaient tant les hippopotames... Allongée, elle regarda par la fenêtre, pendant que Zelda finissait d'enrouler le film plastique autour du bras droit. Il faisait un temps magnifique. On entendait les bavardages et les rires des clients assis en terrasse des cafés qui ponctuaient Cavendish Street.

— Je dois rester longtemps comme ça ?

— Hmm ? Oh, une demi-heure ! Ensuite, je vous retirerai le plastique et vous prendrez une bonne douche chaude, déclara Zelda d'une voix suave. Si vous en profitiez pour faire un petit somme ?

Hester ferma les yeux et s'imagina sortant du salon, peut-être sous les cris d'admiration, voire une salve d'applaudissements, de la part de la foule rassemblée. Mince et élancée, ses centimètres en trop ayant mystérieusement fondu.

Malheureusement, Millie travaillait ce soir-là, sinon elles auraient pu sortir toutes les deux. Avec ma nouvelle silhouette à la Katharine Hepburn, on se serait retourné sur moi.

Danielle avait eu raison. C'était une idée formidable d'être venue. Elle se sentait déjà reprendre confiance en elle.

— Pourriez-vous ouvrir la fenêtre ? demanda-t-elle. Je commence à avoir vraiment chaud.

— C'est vrai, il fait chaud, soupira Zelda en s'éventant. Là, voilà, c'est mieux.

Perplexe, Hester contempla son corps étendu.

— Je fume ?

— Oh, non, vous ne devriez pas fumer ! C'est très mauvais pour la santé, et vous allez avoir de terribles rides faciales.

— Non, je voulais dire, la boue sur mon corps. Je sais qu'elle est censée chauffer, mais générer de la fumée ?

Zelda la considéra, éberluée.

Mais maintenant que la fenêtre était ouverte, il devenait clair qu'il y avait de la fumée dans la cabine.

— Mon Dieu ! couina Hester.

Réalisant soudain d'où venait la fumée, elle se redressa brutalement et montra la porte de la cuisine, sous laquelle s'accumulait un épais nuage gris.

34

Hester bondit à terre en un éclair. Un véritable exploit, étant donné son état.

— Où sont mes vêtements ?

— Mon Dieu, mon Dieu, ma patronne va me tuer, cria Zelda, les yeux agrandis par la terreur. Au secours ! À l'aide ! Mon Dieu... *Ouille !*

— Pardon, s'excusa Hester, qui venait de la gifler. Mais écoutez-moi. *Où sont mes vêtements ?*

— J... je les ai mis dans la cuisine, gémit Zelda en portant la main à sa joue rougie. Pour qu'ils ne s... sentent pas la b... la boue.

La fumée avait complètement envahi la pièce. Hester attrapa Zelda par le bras et la propulsa hors de la cabine. Peut-être, à l'avant du salon, y aurait-il des serviettes ou une couverture ou une veste oubliée.

Hélas, non. Rien.

La porte du salon s'ouvrit en grand et deux vacanciers en quête de comportement héroïque déboulèrent. Ils étaient en short et sandales, avaient le dos tout blanc et le devant grillé, d'un joli rouge fraise des bois. Des vacanciers, résolument.

— Il y a le feu dans cette boutique ! Sortez immédiatement ! cria le premier avant de piler à la vue de Hester, reine de la boue sous film plastique. Doux Jésus, qu'est-ce qui vous est arrivé ?

— Je vais me faire renvoyer, c'est sûr ! gémit Zelda en attrapant son sac à main dans le tiroir de la caisse et en détalant hors du salon.

— Il y a quelqu'un d'autre à l'intérieur ? demanda le deuxième vacancier vanille-fraise.

Hester secoua la tête. Quelqu'un avait dû appeler les pompiers, car elle entendait au loin le hurlement d'une sirène.

Elle savait bien qu'elle ne pouvait pas rester là, mais elle n'arrivait pas à trouver le courage de sortir. C'était aussi difficile que se lancer dans le vide, un élastique au pied.

Voyant son indécision, le premier vacancier prit les devants. Mais au lieu de la pousser, il la souleva de terre. Hester se trouva hissée en travers de son épaule. Ses jambes rebondissaient sur un ventre proéminent, deux bras moites lui serraient les cuisses, et ses grosses fesses faisaient saillie en l'air comme… comme deux grosses fesses.

Promptement, ils furent dans la rue, où tout le monde s'était assemblé pour regarder. Les cafés étaient bondés, et tous les yeux étaient fixés sur Hester et son sauveteur.

— Grands dieux, mon petit, vous pesez une tonne, grogna gras-du-bide en la déposant par terre.

Il transpirait abondamment, mais était ridiculement content de lui. À croire qu'il espérait une gratitude éternelle.

Hester avait les yeux qui la piquaient. La fumée et la honte. Dans son fantasme, un quart d'heure plus tôt, elle s'était imaginé une sortie nettement plus glorieuse.

Mais c'était ça, la vie. Et elle était là, enveloppée des pieds à la tête dans ce qui ressemblait à de la bouse de vache.

Avec des kilomètres de film transparent autour des bras, des jambes, du ventre.

Avec un soutien-gorge orange maculé de boue.

Avec une culotte jetable flottante, format sumo.

Inutile de le préciser, personne n'était béat d'admiration.

Les soi-disant adultes gloussaient comme des écoliers. Les écoliers la montraient du doigt en hurlant de rire. Même des bébés pleurnichaient et cachaient leur visage dans les jupes de leur mère.

Hester tressaillit en entendant quelqu'un pousser un long sifflement. C'était officiellement le moment de mourir de honte.

Aucun endroit où se cacher.

Rien pour se couvrir.

Elle n'avait même pas son sac à main, que Zelda avait eu la prévenance de laisser dans la cuisine, ainsi que ses habits.

Et personne ne lui avait offert ne fût-ce qu'un T-shirt pour cacher sa nudité et son humiliation.

La route se dégagea, et le camion de pompiers arriva enfin. Les hommes en jaillirent sans perdre un instant, déroulant des tuyaux et des lances à toute vitesse. Quelques secondes plus tard, des torrents d'eau se déversaient dans le salon enfumé. Mais tout en s'activant, les pompiers eux-mêmes ne pouvaient s'empêcher de couler des regards incrédules en direction de Hester.

Au moment où elle se disait que rien n'aurait pu être pire, quelqu'un lui tapa l'épaule. Elle pivota. Muette et mortifiée, elle reconnut Lucas.

Oh, non…

— Tiens. Mets donc ça.

Il avait retiré sa veste en lin ivoire et la posait gentiment sur ses épaules. Elle aurait dû le remercier. Abondamment. Au lieu de cela, elle marmotta :

— Qu'est-ce que tu fais là ?

— Je buvais un verre avec une amie, dit-il en indiquant l'un des bars avec des tables en terrasse, un peu plus loin. Je ne t'ai pas reconnue tout de suite. Ma voiture est au coin de la rue.

— Et alors ? rétorqua-t-elle d'un ton bourru.

— Eh bien, on pourrait t'enlever ce plastique, te mettre toute nue sur le trottoir et demander aux pompiers de te rincer. Ou alors, fit-il en remuant ses clefs de voiture devant elle, je te raccompagne chez toi.

Il avait fallu que ce soit lui.

— Et ton amie ?

— Oh, pas de problème ! Elle attendra.

Ils se dirigèrent vers la voiture de Lucas pendant que Zelda, en larmes, répondait aux questions de la police. Voyant que sa veste ne couvrait pas entièrement le corps couvert de boue et de plastique de Hester, Lucas donna un billet de vingt livres au propriétaire d'un magasin de plage qui les contemplait bêtement, et choisit un paréo rose à franges blanches sur le portemanteau tournant.

— Je ne pourrai pas te rembourser, chuchota-t-elle. Mon sac est dans le salon.

— Ne dis pas de bêtises.

Il mit un bras autour de ses épaules et exerça une petite pression rassurante sur sa taille. Quand le film plastique crissa, il ajouta :

— Ne fais pas cette tête. Un jour, tu souriras en repensant à cette mésaventure.

C'était tellement ridicule que Hester ne daigna même pas répondre.

Ils furent chez elle en moins de dix minutes. La clef de secours, Dieu merci, était bien dans sa cachette diaboliquement géniale : sous le paillasson.

Hester tourna la clef dans la serrure en se demandant si elle était censée inviter Lucas à entrer boire un café. Était-ce la moindre des politesses ? Elle n'aspirait qu'à une chose : être seule. Bon sang, pourquoi fallait-il que la vie soit toujours compliquée ?

Pourquoi fallait-il qu'elle soit enveloppée dans du film plastique et de la bouse de vache ?

Et pourquoi, pourquoi avait-elle sauté toute nue dans la piscine d'Orla en suppliant Lucas de coucher avec elle ?

— Je vais te laisser, annonça-t-il. Prends une bonne douche, tu l'as bien méritée.

Il marqua une pause.

— Dis-moi, pourquoi les femmes font ce truc avec la boue ?

Il avait été vraiment gentil avec elle. Sans lui, elle serait en train de rentrer à pied, exposée aux regards, une nuée d'enfants en délire dans son sillage.

— C'est pour être plus belles. Plus séduisantes pour vous, les hommes.

— Ah ! Mais tu es déjà séduisante.

— Bien sûr. Tu n'as qu'à me regarder.

Elle tendit les bras.

— Je suis inoubliable.

Lucas sourit et l'embrassa sur la joue. Le genre de bisou qu'on fait à un enfant de cinq ans.

— Allez, va te doucher. À bientôt.

— C'est ça, fit-elle en esquissant un sourire. Merci pour tout.

La boue avait séché sur sa peau. Au bout de vingt minutes de friction énergique, elle sortit de la douche et examina son corps nu dans le miroir. Plus rose que d'habitude, mais exactement le même qu'avant. Il y avait une leçon à retenir de cette expérience, sûrement. Une leçon qui gisait au fond d'un paquet de Curly.

Millie ne serait pas de retour avant au moins dix heures. Hester se fit une tasse de thé et s'installa sur le canapé, avec la télécommande et le téléphone.

Elle composa le code de Glasgow, puis le numéro du restaurant. Nat serait occupé mais entendre sa voix, ne fût-ce que quelques secondes, lui remonterait le moral.

— Nat ? fit une voix masculine, lasse, quand elle demanda à lui parler. Il ne travaille pas ce soir. C'est sa soirée de congé.

Ravie à la perspective de pouvoir lui parler sans le bousculer, Hester appela sa logeuse.

— Nat ? Il n'est pas là, fit une autre voix masculine qu'elle ne reconnut pas. Il est avec Annie.

Annie ?

Annie ?

— Qui ça ?

— Anastasia.

Anastasia ?

Elle distingua un bruit de voix étouffées avant que le garçon, visiblement embêté, lui dise :

— Écoutez, je suis désolé. Je ne sais pas avec qui il est sorti. Peut-être qu'il est allé boire un verre avec des copains. Au revoir.

Il raccrocha. Hester contempla le combiné, aussi stupéfaite que s'il lui avait dit : « Non, Nat n'est pas là, il est parti à l'hôpital se faire changer de sexe. »

Il ne lui était jamais venu à l'esprit que Nat puisse sortir avec une fille. Ce n'était pas ce genre de garçon. Il travaillait trop dur. Et il l'aimait, *elle*.

Sauf que maintenant...

C'était l'heure de *Eastenders*. Hester regarda l'épisode sans en entendre un mot. Annie, Annie... Ce nom était presque supportable, en termes de rivalité. Il évoquait une fille potelée et peu soignée, mal fagotée, des ongles rongés et un sourire sympathique.

Mais Anastasia... C'était le genre de prénom qui vous envoyait des frissons de terreur dans l'échine, parce qu'on savait qu'elle était grande et typée et horriblement chic, avec des pommettes slaves et un dalmatien au bout d'une laisse incrustée de diamants.

Hester enfouit son visage entre ses mains. Nat s'était trouvé une héroïne de Walt Disney.

Mon Dieu. Et tout ça, c'est ma faute !

35

Le Castle Hotel de Truro était baigné de lumière, très impressionnant, le parking truffé de spécimens automobiles haut de gamme. Millie se recroquevilla dans sa Mini verte. Elle avait retenu la leçon et évité, cette fois, de se déguiser à l'avance. Elle sortit le costume de gorille du coffre – dans son sac-poubelle noir – et se dirigea vers la réception.

On l'attendait.

— C'est formidable ! gloussa la réceptionniste. Nous ne voyons pas souvent de gorilles, par ici. Ce n'est pas le genre de la maison.

— Ça ne pose pas de problème si je me change aux toilettes ? demanda Millie en montrant son sac.

— Je vous accompagne. Je ne veux rater cela pour rien au monde. Les Drew sont à la table 15, en plein milieu du restaurant.

La fille sortit de sous son bureau un appareil photo jetable.

— Et je suis chargée d'immortaliser l'heureux événement. Mme Drew m'a donné ceci, en me demandant de prendre le plus de photos possible. Son mari va avoir la surprise de sa vie !

Dans les toilettes raffinées, Millie enfila le costume, mit ses rollers et répéta mentalement le poème admirablement original de Mme Drew.

— Vous êtes prête ? s'enquit la réceptionniste en ouvrant la porte. Ça va être formidable !

— Prête, répondit Millie en prenant la bouteille de mousseux et le T-shirt. Je vous suis.

Le restaurant était vaste, haut de plafond, et des bougies brillaient partout. Il était plein. Heureuse d'avoir la réceptionniste à ses côtés, Millie l'entendit chuchoter :

— Ils sont là, à la table de deux, juste devant. C'est la femme en robe verte, et lui, en costume bleu marine.

Tandis qu'elles slalomaient entre les tables, le tin-tement des couverts et le bourdonnement des conversations polies moururent. Les gens la fixaient en murmurant. Un rire fusa. Millie, qui adorait ce moment, pria le Ciel pour que ses patins ne dérapent pas sur le plancher en chêne reluisant, et ne l'envoient en vol plané tête la première dans une pêche Melba.

C'est alors que l'homme de la table 15 se retourna, et elle eut un autre genre de tracas.

Car M. Drew n'était pas M. Drew.

C'était Giles Hart.

Et la femme assise en face de lui, dans sa belle robe verte, était la fille aux cheveux magenta de la soirée du samedi précédent. Celle que Giles avait présentée comme Anna, la couturière, nouvelle venue dans la région et membre du club de golf.

En un éclair, Millie comprit. Le texte qu'elle avait mémorisé était suffisamment éloquent :

Cela fait trois ans aujourd'hui,
Trois ans de bonheur et d'amour.
Tu es parfait, ô mon chéri,
Et je suis à toi pour toujours.

La fille était Martine Drew.

Un flash. La réceptionniste prenait sa première photo sur le vif.

Comment avait-il pu ?

Comment avait-il pu faire cela ? Avoir le culot d'inviter sa maîtresse à la soirée chez eux, et lui présenter sa femme ?

Martine rayonnait de bonheur, attendant avec impatience que le gorille déclame le poème. Contrairement à Giles, elle ignorait totalement que la personne qui se trouvait dans le costume pouvait connaître Orla.

Giles, lui, en était moins sûr.

Millie le vit hésiter, rougir, puis décider de bluffer.

— Tiens, tiens, qui voilà ? fit-il d'un ton enjoué en se rasseyant sur son siège. Êtes-vous le sommelier ? ajouta-t-il gaiement en désignant la bouteille dans la patte de Millie.

— Chut, fit Martine en lui pressant amoureusement la main par-dessus la table. Écoute.

Elle fit un signe de tête à Millie, indiquant que le moment était venu.

Clic, flash! fit l'appareil jetable.

Frémissant d'indignation, Millie fit un pas en arrière et, s'adressant à Giles, changea le texte.

Vous devriez cesser
Vos infidélités,
Respecter votre femme
Et quitter cette dame.

L'improvisation n'était pas son fort, mais le message était passé. Violacé, Giles renversa un verre en se levant d'un bond. Dans la salle, on entendit un petit cri collectif. Chacun retenait son souffle.

Martine contempla Millie, affolée, et siffla :

— Qu'est-ce que c'est que cette histoire ? Qu'est-ce que vous racontez ?

Millie esquiva le bras tendu de Giles. L'espace d'un instant, elle crut qu'il voulait lui donner un coup de poing. Mais il attrapa la tête de gorille et, sans égard pour les oreilles de Millie, la lui arracha.

Les yeux exorbités, il rugit :

— Qui vous a demandé de faire ça ?

— C'est moi, intervint Martine, qui gémit en reconnaissant Millie. Ô mon Dieu, moi qui voulais te faire une surprise inoubliable…

Clic, fit l'appareil photo. La réceptionniste avait trouvé son rythme, à présent.

— Pour une surprise, c'en est une, admit Millie.

Autour d'eux, les autres convives rugissaient de rire ou étaient raidis par le dégoût. C'était sans doute le moment de faire sa sortie. Millie posa sur la table la bouteille de mousseux et le T-shirt sous cellophane, et déclara gaiement :

— Bonne fin de soirée !

Sur ce, elle repartit en rollers, la tête de gorille coincée sous le bras.

Elle fut saluée par un tonnerre d'applaudissements.

— Quelque chose me dit qu'ils ne vont pas vouloir de ces photos, se lamenta la réceptionniste qui l'avait suivie.

— Je les garde, répliqua Millie en prenant l'appareil jetable.

— Cette histoire va vous causer des ennuis ?

Millie ouvrit la fermeture Éclair sur le côté du costume et sortit adroitement ses clefs de voiture, glissées sous son soutien-gorge. Avec un grand sourire, elle déclara :

— Ne vous inquiétez pas, j'ai un patron compréhensif.

La réceptionniste, dont le patron était un odieux personnage, sembla envieuse.

— Vous avez de la chance, soupira-t-elle.

Millie hocha la tête.

Lucas était peut-être un homme à femmes, mais il avait incontestablement ses avantages.

— C'est vrai.

Giles la rattrapa dehors, près de sa voiture, alors qu'elle ôtait ses rollers. Martine était restée en retrait sous les arbres.

— Orla est-elle au courant ? demanda-t-il sans préambule.

— Non, répondit Millie, heureuse d'avoir déjà rangé l'appareil photo dans la boîte à gants.

— Vous allez le lui dire ?

— Je n'en sais rien, pour l'instant.

Au fait, gros porc, t'ai-je dit qu'on me surnomme Pinocchio ?

— Alors, écoutez-moi, reprit Giles qui respirait lourdement. Vous ne rendriez pas service à Orla en la mettant au courant. Vous lui briseriez le cœur.

Moi, je lui briserais le cœur ? Elle écarquilla les yeux.

— Bon. Je vais vous faire un chèque, dit-il. Cinq mille, ça vous va ?

La sueur luisait sur son front. Millie le dévisagea sans un mot. Lentement, elle défit le deuxième roller et le posa sur le siège du passager.

— D'accord, dix mille. Dix mille livres, et vous ne dites rien à Orla.

Il voulait l'acheter ! Il voulait l'acheter avec l'argent de sa femme ! Car naturellement, l'argent d'Orla et le train de vie qu'elle lui offrait étaient les raisons pour lesquelles il voulait rester marié avec elle.

— Bon, fit Millie.

Les mains crispées, Giles rédigea le chèque. Elle le prit et enfonça la clef de contact.

— Merci. Si je l'encaisse, vous êtes tranquille. Si je décide de tout révéler à Orla, poursuivit-elle avec un petit sourire, je vous le rendrai.

Il la contempla avec un mélange de fureur et de crainte.
— Vous allez le lui dire ?
— Qui sait ? Je n'ai pas encore décidé.
Elle haussa les épaules et leva vers lui des yeux innocents.
— Mais si vous voulez mon avis, la vie est trop courte pour rester mariée à un connard.
Giles serra les dents.
— Vous allez le faire ?
— Ce sera une surprise, répondit Millie, imperturbable, en démarrant le moteur. Vous verrez bien.

Le lendemain, Orla téléphona à Millie pour prendre rendez-vous pour leur compte rendu hebdomadaire.
— Treize heures ? proposa-t-elle. Comme ça, on pourra papoter en déjeunant.
— À vrai dire, ma voiture est en panne, mentit Millie. Cela ne t'ennuie pas trop de venir chez moi ?
À treize heures, de la fenêtre de la chambre, elle regarda Orla se garer, sauter de la Mercedes et échanger une plaisanterie avec un voisin. Elle était visiblement d'excellente humeur, radieuse dans une longue robe d'été sans manches turquoise, avec ses sandales argentées et des bracelets tintant aux bras.
Le cœur de Millie se serra à la perspective de ternir cet éclat. Elle avait l'impression d'être un médecin chargé d'annoncer à un patient qu'il fallait l'amputer d'une jambe.
Même si l'on savait qu'il se porterait mieux avec une jambe en moins…
— Bon, je suis prête ! dit Orla quelques minutes plus tard, assise par terre, les coudes posés sur la table basse.
Elle avait ouvert un cahier, l'omniprésent paquet de Marlboro à portée de main. Elle avait mis Ghost, son parfum préféré, un joli rouge à lèvres bronze, et ses cheveux étaient retenus par une barrette géante en écaille.
Elle semblait parfaitement *heureuse,* comme si elle n'avait aucun souci au monde.
— Je vais commencer par Hester, annonça Millie. Il lui est arrivé une chose épouvantable hier, la pauvre.
Orla nota l'incident du salon de beauté avec une délectation non dissimulée.

— Mais je ne sais pas si elle voudra que tu l'évoques dans le livre, précisa Millie en toute honnêteté. C'est tellement embarrassant…

— Les gens adorent qu'on parle d'eux, assura Orla avec un sourire. Je lui montrerai le passage quand il sera terminé, je te parie que cela la fera rire.

— J'ai pire. Quand elle est rentrée hier soir, elle a téléphoné à Nat. Mais il n'était pas là.

Millie lui raconta le coup de téléphone.

— Apparemment, il sortirait avec cette Anastasia.

Orla tourna une page du cahier et continua à écrire fiévreusement.

— Donc, Hester le soupçonne de voir quelqu'un d'autre, mais elle n'en est pas sûre ?

Millie hocha la tête, la bouche sèche, soudain.

— Bien. Maintenant, j'aurais besoin de ton avis, enchaîna-t-elle. Si tu découvrais que le copain d'une amie voit quelqu'un d'autre, le lui dirais-tu ? Ou garderais-tu ça pour toi ?

Orla releva la tête, intéressée.

— Tu veux dire, si tu en as la preuve absolue ? Parce que tu as la preuve ?

— Hmm, oui.

— Alors, dans ce cas, la question ne se pose pas. Tu dois le lui dire.

— Elle sera bouleversée. Elle n'a peut-être pas envie de le savoir.

— Allons donc ! Si c'est une bonne amie, tu as le devoir de lui révéler la vérité.

Les yeux d'Orla s'éclairèrent tandis qu'elle cherchait ses cigarettes.

— Il n'est pas question de garder une chose pareille pour toi.

Le cœur de Millie se mit à battre.

— Oui, mais dis-tu ça parce que tu penses que ça ajouterait du piment à ton intrigue, ou parce que tu le penses sincèrement ?

— Millie ! s'indigna Orla. Je ne suis pas si abjecte ! Hester a le droit de savoir. Tu dois la mettre au courant. C'est pour son propre bien !

— D'accord, soupira Millie en détournant les yeux, de plus en plus désespérée.

— Mais ce qui m'intrigue, c'est la façon dont tu l'as appris. Est-ce Nat qui te l'a avoué lui-même ?

On respire un grand coup…

— Il ne s'agit pas de Nat et de Hester.

36

Millie avait une sensation horrible dans la bouche, comme si elle avait léché une pile. Allez, se dit-elle, les yeux fixés sur la moquette. Je ne peux plus revenir en arrière.

Elle fut stupéfaite d'entendre rire Orla. Puis le son de son stylo sur le papier, frénétique.

— Tu m'as fait une blague ! Je croyais vraiment que tu avais la preuve, pour Nat ! Regarde, maintenant, mes notes ! Je suis obligée de tout gribouiller… Alors dis-moi, qui est cette autre amie ?

Millie tourna encore un peu autour du pot.

— J'hésite à le lui révéler.

— Mon chou, arrête donc. Tu sais bien que tu n'as pas le choix.

Lentement, Millie leva les yeux, et les plongea dans ceux de son amie.

— Oh !

Elle la vit progressivement comprendre.

— Oh ! chuchota Orla de nouveau, blême. Ô mon Dieu… non !

Même ses lèvres étaient livides. On aurait dit qu'un vampire venait de sucer tout son sang.

— Je suis tellement, tellement désolée, murmura Millie. Je ne savais pas si je devais te l'avouer. Mais tu viens de me donner le feu vert…

— Giles ?

C'était presque un coassement.

— Oui.

— Mais il m'avait promis de ne pas recommencer… Plus jamais ! Il me l'avait promis.

Et tu l'avais cru ? Au lieu de cela, Millie dit gentiment :

— Je sais.

Le stylo d'Orla se cassa en deux entre ses doigts.

— Martine Drew ?
— Oui.
— C'est vrai ? Je pensais que c'était cette fille, à la soirée. Anna, la couturière.
Millie hocha la tête, s'armant de courage une nouvelle fois.
— C'était elle. Martine.
Orla cligna des yeux, incrédule.
— Qu'est-ce que tu dis ?
— C'était Martine Drew.
— *Quoi ?*
Millie se demanda si elle arriverait jusqu'au bout.
— La dernière fois, quand la presse a révélé cette liaison entre Giles et Martine... eh bien, tu ne l'avais pas rencontrée, si ?
Hébétée, Orla secoua la tête.
— Tu avais juste vu des photos dans les journaux. Des photos un peu floues, où elle essayait de se cacher le visage.
— Mais elle était blonde ! Et elle avait les cheveux longs.
Orla aspira une bouffée de cigarette d'une main tremblante. Puis ses épaules s'affaissèrent lorsqu'elle réalisa la stupidité de ce qu'elle venait de dire.
— Ça s'appelle aller chez le coiffeur, murmura Millie.
— Mais... elle a téléphoné, l'autre jour... Elle est retournée vivre à Londres. Sauf que... Mon Dieu, c'était une mise en scène. Un mensonge pour brouiller les pistes.
Elle fronça les sourcils, écrasa la cigarette dans le cendrier et releva la tête.
— Comment as-tu su ?
— Elle s'est adressée à Kemp's pour faire une surprise à Giles, hier soir. Ils étaient au restaurant, ils fêtaient l'anniversaire de leur rencontre. On m'avait dit que c'était un anniversaire de mariage.
— Hier soir, Giles était chez les francs-maçons, objecta Orla. Tu es sûre que tu ne te trompes pas ? ajouta-t-elle avec espoir.
— Tiens...
Millie fit glisser sur la table basse l'enveloppe renfermant les photos tout juste développées.
— Il y a aussi autre chose, là-dedans. Le chèque que Giles a voulu me donner pour me soudoyer, pour me faire taire... Je vais préparer du thé.
Le vin était plus tentant, mais se soûler n'aiderait pas Orla.

Dix minutes plus tard, elle revint de la cuisine avec deux tasses de thé et, à défaut de Curly, une assiette de sandwichs à la Marmite.

Orla était pâle et avait les yeux secs. Les photos, déchirées, étaient éparpillées sur la table basse.

— Il m'avait promis, dit-elle d'une voix calme. Il m'avait juré, la main sur le cœur…

— Tu regrettes que je te l'aie dit ? demanda Millie en retenant son souffle.

— Non. Il l'a amenée à la soirée. Depuis des mois, il me mentait. Il la voyait, il me trompait… Je le tuerais volontiers. C'est vrai, j'ai vraiment envie de le tuer, avoua-t-elle, la mâchoire contractée.

Millie osa :

— Du moment que tu ne veux pas te tuer, toi.

— Oh, non ! Je ne mérite pas ça, fit Orla en secouant la tête et en allumant une nouvelle cigarette. Vraiment pas. Je mérite mieux. Le culot de ce bonhomme… Tu sais, pour moi, c'est vraiment fini. Cette fois, c'est la goutte d'eau. Il n'est pas question que je passe le reste de ma vie à lui pardonner et lui pardonner encore, et me demander tout le temps quand ça va recommencer… Franchement, quel genre de mariage est-ce ?

— Le genre minable, à vous rendre malheureuse.

— Giles est une pourriture de mari.

Orla tapa sur la table.

— Et je ne supporterai pas ça une seconde de plus ! Je vais rentrer à la maison et le jeter dehors, et demander le divorce en moins de temps qu'il n'en faut pour le dire…

— Tu as bien raison, approuva Millie en se demandant si elle aurait le courage d'aller jusqu'au bout.

— Tu ne m'en crois pas capable, hein ?

Orla se leva, lissa les plis de sa robe et parvint à esquisser un sourire.

— Et pourtant, c'est ce que je vais faire. Je te le garantis.

À cinq heures, les premières gouttes de pluie commencèrent à tomber.

Tant mieux, songea Orla en voyant les épais nuages gris courir dans le ciel. Elle voulait qu'il pleuve. Plus il pleuvrait fort, mieux cela vaudrait. Un orage serait parfait. Un typhon, l'idéal.

Vingt minutes plus tard, la voiture de Giles arriva. Les bras croisés, Orla suivit sa progression le long de l'allée.

Lorsqu'il freina, elle sut qu'il les avait vus. Ses vêtements, éparpillés sur la pelouse, trempés.

Pas seulement quelques vêtements. Tous. Sans aucune exception. Tous ses vêtements, jusqu'aux caleçons.

Coquet comme l'était Giles, il ne restait plus un espace vert visible sur la pelouse.

Orla, qui avait jeté le tout par la fenêtre de la chambre conjugale, était très contente d'elle. Giles avait toujours été si méticuleux avec ses habits, à insister pour que chaque chemise soit parfaitement repassée, chaque chaussure sur mesure soigneusement cirée…

Eh bien, ses affaires avaient piteuse allure à présent, sous la pluie battante. Sa veste de smoking était accrochée au mûrier, comme un pendu.

Il avait compris que la partie était terminée. Orla lança un coup d'œil derrière elle aux penderies vides, décroisa les bras et ouvrit la fenêtre. Elle regarda Giles descendre de voiture et lever les yeux vers elle.

Il ressemblait à un animal traqué.

— Que se passe-t-il ?

— Oh, je crois que tu dois avoir une petite idée de ce qui se passe !

— Cette garce ! cria Giles, dont les cheveux blonds fonçaient déjà sous la pluie. Je savais qu'elle te le dirait. Ma chérie, je peux tout t'expliquer, ce n'est pas ce que tu crois, je te le promets !

— J'ai déjà entendu ça ! rugit Orla.

— Quoi ?

— J'ai déjà entendu cette réplique. Mais la dernière fois, j'ai été assez stupide pour te croire.

— Mais c'est la vérité. Écoute, Orla, asseyons-nous et discutons de tout ça en buvant quelque chose.

Il avança vers la porte d'entrée et ramassa un pull Jaeger détrempé qu'il affectionnait particulièrement.

— La porte est fermée à clef ! annonça-t-elle. D'ailleurs, toutes les portes sont fermées. Et j'ai fait changer les serrures. Parce que tu n'habites plus ici.

— Orla, tu réagis excessivement. C'est absurde.

Il secoua la tête avec tristesse.

— Regarde, je suis en train de me faire mouiller…

— Estime-toi heureux de ne pas être en train de te faire tirer dessus.

— Ouvre cette porte.

— J'ai une bien meilleure idée. Pourquoi n'irais-tu pas t'installer chez ta maîtresse ?

— Martine n'est rien pour moi !

Orla leva les yeux au ciel.

— Franchement, peu m'importe. Tout ce que je veux, c'est divorcer.

— Mais mes vêtements ! Tu ne peux pas faire ça !

— Et pourtant si, rétorqua Orla tandis qu'il se penchait pour ramasser une brassée de sous-vêtements. Oh, j'allais oublier…

Elle prit le paquet de sacs-poubelles noirs et le jeta par la fenêtre comme si c'était une grenade.

— Tu vas avoir besoin de ça pour emballer tes affaires. Ne dis pas que je suis pingre.

— Tu dois me laisser m'expliquer ! cria-t-il en clignant des yeux sous la pluie torrentielle. J'ai essayé de me débarrasser d'elle, mais elle s'accroche. Elle me harcèle…

— Tu ne manques pas d'imagination, remarqua Orla en s'apprêtant à refermer la fenêtre. Tu sais quoi ? Tu devrais écrire un livre.

Millie dormait quand le téléphone sonna à minuit. Elle entendit Hester, qui était restée en bas, décrocher.

— C'est pour toooi ! chantonna-t-elle dans l'escalier.

Le cœur battant, Millie se précipita.

— Orla, grimaça Hester en lui tendant le combiné.

Millie s'en doutait. Elle s'assit sur la dernière marche de l'escalier en tirant sur son T-shirt.

Mon Dieu, faites qu'elle ne soit pas là où je le crains…

— Bonsoir, Orla, c'est moi. Alors, tu lui as dit que tu étais au courant ?

— Hein ? fit Orla d'une voix étrange, distraite. Ah oui, je le lui ai dit !

Millie imagina sa longue robe et ses cheveux claquant au vent, pendant qu'elle marchait de long en large au bord de la falaise.

— Orla ? Écoute-moi, où es-tu ?

— Pardon ? Comme la ligne est mauvaise, je t'entends mal.

— Dis-moi où tu es ! Et je viens te chercher.

— Me chercher ? Mais mon chou, qu'est-ce que tu racontes ? Ah, j'entends mieux ! Ce doit être l'orage.

— Où es-tu ? répéta Millie, le pied agité de soubresauts nerveux.

— Dans mon bureau, bien sûr ! Où veux-tu que je sois à cette heure ?

Millie souffla bruyamment. Tous les muscles de ses jambes se détendirent. Elle avait l'impression qu'une porte s'était ouverte dans sa cage thoracique, laissant s'envoler une nuée de corbeaux noirs.

— Alors pourquoi m'appelles-tu ?

— Pour mon compte rendu ! Tu m'as parlé de Hester, mais tu as oublié de me raconter ce qui t'était arrivé à toi.

Oublié ?

— Il ne m'est rien arrivé du tout. Tu *travailles* ?

Elle imaginait Orla faire des tas de choses, pleurer, gémir, se soûler, s'ouvrir les veines, mais certainement pas travailler.

— Naturellement ! Comme je n'arrivais pas à dormir, je me suis dit : autant avancer. Alors ?

— Je n'ai rien de particulier à te raconter.

Cette conversation était surréaliste.

— Ah ? Rien du tout ? Tu me désespères, mon chou, gronda gentiment Orla. Si ça continue, tu vas finir en personnage secondaire. Et nous serons les stars, Hester et moi.

Elle est en état de choc, songea Millie. En grave, très grave dépression.

À moins qu'elle n'ait décidé – pourvu que non ! – de pardonner à ce sale petit manipulateur. Précautionneusement, elle demanda :

— Euh… où est Giles ?

Peut-être était-il mort ? Noyé dans la piscine, ou étendu dans le jardin d'hiver, un couteau entre les omoplates ?

— Giles ? Parti, ma chérie ! Pour de bon !

Gloups. Il était mort, alors…

— Chez sa Martine, je suppose. Je ne leur donne pas deux ans avant qu'il ne la trompe à son tour. Ça lui pend au nez. Et tu sais quoi ? Je la plains, la pauvre fille !

37

La vie n'était néanmoins pas un long fleuve tranquille pour Orla. Le tourbillon fiévreux et l'euphorie du début ne durèrent pas. Les deux semaines suivantes connurent leurs moments houleux et, dans l'intimité de sa chambre, elle versa quelques larmes.

Mais pas autant qu'elle se l'était imaginé – à savoir son propre poids en larmes –, et la fréquence des coups de cafard diminuait vite.

— C'est un tel soulagement, confia-t-elle à Millie alors qu'elles se promenaient sur la plage. De savoir que je n'ai plus à m'inquiéter. Sincèrement, je n'avais pas réalisé que j'étais en permanence sur les nerfs. C'est comme les maris qui battent leur femme.

Ses nombreux bracelets en argent tintèrent lorsqu'elle agita le bras.

— Ils jurent qu'ils ne recommenceront plus et on a envie de les croire, mais on ne peut jamais être complètement détendues parce qu'on se prépare mentalement au coup suivant.

Millie fit un ricochet avec un galet. Si la vie d'Orla avec Giles s'était résumée à cela, rien d'étonnant à ce qu'elle ne soit pas anéantie par leur rupture.

— Tu mérites quelqu'un de mieux.

— Mmm… Suppose qu'il n'y ait personne de mieux ? Que, d'une façon ou d'une autre, tous les hommes soient des ordures ?

— Ils ne peuvent pas tous l'être, objecta Millie.

— Qu'en sais-tu ? Certains mentent, d'autres vous trompent, d'autres sont méchants, ou violents… Le bonheur conjugal, les histoires d'amour qui finissent bien, c'est peut-être du bidon. Perpétué par des gens comme moi, qui en font des histoires…

Orla haussa une épaule et lui adressa un sourire désinvolte.

— Quoi qu'il en soit, je ne vais pas m'appesantir sur la question pour l'instant. Une chose après l'autre, ma chérie. En ce moment, je me focalise sur mon travail. J'écris énormément, je fais de longues promenades vivifiantes…

— Mais pas à Tresanter Point, intervint Millie.

— Certainement pas à Tresanter Point ! affirma Orla, les yeux pétillants. C'est trop sinistre. Et j'ai trop envie de savoir comment va se terminer mon roman… Oh, regarde cette vague !

Millie leva les yeux. La déferlante était magnifique, elle s'ourla et se brisa exactement au bon moment. Les surfeurs en attente s'élancèrent. Sur la centaine qui tentèrent leur chance, la plupart décrivirent des figures dans tous les sens, et seuls une douzaine restèrent sur leur planche.

— Au moins, le tri est fait entre les hommes : les vrais, et le reste !

Orla éclata de rire et s'abrita les yeux pour admirer les rescapés. Le soleil luisait sur les combinaisons noires en caoutchouc.

— Ce doit être fabuleux, tu ne crois pas ? On doit avoir l'impression de voler. Oh, et regarde comme celui-là est bien bâti !

Le surfeur sauta de sa planche avant de la rattraper au vol avec agilité. Millie ressentit un pincement à l'estomac. Ce corps bien bâti lui était familier…

— Ça alors ! s'exclama Orla tandis que le surfeur écartait ses cheveux mouillés de son visage. C'est Hugh Emerson ! Eh, Hugh ! Hou, hou !

Oh, non… Bon, il s'agit de prendre la situation en adulte, songea Millie en se mordant la lèvre, pendant qu'Orla faisait signe à Hugh de les rejoindre. Pas la peine d'en faire tout un plat.

Orla agitait les bras comme une grande roue dans une fête foraine, mais Hugh se détourna, coinça le surf sous son bras et repartit vers la mer.

— Oh, fit-elle, déçue, il ne m'a pas vue !

Erreur, rectifia Millie. Il t'a très bien vue. Mais c'est moi qu'il ne voulait pas voir.

— Ce n'est pas grave, fit gaiement Orla. On le retrouvera à la prochaine vague.

Millie mentit :

— Je meurs de faim. Si on allait manger un morceau ? À l'autre bout du pays, par exemple.

— Ce cher Hugh, je ne l'ai même pas remercié d'être venu réparer mon ordinateur.

Orla contempla les flots scintillants, où Hugh était allongé sur son surf. Il pagayait paresseusement avec ses bras.

— Au fait, as-tu lu ce fameux bouquin ? s'enquit Millie en continuant à avancer vers les marches qui remontaient de la plage.

— Tu veux dire, celui de mon ennemi juré ? demanda Orla en tenant d'une main le bas détrempé de sa robe violette. Seulement cinq ou six fois.

Une allusion à son « ennemi juré » était le meilleur moyen de changer de sujet.

— Tu as rédigé ta critique ?

— Tu penses ! Une vingtaine. Toutes merveilleusement venimeuses, grinça Orla. En enfonçant le couteau et en le retournant dans la plaie. C'est tellement rigolo de réfléchir à des insultes de plus en plus fielleuses.

— Je croyais que tu allais chanter ses louanges, s'étonna Millie.

— Mais oui, mon chou, c'est ce que je ferai. Mais en attendant, j'extrais de moi-même toute mon aigreur, toute ma rancœur, en écrivant les choses que j'ai vraiment envie de dire. Et crois-moi, c'est encore plus jouissif que le sexe. Tant mieux, d'ailleurs, ajouta-t-elle avec une grimace, étant donné que je ne vais plus connaître les plaisirs charnels pendant les cinquante prochaines années… Oh, ça me fait penser, j'ai de mauvaises nouvelles pour toi.

Elle serra le bras de Millie avec compassion.

— J'ai reçu un coup de fil de Richard hier. Son père est mort et il a dû remonter à Carlisle. Avec l'organisation des obsèques, le rangement de la maison et le reste, il sera coincé là-bas une bonne quinzaine de jours. Il voulait que je te prévienne, pour que tu ne t'étonnes pas de son silence. Le pauvre garçon, il était sincèrement désolé. Mais, dès son retour, il t'appellera pour arranger ce dîner.

Un répit. Ouf.

— Quel dommage. Pauvre Richard.

— Pauvre de nous ! soupira Orla avec dégoût. Moi qui misais tous mes espoirs sur ce rebondissement.

— Je n'avais aucune intention de me laisser séduire par Richard, protesta Millie.

— Mais ces choses-là ne se prévoient pas. Cela aurait très bien pu arriver quand même. Tout ce célibat, cela commence à devenir monotone.

Millie jeta un bref coup d'œil par-dessus son épaule pendant qu'elles remontaient le chemin abrupt. Hugh surfait de nouveau. De si loin, elle n'aurait pas dû pouvoir le distinguer des centaines d'autres silhouettes noires. Pourtant, elle le reconnaissait entre toutes.

— Il manque une histoire d'amour à ta vie, insista Orla. De l'excitation, du suspense. Et, incontestablement, du sexe.

Millie sourit.

— Je suis désolée. Je vais faire de mon mieux. Tu pensais à quelqu'un en particulier ?

— Eh bien, avec Colin, ce serait formidable, mais ce vilain égoïste est parti à New York rencontrer je ne sais quel producteur au sujet d'un spectacle qu'ils montent ensemble à Broadway.

— En effet, quel égoïsme...

— Nous allons donc devoir nous rabattre sur un autre.

Orla lui décocha un regard mi-confiant, mi-persuasif.

— Bon, je sais que je l'ai déjà évoqué, mais tu es sûre de ne pas être attirée par Lucas ?

Autant essayer de discuter avec un représentant de commerce en doubles vitrages, réalisa Hester. Au début, ils sont le charme personnifié, ils se coupent en quatre pour vous. Mais allez les rappeler quinze jours plus tard pour vous plaindre des courants d'air, et ils n'ont qu'une envie : vous raccrocher au nez.

Tenter de parler à Nat revenait exactement à cela, ces derniers temps.

Disparu, le gentil petit copain attentionné. Oh, il n'était pas non plus odieux – simplement excessivement poli, laconique et horriblement distant. Comme si c'était une corvée d'être au téléphone avec elle, mais qu'il était trop bien élevé pour le dire.

Hester, qui déployait des efforts surhumains pour faire comme si tout allait bien, resserra les doigts autour du combiné :

— Tu as l'air fatigué. Tu es sûr que ça va ?

— Mais oui, bien sûr. On est très occupés, c'est tout.

Tu es occupé *à quoi* ?

— Écoute, je pourrais peut-être venir ce week-end...

— Je vais travailler, ça ne sert pas à grand-chose.

— Nat, fit Hester en fermant les yeux. Qui est Annie ?

Pause.

— Annie qui ?

— Anastasia.

Voilà, elle l'avait fait. Elle avait enfin posé la question qui la tenaillait depuis quinze jours.

— Oh, fit Nat d'un ton coupable, personne. Je veux dire, juste quelqu'un qu'on connaît.

— On ? Tu la connais peut-être, mais pas moi.

— Non. On s'est connus par le restaurant, c'est tout. Comment as-tu entendu parler d'elle ? demanda-t-il avec circonspection.

De grosses larmes roulèrent sur les joues de Hester.

— Par hasard. Elle est jolie ?

Nat hésita de nouveau. Cela devenait son grand truc.

— Oui, je pense, oui... Hess, je ne peux pas rester au téléphone, il faut que je retourne travailler.

— Tu la vois ?

— Si je la vois ? Je la vois quand elle vient au restaurant...

— Je veux dire, tu couches avec elle ? chuchota Hester.

— Non.

Nat n'avait jamais su mentir.

— Ça veut dire oui.

Il poussa un soupir.

— Hess, c'est quelqu'un que je connais, pas une petite copine. Écoute, il faut vraiment que je te laisse.

En larmes, Hester raccrocha.

Deux heures plus tard, elle rappelait. Ce fut une serveuse qui répondit.

— Allô ? fit Hester d'une voix haut perchée. Ici Anastasia, ronronna-t-elle. Puis-je dire un petit mot à Nat ?

Mon Dieu, comment est-ce que je peux être en train de faire ça ?

Elle regarda ses orteils se courber sur la moquette et se prépara au pire. Quelques instants plus tard, Nat prenait l'appareil.

— Annie, salut ! Je ne m'attendais pas à avoir des nouvelles ce soir. Ça veut dire que tu pourras passer tout à l'heure, finalement ?

Les orteils de Hester étaient blancs. Elle les contemplait, incapable de parler. Voilà. Le pire, le pire absolu, était arrivé.

Et tout ça, par sa faute.

— Annie ? Ça ne va pas ? Tu dois annuler pour demain soir ?

Nat était manifestement ravi qu'Anastasia l'ait appelé. Il semblait heureux, enthousiaste. Chaleureux. Tout ce qu'il avait été autrefois avec elle. Cela faisait des semaines qu'il n'avait pas employé ce ton lorsqu'elle l'appelait.

C'était douloureux. Atrocement douloureux.

— Annie ? Tu es là ?

Pour la deuxième fois de la soirée, Hester raccrocha.

Il n'y avait pas suffisamment de vin dans la maison pour s'enivrer, seulement une demi-bouteille de blanc bon marché au réfrigérateur. Quand Hester l'eut vidée, elle avait tellement pleuré que ses yeux ressemblaient à des lychees au sirop.

Malgré le besoin désespéré de boire pour atténuer la douleur, elle n'osait pas s'aventurer jusqu'à l'épicerie : elle était trop sobre pour ignorer que s'infliger une apparition en public dans cet état était injuste vis-à-vis des commerçants et, surtout, humiliant vis-à-vis d'elle-même.

L'office du tourisme la ferait sûrement arrêter.

Et elle n'avait même plus de Curly !

La sonnette retentit à neuf heures et demie. Cela ne pouvait être que Millie, qui avait oublié sa clef, songea-t-elle.

Erreur.

— Oh, merde… gémit Hester en ouvrant la porte.

38

— Quoi ? fit Lucas en riant, l'image de l'innocence froissée.

— Toi. Il faut vraiment que tu te pointes au pire moment, grogna Hester en s'appuyant lamentablement contre le mur. Je commence à croire que c'est ton truc préféré.

Pour couronner le tout, il portait sa tenue du genre *Officier et Gentleman*. Ouvrir sa porte et se trouver nez à nez avec l'homologue local de Richard Gere avait toujours été l'un de ses grands fantasmes.

— Je suis juste passé rapporter à Millie son roller. J'ai fait réparer la roulette cassée.

Lucas lui tendit le roller, hésita, et dit :

— Hess, chaque fois que je te vois ces derniers temps, tu es malheureuse. Que se passe-t-il ?

— Tu n'es pas au courant ? C'est mon sujet de thèse, le malheur.

Le seul fait qu'il s'intéresse assez à elle pour s'enquérir de son moral fit monter de nouvelles larmes aux yeux de Hester. Elle secoua la tête et marmonna :

— Enfin, tout ça, c'est mes oignons. Et je te vois paré pour aller délivrer un kissogramme. Je vais bien, je t'assure, ça va.

— J'ai terminé, je rentrais. Et comment oses-tu dire que tu vas bien ?

Il effleura sa joue striée de larmes.

— Écoute, rembarre-moi si tu veux, mais si tu as envie de parler, je sais être une épaule compréhensive.

Devant sa gentillesse, les larmes de Hester redoublèrent. Elle frotta ses yeux endoloris, désespérée.

— Là, allez... viens.

Lucas la fit rentrer dans la maison et referma la porte derrière eux d'un coup de pied.

— Raconte-moi tout. Si je peux faire quoi que ce soit pour t'aider, je le ferai. Allez, assieds-toi et sèche tes larmes, ordonna-t-il en lui passant la boîte de mouchoirs en papier. Et je veux tout savoir. Ne t'inquiète pas pour l'heure qu'il est, on ne m'attend nulle part, précisa-t-il fermement en interceptant le regard de Hester vers la pendule. Je peux même rester toute la nuit, si tu veux.

Promesses, promesses… songea-t-elle.

— … Et voilà, conclut-elle vingt minutes plus tard. Nat a rencontré quelqu'un d'autre, et je ne peux même pas le lui reprocher. Tout est ma faute.

— D'après Millie, tout est *ma* faute, corrigea Lucas en levant un sourcil amusé. Parce que je n'ai pas couché avec toi, le soir de la fête d'Orla. Et dire que je me trouvais bien.

— C'est l'histoire de ma vie, fit Hester en tentant de sourire. Je me suis vraiment ridiculisée, dans cette piscine. Me faire évincer par toi, et finalement, me faire larguer par Nat. Je suis nulle du début à la fin.

— Je suis désolé, Hester.

— Trop tard pour s'inquiéter de ça maintenant. C'est arrivé, voilà. Ça arrive, les galères, ajouta-t-elle avec un énorme haussement d'épaules. Surtout à moi…

Lucas secoua la tête.

— Tu vas t'en remettre. Oublier Nat. Tu rencontreras quelqu'un d'autre.

Elle leva les yeux vers lui. Si craquant, sur le canapé, dans son uniforme blanc impeccable…

— Qu'est-ce qu'il y a ? demanda-t-il.

— Rien. Tu ne comprendrais pas.

— Essaie toujours.

Elle contempla le sol.

— Non.

— Hester, qu'est-ce qu'il y a, à la fin ?

— D'accord. Si tu veux vraiment le savoir, c'est toi, mon problème. À cause de toi, j'ai merdé avec Nat. Et si jamais je l'oubliais et que je rencontrais quelqu'un, je merderais encore probablement, parce que je passerais mon temps à le comparer à toi. Voilà, je l'ai dit. Je regrette si c'est gênant, mais c'est toi qui as insisté. J'étais folle de toi pendant des années, et ça ne m'est pas passé, je n'ai jamais pu t'oublier. J'ai essayé, mais c'est impossible. C'est toujours là.

Elle plaqua la main sur sa poitrine.

— Et je sais parfaitement que c'est ridicule et inutile, mais c'est plus fort que moi. J'avais vraiment un gros béguin, et puis tu es parti. Et c'est resté tellement… tellement… inachevé.

Lucas la regardait.

Elle se frotta le front.

— Pardon, pardon… Je t'avais prévenu que c'était gênant.

Il se leva. Sans doute pressé de quitter cette hystérique qui…

Soudain, Hester se retrouva debout. Lucas la prit dans ses bras.

— Je n'en avais aucune idée, murmura-t-il.

— Tu rigoles ? Tu devais bien t'en douter. Millie dit toujours que j'ai la subtilité d'une brique.

— Je savais que je te plaisais, mais je pensais que c'était un petit béguin, le genre qui s'évanouit tout seul. Je n'avais pas réalisé que c'était… ce genre de béguin.

— Un béguin énorme, incontrôlable, monstre, tu veux dire ? Avec feux clignotants et klaxons et des kilomètres de serpentins ?

Cette fois, elle eut moins de mal à sourire. C'était cela l'avantage, quand il ne vous restait pas un iota d'amour-propre. Une fois qu'on a atteint le fond, ce n'est plus la peine de sauver les apparences.

— Et ce béguin, dit lentement Lucas, il est toujours là ?

— Bien sûr que oui ! C'est… une chose qui brûle comme…

— La flamme olympique ?

Hester lui coula un regard soupçonneux.

— Tu te fiches de moi, là ?

— Absolument pas, je suis flatté. Et si je fais ça, dit-il en passant un doigt léger sur son visage, qu'est-ce qui se passe ?

Elle tressaillit et s'écarta.

— Lucas ! Tu es censé être plein de compassion…

D'une voix grave et insistante, il répéta :

— Qu'est-ce qui se passe ?

— Je deviens toute frétillante et toute… gaie.

Hester entendit sa propre respiration s'accélérer, pareille au halètement d'un chien. Bravo ! Voilà qu'elle se transformait en Scoubidou…

— Lucas, arrête ! Je ne sais pas à quoi tu joues, mais c'est injuste !

— Ton petit copain voit quelqu'un d'autre. Tu trouves ça juste ?

Elle ferma les yeux et appuya le front contre sa chemise, vaincue.

— Pas très juste, non…

— Alors pourquoi devrais-je arrêter ? À moins, bien sûr, que tu ne veuilles pas qu'il se passe quelque chose…

Hein ? Parlait-il sérieusement ? Elle releva lentement la tête.

— C'était toi qui ne voulais pas, la dernière fois.

Il haussa les épaules.

— De l'eau a coulé sous les ponts.

Ô mon Dieu, ô mon dieu, songea Hester. Toutes ses terminaisons nerveuses crépitaient. Hou ! la la !

— Ne nous emballons pas, hein ? murmura-t-il à son oreille.

Le contact de sa bouche envoya des décharges dans tout le corps de Hester.

— Tu me connais, Hess. Le romantisme, la fidélité, ce n'est pas mon truc. Mais il n'y a pas que les relations sérieuses, dans la vie. Ce dont tu as besoin pour l'instant, c'est qu'on te remonte le moral, et je sais comment faire.

— Oh oui ! chuchota-t-elle tandis qu'il la soulevait dans ses bras, exactement comme Richard Gere. Oui, oui, oui !

Hester était allongée dans le lit au milieu des draps emmêlés, haletante. C'était arrivé. Le miracle qu'elle attendait depuis des années était arrivé.

Elle n'en revenait pas.

Elle vérifia l'heure sur son réveil. Quand Lucas l'avait portée dans la chambre, elle avait remarqué qu'il était dix heures sept. Et elle avait su qu'elle ne l'oublierait jamais. C'était un événement colossal. Quand on rêvait de quelque chose depuis aussi longtemps, on voulait pouvoir se remémorer les moindres détails.

À présent, il était dix heures dix.

Leur étreinte avait duré… trois minutes.

Pas étonnant qu'elle soit éblouie. Lucas avait eu le temps de se déshabiller, de se jeter sur elle, de lui faire l'amour et de se laisser retomber sur le côté avec un grognement de satisfaction.

En cent quatre-vingts secondes chrono.

Oh, et il lui avait dit que c'était super…

Incroyable.

Hester contempla le plafond en se demandant si c'était l'effet que cela produisait quand on vous arrachait votre sac à main dans la rue. Un tourbillon vous prenait par surprise, puis, avant que vous ayez le temps de comprendre, c'était terminé : l'agresseur s'était envolé.

À cela près que Lucas ne s'était envolé nulle part. Il était là, tout contre elle, la tête dans les oreillers, occupant les trois quarts du lit.

Et ronflant.

Trop éberluée pour en rire, Hester se rejoua mentalement tous les moments de leur étreinte, au cas où elle aurait manqué quelque chose.

Mais non. L'affaire s'était résumée à trois minutes, du début à la fin.

Lucas avait tout l'équipement nécessaire, mais aucune connaissance du désir féminin. Il était aussi incompétent qu'un garçon de quatorze ans trop pressé.

Malgré son sex-appeal et sa réputation, il fallait se rendre à l'évidence : Lucas Kemp était totalement nul au lit.

Un ronflement plus bruyant secoua son corps endormi. C'était un ronflement hideux, à réveiller les voisins, si répugnant et indigne qu'il en était embarrassant. Hester lui donna un coup dans les côtes, et il émit un grognement de protestation.

— Hein ? Quoi ? Que se passe-t-il ?

— Tu ronfles.

Comme un porc.

— Oh, pardon !

Un sourire fendit son visage.

— Eh, c'était super, Hess. Tu es formidable… Mon Dieu, je suis claqué. Quelle heure est-il ?

— Dix heures douze, le renseigna-t-elle en insistant sur la précision.

— Ah bon ? Heureusement que tu m'as réveillé. Je ferais mieux de partir, non ?

Il bâilla, se leva et attrapa son costume de Richard Gere.

— C'était vraiment chouette. Il faudra qu'on remette ça, un de ces jours.

Sûrement pas, songea Hester. Mais il avait été si gentil avec elle, tout à l'heure, qu'elle n'eut pas le cœur de le dire à voix haute.

Une fois habillé, il se pencha au-dessus du lit et planta un baiser sur son front.

— Ciao, ma puce. Tu as été géniale.

— Merci, fit Hester en réprimant l'envie de glousser.

— Et pour toi, c'était bien aussi ?

Lucas semblait ridiculement content de lui.

— Oh, oui… affirma-t-elle, impassible. C'était exactement ce qu'il me fallait, ajouta-t-elle sans mentir.

— Non ! cria Millie, abasourdie. Je ne te crois pas ! Pas Lucas. C'est *impossible* !

— Je te jure que si.

Assise en tailleur dans le salon, Hester secoua la tête.

— Je n'en reviens pas moi-même.

Millie était tellement stupéfaite qu'elle ne vit pas la partie ramollie de son gâteau sec tomber dans son thé.

— Tu es sûre que tu n'as pas rêvé tout ça ? demanda-t-elle, sceptique.

— Je me suis posé la question, figure-toi. J'aurais préféré rêver. Trois minutes, Millie, tu te rends compte ?

Hester pouffa.

— Je parie que ça n'est pas arrivé à Debra Winger dans *Officier et Gentleman*.

— Quelle déception. Qui aurait imaginé ça ? Lucas Kemp, le tombeur, est un amant pitoyable…

— La-men-table. Et dire que je le prenais pour un dieu du sexe. Je ne comprends pas comment il peut continuer à avoir autant de succès.

— Tu ne connais personne qui ait couché avec lui, fit remarquer Millie.

— C'est vrai.

— Et tu ne lui as pas dit qu'il avait été nul.

Hester fit la grimace.

— Je n'ai pas pu. Pauvre Lucas, il était tellement content de lui. Et il avait été si gentil.

Millie la dévisagea.

— Tu sais, j'aurais pensé que cela t'abattrait complètement.

— Tu plaisantes ? C'est le mieux qui puisse m'arriver. J'ai immédiatement cessé de fantasmer sur Lucas. Je peux enfin vivre normalement. Je suis *libre* !

— Et Nat ?

— Je suis toujours aussi anéantie, pour Nat. Mais tout est arrivé parce qu'il croyait que je l'avais trompé. Et c'est surtout ça qui me minait. Être jugée coupable alors que je me savais innocente.

— Donc, coucher avec Lucas t'a rendu service ?

— Oh que oui ! Au moins, quand Nat va officiellement me larguer, je saurai que j'ai fait quelque chose pour le mériter.

— Eh bien, dans ce cas... déclara Millie en levant sa tasse et en l'entrechoquant avec celle de Hester. À la santé de Lucas !

39

— C'est ta mère, déclara Lloyd Brady avec un soupir.

Millie s'était demandé pourquoi elle avait été invitée à déjeuner chez Lloyd et Judy.

— Il y a un problème ?

— Outre le fait qu'elle soit toujours ici, tu veux dire ? rétorqua Lloyd en haussant un sourcil désespéré. Elle avait parlé de quelques jours, et ça fait un mois. J'ai l'impression d'être à nouveau marié avec cette satanée bonne femme !

Millie ne compatit que modérément.

— Je t'avais prévenu. Tu n'aurais jamais dû accepter de la laisser s'installer. Hmm, ça sent bon !

Elle fit un grand sourire à Judy, qui déposait une énorme assiette de hachis Parmentier devant elle.

— Vous ne pouvez pas lui dire tout simplement qu'il est temps de s'en aller ?

— J'ai essayé. Elle a ri en me demandant d'arrêter de dire des bêtises.

Un nouveau soupir souleva la poitrine de Lloyd, qui se servit de haricots et de carottes nouvelles.

— Elle a répondu textuellement : « Comment pourrait-il être question que je m'en aille, alors que je m'amuse tant ? »

Millie sembla stupéfaite.

— Ta maman s'est trouvé un ami, expliqua Judy.

— Quoi ? Tu plaisantes ! C'est sérieux ?

— Comment savoir ? Elle passe des heures au téléphone, elle glousse comme une adolescente. Et elle sort presque tous les soirs.

— Mais… c'est formidable ! s'exclama Millie. C'est exactement ce dont elle rêvait depuis des années !

Elle se pencha en avant avec curiosité.

— Dites-moi tout ce que vous savez sur lui. Comment est-il ?

Les deux autres échangèrent un regard.
— Nous ne savons pas comment il est, parce que nous ne l'avons pas rencontré, répliqua Lloyd. Mais ce n'est peut-être pas ce qui pourrait arriver de mieux...
— Comment cela ?
— Nous pensons qu'il est marié, annonça Judy tout à trac.
— Quoi ?
— Forcément. C'est la seule explication, soupira Lloyd. Pourquoi faire tant de mystère, autrement ?
— Mon Dieu ! gémit Millie, ses espoirs volant en éclats. Il ne manquait plus que ça. Ma mère en briseuse de ménage... ça va finir par un drame. C'est horriblement embarrassant !
— Je suis désolé, ma chérie, fit Lloyd en lui tapotant la main. Mais nous pensions qu'il valait mieux te mettre au courant. Tu pourrais peut-être lui en toucher un mot. Tâcher d'en savoir plus sur ce monsieur, voir si tu peux lui faire entendre raison.
— Qu'elle le quitte pendant qu'elle le peut encore, et reprenne le premier train pour Londres, enchaîna Judy avec un sourire.
— C'est à moi de faire le sale boulot ? Bande de lâches ! s'écria Millie en riant. Dites-le-lui donc, vous !
— Depuis quand une femme serait-elle à l'écoute de son ex-mari ? rétorqua Lloyd. Si tu crois qu'Adele va être sensible à mes conseils et dire : « Mon chéri, tu as absolument raison. » Tandis que toi, tu es sa fille.
— Pour mon malheur.
— Toi, elle t'écoutera peut-être.
— On peut toujours rêver, ironisa Millie.
— En tout cas, qui ne tente rien n'a rien.
— Certainement. Je vais en profiter pour acheter un billet de loto, tiens. J'ai plus de chances de gagner le gros lot que de convaincre ma mère.
— Laisse donc cette pauvre Millie tranquille, gronda gentiment Judy. Elle ne peut même pas manger en paix. Et puis, j'ai d'autres questions à lui poser.
Millie, s'attaquant au meilleur hachis Parmentier du monde, releva les yeux.
— Quoi donc ?
— Sur tes amours, bien sûr. Je meurs d'envie de savoir toutes les choses passionnantes qui te sont arrivées !

— Oh non, c'est vraiment injuste ! gémit Millie. Au rayon de mes amours, c'est le néant total.

— Ma chérie, je ne comprends rien à ce que tu racontes. Bien sûr que je ne fréquente pas un homme marié !

Adele semblait tellement scandalisée, que Millie sut immédiatement qu'elle mentait. Au demeurant, elle ne s'était pas attendue à une autre réponse. Les mots « confession » et « contrition » étaient inconnus chez sa mère.

Enfin, puisqu'elle y était, autant débiter son petit discours.

— Alors pourquoi ne l'as-tu présenté à personne ?

— À ton père et Judy, par exemple ? s'esclaffa Adele. Mais pourquoi ferais-je une chose pareille ? N'ai-je pas droit à un peu d'intimité ?

— J'aimerais bien le connaître, moi.

— Il n'en est pas question.

— Pourquoi ?

— Pardon ? fit Adele en haussant un sourcil épilé devant une question aussi sotte. Parce que tu commencerais à lui faire la morale, sûrement.

— Donc, il est marié.

— Millie, tu deviens extrêmement ennuyeuse…

— Je ne veux pas te voir souffrir, c'est tout.

— Balivernes ! Je ne vais pas souffrir. Je n'ai jamais été aussi heureuse de ma vie.

— Mais, maman, tu imagines sérieusement qu'il va quitter sa femme ?

— Hum. Pourrions-nous parler d'autre chose ?

— D'accord. Papa voulait savoir combien de temps tu comptais rester encore à Newquay.

— Ah oui ? Eh bien, tu lui répondras que cela ne le regarde pas.

— Maman ! s'écria Millie, exaspérée. Tu vis sous son toit !

— J'en ai bien le droit, non ?

Adele secoua la tête tristement et décréta :

— Ton père est un sacré égoïste.

— Ça vous va vraiment bien, mentit Hester en orientant le miroir de façon que l'adolescente boutonneuse se voie mieux.

La fille porta les boucles d'oreilles à plumes et paillettes contre ses oreilles et tourna son cou dodu à droite et à gauche.

— Elles sont magnifiques, assura Hester. Tout le monde ne peut pas se permettre de porter ce genre de boucles d'oreilles.

Et ces paillettes rouges sont exactement assorties à tes boutons, se garda-t-elle d'ajouter.

Penser des choses méchantes, c'était à peu près tout ce qui la faisait tenir, ces derniers temps. C'était l'un des rares plaisirs qui lui restaient.

— Je n'arrive pas à me décider...

La fille examina son reflet, puis regarda la deuxième paire qu'elle avait choisie.

— J'adore celles avec les perles jaunes, aussi.

Ah, les perles jaunes si bien assorties à tes dents, mon enfant ! songea Hester avec un sourire encourageant. Mon Dieu, mais qu'est-ce que j'ai ? Je deviens une méchante sorcière aigrie. Si ça se trouve, la semaine prochaine, je hurlerai des obscénités aux inconnus dans la rue.

— Si vous voulez, proposa-t-elle, honteuse, elles coûtent sept livres chacune mais je vous fais les deux pour dix livres.

— C'est vrai ?

Le double menton de la fille frémit de bonheur.

— Bien sûr. Vous allez faire un carton avec les garçons.

— C'est mon anniversaire, aujourd'hui. J'organise une fête. J'ai invité un garçon... il est tellement cool...

Quel âge avait-elle ? Seize ans. Peut-être dix-sept. À cet âge-là, Hester n'était pas elle-même Claudia Schiffer, mais cela ne l'avait pas empêchée de courir après Lucas avec l'énergie d'un lapin Duracell.

— Passez une très bonne soirée, alors, lui dit-elle en emballant les boucles. Et j'espère que tout va bien se passer avec votre copain.

Un petit conseil, songea-t-elle, tâche de savoir dès maintenant à quoi t'en tenir à son sujet. Par pitié, ne gâche pas dix ans à fantasmer après un garçon qui ne sait pas satisfaire les femmes. Parce que, lorsque tu feras cette bouleversante découverte, tu auras déjà anéanti ta vie entière...

Danielle faisait une grimace dans le dos d'un client potentiel, qui s'éloigna de son stand sans même lui acheter une seule bougie.

— Petit con, grinça-t-elle. J'espère qu'il va devenir complètement chauve. Et prendre du poids… La fille t'aurait pris les deux paires de toute façon, poursuivit-elle en déchirant l'emballage de son beignet. Tu viens de perdre quatre livres. Tiens, attrape.

Hester saisit le beignet au vol.

— Je voulais juste savoir si je pouvais encore être sympa.

— Et c'est comme ça que tu es sympa, toi ? Tss… La prochaine fois, donne du pain rassis aux oiseaux. C'est moins cher.

— Je voulais être quelqu'un de bien. Histoire de me remonter le moral.

Malheureuse comme les pierres, Hester mordit dans le beignet, s'octroyant une moustache de sucre glace.

— Alors à moi, donne-moi du pain rassis.

Danielle fit des mouvements de nage avec ses mains et cancana bruyamment.

— Allez, essaie. Je parie que tu ne sais même pas viser mon bec.

Hester se sentit un peu moins cafardeuse. Elle arracha un petit morceau de beignet et le lança à Danielle, qui bondit de son tabouret et faillit refermer la bouche dessus.

— Coin coin ! Zut ! J'ai failli l'avoir. Encore !

Cette fois, la miette vola par-dessus la tête de Danielle et rebondit sur une grosse bougie argentée.

— À moi !

Hester se leva d'un bond, impatiente et battant des ailes. Danielle prit un morceau de beignet, visa soigneusement et…

— Mmmmph !

Hester exécuta une petite gigue de bonheur sur place. La moitié du beignet dépassait de sa bouche et, cette fois, elle avait le visage tout entier maculé de sucre glace. Mais tant pis, elle avait attrapé le beignet telle une gazelle…

Après toutes ces années, j'ai enfin trouvé une chose pour laquelle je suis douée !

— Elle a réussi ! cria Danielle, non moins excitée. Mesdames et messieurs, un tonnerre d'applaudissements pour…

Hester lui adressa un signe de tête encourageant. Pourquoi s'était-elle tue ? Elle ôta vivement le morceau de beignet de sa bouche, étendit les bras et compléta :

— Un immense tonnerre d'applaudissements, je vous prie, pour *moi* !

Un petit groupe de touristes s'était assemblé autour du stand. Ils rirent et applaudirent. Hester salua comme au théâtre, en se demandant pourquoi Danielle faisait cette chose avec ses sourcils.

— Bonjour, Hester.

Elle fit volte-face et contempla Nat d'un air totalement stupide.

— Naaat ?

Était-ce vraiment lui ?

— Dire que je t'imaginais dépérissant dans un coin, parce que je te manquais trop.

— Qu'est-ce que tu fais ici ? bredouilla-t-elle.

— Je suis revenu.

Nat l'observait attentivement.

— La question est la suivante : est-ce une bonne nouvelle pour toi ? Ou non ?

C'était trop bizarre. Hester déglutit, s'efforça de reprendre ses esprits, et essuya un peu de sucre sur ses lèvres.

Enfin, elle répondit :

— Ça dépend. Si tu es venu m'annoncer que tu vas te marier avec Anastasia, ce n'est pas une bonne nouvelle du tout.

40

Spontanément, Danielle proposa de tenir le stand jusqu'à la fin de la journée. Étourdie, Hester suivit Nat dehors. Lorsqu'il la conduisit dans l'un des cafés bondés de Cassell Street, elle se demanda s'il avait choisi l'endroit parce qu'il jugeait plus sage de la quitter officiellement en présence de témoins. Ainsi, elle n'oserait pas faire une scène embarrassante.

C'était sa grande spécialité, les scènes embarrassantes.

— Bon, fit-il quand leurs boissons arrivèrent. Il faut qu'on discute.

— C'est ce que j'essaie de faire depuis plusieurs semaines. Mais tu te donnes beaucoup de mal pour m'éviter.

Hester ne voulait pas parler avec amertume, mais ses genoux claquaient comme des castagnettes sous la table. Et Nat avait l'air si sérieux…

Ça fait trois mois que je ne l'ai pas vu, réalisa-t-elle. Il a les cheveux plus courts que jamais, il porte une chemise jaune que je ne connais pas, il a une cicatrice nouvelle sur la main. Tout ça, c'est arrivé pendant qu'il était à Glasgow et que, moi, j'étais ici à baver sur Lucas…

Ne pense pas à Lucas.

— Je suis désolé, dit enfin Nat.

Grands dieux !

— De quoi ? Désolé que ce soit fini entre nous ? Désolé d'avoir rencontré quelqu'un d'autre ? Désolé de n'avoir jamais été là quand je t'appelais, car tu étais trop occupé avec Anastasia ?

Nat ne cilla pas.

— Ce n'est pas ça. Je ne suis jamais sorti avec Anastasia. Pas comme tu l'entends. Mais je suis désolé de t'avoir donné cette impression, ajouta-t-il.

Les mains de Hester tremblèrent. Elle n'osait prendre son verre, de crainte de tout renverser.

— Alors qu'est-ce que tu fais ici, maintenant ?
— Je te l'ai dit. Je suis rentré. Pour de bon.
— Pourquoi ?
Il haussa les épaules.
— Pourquoi pas ?
— On t'a viré ?
— Non. J'ai donné ma démission.
— Mais... pourquoi ?
— Parce que tu me manquais.
Nat semblait calme, mais elle savait qu'il ne l'était pas.
— Et parce que la distance n'arrangeait rien entre nous. Mais bien sûr, c'est à toi de voir, continua-t-il lentement. Tu peux ne pas vouloir que je revienne. J'ai vu le type qui t'a ramenée après la soirée, tu sais. Si ça se trouve, vous êtes toujours ensemble.
— Colin Deveraux et moi ? Tu plaisantes ? Je te l'ai *dit*, gémit Hester. Il m'a raccompagnée, c'est tout. Il ne s'est absolument rien passé entre nous, je te le jure sur ma tête. Comment te convaincre... ?
Nat hocha la tête.
— Je te crois.
— Et maintenant, parle-moi d'Anastasia, lâcha-t-elle.
Mon Dieu, autant demander au dentiste de vous extraire une dent de sagesse sans anesthésie. Voulait-elle vraiment tout savoir ?
— Annie est productrice à la télévision.
La jalousie afflua tel un raz-de-marée. Super. Rien de glamour, là-dedans. Juste une productrice de télé ordinaire, comme on en rencontre à tous les coins de rue.
Elle avala sa salive et coassa :
— Continue.
— Sa compagnie a filmé un documentaire dans le restaurant. Le tournage a commencé il y a trois semaines. Jacques était dans son élément, il piquait ses crises, il en rajoutait pour la caméra, renversait des casseroles sur les plus jeunes des employés, les faisait pleurer. Enfin, tu sais comment il est.
Hester acquiesça. Elle avait suffisamment entendu parler du fameux chef étoilé caractériel.
— Quant à nous, nous le laissions faire son numéro. C'était lui la star, après tout. Je restais dans l'ombre, sans intervenir. Anastasia avait trop peur de se faire rembarrer

pour lui poser des questions. Alors, chaque fois qu'elle voulait savoir quelque chose, elle s'adressait à moi. Au bout d'un moment, elle a commencé à dire que j'étais tellement télégénique et naturel devant les caméras, qu'elle me verrait bien avec ma propre émission télévisée.

Hester se hérissa. Ben voyons ! Et plus si affinités, hein ?

— Tu ne m'as jamais parlé de ça ! l'accusa-t-elle.

— Ça s'est passé après la soirée d'Orla. Il fallait que je réfléchisse à nous deux, ajouta-t-il avec un regard appuyé. Annie était de plus en plus séduite par l'idée, elle insistait pour que je prenne une décision rapidement, et j'avais besoin d'y réfléchir aussi. Sérieusement. Je ne t'ai rien dit, car je ne voulais pas que cela intervienne dans les sentiments que tu éprouvais pour moi.

Merci infiniment, songea Hester, vexée. Mais quelque part, elle savait qu'il avait bien fait. Elle se ratatina intérieurement comme une limace saupoudrée de sel, en se rappelant que si Lucas l'avait tant intéressée au début, c'était parce qu'il animait une émission de radio.

Pire, Nat le savait. Mon Dieu, je ne vaux pas mieux que ces filles dont la seule ambition dans la vie est de coucher avec un champion de foot. Comment espérer qu'il ait confiance en elle ?

— D'accord, murmura-t-elle. Et ensuite ?

— J'ai refusé.

Elle sursauta.

— Hein ? Pourquoi ?

— Ce que j'aime, c'est cuisiner, pas montrer aux autres comment on fait la cuisine. C'est ça que j'adore, dans mon métier. Frimer à la télévision, ce n'est pas mon truc.

Une boule grosse comme un kiwi nouait la gorge de Hester.

— Je suis contente que tu ne le fasses pas. Mais tu aurais pu accepter, tu sais. Tu serais formidable, à la télé.

Elle était sincère. Nat aurait été fabuleux. Il avait une aisance, une simplicité qui inspiraient immédiatement confiance. Il savait s'enthousiasmer pour son sujet, possédait une patience infinie et un humour qui vous donnait l'impression que le soleil venait de se lever. Hester se rappela la fois où il lui avait appris à faire une mayonnaise parfaite – il avait fallu dix-sept œufs et un après-midi entier –, et des larmes piquèrent ses yeux.

— Merci. Mais j'ai préféré refuser, fit-il en souriant brièvement. Et finalement, j'ai fait le bon choix. Je n'avais pas réalisé que cela cachait quelque chose.

— Oh… devina aussitôt Hester. Tu veux dire qu'Anastasia… ?

— Elle avait un gros béguin pour moi, et je ne m'en étais absolument pas rendu compte. Jusqu'à ce qu'elle me fasse des avances très claires, et que je l'éconduise.

Il haussa ses sourcils noirs.

— Elle a fini par devenir complètement folle.

C'était typique de Nat. Il ignorait l'attrait qu'il exerçait sur le sexe opposé. Si une femme se déshabillait entièrement devant lui, il penserait simplement qu'elle avait trop chaud.

— Comment ça, folle ?

— Folle furieuse. Et même plus que furieuse. Elle était sidérée que je ne sois pas intéressé. Elle m'a même accusé de l'avoir menée en bateau. Bref, ça s'est mal terminé. Elle est repartie vexée comme un pou, et moi, j'ai démissionné. Et maintenant, je suis là.

— Et maintenant, tu es là, répéta bêtement Hester, qui excellait dans l'art de la conversation.

— Ma sœur m'a proposé de m'héberger, jusqu'à ce que je trouve un appartement. Je ne devrais pas avoir trop de mal à retrouver un boulot. N'importe lequel.

— Oh, bien sûr ! bafouilla-t-elle. Je veux dire, avec ton talent…

— Alors, il reste une chose à régler. Nous.

Le cœur de Hester se mit à battre comme les ailes d'un pigeon affolé. Aïe ! Et voilà, ça va passer ou ça va casser…

— Je sais que j'ai été dur envers toi, en acceptant ce poste à Glasgow. Ça n'a pas été facile. Ni pour toi, ni pour moi, d'ailleurs.

— Hmm, oui… enfin…

— Écoute, si tu as rencontré quelqu'un d'autre, je le comprends. Mais si tu es seule et si tu penses qu'on a une chance… à toi de décider.

Il plaisantait ? Il avait quitté son boulot en Écosse et était revenu à Newquay – ce qui signifiait tout bonnement la réponse à toutes ses prières – et il lui demandait si elle voulait toujours de lui ?

Elle se leva d'un bond, heurtant le rebord de la table, et poussa un cri de douleur.

— Espèce d'idiot ! Comment peux-tu imaginer que je ne veuille plus de toi ? Je t'aimais quand tu es parti et je n'ai jamais cessé de t'aimer un seul instant ! Je croyais que c'était toi qui ne voulais plus de moi, et tu n'imagines pas l'enfer qu'a été ma vie…

Rouge comme une pivoine, les yeux hagards, braillant comme… probablement comme Anastasia, Hester réalisa trop tard qu'elle décrivait des moulinets abracadabrants avec ses bras et hurlait de toutes ses forces. Dans le café, tout le monde s'était tourné vers eux.

Or Nat détestait les scènes.

Oh, et zut après tout !

Elle se jeta à son cou et l'embrassa jusqu'à ce qu'elle ne puisse plus respirer.

Enfin, ivre de joie, elle marmonna :

— Je n'ai jamais aimé personne d'autre comme je t'aime. Tu es mon seul grand amour. Pourquoi voudrais-je d'un autre alors que je t'ai, toi ?

Nat sourit, visiblement soulagé.

— Je suis tellement content… Tu ne peux pas savoir comme j'avais peur. Je me voyais arriver ici et te trouver avec un autre. C'était affreux.

De nouvelles larmes menaçaient, lui picotant l'arrière des yeux, mais Hester refusait de craquer.

— Eh non, j'ai toujours le même vieux petit copain.

Elle couvrit sa bouche de baisers, aux anges.

— Je suis si heureuse que tu me sois revenu !

41

Lucas était au téléphone quand Millie ouvrit la porte de son bureau.

— Parfait, c'est réservé pour vendredi soir…

Il leva la tête et fit un clin d'œil à Millie en inscrivant une adresse dans le carnet.

— Huit heures au King George. Ne vous inquiétez pas, je sais où c'est.

Il écouta la voix à l'autre bout du fil, et sourit :

— Oh, non, vous ne serez pas déçue ! Quand on fait appel à moi, murmura-t-il d'une voix sensuelle, c'est la satisfaction garantie.

Millie ne savait plus où poser les yeux. Elle avait de plus en plus de mal à garder son sérieux devant Lucas. Chaque fois qu'elle le voyait, elle l'imaginait au lit, nu et incompétent.

Elle restait stupéfaite, toutefois, qu'un homme aussi séduisant, ayant un tel charisme et si doué pour le strip-tease – personne n'ondulait des hanches comme lui –, puisse être un amant déplorable.

— D'accord. À vendredi, au revoir.

Il fit tourner sa chaise.

— Alors, pourquoi voulais-tu me voir ? demanda-t-elle.

— J'ai quelque chose d'intéressant à te montrer, répondit-il en prenant les clefs de sa voiture.

Devant son air étonné, il précisa en se levant :

— C'est une surprise. Viens. Je crois que ça va te plaire.

Millie réprima une irrésistible envie de rire. Alors, il ne s'agissait pas de sexe…

— Oh, super ! s'exclama-t-elle dix minutes plus tard, lorsque Lucas s'arrêta devant le restaurant Pear Tree donnant sur Watergate Bay. Tu es tellement satisfait de mes services que tu voulais m'inviter à déjeuner dans un fabuleux resto. Lucas, tu aurais pu au moins les appeler. Ça a fermé il y a des semaines !

Il éclata de rire.

— Mon Dieu, tu n'as pas une très haute opinion de moi, hein ?

— Oh... Tu savais que le restaurant était fermé, et tu m'as quand même amenée ici. C'est encore plus mesquin de ta part. Écoute gargouiller mon estomac ! Tu n'es qu'un sadique, Lucas Kemp. C'est comme promettre à un chien de l'emmener promener sur la plage et de l'enfermer ensuite dans la voiture.

— Allons, ne sois pas si dure envers toi-même, répliqua-t-il en lui tapotant le bras. Tu n'es pas un chien, et je ne vais pas t'enfermer dans la voiture. Tu vois, tu as le droit de sortir, ajouta-t-il en lui ouvrant la portière.

Millie obéit. Après tout, il faisait chaud dans la voiture, et avec un peu de chance, il lui apporterait une écuelle d'eau et une gamelle de croquettes.

— Et qui plus est, dit-il en sortant une clef de la poche de sa veste, tu as même le droit d'entrer.

— Pourquoi ? s'étonna Millie tandis qu'il ouvrait la porte du restaurant désaffecté. Comment se fait-il que tu aies les clefs ? Mon Dieu, ne me dis pas que tu as l'intention d'acheter cet endroit !

— Eh bien, en fait, je l'ai déjà acheté.

La partie salle à manger était spacieuse, mais tout bonnement hideuse. Une profusion de froufrous, de ruchés et de volants. Du Laura Ashley jusqu'à l'overdose. Consternée, Millie remarqua :

— Ma mère m'a offert une robe qui ressemblait à ça, autrefois.

— Les décorateurs débarquent demain, la rassura-t-il en riant de son expression horrifiée. Quand ils auront terminé, tu ne reconnaîtras rien.

Hmm. Difficile à imaginer.

— Je ne comprends pas. Qu'est-ce qui t'a pris ?

— C'est un emplacement fantastique. Je l'ai eu à un prix raisonnable. Le dernier propriétaire n'était pas un homme d'affaires – c'est d'ailleurs pourquoi il a mis la clef sous la porte. Mais moi, j'ai le sens des affaires, et je pourrai faire tourner la baraque.

Il esquissa un sourire tordu :

— Et puis, ça a toujours été mon rêve. Avoir un restaurant haut de gamme.

Millie était stupéfaite. Mais elle le savait parfaitement capable, en effet, de réussir sur tous les fronts.

— Mais... et les kissogrammes ?

Solennellement, il répondit :

— Je ne peux pas gérer les deux entreprises. Je crois qu'il est temps que je raccroche mon suspensoir en léopard.

Le visage de Millie se décomposa.

— Tu vas fermer boutique ? Mais cela ne fait que trois mois que tu as démarré, et je croyais que ça marchait étonnamment bien.

Zut, elle allait se retrouver au chômage. Pour une fois qu'elle travaillait en s'amusant. Eric était professeur d'histoire et ne faisait cela que pour arrondir ses fins de mois. Quant à Sasha, Lucas trouverait certainement à l'employer au restaurant.

Je me retrouve donc toute seule, songea Millie avec un soupir résigné. À moins que Lucas n'ait pitié et ne me propose de récurer les sols ou d'éplucher les pommes de terre.

— Ah ! s'esclaffa-t-il. Si tu te voyais !

Je me vois très bien, c'est ça le problème...

— Je me demande juste pourquoi tu as pu penser que ça allait me *plaire,* ce que tu viens de me dire, répliqua-t-elle, agacée.

— Millie, calme-toi. L'agence de kissogrammes marche effectivement bien. Simplement, je n'aurai plus assez de temps à lui consacrer. Alors j'ai pensé que tu aimerais peut-être devenir directrice de l'entreprise.

Elle écarquilla les yeux.

— Moi ?

— Toi. Et ne fais pas cette tête, ce n'est pas une multinationale.

— Tu te fiches de moi ? s'enquit-elle, méfiante.

— Absolument pas. Ça s'appellera toujours Kemp's, bien sûr, mais ce serait toi la responsable.

Il attendit quelques instants, puis :

— Alors ? Qu'est-ce que tu en dis ?

— J'en dis que c'est l'idée la plus géniale du monde ! cria Millie en se jetant à son cou. Je te trouve beaucoup plus sympa qu'il y a deux minutes. Marché conclu !

Après avoir exploré chaque centimètre carré du restaurant, écouté Lucas lui exposer ses projets et réalisé à quel point il était sérieux au sujet de cette nouvelle affaire, Millie était réellement impressionnée par son professionnalisme.

Au moment où ils se quittaient, il demanda avec désinvolture :

— Et… comment va Hester ?

Gloups ! Surtout ne pas glousser, ne pas ricaner.

— Hess ? Oh… elle va bien !

Millie haussa une épaule.

— Enfin… compte tenu du contexte.

Compte tenu du fait qu'elle a couché avec toi, imposteur qui passe pour le dieu du plaisir.

— Bon. Dis-lui bonjour de ma part.

Pourquoi ? Tu crois qu'elle a envie de remettre ça, espèce d'inapte fornicateur ? Millie hocha vigoureusement la tête, pressée de partir avant que le fou rire n'ait raison d'elle.

— Pas de problème.

Partager une maison avec une amie – même temporairement sinistre et morose – était beaucoup plus agréable que de vivre seule. Millie fit irruption dans la cuisine à cinq heures et, voyant que Hester était déjà rentrée, cria :

— J'ai des nouvelles fantastiques !

Bizarrement, Hester portait son déshabillé de soie rose et était hirsute, comme si elle sortait du lit. Elle poussa un cri de pur ravissement et tournoya sur elle-même :

— Je sais !

— Hein ?

Millie fronça les sourcils.

— Comment le saurais-tu ?

Hester la considéra comme si elle avait perdu la raison.

— Qu'est-ce que tu racontes ?

— Ma nouvelle fantastique. Comment peux-tu être au courant ? C'est Lucas qui te l'a dit ?

— Je ne parle pas de ta nouvelle fantastique, mais de la *mienne* ! répondit Hester, les yeux brillants de triomphe. Oh, je t'en supplie, je t'en supplie… laisse-moi te dire la mienne d'abord !

Se sentant très adulte, Millie offrit généreusement :

— Bon, d'accord, si…

— C'est Nat ! Il est revenu ! Nat est revenu et tout va merveilleusement bien ! éclata Hester, délirante. Il est ici et il ne repartira plus jamais et il m'aime et cette histoire d'Anastasia c'était du bluff pour me rendre jalouse et on va s'aimer pour toute la vie ! Mon Dieu, je ne peux pas le croire. Je suis tellement, tellement, tellement heureuse !

Elle illustra ces propos en exécutant une petite danse. Millie était abasourdie.

— C'est vrai ? Il est ici ? Là, en ce moment ?

Elle montra du doigt le plafond, en direction de la chambre de Hester. Elle comprenait mieux, maintenant, l'état de son amie.

— Non, pas juste là. Mais, bien sûr, on y est allés un peu tout à l'heure...

Les joues roses, incapable de lutter contre le sourire victorieux qui s'étalait en travers de son visage, Hester rectifia :

— Enfin, plus qu'un peu, à vrai dire. Tout l'après-midi. Oh, c'était merveilleux ! J'avais oublié qu'au lit Nat est tout simplement divin. Magique.

Elle n'avait jamais été aussi radieuse. Millie la serra dans ses bras en essayant de ne pas penser à Hugh – également divin et magique au lit.

— Je suis vraiment contente pour toi. Où est-il ?

— Parti chercher du boulot ! Tu connais Nat, ce n'est pas le genre à traînasser.

Hester l'emmena dans le salon et lui montra les pages jaunes ouvertes sur la table basse.

— Il a rédigé toute une liste de restaurants, appelé les dix ou douze premiers, et il est parti il y a une demi-heure pour des entretiens. Naturellement, il ne fera pas le genre de choses auxquelles il est habitué : on n'a pas trop d'étoiles Michelin qui scintillent dans les cieux de Newquay. Mais ça lui est égal. Il affirme que du moment qu'il est ici avec moi, il serait content de servir des frites dans un fast-food... Mais pardon, pardon ! s'exclama soudain Hester. Je suis là à te soûler avec mes histoires, alors que tu meurs d'envie de me raconter ta nouvelle fantastique. Alors ? De quoi s'agit-il ?

Malheureusement, pas d'une histoire d'amour, songea Millie. Arrête de penser à Hugh !

— Eh bien, Lucas laisse tomber les kissogrammes. Et il me nomme directrice à sa place. C'est moi qui vais gérer Kemp's.

— Pas possible... Mais c'est formidable!

Les yeux de Hester s'étaient éclairés d'un mélange de ravissement et de soulagement.

— Et Lucas quitte la ville? Encore plus formidable!

Pour Hester et sa mauvaise conscience, c'était le mieux qui puisse arriver.

— En fait, non. Il a... euh, il a acheté une nouvelle affaire.

— Zut. Enfin, tant pis. Quel genre d'affaire?

— Un restaurant, figure-toi. Il veut proposer une cuisine différente de ce qu'on trouve ici, vraiment haut de gamme.

Millie vit l'expression de son amie passer de la gaieté à l'horreur.

— Tu veux dire... Oh, non! Et il a déjà engagé son personnel?

Millie secoua la tête.

— Il fait passer une annonce dans le *Restauration* de la semaine prochaine. Mais si ça se trouve, Nat ne tombera pas sur cette annonce...

Hester leva les yeux au ciel. *Restauration* était la bible de Nat. Il l'épluchait soigneusement toutes les semaines. Et Newquay était le genre d'endroit où l'on ne pouvait manquer de remarquer l'ouverture d'un restaurant haut de gamme.

— Il va forcément la voir, soupira-t-elle avec une sombre résignation. Il a commencé par téléphoner chez Rick Stein, à Padstow, mais ils n'avaient pas de poste à pourvoir. Et il va frapper à la porte de Lucas aussi sûrement qu'un et un font deux.

— J'en déduis que tu ne lui as pas parlé de Lucas...

— Grands dieux, bien sûr que non! Tu imagines? L'amour de ma vie revient au pays, il a quitté son travail pour moi, il a enfin admis que je ne lui avais pas été infidèle la nuit de la soirée d'Orla, il vient de passer un mois à se faire courir après par une créature magnifique et à refuser de coucher avec elle, et il a décliné une proposition de carrière à la télé. Et moi, qu'est-ce que je lui annonce?

Hester tendit les bras.

— « Oh, à propos, mon minou, j'ai couché avec Lucas Kemp il y a quelque temps. Mais ne t'inquiète pas, il ne t'arrive pas à la cheville. »

— Hmm, je comprends... Eh bien, il ne nous reste plus qu'à veiller à ce que Lucas tienne sa langue.

— Comment ? gémit Hester.

— Bonne question. En faisant appel à son éthique.

— Je te rappelle qu'on parle de Lucas Kemp. Il n'a pas d'éthique, et c'est une grande gueule. Si je lui demandais de se taire, il me rirait au nez.

— Dans ce cas, tu n'as qu'à tout expliquer à Nat, en espérant qu'il te pardonnera.

— Hors de question ! rugit Hester.

— Hess, il faut bien que tu parles à l'un des deux…

— Non, je ne peux pas. Je t'assure, c'est impossible… Mais toi, si tu intervenais ? reprit-elle avec un regard implorant. Tu pourrais conseiller à Lucas de ne pas l'engager, lui dire que Nat est un mauvais chef.

Nat possédait un dossier entier d'excellentes références. C'était incontestablement l'un des meilleurs chefs disponibles sur le marché.

— Il trouvera peut-être un emploi ailleurs, suggéra Millie. Sinon, j'en toucherai un mot à Lucas. Je verrai si je peux le convaincre de ne pas trahir ton secret.

— J'ai besoin de boire quelque chose…

Hester plaqua la main sur sa poitrine.

— J'ai le cœur qui saute comme Skippy le kangourou… Oh, non, c'est vraiment injuste ! Pourquoi faut-il toujours que ce genre de choses m'arrive, à moi ? Je nageais dans le bonheur jusqu'à ce que tu rentres !

42

Millie passa chez Lucas quatre jours plus tard. Ayant remarqué l'annonce dans *Restauration* ce matin-là, Nat avait aussitôt téléphoné et pris rendez-vous.

— Il doit rencontrer Lucas à quinze heures, avait soufflé Hester par la porte de la salle de bains, pendant que Millie se brossait les dents. Il faut que tu lui parles avant.

Tout cela faisait très services secrets…

— Millie ! s'écria Lucas en lui ouvrant la porte, à treize heures. Quelle surprise ! Je ne m'attendais pas à te voir.

Il sortait de la douche. Les cheveux mouillés, il était nu, à l'exception d'une serviette rouge nouée autour des hanches. Elle essaya de ne pas baisser les yeux.

— Il faut qu'on se parle.

— Quel sérieux…

Il la suivit dans son bureau en se peignant négligemment avec les doigts.

— Et tu m'as l'air un peu agitée. Qu'est-ce qui se trame ? À moins que je ne puisse le deviner… ?

Difficile de se concentrer avec un homme quasiment nu.

— Pourquoi ? De quoi s'agit-il, à ton avis ?

Peut-être avait-il en effet deviné de quoi il retournait. Cela rendrait les choses plus faciles.

Lucas haussa les épaules, et un petit sourire charmeur se dessina sur ses lèvres.

— De nous deux, peut-être ? Tu as enfin trouvé le courage de m'avouer que tu es folle de moi.

Elle ouvrit la bouche pour protester avec véhémence, et réalisa trop tard qu'il se moquait d'elle.

— Je plaisantais, dit-il en levant les mains. Pas la peine de me percer les tympans… Allez, viens me dire ce qui t'amène.

— C'est sérieux, tu sais, l'avertit Millie lorsqu'il lui eut passé une canette de Coca glacée et en eut ouvert une pour lui. Tâche de m'écouter. Il s'agit de Hester.

Il hocha la tête.

— Hester.

— Hester et toi, précisa-t-elle. Et le... euh, la chose qui s'est passée entre vous, l'autre jour.

Lucas haussa un sourcil.

— Ah, tu es au courant ? Je me demandais si elle t'en parlerait.

Oh oui, en détail ! Et ça n'a pas été long, d'ailleurs !

— Voilà. Son petit ami est revenu. Ils se sont expliqués et c'est redevenu le nirvana, entre eux. Je suis venue te demander de ne jamais parler de ce qui s'est passé. À personne.

— Je vais faire de mon mieux.

— Non ! protesta Millie en secouant vigoureusement la tête. Ça ne suffit pas. C'est important, Lucas. Promets-le-moi.

— D'accord, d'accord, fit-il, les yeux pétillants. Je promets de faire tout mon possible pour éviter les gaffes.

— Lucas, s'il te plaît. Il s'agit de Hester. De Hester et de...

— De son copain, oui, tu me l'as dit. Eh bien, je suis ravi pour eux deux. Pour Hester et...

— Nat.

— Nat, voilà. Elle m'en a parlé. Tout est bien qui finit bien, alors. Tant mieux.

— Surtout, promets-moi de ne jamais souffler un mot de ce qui s'est passé.

Millie avait la mâchoire contractée. Manifestement, Lucas ne la prenait pas au sérieux. Pourtant, soudain intéressé, il demanda :

— Ce garçon, Nat, il n'est pas chef, par hasard ?

Exaspérée, elle bondit de sa chaise, traversa le bureau et attrapa l'agenda en cuir bleu marine de Lucas.

— Eh, doucement ! protesta-t-il en riant. J'ai cru que tu allais m'arracher ma serviette !

— Oui, Nat est chef. Et il vient ici cet après-midi pour te voir au sujet d'un emploi.

Trouvant enfin la page qu'elle cherchait, elle pointa du doigt l'écriture de Lucas.

— Là, quinze heures. N. Kenyon. C'est lui, Nat. Tu comprends, maintenant, pourquoi c'est si important ?

— Ah, d'accoooord ! fit-il en acquiesçant de la tête lentement. N. Kenyon est le petit copain de Hester… Tiens donc.

Après un bref silence, il reprit :

— Il ne vient pas à quinze heures. Il a décalé son rendez-vous.

— Oh !

— Je l'ai reçu à dix heures ce matin.

Millie cligna des yeux.

— Pardon ?

— Et il est embauché.

— Comme ça ? couina-t-elle.

— Pourquoi pas ? Il possède exactement le profil que je recherche. Des références fantastiques, de l'enthousiasme, des idées novatrices… Et surtout, il partage mon opinion quant à la gestion du restaurant, ce vers quoi nous devons tendre. Nous avons beaucoup de choses en commun.

— Vous avez *trop* de choses en commun, souligna Millie. C'est ça, votre problème.

— Ce n'est pas notre problème. C'est celui de Hester. J'ai téléphoné au dernier restaurant où a travaillé Nat : son patron n'a pas tari d'éloges. Puis je l'ai emmené au Pear Tree et lui ai exposé mes idées. Plus nous discutions, plus j'étais convaincu d'avoir sous les yeux la personne idéale. Je ne l'ai pas embauché « comme ça ». Nous avons passé plus de deux heures ensemble. Nous allons former une équipe du tonnerre, Nat et moi.

Un silence.

— Tu savais parfaitement qui il était, l'accusa-t-elle.

— Je ne suis pas stupide, Millie. Bien sûr que je le savais. Ne serait-ce que parce qu'il y a une photo de lui sur la table de nuit de Hester, ajouta-t-il malicieusement.

Elle fit une grimace.

— Mais surtout, reprit-il, Nat, lui, savait qui j'étais.

— Mon Dieu ! Enfin, c'était fatal, je suppose…

— Je te trouve bien agitée.

— Je le suis, répliqua Millie. Je suis très agitée.

— Tu n'as aucune raison de te mettre dans cet état.

Elle ferma les yeux en poussant un soupir de soulagement.

— Alors, tu n'as rien dit au sujet de Hester et toi. Jure-moi, croix de bois, croix de fer, si tu mens tu vas en enfer, jure-moi que tu n'en parleras jamais.

— Je ne peux pas, fit Lucas, surpris. C'est déjà fait.

— *Quoooi ?*

— Calme-toi, Millie. Je ne pouvais pas ne pas le lui dire : si nous devons travailler ensemble, il vaut mieux être réglo dès le départ. Alors j'ai été franc. Et quand j'ai fini d'expliquer ce qui s'était passé, Nat a reconnu que cela avait été la meilleure chose à faire. Il m'a remercié, et on s'est serré la main. Alors tu vois, rien de tel que l'honnêteté, dans la vie. Tu devrais essayer, un jour, ajouta-t-il avec un sourire. On ne sait jamais : si ça se trouve, tu aimeras ça…

C'était l'effervescence dans le cerveau de Millie. Nat l'avait *remercié* ?

— Attends. Est-ce que ça veut dire que Nat va quitter Hester ?

— Pas du tout. Comme je le lui ai expliqué, ils traversaient une sale période et elle était convaincue qu'il voyait quelqu'un d'autre, qu'elle ne représentait plus rien pour lui, que leur histoire s'en allait en eau de boudin.

— Hmm, c'est vrai, admit-elle.

— Et nous savons tous que Hester avait un béguin pour moi depuis Dieu sait combien de temps. La seule façon de l'en guérir, c'était de coucher avec elle.

— Mais ça aurait pu être l'inverse ! Elle aurait pu être encore plus amoureuse de toi, ensuite !

— Après ma performance ? Tu plaisantes. Aucune chance, fit-il avec un sourire espiègle.

Millie rosit.

— Je ne vois pas ce que tu veux dire.

— Allons donc, il n'y a qu'à te regarder. Bien sûr que si.

Lucas semblait franchement s'amuser, à présent.

— Je n'étais pas sûr que Hester t'en avait parlé, mais maintenant, cela ne fait plus aucun doute. Pas la peine de rougir, Millie. Tu ne me pensais pas sérieusement si lamentable, j'espère ?

Elle n'en croyait pas ses oreilles.

— Tu veux dire… ?

— Pas de préliminaires, pas de tendresse, aucune compréhension du corps féminin. On fait sa petite affaire, on se retourne et on s'endort en quelques secondes. Enfin, on fait semblant. Sans oublier de ronfler comme un éléphant de mer.

Il lui adressa un clin d'œil.

— Et ne me dis pas que ça n'a pas porté ses fruits.

— Lucas, tu parles sérieusement ?

Il afficha une mine modeste.

— Franchement, c'était une magnifique prestation. Et surtout, Hester est tombée dans le panneau. Elle s'est complètement détachée de moi.

Millie frotta ses tempes endolories.

— Tu as dit tout ça à Nat ?

— Oui.

— Et Nat va raconter à Hester que tu as joué l'éjaculateur précoce avec elle ?

— Nous sommes tombés d'accord pour considérer qu'il vaut mieux le passer sous silence.

— Et toi qui vantes ton honnêteté !

— Je sais, mais Hester est heureuse comme ça. Si elle pensait que je l'ai flouée, elle risquerait d'en redemander.

— C'est inimaginable. Je ne peux pas le croire.

À sa façon, découvrait-elle, il avait des scrupules, finalement.

— Tu veux que je te le prouve ? Tu veux que je te montre que je suis un amant magnifique ?

— Merci beaucoup pour la proposition, mais je crois qu'il va falloir que je rentre. Et tu devrais envisager de t'habiller.

— Bah, pas la peine.

Lucas tapota l'agenda ouvert, dans lequel un autre nom était inscrit sous celui de Nat.

— Plus qu'une demi-heure avant mon prochain entretien. Une jolie petite cuisinière qui s'appelle Nadine…

Millie réussit à garder son sérieux.

— Tu n'as pas honte ?

— Pas du tout. Je suis honnête, c'est tout. Tu devrais essayer, ma puce. Trouve-toi un homme. Amuse-toi un peu. Ah !

Nat préparait un gaspacho et des *linguini* aux calamars et à la sauce *nero*.

Il avait besoin de s'occuper, mais il était aussi heureux. Et quand il était heureux, il aimait faire la cuisine.

À vrai dire, l'espace d'un instant, il avait été tenté de balancer un coup de poing dans la belle figure de Lucas Kemp. Mais cela avait été fugace. Lucas s'était montré tellement franc et pragmatique au sujet de Hester, que Nat avait très vite compris l'intérêt de son attitude.

Et finalement, la vérité se révélait nettement plus facile à digérer que tous les scénarios inventés par son imagination fiévreuse.

En fin de compte, c'était gérable. La meilleure solution possible.

Bizarrement, il n'éprouvait pas le moindre ressentiment envers Lucas. Il lui serait même toujours reconnaissant pour ce qu'il avait fait…

— Je suis engagé ! annonça-t-il à Hester lorsqu'elle rentra du travail.

— C'est vrai ?

— Et Lucas m'a tout dit.

La cage thoracique de Hester se contracta sous l'effet de la terreur. Comment Lucas avait-il pu lui faire une chose pareille ?

— Qu'est-ce… qu'il t'a dit ?

— Que tu avais couché avec lui. Une fois.

Nat haussa une épaule et baissa le feu sous les *linguini* qui bouillonnaient furieusement.

— Que cela n'avait rien signifié, et que cela ne se reproduirait plus jamais.

Le visage de Hester devint livide.

— C'est vrai.

Elle hocha la tête, et une larme roula sur sa joue. À sa grande honte, Hester réalisa qu'elle aurait voulu tout mettre sur le dos de Lucas, mais cela aurait été injuste. Elle essuya rapidement la larme.

— C'est entièrement vrai. Et jamais plus je n'aurai envie de coucher avec lui. Je me le suis enfin sorti du système. Mais je suppose que, pour toi, cela ne change rien…

Elle désigna de son menton tremblant la nourriture déjà disposée sur la table de la cuisine :

— C'est quoi ? Le dernier repas ? La cène ?

Nat ne se serait jamais cru capable de pardonner à une petite amie infidèle. Mais, ces derniers mois, il avait mûri. De plus, il avait résisté aux charmes d'Anastasia au prix d'une lutte de tous les instants. Il s'en était fallu de peu, le dernier soir, chez elle.

Eh oui. Cela aurait pu m'arriver. Cela aurait vraiment pu m'arriver…

— Par curiosité, comment était Lucas ? s'enquit-il.

— Un cauchemar. Pathétique.

— Ah bon ? C'est pour cela que tu n'as pas envie de recommencer ? Et s'il avait été l'amant du siècle ?

Tout était fini entre eux, maintenant, Hester le savait. Elle pouvait dire n'importe quoi. Au désespoir, elle répliqua :

— Tu ne comprends donc pas ? Ça n'aurait fait absolument aucune différence, parce qu'il n'aurait pas été *toi* ! Oh, c'est absurde… À quoi ça sert d'avoir cette conversation ?

Pressée de fuir avant qu'il ne voie qu'elle recommençait à pleurer, elle se précipita vers la porte.

— Eh, c'est bon ! Tout va bien.

Nat l'intercepta en la rattrapant par les épaules.

— Je peux encaisser. On va mettre ça derrière nous et ne plus y penser. Enfin, on n'oubliera peut-être pas que c'est arrivé, mais c'est du passé. Pas la peine de laisser cet épisode tout gâcher.

— V… vraiment ? bredouilla Hester, dont les genoux se dérobaient.

— C'est pour cela que Lucas me l'a révélé. Pour que nous puissions prendre conscience du fait que certaines choses n'ont pas d'importance, et continuer à vivre heureux.

Un sourire éclaira ses traits.

— Ce serait bête de ne pas en profiter, maintenant qu'il m'a donné une chance de faire mes preuves dans son nouveau restaurant.

— Tu parles sérieusement ? insista-t-elle.

Nat avait toujours été si droit, si orgueilleux.

— Mais oui. Du moment que tu ne recommences pas une chose pareille. Avec qui que ce soit, précisa-t-il. Parce que je préfère te le dire, je suis humain. Une fois me suffit.

Hester se jeta à son cou.

— Crois-moi, dit-elle avec ferveur, une fois m'a suffi, à moi aussi.

43

— Hou ! la la ! Mon Dieu, je suis désolée, c'est ma faute… Oh, c'est vous, Hugh !

C'était absolument typique d'Orla, songea Hugh : si elle venait de le percuter, c'était parce qu'elle était trop occupée à papoter et agiter la main par-dessus son épaule en sortant de la boutique, pour regarder où elle allait.

— Quel plaisir de vous revoir !

Ses sacs Fogarty & Phelps dans les bras, elle l'embrassa sur les deux joues avec enthousiasme.

— Et vous avez l'air en pleine forme. Vous savez, nous vous avons aperçu, Millie et moi, l'autre jour. Vous faisiez du surf. Mais vous ne nous avez pas vues. Je dois dire que nous étions extrêmement impressionnées. Je ne savais pas que vous étiez si doué !

Les yeux d'Orla pétillaient, et des spirales de cheveux auburn cascadaient sur ses épaules nues. Elle portait une longue robe imprimée argent et blanc, avec une trace de feutre violet sous la poitrine gauche.

Malheureusement, il avait beau réprouver les méthodes de travail peu scrupuleuses d'Orla, cela ne l'empêchait pas de l'apprécier en tant qu'individu. Elle restait une personne chaleureuse et impulsive, qu'on ne pouvait pas ne pas aimer.

— Particulièrement doué, en effet, concéda-t-il avec sérieux. D'ailleurs, je pars grand favori pour les championnats du monde de surf, cette année.

— Nooon ? fit Orla avec un cri de ravissement.

— Non, reconnut Hugh en souriant. Alors, comment va votre ordinateur ? Il est bien sage ?

— Absolument. Contrairement à mon porc de mari. Vous avez appris que Giles est parti ?

— Je l'ai lu dans le journal. Je suis vraiment désolé.

— Oh, surtout pas ! protesta Orla en roulant les yeux théâtralement. Moi, je ne le suis pas. Mon Dieu, s'écria-t-elle, vous vous rendez compte ? Je n'aurais jamais pensé être capable de dire une chose pareille. J'ai absolument tout fait pour que notre mariage fonctionne, mais cela ne suffisait pas. Et finalement, j'en ai eu assez d'être traitée comme la dernière des serpillières. Cela dit, tout n'est pas rose depuis qu'il est parti, bien sûr. J'ai connu des moments de déprime.

— Ça va aller, assura-t-il.

— Je sais. Et c'est déjà la moitié du combat, pas vrai ? fit-elle avec un grand sourire. Mon amie Millie passe son temps à affirmer que je mérite mieux. À vrai dire, je ne sais pas ce que je serais devenue sans elle. Elle a été formidable.

Cela faisait quinze jours qu'il se donnait un mal de chien pour ne pas penser à Millie. En vain.

— Mon Dieu, c'est mon ventre ?

Orla posa une main sur son estomac en signe d'excuse et rit.

— Il grogne comme un vieux tracteur ! Je travaille depuis six heures du matin. Je suis juste venue ici pour me racheter du café. Et bien sûr, dès que j'ai mis le pied dans la boutique, ça m'a rendue folle.

Elle montra ses gros sacs de provisions.

— J'ai de quoi nourrir un régiment. Êtes-vous affreusement occupé, ou puis-je vous persuader de venir partager un humble repas avec moi ?

Hugh hésita. Il était passé chercher un sandwich avant de rentrer chez lui. Il n'avait aucun engagement cet après-midi-là. Mais Orla l'invitait sans doute uniquement pour lui soutirer des renseignements sur sa nuit avec Millie. Parce qu'elle voulait entendre sa version à lui.

— Mon Dieu ! s'écria-t-elle, soudain effarée. J'espère que vous ne pensez pas ce que je pense !

Avec précaution, Hugh demanda :

— Quoi donc ?

— Vous n'osez peut-être pas revenir à la maison, parce que je suis une vieille chouette solitaire et désespérée, et vous redoutez que je ne vous fasse du plat !

Ses bracelets d'argent tintant à ses poignets, Orla se serra la gorge, horrifiée.

— Je vous jure que je n'en ai aucune intention !

— Bien, fit Hugh en hochant lentement la tête, imperturbable. Mais imaginez que j'aie envie que vous me fassiez du plat ?

— Cette fois, je sais que vous plaisantez ! répliqua Orla, triomphante. Alors, c'est d'accord pour ce déjeuner ?

Il sourit.

— Allez, je cours le risque.

— Vous n'avez rien à craindre, assura-t-elle. De toute façon, je ne vole pas les hommes qui appartiennent déjà à quelqu'un. Or vous êtes déjà pris.

Le monde selon Orla, s'émerveilla Hugh. Pensait-elle sérieusement qu'elle pouvait orchestrer les vies des autres ? Fallait-il forcément que les choses se produisent, parce qu'elle les écrivait ainsi ?

Ils déjeunèrent dans le jardin d'hiver et parlèrent essentiellement de Giles.

— La solitude a de bons côtés, confia-t-elle en enroulant une lamelle de jambon de Parme autour de sa fourchette. Je n'ai plus à l'écouter ressasser ses histoires de golf, quand il avait décidé d'utiliser son fer huit au dix-septième trou, au lieu d'un fer six comme Dougie Plumley-Pemberton. Et il n'y a personne pour me reprocher de manger des chips au lit, ni d'oublier de reboucher le flacon de shampooing, ni de renverser de la confiture dans le *Sunday Times*…

Brusquement, Orla se tut. Elle prit la main de Hugh et la serra en secouant la tête, mortifiée.

— Mon Dieu, vous devez avoir envie de me gifler. Je suis horriblement insensible. Pardon, je suis navrée…

Hugh écarta le bol de mayonnaise pour le mettre en lieu sûr avant qu'elle ne le renverse avec son coude, et sourit.

— Allons, ne dites pas de bêtises. Vous ne faites que dire ce que nous avons tous dit, à un moment ou à un autre. Louisa était folle de devoir toujours retirer une pile de CD du siège du passager avant de pouvoir monter dans la voiture. Et moi, j'étais fou car elle laissait systématiquement des gouttelettes de mascara sur le miroir de la salle de bains.

Il tendit les mains.

— Je vous assure ! Tous les jours ! Je nettoyais le miroir, et le lendemain, rebelote. Comment est-ce possible ?

— Oh, il suffit de recourber un peu l'extrémité du pinceau ! Quand on se met du mascara de cette façon, cela allonge les cils. C'est un truc de filles, le consola Orla.

— À moins qu'elle ne l'ait fait exprès parce qu'elle savait dans quel état cela me mettait.

— Peut-être. Mais je parie que maintenant, vous donneriez n'importe quoi pour pouvoir à nouveau éponger ce mascara sur le miroir.

Des larmes de compassion voilaient ses yeux.

— Eh bien… très franchement, non, répondit Hugh en souriant. On aime quelqu'un malgré ses défauts. Mais je ne peux pas dire, en toute honnêteté, que cela me manque de ne plus avoir à nettoyer la glace de la salle de bains.

Orla remplit leurs verres de vin.

— Bon. Racontez-moi ce que vous devenez.

Nous y voilà, songea-t-il.

— Vous savez comme je suis curieuse, ajouta-t-elle.

Oh, oui !

— Eh bien, justement, ça commence à évoluer, improvisa-t-il pour la taquiner.

— Oh, je sais cela, bien sûr ! Et j'en suis ravie pour vous, fit Orla avec un signe de tête encourageant. Je me demandais si elle était bien votre genre, mais après tout, quelle importance ? Ce n'est pas une histoire faite pour durer, juste l'occasion de vous remettre dans le bain, n'est-ce pas, dans le flot de la vie. De vous amuser un peu !

Hugh masqua sa surprise. Il ne s'était pas attendu à ce genre de réaction. Mais Orla était experte dans l'art de prêcher le faux pour découvrir le vrai.

— Tout à fait.

— Ouf, j'ai cru que j'avais gaffé, pendant un moment ! fit-elle en s'éventant avec soulagement. Mais vous avez bien raison. C'est vrai, ce n'est pas le genre de fille avec laquelle on peut imaginer une relation sérieuse et durable !

Elle baissa la voix :

— Ce qui m'inquiète, c'est cela : elle, en a-t-elle conscience ?

Hugh coupa un morceau de pain, lentement. Orla chantait les louanges de son amie pour mieux la critiquer ensuite ? Il ressentit le besoin de défendre Millie – Dieu seul savait pourquoi, après la façon dont elle s'était servie de lui.

— On ne sait jamais de quoi l'avenir sera fait. Ces choses-là ne se programment pas. Si cela se trouve, l'année prochaine, nous serons mariés et avec un… enfin, tout est possible, non ?

— Mariés, avec un *bébé* ?

Orla écarquilla les yeux.

— C'est cela que vous alliez dire ?

— Je ne sais pas. Je dis juste que tout peut arriver.

Il resta impassible. Sans nul doute, cette conversation serait rapportée à Millie avant la nuit.

— Hugh, écoutez-moi. Je ne suis peut-être pas la meilleure des expertes en matière de mariage heureux, mais croyez-moi, ce serait un désastre.

Les boucles d'oreilles d'Orla s'agitaient en tous sens.

— Vous devez me promettre de ne pas faire une chose pareille. D'accord, c'est une gentille fille, mais vous méritez beaucoup mieux !

— Comment pouvez-vous dire une chose pareille !

— Pour l'amour du Ciel, Hugh, vous pouvez avoir toutes les filles à vos pieds.

— J'ai peut-être trouvé celle que je veux.

— Je regrette, mais je dois vous détromper.

Orla commençait à être sérieusement bouleversée. Elle avait complètement oublié son assiette.

— Elle n'est pas assez bien pour vous. Il ne suffit pas d'un joli minois, vous savez. Et puis, surtout, elle est tellement immature.

Froidement, Hugh demanda :

— En quoi, exactement ?

— Mon Dieu, vous allez me détester. Je ne voulais pas dire cela de façon péjorative. Mais je… Quel âge a-t-elle ? Seize ans ? Dix-sept ?

Clic clic clic, les rouages se mirent en place. Orla ne parlait pas de Millie. Un peu tardivement, Hugh comprit que toute cette conversation avait porté sur sa petite voisine, Kate.

Curieusement, le soulagement fut indescriptible.

— Seize ans, répondit-il en écartant son assiette.

— Et maintenant, vous me détestez, conclut Orla en le regardant avec un mélange de détermination et de regret. Mon cher Hugh, je suis désolée, mais il fallait que quelqu'un vous le dise, et je n'en retire pas un mot.

— Vous avez le droit d'avoir votre opinion, concéda-t-il plus doucement. Nous verrons bien où cela nous mène, hein ?

Quand nous lirons votre prochain roman.

Clic clic clic… Une idée germa.

— Qu'y a-t-il ? s'alarma Orla devant son air distrait. Nous sommes toujours amis, j'espère ?

Elle bondit sur ses pieds et bafouilla :

— Il y a de la tarte au citron pour le dessert…

Hugh fronça les sourcils, plongé dans ses pensées.

— Et du coulis de grenade !

Il secoua la tête.

— Ce n'est pas cela. Je repensais à votre disque dur…

— Pardon ?

Le brusque changement de sujet dérouta totalement Orla.

— Le disque dur de votre ordinateur. Je viens de penser à une chose. Si vous avez autant travaillé que vous le dites, ces derniers temps, il doit être encombré.

— Oh !

Le discours informatique était une sorte de sens interdit, pour Orla.

— Eh bien ? L'est-il ?

Elle le contempla fixement. Elle n'en avait aucune idée. Elle ne comprenait même pas la question.

— Je n'en sais rien.

— Est-il long à s'allumer ?

Perplexe, elle haussa les épaules.

— Il vaudrait mieux ne pas saturer le système. Il faudrait peut-être défragmenter le disque dur, précisa gentiment Hugh. Voulez-vous que j'y jette un coup d'œil, pendant que je suis là ? Que je vous fasse un peu de tri, avant que…

Il se tut, mais l'implication était claire : avant que le système ne rende l'âme, effaçant l'intégralité du manuscrit en cours.

— Mon Dieu, vous voulez bien ? demanda Orla avec anxiété. J'ignorais complètement que cela risquait d'arriver.

— Je vous l'avais signalé en installant le système, lui rappela Hugh.

— Je n'écoute pas ces choses-là. Cela rentre dans une oreille et ressort par l'autre.

— Ce n'est pas grave. Je suis là.

Oh, ces mots rassurants… Batman volant à sa rescousse.

— Quelle chance de vous avoir rencontré aujourd'hui ! s'exclama-t-elle. C'est vraiment gentil à vous.

Hugh lui adressa un grand sourire en reculant sa chaise.

— En effet.

44

Dans son bureau, sur la banquette devant la fenêtre, Orla le regardait avec l'émerveillement généralement réservé aux experts en déminage qui désarment une bombe.

Hugh alluma l'ordinateur en silence, décidé à ne pas avoir mauvaise conscience.

Au bout d'un moment, Orla prit ses cigarettes.

— On ne fume pas en présence d'ordinateurs, observa Hugh. Ça les abîme.

Elle fit la grimace.

— On se demande où va le monde, vraiment, soupira-t-elle en tripotant ses bracelets. On ne fume pas devant les enfants, les femmes enceintes et les ordinateurs. Si je recommençais à écrire à la main, on me reprocherait ma cruauté envers les feutres.

— Regardez, fit Hugh en lui montrant l'écran. Quarante mégas de mémoire, et tout ça fourré là-dedans en pagaille. Ça occupe trop d'espace, comme si vous rangiez vos vêtements dans un tiroir sans les plier. Il faut tout ressortir et y mettre de l'ordre.

Orla leva les yeux au ciel. On aurait dit une adolescente à qui l'on demande de ranger sa chambre.

— Et il vous faut sauvegarder au fur et à mesure...

— Ce qu'il me faut surtout, c'est une cigarette.

D'un air de défi, elle en sortit une du paquet.

— Mon petit Hugh, ne me regardez pas comme ça. Vous pouvez très bien arranger cette histoire sans moi, n'est-ce pas ? Je descends dans le jardin prendre un peu l'air.

Hugh s'obligea à attendre que la sauvegarde soit lancée, avant d'étudier les différents tableaux accrochés dans le bureau. Cette fois, Orla n'avait pas prévu qu'il viendrait. Elle n'avait rien pu censurer ni dissimuler.

Par exemple, les graphiques avec son nom dessus.

Pendant que l'ordinateur bourdonnait derrière lui, il examina chaque tableau.

Son nom n'y figurait pas. Nulle part.

Une vague de soulagement le submergea. Orla ne lui avait pas menti, finalement. Et Millie ne s'était pas servie de lui. Elle n'avait pas parlé de leur nuit ensemble.

Mais peut-être n'était-ce pas pour le ménager, lui ? Peut-être était-elle simplement gênée d'admettre devant Orla qu'elle avait couché avec un garçon qui avait aussitôt disparu de sa vie sans explication valable.

Car il n'avait pu en trouver.

Il passa les doigts dans ses cheveux et regarda dehors. Il s'était montré odieux envers Millie, qui n'avait rien fait pour mériter cela.

En revanche, elle méritait des excuses.

Mais comment s'en tirerait-il ? Il tritura distraitement le bouton défait du col de sa chemise en coton blanc, et imagina le dialogue. « Oh, Millie, à propos, désolé si j'ai gardé mes distances ces derniers temps, mais il s'est passé deux, trois trucs que j'avais besoin de régler. D'abord, j'ai paniqué après cette nuit qu'on a passée ensemble. J'étais submergé de culpabilité, tout simplement. J'avais l'impression d'avoir trahi Louisa... Ça m'a anéanti. Et puis, je croyais que tu rapportais tous les détails de notre relation à Orla, pour mettre un peu de piquant dans son livre. Mais je viens de comprendre que tu ne lui as jamais parlé de nous. Bravo ! T'es une chic fille. »

Hugh lâcha un juron. S'excuser, c'était bien beau, mais qu'était-il censé faire ensuite ? Ou plus exactement, comment réagirait Millie ? Parce que, si elle se jetait dans ses bras en s'écriant : « Oh, quel bonheur, je savais qu'en réalité tu m'aimais ! », il se trouverait confronté à l'horrible tâche de se décoller d'elle et de lui expliquer que non, désolé, elle se méprenait complètement. Il ne s'agissait que de plates excuses. Il n'avait aucune intention de démarrer quelque chose avec elle. Surtout, qu'elle ne se fasse pas d'illusions !

Il frissonna. Jamais il ne pourrait lui dire une horreur pareille.

C'était inextricable. Car si elle était vraiment très attachée à lui, ce serait cruel de lui donner de l'espoir pour mieux la laisser tomber. Et gênant.

Mais peut-être se flattait-il. Elle l'avait complètement oublié. Une banale aventure sans lendemain, voilà tout.

Auquel cas, inutile de soulever le sujet. Elle avait dû passer à autre chose, tirer un trait et s'embarquer pour de nouvelles aventures.

Avec des individus comme Colin Deveraux…

Quand Orla revint, au bout de plusieurs cigarettes, il avait fini de sauvegarder les fichiers et de mettre de l'ordre dans le disque dur. Il avait aussi appris, d'après les graphiques griffonnés dans tous les sens, que Colin Deveraux était à New York, que le petit copain de Hester, Nat, était revenu de Glasgow et que Hester, après avoir couché avec Lucas Kemp, avait découvert qu'il était un amant déplorable.

Il trouva ce détail difficile à croire, mais curieusement réconfortant.

— C'est terminé ? s'enquit Orla avec un grand sourire.

— Terminé.

Hugh éteignit l'ordinateur, puis fit un signe de tête désinvolte en direction des graphiques, sur les murs.

— C'est en rapport avec votre prochain livre ?

— Oui ! Je change complètement d'orientation. Ça va être mon roman adulte, authentique. Littéraire.

Orla rayonnait, aussi fière qu'une jeune maman. Il hocha la tête.

— Et ça avance bien ?

— Oh, oui ! En fait, j'apprécie la discipline d'une véritable écriture, après toutes ces années passées à produire des inepties machinalement. Hormis le fait qu'il est censé s'agir d'amour et de relations humaines, alors que mon héroïne mène la vie d'une nonne agoraphobe.

Elle fit une grimace et rit.

— Mais nous allons bientôt la sortir de là. Il s'agit de mon amie Millie, expliqua-t-elle. Elle était à ma soirée, mais je ne crois pas vous avoir présentés.

— Non, répondit Hugh.

— Quoi qu'il en soit, j'ai joué un peu les entremetteuses, et j'ai bon espoir. Elle a même rendez-vous demain soir avec un charmant garçon, et je suis sûre qu'ils vont très bien s'entendre.

Le léger sourire de Hugh cacha la crispation involontaire de sa mâchoire.

— Ah bon ?

— Oh, oui ! Regardez.

Orla s'agenouilla sur la banquette située sous la fenêtre et lui fit signe de la rejoindre, tout excitée.

— C'est lui, là. En bas!

L'homme qui s'activait sur les plates-bandes était torse nu. Il avait de larges épaules bronzées, et l'air de savoir ce qu'il faisait. C'était également l'ivrogne de la soirée d'Orla qui avait sauté sur Millie et – selon ses propres termes – l'avait embrassée comme une ventouse.

— Votre jardinier.

Les muscles de sa mâchoire se détendirent.

— Il est très cultivé, annonça fièrement Orla. Son auteur préféré est Salman Rushdie.

Hugh s'écarta de la fenêtre pour qu'elle ne voie pas son expression.

— Comment pouvez-vous être sûre que cette fille… Millie? qu'elle vous raconte tout ce qui lui arrive?

Orla éclata de rire.

— Honnêtement, c'est une remarque typiquement masculine! Je vous l'ai dit, Millie est mon amie. J'ai confiance en elle.

— Comment savez-vous que vous pouvez avoir confiance en elle? insista Hugh, qui s'amusait beaucoup.

Le regard que lui adressa Orla était empli de compassion.

— Parce que je la connais, tout simplement. Elle ne me mentirait pas. Millie Brady est d'une honnêteté à toute épreuve… Quoi qu'il en soit, croisons les doigts. Car je vous le répète, mon cher, je mise de gros espoirs sur demain soir.

— Allez, souris. Tu n'es pas si moche.

Millie contemplait sans enthousiasme son reflet dans le miroir, au-dessus de la cheminée.

— Je n'ai aucune envie d'y aller.

— Alors n'y va pas, fit Hester en haussant les épaules.

— Je suis obligée. Il me fait pitié. On ne peut pas être méchant avec quelqu'un qui vient de perdre son père.

— Comme tu veux. J'essayais juste de rendre service. Va donc dîner avec Richard-le-jardinier-qui-vient-de-perdre-son-père. Mais essaie de ne pas trop t'amuser, hein?

Une Hester heureuse était presque aussi insupportable qu'une Hester suicidaire, décida Millie alors que la porte d'entrée s'ouvrait, annonçant le retour de Nat. En attendant que le restaurant de Lucas soit terminé et opérationnel, Nat travaillait dans un bar à tapas sur la promenade. Hester poussa un cri de ravissement et se jeta à son cou en le couvrant de baisers. Dans le miroir, Millie vit Nat sourire et lui murmurer quelque chose de coquin à l'oreille. Puis, surprenant le regard de Millie, il s'écarta gentiment. Car Nat était attentionné, prévenant. Il ne voulait pas la mettre mal à l'aise.

Millie recula de quelques pas et examina sa tenue. Rien d'éblouissant, juste une petite robe vert pâle à bretelles avec un cardigan en angora assorti, au cas où le temps se rafraîchirait dans la soirée. Un peu fade, à vrai dire, mais approprié pour dîner avec un horticulteur.

Elle attendit patiemment que Hester ait fini d'embrasser Nat et demanda :

— À quoi je ressemble ?

La sensibilité et la considération n'avaient jamais été le fort de Hester. Avec un grand sourire, elle répondit :

— À une groseille à maquereau.

Comme s'y était attendue Millie, Richard vint la chercher pile à l'heure, et avec un profil de gendre idéal. Musclé mais pas hypertrophié, soigné mais pas apprêté, beau mais pas trop. Il portait une chemisette bleu marine, un pantalon de toile beige et des chaussures bien cirées. De l'après-rasage, mais pas en quantité incommodante. Des ongles courts, propres. Et un de ces sourires gentils et honnêtes avec des rides au coin des yeux, si prisés de toutes les belles-mères potentielles de par le monde.

Le cœur de Millie se serra. Il était exactement le genre d'homme avec lequel elle devrait s'établir – le genre fidèle, travailleur, le genre à vous traiter comme une princesse et vous apporter le petit déjeuner au lit.

Pourtant, il ne lui faisait absolument aucun effet.

Quelle injustice…

— Comme tu es jolie ! lui dit-il en rosissant.

— Merci. Euh, toi aussi… répondit-elle avec imagination.

— Tu es prête ?

Millie prit son sac.

— Oui. Hess ! cria-t-elle en se retournant. On y va. À tout à l'heure.

Hester apparut en haut de l'escalier.

— J'ai l'impression que la douche est bouchée. Tu ne sais pas où est la *ventouse* ?

Quelques siècles plus tard, Richard alla aux toilettes, laissant Millie seule à leur table. Deux heures s'étaient écoulées, horriblement lentement.

Il l'avait emmenée chez Vincenzo, un restaurant italien populaire sur le port, avec des bougies à chaque table, des filets de pêche accrochés au plafond, et une musique sensuelle dans les haut-parleurs branlants au-dessus du bar. Personne ne pouvait accuser Vincenzo de ne pas garantir une ambiance idéale aux jeunes amoureux.

Pauvre vieux Vincenzo, songea Millie. Tout ce mal pour rien.

Le problème, ce n'était pas Vincenzo, mais Richard, qui avait à peu près le charisme d'une émission politique. Elle avait redouté qu'il ne lui parle de son père toute la soirée, mais sa conversation avait tourné autour d'une chose, bien pire.

Le jardinage.

En glissant une allusion à Salman Rushdie de temps en temps, histoire de donner un peu de piquant.

Millie fantasma sur la porte des toilettes, s'imagina qu'elle était coincée, et que Richard resterait enfermé. Elle se sentait méchante d'avoir de telles pensées, mais pas au point de se les interdire. C'était une soirée mortelle.

Terrifié à l'idée de renouveler son expérience de la soirée d'Orla, Richard ne buvait que de l'eau minérale. Quand il avait demandé à Millie si elle voulait du vin, elle avait hoché la tête vigoureusement, s'attendant à ce qu'il commande une bouteille. Richard avait adressé à la serveuse son sourire de gendre idéal :

— Et un petit verre de vin blanc pour madame.

Pour être honnête, il lui en avait commandé un autre… cinquante-cinq minutes plus tard.

Décidée à profiter de son absence, elle prit son verre vide et tenta vaillamment d'attirer l'attention d'un serveur.

En vain. Les épaules de Millie commençaient à s'affaisser, lorsqu'une voix murmura à son oreille :

— S'il y a une chose que je ne supporte pas, c'est une demoiselle en détresse.

45

Les tables, chez Vincenzo, étaient très rapprochées. Pour l'ambiance, vraisemblablement. Stupéfaite, Millie regarda l'un des hommes de la table voisine lui prendre son verre des mains et le remplir à ras bord de vin rouge. Il le lui rendit avec un grand geste, sa chaise perchée sur les pieds arrière, et ajouta :

— Tenez, j'ai l'impression que vous en avez besoin.

Il devait friser la trentaine, devina-t-elle, et lui souriait. Gentiment.

— Merci, mais je ne suis pas une demoiselle en détresse.

— Ah, on ne nous la fait pas ! répliqua l'autre homme en souriant à son tour.

— Non, je vous assure.

Tout en protestant, Millie ne put s'empêcher de vider la quasi-totalité du verre.

— Ma chère enfant, cela fait trois quarts d'heure que nous espionnons votre conversation, et vous ne nous ferez pas croire que vous vous amusez, déclara solennellement le premier. Par ailleurs, en tant que médecins, nous sommes tombés d'accord et notre diagnostic est le suivant : détresse aiguë.

Il lui remplit son verre.

— Déclenchée par un ennui incurable et la culture des rhododendrons.

— Et les plantes caduques, ajouta son ami.

— Et les rocailles, les capucines, l'importance de transformer en paille l'herbe coupée…

— Cela dit, pour être justes, nous avons trouvé le petit discours sur l'hybridation *presque* intéressant.

— Seulement parce que tu croyais qu'il orientait la conversation vers le sexe, le gronda l'autre.

Il secoua la tête, l'air attristé.

— Mais nous avions raison, n'est-ce pas ? Vous avez besoin qu'on vienne à votre secours.

Oh, oui ! Oui !

— Il est très gentil, protesta faiblement Millie.

— Le traitement est simple : une bonne marche vivifiante. Au fait, je m'appelle Jed.

Il cligna de l'œil et désigna du menton la porte d'entrée ouverte.

— Je ne peux pas. Son père vient de mourir.

— D'ennui, sûrement. Las d'entendre son fils lui narrer les mérites du compost et du drainage, et l'intérêt de la taille…

— Il revient ! chuchota-t-elle.

En s'asseyant, Richard lui dit avec enthousiasme :

— Désolé, j'ai été un peu long. Il y avait un pot de géranium devant la fenêtre qui allait expirer ! J'ai expliqué au propriétaire du restaurant qu'il fallait l'arroser régulièrement et bien enlever les pointes, s'il veut le voir refleurir.

— Ah bon ?

Du coin de l'œil, Millie vit les épaules de Jed trembler. Elle serra son verre entre ses mains pour que Richard ne voie pas les traces de vin rouge et dit bravement :

— J'adorerais un autre verre.

Dix minutes plus tard, Jed et son ami finissaient leur dîner et demandaient l'addition. Quand ils eurent payé, Jed se leva et annonça :

— On y va ? Je te rejoins dehors. Je fais un saut aux toilettes.

En s'éloignant, il jeta un coup d'œil par-dessus son épaule, croisant brièvement le regard de Millie. Elle attendit qu'il disparaisse derrière la porte et prit son sac.

— Excuse-moi, Richard, je reviens tout de suite…

Jed l'attendait dans l'étroit couloir conduisant aux toilettes.

— Je ne pouvais pas partir sans aller voir ce géranium, déclara-t-il. Je me faisais un de ces soucis pour lui…

— Moi aussi. J'espère que Vincenzo pensera à couper les pointes.

— Je savais bien que je vous avais déjà croisée quelque part, mais je ne retrouvais pas où, dit Jed en souriant. Vous êtes le gorillogramme.

— La renommée, enfin ! s'écria Millie avec ravissement. Où m'avez-vous vue ?

— À l'hôpital. Vous avez été formidable. Et c'est une raison de plus pour vous délivrer. Après tout, les gorilles sont une espèce en voie de disparition.

— Mais je ne peux pas me sauver comme ça par la fenêtre des toilettes, protesta-t-elle. Il vient de…

— Perdre son père. Je sais. Je ne suis pas complètement insensible, vous savez.

Jed sortit un téléphone portable de sa poche intérieure et le glissa dans le sac ouvert de Millie. Elle haussa un sourcil, et il lui adressa un sourire malicieux.

— Vous pourriez peut-être lui dire que c'est ainsi que la nature élague l'arbre de la vie…

Un instant plus tard, tel Superman, il avait disparu.

Contrairement à Superman, cependant, il ne portait pas sa culotte par-dessus son pantalon.

Le sac de Millie sonna trois minutes plus tard, interrompant le monologue de Richard sur les fontaines de jardin.

— Excuse-moi, Richard, dit-elle en prenant le téléphone et le pressant contre son oreille. Allô ?

— Nous sommes dehors.

— Comment cela, où je suis ? Je dîne avec un ami, répondit Millie.

— Dans une vieille Toyota sale avec l'aile avant cabossée.

— Mais je n'étais pas censée travailler, ce soir ! Ô, mon Dieu ! s'exclama-t-elle avec une expression horrifiée. J'avais complètement oublié !

— Allons, allons, un peu plus de conviction, l'encouragea Jed.

— Et tu leur as dit que j'étais en route. D'accord, d'accord. Je suis chez Vincenzo, Lucas. Je suis vraiment désolée… Tu es où ? Au coin de la rue ? Tu as mon costume dans la voiture. Fantastique ! D'accord, je sors tout de suite. J'arrive. Et vraiment, je ne sais pas comment te remercier.

— Pas de quoi ! fit gaiement Jed avant de raccrocher.

— Que se passe-t-il ? demanda Richard.

— J'avais complètement oublié. Je dois me produire à un mariage, ce soir, à Truro. J'avais tout noté, mais j'ai oublié de reporter l'engagement sur mon agenda. La mère de la mariée vient d'appeler Lucas pour savoir pourquoi je n'étais pas là. Mon Dieu, quelle idiote je suis ! Lucas passe me prendre. Il faut que je file. Désolée.

Millie attrapa son sac et sortit de son porte-monnaie un billet de vingt livres.

— Ce n'est pas la peine, protesta Richard, stupéfait.

Si, parce que je suis en train de m'enfuir lâchement…

— S'il te plaît, laisse-moi participer. Je préfère.

Elle glissa vivement le billet dans sa main.

— Bon, Lucas doit être là. Je file. Ciao!

Un sifflement l'accueillit sur le trottoir d'en face, lorsqu'elle sortit.

— J'ai l'impression de cambrioler une banque! s'esclaffa Jed. J'ai toujours voulu faire le chauffeur qui attend son complice. Vite, grimpez!

Millie hésita.

— Je ne suis pas censée monter dans la voiture d'inconnus.

— Nous ne sommes pas des inconnus. Nous sommes chirurgiens.

Jed sortit sa carte de l'hôpital.

— De plus, nous venons de vous sauver d'un jardinier aussi spirituel que du compost. Et vous avez toujours mon téléphone portable, lui rappela-t-il. Mais faites comme vous voulez. Nous allons au Mandrake Club. Si vous souhaitez vous joindre à nous, vous êtes la bienvenue. Cela dit, je vous préviens: au cas où vous flasheriez sur moi, je ne couche jamais avec une inconnue le premier soir.

Millie regarda sa montre. Il était dix heures et quart. Si elle rentrait maintenant, elle devrait rester dans un fauteuil pendant que Hester et Nat se feraient des mamours sur le canapé.

Elle sauta sur le siège arrière de la Toyota, atterrit sur un stéthoscope et déclara:

— Le Mandrake, parfait.

La boîte de nuit était bondée, mais cela n'empêcha pas Jed et Warren d'entraîner Millie dans la foule. Leur enthousiasme ne connaissait pas de limites, et ils dansèrent tels des labradors exubérants jusqu'à ce que l'épuisement les oriente vers le bar. Dès qu'ils eurent fini leur bière, ils retournèrent sur la piste écraser encore quelques pieds innocents. Millie se trouva projetée entre les deux comme un Frisbee. Jed et Warren n'étaient pas là pour impressionner qui que ce soit, et tant mieux. Ils s'amusaient sans arrière-pensées, savourant leur précieuse soirée de liberté.

Finalement, je passe un bon moment, songea Millie. Sortir, m'amuser, c'est ça qu'il me faut pour m'empêcher de penser à...

Enfin, à d'autres trucs.

D'autres gens.

Par exemple... Comment s'appelait-il, déjà ?

Jed la souleva de terre pour la faire tournoyer comme une toupie. Puis il la reposa, et elle dut retrouver son équilibre contre ses bras. Il sourit et l'emmena vers le bar.

— On se prend une autre bière ?

La vessie de Millie menaçait d'exploser. Les verres de vin, tout à l'heure, plus trois pintes en une heure, se faisaient sentir.

— Une moitié, implora-t-elle.

— Une moitié ? répéta Jed avec dégoût. Tu es une mauviette, ma parole, ou quoi ?

— Que veux-tu, je ne suis qu'une faible femme. Je n'arrive plus à suivre.

La musique se tut un instant, et le téléphone dans le sac de Millie sonna. Elle avait oublié qu'elle l'avait, et tournait la tête pour voir d'où cela venait. Amusé, Jed récupéra l'objet.

— Allô ? Alors, où êtes-vous ? Non, on est au Mandrake, rugit-il pour couvrir la musique qui avait repris ses droits. Vous venez ? Super ! À tout' !

Il coupa et sourit à Millie.

— L'équipe du soir a terminé. Ils viennent nous rejoindre.

— Parfait.

— Écoute, je peux te poser une question ? Euh, c'est assez personnel...

— Vas-y. Mais sois bref, il faut absolument que j'aille faire pipi, ajouta-t-elle romantiquement.

Jed hésita. Transpirant de leurs exploits sur la piste, il devint d'une nuance écarlate un peu plus prononcée.

— Voilà : est-ce que tu m'aimes bien ?

— Bien sûr ! répondit Millie, choquée. Tu m'as sauvée, non ? J'étais la demoiselle en détresse, et toi mon chevalier héroïque. En plus, tu m'as offert plein de tournées, ce qui ne gâche rien...

— Je veux dire, est-ce que... je t'ai tapé dans l'œil ?

Elle se tut.

— Non, hein ? l'encouragea-t-il, inquiet.

— Euh… eh bien, non.

— Super !

Jed poussa un soupir de soulagement.

— Tant mieux ! Je m'en doutais, mais je voulais en être sûr.

Cette fois, ses oreilles étaient cramoisies.

— Parce que tu comprends, il y a cette infirmière que j'aime bien, elle sera avec ceux de l'hôpital qui vont venir. Je voulais juste être sûr que ça ne t'ennuierait pas si…

— S'il la draguait effrontément, se moqua Warren qui venait de les rejoindre au bar. Tu parles de Jenny, je suppose ? Ça fait des semaines qu'il se prépare psychologiquement.

— Si tu es certaine que ça ne t'ennuie pas, insista Jed. Je veux dire, c'est nous qui t'avons traînée ici. Je ne voudrais pas que tu te sentes exclue, tout d'un coup…

— Bien sûr que non, gros nigaud ! s'exclama Millie en riant de son expression. Fonce.

Soulagé, il l'embrassa sur le front.

— Bon. Je te présenterai au reste de l'équipe. On ne sait jamais, tu trouveras peut-être chaussure à ton pied. Il y a Raoul, le podologue. Il plaît beaucoup aux filles.

— Merci, mais je ne cherche pas vraiment de… enfin…

— Eh ! interrompit Warren avec un grognement impatient. Nous perdons un temps précieux, les enfants. Tu l'offres, ta tournée, ou quoi ? demanda-t-il à Jed avec un coup de coude.

Millie, qui croisait tellement les jambes qu'elle les avait enroulées jusqu'aux chevilles, déclara :

— Moi, je vais aux toilettes. À tout de suite.

46

Dans les toilettes des femmes, l'air était imprégné de fumée de cigarette, de laque, de parfum et de ragots. Adossée au mur carrelé, Millie attendait son tour, les yeux fermés, en se concentrant sur les bribes de conversation qui fusaient autour d'elle pour oublier son envie pressante.

— ... Je t'assure, il embrasse comme un chameau.

— ... Zut, j'ai perdu un coussinet de mon soutien-gorge... Il a dû tomber sur la piste de danse.

— ... Comment peut-il la trouver bien ? Elle est bourrée de cellulite, cette fille !

— ... Je le trouve sublime. C'est quand il veut.

— ... Mais je l'aime ! Et il disait qu'il m... m'aimait, et maintenant il ne pense plus qu'à cette grosse truie et je suis malheu-reu-eu-eu-euse...

— ... Il se l'est coincé dans l'anneau qu'elle a au nombril. Ils ont été obligés d'appeler les urgences, et on les a soulevés ensemble sur une civière.

— ... Sa femme est morte l'année dernière.

Millie rouvrit brusquement les yeux. Ses orteils se raidirent. La dernière remarque venait d'une grande brune, devant les lavabos, qui se poudrait les joues. À côté d'elle, son amie rondelette se surchargeait les paupières de mauve.

La porte des toilettes s'ouvrit. C'était au tour de Millie.

Je ne dois pas réagir comme ça, songea-t-elle. Elles peuvent parler de n'importe qui. Il faut absolument que je me ressaisisse.

Mais elle fit pipi le plus lentement et le plus silencieusement possible, pour ne pas rater un mot.

— Comment tu le sais ?

— Je lui ai posé la question, banane ! Il travaillait au café hier, et pendant que Jerry déblatérait comme d'habitude sur sa petite copine, je lui ai demandé : « Et toi, tu as une petite amie ? », et il a répondu « Non » et je me suis dit, super. Alors j'ai insisté : « Pourquoi ? Tu es trop moche ? » Il a fait une espèce de sourire et il a dit : « Ce doit être ça. » À ce moment-là, Jerry m'a donné un grand coup de pied et m'a emmenée à l'écart, et il m'a engueulée : « Il était marié, crétine. Sa femme est morte l'année dernière. » Et moi j'étais là... mon Dieu, quelle horreur, c'est trooop triste. Tragique, hein ?

Millie avait terminé son pipi atrocement long. Elle tira la chasse et sortit des toilettes. Trooop Triste se brossait vigoureusement les cheveux en grimaçant devant le miroir, pour être sûre qu'elle n'avait pas de rouge à lèvres sur les dents.

— Enfin, tragique pour lui, reprit-elle gaiement. Mais pour moi, coup de bol. Je vais le draguer ce soir.

— D'accord, fit Faire-Valoir, mais qui te dit que tu lui plais ?

Trooop Triste ricana.

— Arrête ! Pourquoi veux-tu que je ne lui plaise pas ?

Faire-Valoir, nettement moins jolie et visiblement jalouse, insista :

— Tu n'es peut-être pas son genre.

Ayant rajusté sa bretelle de soutien-gorge fluorescente et vaporisé un jet de rafraîchisseur d'haleine dans sa bouche, Trooop Triste recula d'un pas pour admirer son reflet. Satisfaite, elle sourit.

— Je suis une fille, non ? Et je fais du 95 E. Évidemment que je suis son genre.

Tout cela n'éclairait pas Millie. Mais puisque l'objet de leur attention travaillait dans un café, ce n'était vraisemblablement pas Hugh. Pourtant, elle était saisie du besoin irrésistible de sauter sur Trooop Triste, de la plaquer contre le lavabo et de la maculer de crayon à paupières.

Une moustache à la Groucho Marx, pourquoi pas ?

De toute façon, ce ne pouvait pas être Hugh.

Zut, elle qui avait si merveilleusement réussi à ne plus penser à lui, tout à l'heure ! Tout juste si elle se rappelait son nom...

À d'autres.

L'estomac noué, Millie chercha son brillant à lèvres abricot.

Au cas où.

Mais, bien sûr, ça ne pouvait pas être Hugh...

C'était Hugh.

Millie le repéra immédiatement et comprit qu'elle l'avait su, quelque part dans ses tripes, depuis le début. Rien qu'à la façon prédatrice dont Trooop Triste avait parlé de lui.

Et elle était là qui bavardait avec lui, ayant filé droit vers sa cible tel un missile à tête chercheuse.

Un geyser de jalousie transperça le cœur de Millie. Trooop Triste se tenait à quelques centimètres de lui, se rapprochait encore pour murmurer quelque chose à son oreille, avant de jeter en arrière ses longs cheveux et d'éclater de rire.

Hugh riait aussi.

Salaud.

Et d'abord, que faisait-il ici ? C'était une boîte de nuit, un endroit où les hommes venaient draguer les femmes et où les femmes venaient draguer les hommes. Il n'était pas censé s'intéresser à ce genre de choses !

Salaud.

La bouche sèche, Millie le regarda parler et sourire, comme s'il n'avait aucun souci au monde. Trooop Triste remuait de la tête et des épaules, passait le poids de son corps d'un talon aiguille sur l'autre. Ses seins 95 E débordaient de son minuscule bustier bleu électrique, et ses jambes, moulées dans un short microscopique, étaient interminables.

Millie baissa les yeux vers sa robe en jersey groseille à maquereau, et eut l'impression d'être un bol de pâtée pour chat desséchée. Par contraste, Trooop Triste s'offrait sur un plateau telle une coupe de somptueuses crevettes charnues et juteuses.

Le sang de Millie se figea. Trooop Triste faisait papillonner ses doigts devant la chemise bleu marine de Hugh. Et lui, il restait là, à la *laisser faire*.

Je sais pourquoi il est là ce soir. Il m'a essayée une nuit, puis il a disparu de ma vie. En prenant ses jambes à son cou. Mais maintenant, on lui promet des crevettes fraîches…

— Ah, te voilà ! On a cru que tu nous avais plantés là !

Jed surgit au milieu de la fumée tel un génie, deux pintes de bière entre les mains, transpirant plus que jamais, débraillé et hirsute. Millie sourit.

— Elle est arrivée ?

— Qui ça ? Madonna ?

Il tapota la poche renfermant son portable.

— Elle a téléphoné pour prévenir qu'elle serait en retard. Je lui ai dit qu'elle aille se faire voir.

— Bravo. On n'a pas à se faire tenir la dragée haute par des stars. Et ton infirmière ?

— Pas de nouvelles pour l'instant. Tu trouves que je sens l'ail ?

Il soufflait avec inquiétude dans sa main. Ces médecins, vraiment, aucune finesse…

— Tu as mangé des spaghettis aux fruits de mer dans un restaurant italien, lui fit-elle remarquer. Bien sûr que tu sens l'ail !

— Mon Dieu…

— Tiens.

Elle fit glisser deux TicTac à la menthe dans sa main – salut dérisoire, sans doute, mais tout était bon à prendre. Jed lui pressa l'épaule.

— Merci. Eh, *Chumbawumba* ! J'adore cette chanson.

Millie grimaça, mais elle n'avait pas le choix. Son verre lui fut retiré des mains – une nouvelle fois – et elle fut emmenée bon gré mal gré sur la piste de danse. Jed beuglait en même temps que la chanson, en rebondissant dans tous les sens telle une balle de ping-pong.

Horriblement consciente de la présence de Hugh à quelques mètres, Millie fit semblant de ne pas l'avoir remarqué. Autant faire contre mauvaise fortune bon cœur, et prétendre qu'elle s'amusait comme une folle. D'ailleurs, peut-être ne l'avait-il même pas vue ? Trooop Triste continuait son petit numéro de charme sous son nez. Pourquoi irait-il regarder les cinglés qui se trémoussaient sur la piste ?

— La voilà ! La voilà ! cria Jed en s'immobilisant. Vite, tu n'aurais pas encore de ces petits trucs blancs ?

Millie fouilla dans son sac, trouva un TicTac perdu dans la petite poche intérieure – un peu pelucheux, mais encore comestible – et le lui mit dans la bouche. Jed piaffait comme un jeune étalon.

— C'est bon. Tu peux y aller.

— Tu crois ?

— Bien sûr ! De toute façon, il faut que je me repose un peu. Bonne chance.

Avec un immense sourire de soulagement, et dans un souffle aillé et mentholé, Jed vola vers le bar et la fille de ses rêves. La laissant seule au milieu de la piste.

Zut, on dirait que je viens de me faire larguer…

Cette fois, bien que ses yeux ne se soient même pas tournés dans sa direction, Millie savait que Hugh la regardait. Elle la joua nonchalante – à l'extrême –, consulta sa montre – pourquoi ? –, tapota son sac – inutilement –, tripota ses cheveux – toujours là –, puis retourna avec désinvolture vers l'endroit où Jed avait abandonné leurs verres.

Il y avait une petite table vide juste dans le coin, hors de vue de la piste. Elle s'assit, en sécurité mais toujours stupide, et commença à chercher dans son sac. Elle avait le numéro d'une compagnie de taxi là-dedans, quelque part. Jed lui avait déjà expliqué que, compte tenu de la quantité d'alcool qu'ils allaient ingurgiter ce soir, ils ne reprendraient pas leur voiture. Si elle attendait, comme ils le lui avaient proposé, qu'ils la déposent en taxi, elle risquait d'en avoir pour des heures. Or elle était prête à partir. Où diable était cette carte ? Décidément, le monde entier l'abandonnait en ce…

— Millie.

Elle sursauta, leva la tête.

Il était là.

47

Mon Dieu, songea Millie. Et revoilà son estomac qui grouillait comme la fosse pleine de serpents dans *Indiana Jones*.

Elle pria le Ciel pour que Hugh n'en devine rien, afficha un grand sourire et dit :

— Tiens, salut, je ne savais pas que tu étais là.

— Ça m'étonnerait, fit-il, amusé.

— Non !

— Si.

C'était ridicule.

— D'accord. Qu'est-ce qui te fait penser que je t'avais vu ?

— Tu m'évitais. Quand tu dansais, avec ton copain. Tu regardais partout, sauf vers moi. Ce qui ne peut signifier qu'une chose : tu m'avais déjà remarqué et tu évitais délibérément de me regarder. À propos, est-ce bien raisonnable de boire ça ?

Il désigna du menton sa bière.

L'espace d'un instant fracassant, elle se demanda s'il la croyait enceinte.

— J'ai le droit. J'ai plus de dix-huit ans.

— Je t'ai vue prendre quelque chose, tout à l'heure. Un comprimé, précisa-t-il d'un ton égal. Et tu en as donné un à ton ami.

Millie réprima un sourire. Voilà pourquoi il semblait réprobateur.

— Et tu as cru que c'était de l'ecstasy. Tu trouves vraiment que j'ai l'air extatique ?

— Vous dansiez comme sous l'emprise de la drogue, tous les deux.

— Nous étions sous l'emprise des TicTac, en fait, répondit-elle en avalant une gorgée de bière. Et je ne dansais comme ça que pour tenir compagnie à Jed.

— Hmm. Dommage. Il est parti au bar draguer une autre fille.

— Jed n'est pas mon petit ami. C'est juste un copain.

Millie tendit le cou et l'aperçut au bar. L'infirmière était grande, avait des cheveux frisés et une bouche à la Julia Roberts.

— Qu'est-ce que tu fais ici, à part ça ? Enfin, je veux dire, je sais bien ce que tu fais ici, mais je n'aurais pas cru que c'était ton genre d'endroit.

Tout en bredouillant, elle réalisa qu'on l'observait. C'était son tour, à présent. Au milieu de la foule, Trooop Triste les contemplait, ignorant complètement le garçon qui lui chuchotait quelque chose à l'oreille.

— Tu as raison. Je me suis laissé entraîner.

Hugh suivit la direction de son regard et précisa :

— J'ai créé un site web pour une nouvelle entreprise. Ils ont ouvert il y a huit jours et ont insisté pour que je vienne fêter ça avec eux ce soir.

— Ah bon ? J'avais cru entendre dire que tu travaillais dans un café, ces derniers temps...

Les entrailles de Millie continuaient à se tordre, mais elle trouvait qu'elle se débrouillait très bien pour le cacher. Ils avaient pratiquement une conversation normale, polie.

— C'est ça, fit Hugh avec un petit sourire. Un café Internet, le web bar de Wardour Street. J'ai supervisé tout le côté technique.

Pas la plonge, alors.

— Elle s'appelle Anita, c'est une des serveuses, ajouta-t-il.

— Elle a l'intention de te faire ta fête, ce soir.

Hugh rit et approcha une chaise.

— Je m'en étais douté, figure-toi.

— Je l'ai entendue parler de toi dans les toilettes. Elle fait du 95 E.

Mon Dieu, était-elle masochiste ou quoi ?

— Je le savais aussi. Elle me l'a dit.

— Tu ne devrais pas plutôt être là-bas avec elle ?

— Allons, fit-il, pince-sans-rire. Tout l'intérêt de venir te voir était de m'éloigner d'Anita.

Extrêmement flatteur ! Vexée, Millie se demanda ce qu'il allait lui réserver, à présent. Lui proposer un slow, par exemple ? Juste pour se débarrasser de Trooop Triste.

C'était un scénario classique chez les ados, une manière efficace de faire comprendre à quelqu'un qu'il ne vous intéressait pas. Malheureusement, quand vous étiez secrètement amoureuse du garçon qui se servait de vous pour faire passer son message, c'était horriblement cruel. La musique s'arrêtait et il disait avec satisfaction : « C'est bon, tu peux partir, maintenant. »

Ou même : « Merci, Millie, tu es ma pote. »

— En fait, ce n'est pas vrai, reprit Hugh.

— Si, c'est vrai ! C'est comme ça qu'il m'a appelée. Et il m'a donné une claque dans le dos.

Il la considéra bizarrement.

— Hein ?

Trop tard, Millie réalisa qu'ils ne parlaient pas des humiliations de son adolescence. Il allait la croire cinglée.

Elle secoua la tête.

— Pardon, pardon, je pensais à voix haute… Qu'est-ce qui n'est pas vrai ?

Par bonheur, il ne tient pas compte de son accès de folie.

— Je ne suis pas venu te voir simplement pour m'éloigner d'Anita. Je voulais te parler.

Hugh hésita, cherchant ses mots.

— Je te dois une excuse.

Plutôt, oui, mon *pote* !

— Écoute, ce n'est pas la peine. C'est bon, ça va.

— Non. Il faut que je t'explique pourquoi…

— Hugh ?

Visiblement lasse d'attendre, Anita avait surgi entre eux.

— Tu danses avec moi ?

Comme ça, paf ! s'émerveilla Millie. Foin des hésitations, foin des tergiversations. Trooop Triste le voulait, elle était venue le chercher.

— À vrai dire, répondit Hugh, j'allais…

— S'il te plaît. C'est ma chanson préférée.

Le D.J., qui se targuait d'être excentrique, avait remplacé les battements du rap par Céline Dion.

— À vrai dire, répéta Hugh, j'allais inviter Millie à danser.

Les années s'envolèrent. Tout d'un coup, Millie eut de nouveau quinze ans. Un appareil sur les dents et le cœur qui battait pour Andy Trent. Elle savait bien qu'elle n'était rien aux yeux d'Andy. S'il lui demandait de danser, c'était uniquement pour rendre jalouse Stephanie Chambers, mais allez refuser une occasion pareille… Si elle disait non, Andy hausserait les épaules et irait en inviter une autre. Si elle acceptait, elle aurait trois minutes de béatitude à se remémorer pendant des semaines.

Voilà pourquoi elle n'avait jamais pu se résoudre à refuser. Qu'importait son amour-propre ? Trois minutes d'inimaginable félicité valaient mieux que rien.

Arrête, arrête ! Tu n'as plus quinze ans, tu en as vingt-cinq. Tu es adulte, mûre, tu as de l'amour-propre à revendre, et même pas d'appareil dentaire…

— D'accord, bafouilla-t-elle.

— Désolé, fit Hugh avec un haussement d'épaules et un petit sourire à Trooop Triste.

Celle-ci foudroya Millie du regard et s'éloigna.

— Il faut y aller, maintenant, murmura Hugh, ce qui fit remonter son estime d'elle-même au-delà de toute espérance.

— Pas la peine. J'aime autant rester ici.

— Ne dis pas de bêtises.

— Je croyais que tu voulais me dire quelque chose ?

Il esquissa un sourire, prit sa main moite et la fit se lever.

— Ça peut attendre.

Existait-il une forme de torture plus exquise que celle-ci ? Toutes les cellules du corps de Millie réclamaient davantage, l'incitaient impudemment à avancer sa cuisse contre celle de Hugh, à laisser descendre sa main le long de son dos, à incliner la tête et la rapprocher discrètement de son épaule : encore un centimètre… encore un…

Allez, hurlaient ses hormones surexcitées, fais quelque chose, bon sang ! C'est lui, non ? Ne fais pas semblant de l'avoir oublié ! C'est avec lui qu'on s'est tellement éclatées, la dernière fois. Alors qu'est-ce qu'on attend ?

Ce n'étaient que des hormones, elles ne pouvaient pas comprendre.

Au prix d'un effort de volonté surhumain, Millie se concentra sur la musique. Quand elle était allée voir *Titanic* avec Hester, le directeur du cinéma avait été obligé de leur demander de pleurer silencieusement. Apparemment, des spectateurs se plaignaient de ne plus entendre le film.

Ne pense pas à Hugh, ne pense pas à Hugh, c'est bientôt terminé, continue à danser et ne pense pas à… Mon Dieu, il vient de me pincer les fesses !

— Quoi ? s'enquit-il innocemment devant son regard courroucé.

— Pourquoi as-tu fait ça ?

— Fait quoi ?

— Ça !

C'était tellement ringard, tellement antiromantique. Et en plus, il lui avait fait mal ! Outrée, elle lui pinça les fesses à son tour. Fort.

— Ouille ! Ça fait mal.

— Tant mieux.

Une fraction de seconde plus tard, cela recommençait. Millie se retourna vivement et découvrit Jed qui pelotait joyeusement l'infirmière de ses rêves. Il lui adressa un clin d'œil et leva deux pouces victorieux. Tellement ringards, tellement antiromantiques…

— Pardon, marmonna-t-elle à Hugh. Je croyais que c'était toi.

Elle évita ses yeux sombres. Elle avait la détestable impression qu'il se moquait d'elle. Elle aurait bien aimé que Céline Dion en finisse. Cette chanson mettait plus de temps qu'il n'en avait fallu au *Titanic* pour sombrer.

Mais surtout, elle aurait aimé que Hugh n'ait pas mis cet après-rasage. Cela lui rappelait tellement leur nuit ensemble, qu'elle savait qu'elle serait hantée par cette odeur jusqu'à la fin de ses jours. Son corps était programmé pour réagir.

Ce n'était pas drôle, songea Millie, d'être à la merci d'une bouteille d'après-rasage. Pas drôle, et pas juste. Si elle pouvait entraîner Hugh au vestiaire, lui arracher ses vêtements et le frotter avec une brosse, elle le ferait séance tenante.

Mais elle risquait d'accomplir les deux premières tâches et ensuite de… de se laisser distraire…

— Ça va ? fit-il.

— Hein ?

— Ta respiration est bizarre.

Oh, zut ! Millie réalisa qu'elle s'était laissé emporter par son imagination, elle était en hyperventilation pratiquement dans son oreille. Elle recula d'un pas.

— Ça va. Je me sens juste un peu, euh… faible.

Il sembla alarmé.

— Millie, idiote ! Il fallait me le dire !

— Je le dis maintenant.

Elle oscilla légèrement pour plus d'authenticité, puis elle poussa un cri lorsque ses pieds perdirent soudain le contact avec le sol.

— Grands dieux, qu'est-ce que tu fais ?

— Je te sors d'ici avant que tu ne t'évanouisses.

Hugh l'avait soulevée dans ses bras ! Il se déplaça rapidement entre les danseurs et se dirigea vers la sortie. Derrière elle, Millie entendit un sifflet strident et un cri d'approbation tapageur. Voire *ringard*.

Consciente de son sac à main qui pendait de sa bandoulière et rebondissait peu élégamment sur ses fesses, elle se plaignit :

— Lâche-moi ! Je n'ai pas dit que j'allais m'évanouir, je ne suis pas du genre à m'évanouir !

— On étouffe, là-dedans. N'importe qui risquerait de perdre connaissance. C'est bon, dit-il aux videurs à l'entrée. Je ne la kidnappe pas, elle a juste besoin d'un peu d'air.

48

Dans la rue, Hugh l'installa sur un banc et essaya de la convaincre de mettre sa tête entre ses genoux. Jugeant cela indigne et ne tenant pas à se ridiculiser davantage, Millie refusa tout net.

— Je vais bien, je t'assure. Tu vois ? fit-elle en remuant le cou comme un tournesol mal équilibré. Je ne me suis jamais mieux sentie.

— Attendons encore une ou deux minutes. Et ensuite tu pourras y retourner.

Millie n'était guère tentée. Jed avait son infirmière. Et Trooop Triste, sûrement, attendait de récupérer Hugh. Elle leva les yeux, vit un taxi ralentir et déverser un petit groupe de fêtards.

— Je crois que je vais m'en tenir là. Et rentrer à la maison.

— Je te raccompagnerais volontiers, mais je ne suis pas motorisé. Non, attends !

Il posa une main sur le bras de Millie qui s'apprêtait à héler le taxi.

— Ne pars pas tout de suite. On n'a toujours pas parlé.

Elle tressaillit. Elle n'était pas d'humeur à entendre un de ces sermons à la « tu es une chouette fille, mais ». Elle regarda le taxi s'éloigner et dit d'un ton léger :

— J'ai une meilleure idée : si on n'en parlait pas, hein ?

— Si je ne t'ai pas rappelée après l'autre nuit, c'est parce que je me sentais coupable vis-à-vis de ma femme. Et ensuite, avant que je n'aie le temps de m'excuser, j'ai découvert que tu avais un arrangement avec Orla.

Il marqua une pause.

— Je pensais que tu lui parlais de nous.

— Eh bien, non.

— Je le sais, maintenant.

Il était assis à côté d'elle sur le banc, les coudes sur les genoux, les mains croisées. Millie retint son souffle. Cela se résumait-il à un malentendu ? Elle s'accorda une lueur d'espoir. Infinitésimale.

— Tu aurais pu me le demander.

— Je sais. Écoute, je suis désolé…

— C'est bon. Excuses acceptées.

L'estomac de Millie se convulsait à nouveau. Allait-il l'embrasser ? Elle se tourna, imperceptiblement, pour lui faciliter la tâche. Mais il continuait à fixer le sol.

Quand il reprit la parole, ce fut visiblement au prix d'un effort.

— Je suis désolé aussi pour l'autre chose. Cette nuit-là. Ça n'aurait pas dû arriver.

Quoi ? Qu'est-ce que tu racontes ?

— Ah ! murmura-t-elle.

— C'est entièrement ma faute. Je n'aurais jamais dû venir chez toi comme ça, je ne sais pas ce qui m'a pris. Tu sais…

— Non, non, c'est bon. Ça n'a pas d'importance, lâcha Millie avant qu'il ne puisse continuer et lui dire qu'elle était une chouette fille, peut-être même « une pote ». Je comprends ce que tu essaies de me dire, et ce n'est pas la peine, je t'assure. Ça s'est passé, voilà tout. C'était une histoire sans lendemain. J'avais pratiquement oublié que c'était arrivé !

— C'est vrai ?

— Bien sûr ! Oh ! la la ! aucune importance ! Bon, est-ce qu'on pourrait changer de sujet, maintenant ? Parler d'autre chose ?

Quelque chose de plus facile à appréhender. La physique quantique, par exemple.

Hugh eut un petit sourire, apparemment soulagé.

— Changer de sujet… répéta-t-il, songeur. En général, je déteste quand les gens disent ça.

— Ah bon ? Et moi, je déteste quand les gens disent « les affaires reprennent » dès que le téléphone sonne.

Millie savait qu'elle pérorait à tort et à travers, mais tant pis. Cela valait largement mieux que de devoir l'écouter expliquer à quel point il n'était pas amoureux d'elle.

— Et les gens qui disent qu'ils vont « faire un bon gueuleton ». C'est vraiment moche, comme façon de parler, poursuivit-elle.

— Moi, c'est « grignoter quelque chose », renchérit Hugh. Je déteste cette expression. Grignoter, ça évoque une chose horriblement bruyante.

Ravie de le voir enchaîner sur son petit jeu, Millie couina :

— Et ceux qui disent : « Tiens, Fleur recommence à faire des siennes, aujourd'hui », et tu comprends qu'ils parlent de leur voiture. Il y a des gens qui trouvent ça mignon de donner un petit nom à leur voiture. Et ils choisissent toujours des surnoms répugnants comme Fleur ou Flossie.

— Les hommes ne font jamais ça, objecta Hugh. C'est un truc de filles.

— À toi.

— Ceux qui glissent dans la conversation le fait qu'ils ont un Q.I. de deux cent cinquante pour prouver qu'ils sont intelligents. Parce que, sinon, on risque de croire qu'ils sont crétins.

— Justement, j'ai un Q.I. de mille six cents.

— Et ma voiture s'appelle Clochette, riposta Hugh.

— J'ai toujours envie de gifler les gens qui mettent l'accent de façon outrée sur certaines expressions comme : « Ô mon Dieu. »

— Et ça me hérisse quand j'entends : « C'est chic de chez chic. »

— En fait, résuma gaiement Millie, à nous deux, on déteste à peu près tout le monde.

— C'est vrai. C'est sympa, non ?

Ils se sourirent. Hugh se leva et lui tendit la main.

— On a plus de chances de trouver un taxi sur la place, si tu veux bien marcher jusque-là…

— Tu sais ce que je déteste vraiment ? Les gens qui se mettent en quatre pour vous assister, alors que vous vous sentez parfaitement bien.

Pour prouver son excellent état de santé, elle ignora ostensiblement la main tendue.

— D'accord. La prochaine fois que tu t'écroules dans une boîte de nuit, je te laisse choir en tas par terre.

Il jeta un coup d'œil dans le dos de Millie et ajouta avec désinvolture :

— Au fait, je ne suis pas enthousiasmé par l'idée de marcher dans la rue avec une fille dont la robe est coincée dans la culotte.

— *Non !*

Elle plaqua les mains sur son postérieur, atterrée. Quand elle comprit qu'il l'avait fait marcher, elle lui donna une tape sur le bras.

— Encore deux choses que je déteste : les femmes violentes, et les filles qui n'ont aucun sens de l'humour.

— Je ne supporte pas les hommes qui cocotent l'après-rasage bon marché.

— Ce qui m'exaspère, c'est quand les gens t'appellent en prenant des accents ridicules pour te demander des mots croisés.

— Ce n'est pas vrai ! s'écria Millie. C'est toi qui m'as demandé des définitions. Tu crevais d'envie de frimer, de me montrer ton esprit brillant et supérieur. Et ça, vraiment, c'est insupportable chez un homme.

— Je voulais seulement t'aider. J'étais désolé pour toi parce que, visiblement, tu n'étais pas une flèche. De toute façon, c'est très masculin, ça. On ne peut pas s'empêcher de prouver notre supériorité intellectuelle. Par ici, fit Hugh lorsqu'ils furent devant l'entrée du parc. C'est un raccourci.

— Je ne supporte pas non plus quand un nouveau venu dans la région s'imagine qu'il s'y connaît mieux en raccourcis que les gens qui ont vécu là toute leur vie.

Il éclata de rire. Elle vit ses dents blanches dans l'obscurité.

— Bien. C'est toi qui décides. Dis-moi quel est le plus court chemin pour aller à la place.

— En traversant le parc, andouille.

— Voilà une chose que j'apprécie, en revanche, annonça Hugh. Une fille qui sait reconnaître qu'elle se trompe.

— Je n'ai jamais prétendu que je m'étais trompée, riposta Millie. Je dis juste que, cette fois, il se trouve que tu as raison, mais je ne suis pas sûre que tu saches toujours tout mieux que moi. En vérité, je suis la reine des raccourcis de Newquay. Essayer de se la jouer plus malin que moi en raccourcis, c'est comme apprendre à Michael Schumacher à négocier des virages.

— Ou apprendre à un vieux singe à faire des grimaces, fit-il en hochant gravement la tête. Ou apprendre à ta grand-mère à gober un œuf.

— Pouah, je déteste celle-là. Ça me dégoûte.

— Tu veux dire que tu fais tout pour ne pas te le *figurer,* mais tu ne peux pas t'en empêcher ? Et tu sais qu'elle va avoir des petits morceaux de coquille d'œuf tout autour de sa bouche ridée, et du jaune qui dégoulinera sur son menton poilu ?

Millie se mit à rire.

— Exactement ! Toi aussi ?

— Oh, oui ! Chaque fois.

C'était un de ces moments dont elle se souviendrait toujours. Il était capturé dans son esprit aussi sûrement qu'un papillon dans une boîte. Tous ses sens étaient aiguisés. Elle sentait les brins d'herbe lui chatouiller les pieds, la brise tiède effleurer ses épaules nues. Elle entendait le froissement des feuilles, des cris au loin, la respiration de Hugh. Elle sentait son après-rasage, l'odeur âcre et sucrée de la pelouse fraîchement tondue. Les cheveux de Hugh brillaient au clair de lune. Ses yeux noirs étaient soudain sérieux, comme si lui aussi réalisait ce qui se passait.

Le corps de Millie crépitait d'électricité. Ce fut à cet instant précis qu'elle comprit une chose : elle était totalement, désespérément amoureuse de cet homme.

Et stérilement, bien sûr. Il lui avait clairement expliqué que c'était impossible.

Elle ferma les yeux, vaincue. Elle s'en doutait déjà, avant, mais cette fois elle en avait la certitude absolue. Il ne s'agissait pas d'une simple attirance physique, ni même d'une harmonie fantastique.

C'était l'homme avec lequel elle voulait passer le reste de sa vie.

L'homme de sa vie. Il ne pouvait y en avoir d'autre. Et à qui devait-elle cette incroyable découverte ? À une vieille mamie édentée et gobeuse d'œufs.

— Tu entends ? demanda Hugh en tournant la tête.

Ne t'inquiète pas, ce n'est que mon cœur qui se brise en un milliard de morceaux…

C'est alors que Millie perçut un mouvement dans l'obscurité.

— Il y a quelqu'un, chuchota-t-elle.

— Deux personnes qui parlent. Je les vois. Là, sur ce banc, ajouta-t-il tandis qu'ils longeaient la courbe du sentier.

Le banc se trouvait à côté des grilles du parc. Pour sortir, ils devaient passer devant. Lorsqu'ils s'approchèrent, Millie vit que le couple était enlacé dans une étreinte tout à fait intime.

— J'espère qu'ils ne sont pas en train de faire l'amour, fit-elle à voix basse.

Amusé, Hugh répondit :

— Pourquoi ? Ce sont eux qui seraient gênés.

Peut-être, mais moi je serais raide de jalousie !

Ils étaient presque devant le banc, maintenant. Les amoureux s'embrassaient passionnément… et bruyamment.

— Beurk ! murmura Millie. C'est immonde, les gens qui font du bruit en s'embrassant.

— Ils ne nous ont pas vus. Sinon, ils seraient plus discrets.

Elle fut tentée de s'éclaircir la gorge pour les séparer. Par bonheur, ce n'était apparemment qu'un baiser, bien qu'ils soient tous deux presque à l'horizontale sur le banc. Cela ne devait pas être très confortable, ces étroites banquettes en bois. Et à voir le couple, ils n'étaient plus tout jeunes. Millie ne distinguait pas leur visage, mais les chaussures et le pantalon de l'homme étaient le genre de vêtements qu'aucun homme de moins de trente ans n'aurait accepté d'enfiler. Et aucune femme de moins de trente ans n'aurait accepté d'être vue avec un type qui s'habillait ainsi.

Soudain, l'homme cessa d'embrasser sa compagne, assez longtemps pour émettre un grognement de désir. Il lui prit le visage entre les mains et soupira passionnément :

— Mon Dieu, tu me rends fou…

Sous le choc, Millie fronça les sourcils. Non. Cela ne pouvait pas être son ancien patron… Tim Fleetwood ? Comment était-ce possible ?

Car de toute évidence, la femme allongée sous lui n'était pas l'odieuse Sylvia.

Une fraction de seconde plus tard, la chaussure de la femme, qui pendait de ses orteils, glissa et tomba par terre. C'était une élégante chaussure verte à talon aiguille, avec un nœud en cuir et un intérieur doré.

Le cœur de Millie cessa de battre. La chaussure était du trente-sept et demi. Elle le savait, car elle l'avait essayée la semaine précédente. Du moins, elle avait tenté de l'enfiler, mais chaussant elle-même du trente-neuf, elle n'avait pu la mettre.

— Oh, ma chérie, tu me rappelles les deux méchantes sœurs dans Cendrillon ! s'était exclamée la détentrice des nouvelles et coûteuses chaussures, avec son habituel manque de tact.

Millie ferma les yeux, mais c'était trop tard. Elle avait déjà reconnu la mince jambe gainée d'un bas. Elle ne pouvait pas non plus ne pas reconnaître les mains entrelacées dans les cheveux de Tim Fleetwood. Encore qu'« entrelacées » était un bien grand mot, compte tenu du nombre de cheveux qui restaient sur le crâne de Tim.

Mais le facteur décisif, incontestablement, fut les bijoux. Ces bagues, ce bracelet, cette étroite montre en or…

49

— Tu vas m'expliquer ce qui se passe ? demanda Hugh trente secondes plus tard.

Il se frotta le bras à l'endroit où les doigts de Millie s'étaient enfoncés, si fort qu'ils avaient laissé une succession de marques en forme de croissant.

Millie ne répondit pas. Elle continuait à courir, le plus loin possible du square, l'échine raide.

— Millie ? Ralentis un peu. Dis-moi ce qui ne va pas.

Quand elle se retourna, il vit qu'elle était blême.

— Je ne peux pas.

— Si.

La poitrine de Hugh se serra sous l'effet de l'inquiétude. Il voulait la protéger de ce qui la bouleversait ainsi, la prendre dans ses bras, la consoler. Il ne supportait pas la pensée que quelqu'un puisse lui faire de la peine.

Comme s'il ne lui en avait pas déjà fait assez.

Millie tremblait violemment. Son cardigan en angora vert était noué à sa taille. Doucement, Hugh le défit et l'aida à l'enfiler, comme si elle était une enfant.

— L'homme, sur le banc, là… bafouilla-t-elle d'une voix hachée. Je le connais. C'est Tim Fleetwood, mon ancien patron.

— D'accord, d'accord, mais…

— Je connais la femme aussi, celle avec qui il était. Oh, Hugh, c'est affreux, j'ai tellement honte… La femme… c'est ma mère.

Sur la plage, c'était marée haute. Une lune presque pleine éclairait l'eau noire comme de l'encre. Millie s'assit sur le sable sec et enroula les bras autour de ses genoux. Hugh s'installa à côté d'elle et la laissa parler.

— On savait qu'elle fréquentait quelqu'un, et on se doutait qu'il était marié. En théorie, c'était supportable. Mais c'est le choc de les voir ensemble : ta propre mère qui embrasse un homme... c'est vraiment dégueulasse... et dans un lieu public ! Par-dessus le marché, il a fallu qu'elle choisisse Tim Fleetwood !

— Au moins, elle ne t'a pas vue.

— Bien sûr que non, elle était trop occupée à enfoncer sa langue dans la gorge de son amoureux. Oh, c'est immonde !

Millie se couvrit le visage de ses mains.

— J'aurais voulu leur hurler d'arrêter, leur balancer un seau d'eau, n'importe quoi, pour qu'ils cessent de se rouler un patin comme ça !

Hugh cacha un sourire. Pauvre Millie. Elle était bouleversée, mais c'était amusant de l'imaginer jeter un seau d'eau sur sa mère et son ex-patron.

— Pourquoi n'as-tu rien crié, justement ?

— J'étais pétrifiée. De toute façon, je ne pouvais pas, ç'aurait été trop embarrassant pour toi... Oh, j'ai tellement honte ! Mon Dieu, ma propre mère ! Tu aurais été horriblement gêné !

Touché, Hugh glissa un bras autour d'elle.

— Idiote. Je crois que j'aurais réussi à assumer, tu sais.

— Peut-être, mais pas moi.

Il sourit.

— Qu'aurais-je dit, à ton avis ? « Beurk ! Va-t'en, Millie Brady, je ne veux pas entendre parler d'une fille dont la mère fait des cabrioles sur les bancs publics avec des types mariés ? »

Elle ramassa un galet et le jeta dans l'eau. Curieusement, c'était exactement ce qu'elle avait redouté d'entendre. Ou plutôt, de le voir penser, car Hugh était trop bien élevé pour dire des choses blessantes.

N'empêche, il avait un bras autour de sa taille, ce qui n'était pas mal du tout. C'était extrêmement agréable, même si cela ne voulait rien dire. C'était un geste façon « allons, ne t'en fais pas pour ça », plus qu'un geste romantique. Mais faute de grives, on mange des merles, et pour l'instant, n'importe quel geste amical valait mieux que pas de geste du tout. Surtout quand le moindre contact physique l'électrisait et lui donnait envie de se tortiller de plaisir comme un chiot à qui l'on chatouille le ventre.

La respiration de Millie s'accéléra tandis que les doigts de Hugh, caressant distraitement sa peau hypersensible, commencèrent à aller dans une direction vers laquelle ils n'auraient jamais dû aller. Son tatouage.

Oh, mais il s'y prenait de façon tellement séductrice qu'elle crut ne jamais pouvoir l'en empêcher.

— S'il te plaît, arrête, coassa-t-elle.

— Non. Je veux savoir, chuchota-t-il, son haleine chaude contre son oreille. Tu as fait durer le suspense assez longtemps.

— Arrête, je te dis.

Millie fit appel à toute sa force d'esprit, replia la main sur ses doigts et les écarta de sa jambe. Elle prit une profonde inspiration.

— Non.

Il sourit.

— Rabat-joie.

— Je t'assure que tu préférerais ne pas le savoir.

Elle gardait le plat de la main fermement posé sur le tatouage. À son grand soulagement, Hugh n'insista pas.

— D'accord. Il y a une autre chose qui pique ma curiosité. Pourquoi n'as-tu pas parlé de nous à Orla ?

— Parce que c'était sans lendemain, ça ne voulait rien dire, mentit-elle. Ce n'était pas… important. Et je savais que tu n'aimerais pas être inclus, même si Orla déguisait ton identité. Et puis, j'ai bien le droit de garder quelques petites choses pour moi…

Surtout celles qui me font passer pour une poire.

Il haussa un sourcil.

— Je croyais qu'elle te payait pour tout lui raconter.

— Écoute, tant qu'Orla l'ignore, cela ne peut pas la blesser.

Elle remua sur le sable, mal à l'aise et ankylosée, et ajouta :

— Tu ne vas pas le lui dire, n'est-ce pas ? Et moi non plus. Donc, elle ne sera jamais au courant.

— Tu es sûre que ce n'est pas tricher ?

Que voulait-il insinuer ? Qu'elle devait rendre à Orla ses cinq mille livres ? Vexée, Millie tira sur son cardigan vert.

— Tu fais comme si ce qui s'était passé entre nous ce soir-là était important. Alors que non, pas du tout. Mon Dieu, par rapport à tout le reste des événements, ce n'était rien !

Cela ne signifiait rien. Ce n'était qu'un… un accident de parcours.

Le silence retomba. Millie se demanda si elle avait dépassé les bornes.

Puis, après avoir étudié son visage durant de longues secondes, Hugh inclina la tête de côté.

— Un accident de parcours… Tout à fait. Tu as absolument raison.

Le taxi s'arrêta devant la maison de Millie. Hugh, qui continuait jusqu'à Padstow, dit au chauffeur :

— Je vais passer devant.

C'était un prétexte pour descendre de la voiture et dire bonsoir à Millie. Les événements de la soirée l'avaient ébranlé plus qu'il ne voulait l'admettre, et il avait du mal à maîtriser ses sentiments.

D'abord, d'avoir vu Millie dans cette boîte. D'avoir cru qu'elle avait un nouveau petit ami, et ne pas avoir aimé cela du tout. Puis, d'avoir dansé avec elle et s'être demandé si cela le touchait aussi profondément que cela l'affectait, lui.

Il n'avait pas connu la réponse à cette question jusqu'à ce qu'elle le traite d'« accident de parcours ». C'était là qu'il avait su, avec certitude, qu'il n'était *pas* un accident de parcours.

La culpabilité s'était mêlée au soulagement. C'était un problème difficile à résoudre. Il ne voulait pas éprouver des sentiments aussi forts envers quiconque, mais il ne pouvait lutter.

Debout sur le trottoir, pendant que le chauffeur de taxi allumait une cigarette, ils se regardèrent dans les yeux.

— Eh bien, il est tard… constata Millie en frissonnant. Deux heures.

Il mourait d'envie de l'embrasser, mais il ne fallait pas se laisser aller. Cela n'aurait pas été juste envers elle.

Aussi, avec un sourire, il murmura :

— Merci de m'avoir sauvé, ce soir.

— Quand tu veux.

Elle frissonnait, ou elle tremblait. Hugh n'aurait su le dire.

Il ne voulait pas s'en aller.

Mais il le fallait.

— J'ai passé une meilleure soirée que ce à quoi je m'étais attendu, remarqua-t-il.

— Moi aussi. Sauf le moment où on est tombés sur ma mère.

— Et le moment où tu m'as traité d'accident de parcours.

Mon Dieu, pourquoi dire cela ? Pour l'entendre répondre que ce n'était pas vrai ?

— J'adore cette expression, affirma-t-elle. C'est une de mes préférées, même. Accident de parcours…

— Moi, j'adore tombola.

— Losange.

— Poisse.

— Cagoule.

— Yodle.

— Fandango. Bien que je ne sache pas vraiment ce que ça veut dire, avoua-t-elle.

Elle souriait et continuait à trembler, hésitant imperceptiblement sur les mots. Hugh frissonna aussi. Voilà, cela recommençait, comme sur la plage. Une indéfinissable alchimie agissait entre eux. Impossible d'y échapper.

Il aimait énormément l'expression « nuit d'amour », mais ce n'était pas vraiment le moment.

Ne pas faiblir, surtout ne pas faiblir.

Hugh pencha légèrement la tête pour éviter l'éclat de phares qui s'approchaient. Millie se méprit, crut qu'il allait l'embrasser pour lui dire au revoir. Elle tendit la joue. Maladroitement, parce qu'un bisou sur la joue était à des années-lumière de ce qu'il souhaitait, Hugh déposa le baiser attendu.

Ne pas prendre de risque. Un contact fugace, à cinq centimètres du coin de ses lèvres.

Ils se dévisagèrent sans rien dire, animés par le même désir impossible.

Millie s'éclaircit la gorge et chercha sa clef dans son sac.

— Ersatz : je trouve ça très chantant, comme mot.

— C'est de l'allemand, objecta Hugh. Ça ne compte pas.

Un minuscule insecte dansait juste devant le visage de Millie, et il l'écarta doucement du revers de la main.

— Les mots étrangers sont interdits. Sinon, on n'aurait qu'à réciter toutes les sortes de pâtes. *Parpadella*. *Conchiglia*. *Vermicelli*. Tu vois ? Ces Italiens, ce sont eux qui ont la plus jolie langue. Comment veux-tu rivaliser ?

— Vermicelli, ça veut dire vermisseaux.

— Exactement. C'est pour ça qu'ils se tortillent tout le temps.

Le chauffeur de taxi avait fini sa cigarette. Il tourna le bouton de son autoradio et trouva un sombre D.J. local, ayant un penchant pour la musique country. Tammy Wynette beuglant *Staaannd by your maaann* les fit tous deux sursauter.

— Ouille. Cette fois, j'y vais, déclara Millie.

Hugh sourit.

— Tu me raconteras comment ça se passe avec ta mère, dit-il alors qu'elle ouvrait la porte d'entrée.

Maintenant qu'ils étaient séparés par un bon mètre, c'était plus facile de prétendre qu'ils étaient simplement des amis.

— Compte sur moi, lança-t-elle par-dessus son épaule pendant qu'il retournait dans le taxi. Dès demain matin, elle va recevoir le sermon de sa vie !

Arrivé au bout de la rue, Lucas s'était arrêté. Il n'y avait pas de voiture à gauche ni à droite, mais il attendait au carrefour, observant ce qui se passait dans son rétroviseur avec un intérêt croissant.

Nul ne s'y connaissait mieux que Lucas en langage corporel. Il savait à merveille interpréter les signaux à peine perceptibles et apparemment insignifiants : c'était un talent particulier, qu'il maîtrisait comme d'autres ont l'oreille absolue.

Oh, il n'y avait rien eu de très révélateur, dans ces signaux devant la maison de Millie. Mais là où l'observateur lambda n'aurait vu qu'un couple qui s'entendait visiblement bien, Lucas avait déchiffré davantage.

C'était une Millie qu'il ne connaissait pas, en proie à des émotions qu'elle n'avait certainement jamais éprouvées auparavant. Il avait déjà vu le grand garçon blond avec qui elle était. Il les avait aperçus ensemble un mois plus tôt, dans un bar. Mais ils semblaient à peine se connaître, à l'époque. Lucas se rappelait aussi l'avoir vu à la soirée d'Orla, mais avec une autre fille.

Et pourtant ils étaient là, Millie et lui. C'était une affaire sérieuse. Lorsqu'il était passé au ralenti, c'était tout juste s'ils avaient remarqué ses phares. L'atmosphère autour d'eux vibrait d'un désir réciproque. Si Lucas avait klaxonné, ils ne s'en seraient même pas rendu compte.

Intéressant, le fait que Millie n'ait jamais évoqué ce changement dans sa vie…

Mais ce qui intriguait le plus Lucas, c'était qu'ils se disent au revoir sur le pas de la porte, au lieu d'aboutir à la conclusion logique de la soirée.

Dans son rétroviseur, il vit Millie reculer et le garçon monter à côté du chauffeur de taxi.

Puis le taxi s'éloigna, et elle disparut dans la maison.

Très intéressant, en vérité. Millie avait enfin trouvé un amoureux. Et, curieusement, celui-ci ne pouvait pas rester dormir avec elle. De plus, elle gardait cette relation secrète.

Tiens donc, se dit-il, amusé, en repensant aux sermons qu'elle lui avait adressés sur sa vie privée.

Car cela ne faisait aucun doute : l'amoureux de Millie était marié.

50

Millie n'eut pas l'occasion de parler de Tim Fleetwood à sa mère. Quand on sonna chez elle à huit heures le lendemain matin, elle dormait encore.

En caleçon à rayures, Nat descendit ouvrir et se trouva nez à nez avec une femme entre deux âges, vêtue d'une sévère veste bleu marine et d'une jupe plissée grise.

— Bonjour. Millie Brady habite toujours ici ?

— Euh, bonjour, répondit Nat. Oui, oui... mais elle n'est pas encore levée.

— Ne vous inquiétez pas, ce n'est pas Millie qui m'intéresse.

La femme sourit d'un air pincé.

— En fait, je cherche Adele Brady, la mère de Millie. Je sais qu'elle était à Newquay en visite chez sa fille, mais...

— Oh, je vois ! Eh bien non, la maman de Millie n'est pas là. Elle habite chez le père de Millie.

— C'est vrai ? s'étonna l'inconnue. Je les croyais divorcés.

— Ils le sont. Elle séjourne chez le père de Millie et son amie.

— Pourriez-vous me donner l'adresse ?

Nat se gratta la tête.

— Je ne sais absolument pas où ils habitent... Hess ? Hess ? appela-t-il.

Un instant plus tard, une serviette autour du corps et encore dégoulinante d'eau, Hester apparut en haut de l'escalier.

— Bonjour, je suis désolée de vous déranger. Je m'appelle Sylvia Fleetwood. Millie travaillait pour mon mari et moi.

Sylvia ouvrit sa mallette et en sortit quelques prospectus en couleurs.

— Voyez-vous, la mère de Millie est l'une de nos clientes et elle voulait absolument se procurer ces brochures. Elles nous ont été livrées hier après-midi, et je pensais les lui déposer ce matin sur le chemin de l'agence.

— Ah, d'accord !

Hester avait entendu parler de Sylvia Fleetwood. Jalouse et paranoïaque obsessionnelle, convaincue que toutes les femmes n'en avaient qu'après son mari.

— Eh bien, vous n'avez qu'à laisser vos brochures ici. Millie les donnera à sa mère.

— Mme Brady tenait à les avoir très rapidement, insista Sylvia. Je préfère les lui remettre en main propre.

Hester haussa les épaules.

— Comme vous voulez.

Elle donna l'adresse de Lloyd et Judy, et lui expliqua comment trouver la maison.

— Merci infiniment pour votre aide, déclara Sylvia en retournant vivement vers sa voiture.

— Elle avait l'air bien pressée, non ? remarqua Nat lorsqu'ils eurent refermé la porte. Tout ce chemin pour déposer quelques catalogues ?

Hester se tortilla de plaisir quand il la prit dans ses bras et lui embrassa la nuque.

— Cette bonne femme est complètement parano. Elle doit préférer éloigner Adele de l'agence et de la vue de son cher mari. Elle a peur que la mère de Millie ne soit consumée d'un désir incontrôlable…

— À propos de désir incontrôlable… murmura-t-il en passant un doigt sur son corps humide.

— Non ! Je vais être en retard au travail, protesta-t-elle sans conviction.

— Dis à ton patron que tu auras une demi-heure de retard. Ou plutôt, c'est moi qui vais le lui annoncer…

Nat lui ôta sa serviette et la laissa tomber à terre :

— Hester, tu vas avoir une demi-heure de retard.

Elle rit aux anges.

— Ah, d'accord ! Merci de m'avoir prévenue.

— Tout le plaisir est pour moi.

— D'ailleurs, pour être larges, nous devrions peut-être dire une heure.

Pendant qu'il la soulevait pour l'emmener au premier, Hester se demanda si elle avait déjà été plus heureuse. Comment avait-elle pu être attirée par quelqu'un d'autre que Nat ?

— C'est bizarre, tout de même, que cette femme de l'agence n'ait pas eu l'adresse de la mère de Millie dans son fichier…
Nat la déposa doucement sur le lit défait :
— Chut, tu parles trop.

Quand Millie sortit de sa chambre quarante minutes plus tard, Hester était en train de se brosser les cheveux en enfilant rapidement une paire de Reebok roses.
— Tu y vas bien tard, ce matin, observa Millie.
Hester lui fit un clin d'œil.
— Certaines choses sont plus importantes…
Millie fronça les sourcils.
— Je n'ai pas entendu sonner, tout à l'heure ?
— Ah, oui ! Ta maman part en voyage à Trinidad.
— *Hein ?*
— Ou à Tobago. Ou les deux. Trinidad et Tobago : c'était ce que disait la brochure.
— Tu plaisantes ? Ma mère est venue jusqu'ici m'annoncer qu'elle s'en va à Trinidad, et tu n'as même pas eu l'idée de me réveiller ?
— Eh, du calme ! On croirait entendre Björk, quand tu couines comme un dauphin. Ce n'est pas ta mère qui est venue, c'est ta charmante ancienne patronne.
Mon Dieu. Sylvia.
— Qu'est-ce qu'elle faisait ici ? piailla Millie.
— Je viens de te le dire. Elle avait ces brochures pour ta mère sur Trinidad et Tobago.
Hester articula lentement les mots :
— Elle voulait l'adresse de ta mère pour passer les lui déposer. Et maintenant, à cause de toi, je vais être encore plus en retard. Allez, je file.
Pendant que la porte d'entrée claquait, Millie se prit la tête entre les mains.
— Et merde.

Lloyd et Judy étant sortis faire l'une de leurs longues promenades matinales, Adele avait la cuisine pour elle. Elle dégustait une tasse d'Earl Grey, des croissants au beurre et de la gelée de cassis, en admirant ses ongles récemment manucurés. Le téléphone sonna de nouveau, mais sachant que cela ne pouvait pas être pour elle à cette heure, elle ne prit pas la peine de répondre. Elle avait mieux à faire – penser à ce cher Tim, par exemple – que passer son temps à prendre des messages pour les autres.

Puis, soudain, ce fut la sonnette de la porte d'entrée qui retentit. Adele poussa un soupir irrité, faillit renverser une larme de cassis sur son peignoir en satin, et se leva lentement. Si c'était cet horrible vieux fermier, le voisin qui venait bavarder comme tous les matins, elle ferait semblant de ne pas comprendre un mot – avec son accent impénétrable, ce n'était pas difficile – et le mettrait dehors. De préférence avant qu'il n'ait maculé l'entrée de ses bottes crottées.

Les narines pincées à la perspective de humer l'odeur de bouse de vache, Adele ouvrit la porte.

— Avez-vous une liaison avec mon mari ? attaqua Sylvia Fleetwood.

Stupéfaite, Adele recula d'un pas.

— Je vous demande pardon ?

— Vous m'avez entendue.

— Je regrette, c'est ridicule. On ne sonne pas chez les gens en les accusant de...

— D'accord, présentons la chose autrement : je sais que vous avez une aventure avec mon mari, et je suis venue vous dire que c'est terminé. Mon Dieu, comme vous cocotez ! cracha Sylvia en frémissant d'horreur. J'ai fouillé la voiture de Tim ce matin, et elle empestait votre parfum bon marché.

C'était trop, c'était intolérable. Outrée, Adele rétorqua :

— Il n'est pas bon marché. C'est Giorgio Armani !

— Eh bien, il me donne envie de vomir, grinça Sylvia. Comment osez-vous voler les maris des autres ? Nous sommes parfaitement heureux...

— Allons donc ! s'esclaffa Adele. Cela fait des années qu'il vit un enfer.

Sylvia se dandina d'un pied sur l'autre et plissa les yeux.

— Je suis venue vous dire que vous devez quitter la région. Si vous restez en Cornouailles, c'est votre vie à vous qui sera un enfer, vous pouvez me faire confiance.

— Mais je suis tout à fait bien ici. Et vous ne pouvez pas m'ordonner de partir. Vous ne pouvez pas non plus empêcher Tim de me voir, continua Adele d'une voix suave. Car, voyez-vous, vous faites de lui ce que vous voulez depuis vingt ans et vous le traitez comme un petit chien-chien à sa mémère, mais c'est un adulte, capable de prendre ses propres décisions. Et vous constaterez qu'il n'a aucune envie de me quitter... *Aaargh !*

Adele sauta vivement en arrière lorsque le liquide lui éclaboussa le visage avant qu'elle n'ait le temps de se protéger. Seigneur ! Seigneur ! Cette femme était folle ! Si elle l'avait aspergée de détergent... d'acide... C'était épouvantable...

Elle vacilla en arrière, cherchant à tâtons le téléphone de l'entrée, et gémit :

— Appelez la police, les secours ! Mon Dieu, pas mon visage... Appelez les urgences, vite !

Sylvia éclata de rire.

— Regardez-vous donc, espèce de crétine ! Ce n'est pas de l'acide. Allez, ouvrez les yeux.

— Aaaaaaaah ! hurla Adele deux fois plus fort quand elle eut écarté les mains de son visage.

Son peignoir en satin jaune était maculé d'un liquide noir concentré. Il lui dégoulinait des bras, des mains, du visage, des cheveux.

— Que m'avez-vous *fait* ? trépigna-t-elle en secouant la tête avec fureur.

— Ça vous laisse un petit souvenir à méditer, répondit Sylvia, satisfaite. Vous n'êtes plus si séduisante maintenant, hein ?

Elle brandit triomphalement un flacon vide.

— Pas de panique ! Ce n'est que de l'encre indélébile.

— De l'encre indélébile ? Vous êtes cinglée ! vociféra Adele. Ce peignoir m'a coûté deux cent cinquante livres !

Quand Millie arriva, Adele était partie.

— La voiture ! s'écria-t-elle lorsque Lloyd et Judy vinrent lui ouvrir.

— Je sais. On ne m'avait jamais traité de pétasse, répliqua Lloyd en pouffant. Je vais être la risée de toute la ville.

Sa belle Audi rouge, garée dans l'allée, avait fait l'objet de graffitis : *pétasse, salope* et *putain.*

— Ton père n'a pas eu envie de marcher jusqu'à la plage ce matin, alors nous avons pris ma voiture, expliqua Judy. Nous avons croisé une femme dans une Renault grise en revenant ici. Elle a dû supposer que l'Audi était la voiture d'Adele.

— Alors Sylvia avait fait ça avant de frapper à la porte. Incroyable. Ma mère devait être dans un état…

— Quand nous sommes rentrés, elle se récurait sous la douche depuis trois quarts d'heure. Elle ne se débarrassera pas si facilement de cette encre. Je n'ose imaginer comment vont réagir les gens dans le train pour Londres.

Lloyd avait du mal à garder son sérieux.

— C'est le jour le plus chaud de l'année et elle est habillée comme une apicultrice… Voile noir, longs gants, chapeau grand comme un sombrero…

— C'est ma faute, tout ça, fit Millie avec agitation. Si j'avais été réveillée ce matin, quand Sylvia est venue, je ne lui aurais jamais donné votre adresse.

— Allons, cesse de te leurrer, gronda gentiment Lloyd. C'est la faute de ta mère, qui s'est mise à fréquenter un homme marié.

— Et que va-t-il se passer, maintenant ? C'est fini entre eux ?

— Elle lui a parlé au téléphone avant de partir, dit Judy. Elle lui donnait des horaires de train, et lui annonçait qu'il avait vingt-quatre heures pour quitter Sylvia et la rejoindre à Londres.

Millie écarquilla les yeux.

— C'est dingue ! Tu crois qu'il va le faire ?

— Nous n'entendions qu'Adele, dans cette conversation, mais on aurait cru une mère qui ordonne à un adolescent boudeur de faire ses devoirs.

— Je n'en reviens pas, murmura Millie en lustrant ses lunettes sur sa petite robe à pois. Entre nous, avoir une aventure avec Tim… Comment arrivait-il à s'éloigner de Sylvia suffisamment longtemps pour voir ma mère ? Je croyais qu'elle l'avait fait marquer électroniquement.

— Il s'est inscrit à des cours du soir, révéla Judy. C'est ce que m'a expliqué Adele en préparant ses bagages.

— Et Sylvia n'y est pas allée avec lui ?

C'était renversant.

— C'était un groupe de discussion masculin : « Le rôle de l'homme au XXIe siècle, ou comment explorer ses émotions refoulées. »

Héroïquement, Judy parvint à maîtriser son hilarité.

— Apparemment, il a raconté à Sylvia qu'il avait besoin de se ressourcer, de trouver son moi intérieur. Et ça a marché comme sur des roulettes, jusqu'à ce que Sylvia comprenne tout, la semaine dernière. Elle s'est présentée là-bas au moment où le reste du groupe s'en allait, et a découvert que Tim n'était allé à aucune réunion.

Millie se sentait néanmoins coupable. Elle regarda son père se mouiller le bout du doigt et tenter d'essuyer le graffiti inscrit au marqueur indélébile sur le capot. Vainement.

— Tu vas appeler la police ?

— Et faire arrêter cette pauvre femme ? Je crois que c'est inutile.

— Mais tu vas être obligé de la faire repeindre. Ça va te coûter cher.

— Vois les choses du bon côté, ma chérie, répondit Lloyd en la prenant par les épaules. Grâce à Sylvia Fleetwood, mon ex-femme a pris ses cliques et ses claques et est retournée à Londres. Sylvia a exaucé mon vœu. Elle m'a retiré une sacrée épine du pied.

Les yeux pétillants, il baissa la voix :

— Ma chérie, faire repeindre la voiture, c'est un modeste prix à payer, crois-moi. Cette femme vient de nous rendre un fier service. Je devrais plutôt lui envoyer une botte de roses et une caisse de champagne.

51

Dans la cuisine, le lendemain après-midi, Nat apprenait à Millie à créer l'omelette soufflée parfaite, quand le téléphone sonna.

— … ensuite, tu incorpores les blancs aux jaunes battus avec une cuillère métallique. Non, pas une cuillère en bois…

— Millie, c'est pour toi, fit Hester en apparaissant sur le seuil. Un Français qui a une voix sensuelle en diable, ajouta-t-elle à voix basse. Il dit que c'est très important.

— Excuse-moi, se plaignit Nat en feignant le désespoir. Qu'est-ce qui est plus important : un Français à la voix sensuelle en diable, ou mon cours sur l'art de l'omelette ?

— Euh, à ton avis ? fit Millie en riant et prenant le combiné. Allô ?

— Ah, mademoiselle, bonsoir ! Vous pourriez peut-être dire à votre amie que, d'accord, ma voix est sensuelle en diable, mais tout le reste de mon corps aussi.

Oh ! Le cœur de Millie se mit à battre comme la queue d'un poisson échoué sur une plage. C'était la surprise du siècle.

— Il dit qu'à côté de lui, David Ginola c'est Quasimodo, lança-t-elle à Hester sans couvrir le combiné. Mais comment savoir ? Il faut le croire sur parole.

Toujours avec un accent français à couper au couteau, Hugh demanda :

— J'aurais besoin d'aide pour une définition de mots croisés. En onze lettres : « Prend la mouche. »

— Tu sais ce que je pense ? Les hommes devraient toujours parler avec un accent français. Ça devrait être obligatoire… Insecticide ? répondit-elle en frissonnant de bonheur.

— Eh, excellent. Merci beaucoup, mademoiselle. À vrai dire, ajouta Hugh en reprenant sa voix normale, je t'appelais parce que…

— Je sais ! Tu mourais d'envie de savoir ce que j'ai dit à ma mère.

Cramponnée au téléphone sans fil, Millie passa devant Nat et alla s'installer dans le salon, où elle renseigna Hugh sur les récentes péripéties.

— Conclusion, termina-t-elle, maman est rentrée à Londres se frictionner avec je ne sais quel détergent, papa se frotte les mains, et l'amant de ma mère a décidé de ne pas la rejoindre parce qu'il est bien trop lâche pour quitter sa femme.

Un hurlement retentit à cet instant dans la cuisine, suivi d'une volée de gloussements.

— Excuse ma colocataire, soupira Millie. Apparemment, elle est encore en train de se faire violer.

— Comment ça se passe, entre ces deux-là ?

— Oh, ils m'éclaboussent de leur bonheur ! On dirait de jeunes mariés. J'en suis ravie, bien sûr, mais…

— Tu songes toujours à déménager ?

Pourquoi ? Tu veux m'inviter à venir vivre chez toi ? Waouh, quelle bonne idée !

Sagement, Millie garda pour elle ses fantasmes.

— Je pense, oui. Cela me paraît logique.

— Où vas-tu habiter ?

Manifestement, pas chez toi.

— Lucas m'a proposé une chambre chez lui. Son appartement est grand. Il dit que je pourrai rester tant que je le voudrai.

Suivit une brève pause, puis :

— Et tu vas y aller ?

— Je n'en sais rien, avoua Millie en poussant un nouveau soupir. Ça paraît un peu dérisoire, de partir d'ici sous prétexte de toute cette activité sexuelle… et de me retrouver chez Lucas. En tout cas, c'était gentil de sa part de me le proposer.

Contrairement à toi, qui ne comprends pas une allusion grosse comme une maison…

— Il espère peut-être que tu finiras dans son lit, fit remarquer Hugh d'un ton réprobateur. Pour le remercier, en quelque sorte.

— Ce n'est pas impossible, concéda Millie.

— Une entaille de plus dans la colonne de son lit.

— Je vais te dire un secret. Lucas a sculpté tellement d'encoches qu'il ne lui reste plus aucune colonne, en fait…

Lorsqu'elle raccrocha plusieurs minutes plus tard, elle se demanda pourquoi Hugh l'avait appelée, réellement. Était-ce son imagination trop fertile, ou avait-il semblé se mordre la langue, s'obliger à ne pas lui interdire de coucher avec Lucas ?

Non. Ce devait être son imagination. Quand Hugh avait quelque chose à dire, en général, il le disait.

Et il ne pouvait pas être jaloux. C'était tout simplement impossible, étant donné qu'il lui avait fait clairement comprendre qu'il tenait à une relation purement platonique entre eux.

Bah, autant ne plus y penser.

Millie songea à la conversation qu'elle avait eue avec Lucas, la veille. Il avait lâché négligemment une allusion à sa vie amoureuse, et lui avait coulé un regard appuyé lorsqu'elle avait répondu que sa vie amoureuse se réduisait à un gros néant.

— Mon œil, avait-il répliqué avec un grand sourire.

— Mais si, je t'assure, je n'ai absolument rien à raconter.

— Ce n'est pas l'impression que j'ai eue hier soir. Je t'ai vue.

— Ah bon ? Avec qui ?

Il avait haussé un sourcil taquin.

— Tu veux dire que tu ne t'en souviens pas ?

Il l'avait peut-être vue avec Richard au restaurant, ou avec Jed dans la boîte…

— À quelle heure ?

— Tard.

Millie s'était sentie rosir.

— Tu peux me faire confiance, tu sais. Je suis très discret.

— Ben voyons. Tellement discret que tu as annoncé au petit copain de Hester que tu avais couché avec elle.

Lucas ne s'était pas laissé démonter.

— Ça tombait sous le sens. Ce n'est pas la peine d'essayer de garder secret ce genre de choses, d'autant que Nat va travailler pour moi. Je préfère qu'il n'y ait pas d'embrouille, c'est plus sain pour tout le monde.

Millie s'était promis de ne jamais raconter quoi que ce soit de personnel à Lucas.

— Bon, en tout cas, ce n'était personne, avait-elle déclaré.

Lucas avait souri.

— Alors j'avais raison.

— Sur quel point ?

— Il est marié.

Millie avait promptement changé de sujet. Autant le conforter dans son erreur. C'était plus simple ainsi, et nettement moins humiliant que de devoir admettre la vérité: Hugh n'était pas marié. Simplement, il ne voulait pas d'elle.

D'ailleurs, maintenant qu'elle y pensait, même Jed n'avait pas été intéressé.

Mon Dieu, je dois être à peu près aussi sexy qu'un bol de Weetabix imbibés de lait…

La cuisine était vide, les blancs d'œufs battus retombaient lentement dans leur saladier de verre. Hester et Nat avaient visiblement profité de l'interruption pour s'éclipser. Elle entendait des bruits de bagarre et des éclats de rire étouffés venant de la chambre de Hester.

Franchement, ces deux-là auraient dû avoir honte. De vrais lapins!

Faute d'omelette, Millie trouva une tranche de cheesecake au citron dans le réfrigérateur, qu'elle dévora. Puis elle prit ses clefs de voiture.

— Je sors! cria-t-elle en bas de l'escalier.

Les bruits cessèrent à l'étage, et Hester répondit sur le même ton:

— O.K. Amuse-toi bien!

Ben voyons.

Orla prenait le soleil au bord de la piscine. Heureusement, pas de Richard à l'horizon.

— Viens donc t'asseoir, dit-elle à Millie.

Pressée de connaître les dernières nouvelles, elle tapota la chaise longue indigo à côté de la sienne. À en juger par le bazar accumulé autour d'elle, elle devait être installée là depuis un moment. Des piles de magazines, différents cahiers, des journaux, des canettes, des papiers de bonbons, du courrier ouvert et plusieurs paquets de chewing-gum jonchaient la pelouse.

Ses cheveux roux relevés et attachés par un assortiment de peignes, Orla portait un bikini jaune crocus et une généreuse couche d'Ambre solaire pour protéger sa peau mouchetée de taches de rousseur. Le capuchon de son stylo entre les dents, elle posa un carnet en équilibre sur ses genoux et griffonna les détails de ce que lui narrait Millie.

— Comme je suis désolée, pour Richard ! se lamenta-t-elle en secouant la tête. J'étais sûre que vous vous entendriez merveilleusement, tous les deux.

— Il est mortellement ennuyeux, Orla. Atrocement mortellement.

— Mais quel corps sublime !

— Peut-être, mais une conversation avec lui est aussi passionnante que de regarder pousser l'herbe.

À regret, Orla recracha le capuchon et se mit à mâchouiller la branche de ses lunettes à la place.

— Et Richard doit trouver que c'est passionnant de regarder pousser l'herbe, le pauvre biquet…

Millie lui raconta également sa fugue du restaurant grâce à Jed et Warren, qu'Orla adora, et l'infirmière de Jed arrivant dans la boîte, ce qui lui arracha des « tss » réprobateurs. Orla cria de joie en apprenant ce qui s'était passé entre Adele et les Fleetwood, mais Millie garda pour elle l'incident du parc. Puis Orla se déchaîna davantage encore lorsque Millie mentionna que Lucas lui proposait de l'héberger.

— Mais ce serait fantastique ! s'écria-t-elle. Quel extraordinaire potentiel, tu te rends compte ? Lucas et toi, c'est formidable, mon chou. Il faut accepter !

— Je ne sais pas si c'est une bonne idée, grimaça Millie.

— Allons donc ! J'ai un livre à écrire, moi ! J'aurais besoin qu'il commence à se passer quelque chose. À ce rythme, mes lecteurs vont mourir d'ennui. Il leur faut du suspense, de l'amour, une situation qui les tienne en haleine, un homme sur qui fantasmer… Et, avouons-le, Lucas remplit merveilleusement ce rôle. C'est un dieu !

— C'est un ex-D.J. retors, sans scrupules et sans moralité, un obsédé sexuel par-dessus le marché.

Puisqu'il avait aussi le sens de l'humour, Millie savait que Lucas ne se vexerait pas de cette description.

— Il est incapable de rester fidèle à une femme. Et il se fiche de leur faire de la peine. Tout ce qui intéresse Lucas Kemp, c'est le sexe sans attaches.

— Encore mieux, décréta Orla avec un sourire malicieux.

Ce n'était pas parce qu'elle écrivait de la « vraie » littérature pour impressionner la critique, qu'elle ne pouvait se livrer à quelques petites manipulations. Même des lecteurs aussi déplaisants que Christie Carson avaient droit à un minimum de sexe.

Un *strict* minimum.

— Mais je n'ai aucune envie de coucher avec Lucas, protesta Millie.

— Le problème, mon chou, c'est que tu n'as envie de coucher avec personne.

Oh, si ! songea Millie avec un pincement de douleur.

— Même pas avec Colin Deveraux, poursuivit Orla, au désespoir. Comment peux-tu ne pas être folle de Colin ? Qu'est-ce que tu lui reproches ?

Absolument rien. Ce n'est pas ma faute s'il s'intéresse plus à Lucas qu'à moi !

— Rien, soupira Millie. Mais il est en Amérique... Je suis vraiment désolée, je t'avais prévenue que j'étais ennuyeuses.

Orla ne l'écoutait plus. Elle avait balancé ses jambes sur le côté de sa chaise longue et fouillait parmi les lettres et enveloppes éparpillées sur l'herbe. Ayant trouvé ce qu'elle cherchait, elle attrapa un carton blanc et l'agita triomphalement sous le nez de Millie.

Mon Dieu, qu'avait-elle encore trouvé ? Elle l'avait inscrite dans un club de rencontres ? Avec Orla, tout était possible.

— Voilà qui va être bientôt réglé, déclara-t-elle avec satisfaction.

Millie lorgna le carton d'un œil suspicieux.

— Qu'est-ce que c'est ?

— Le week-end prochain. Grande cérémonie de remise de prix littéraires à Londres. Très amusant, et extrêmement glamour. Regarde ce qui est écrit, fit-elle en montrant le texte en relief. « Orla Hart, plus une personne. » Giles était toujours mon invité, mais cette fois, c'est toi que je vais embarquer. Nous allons bien nous amuser, crois-moi ! Je te présenterai à tous les gens que je connais, et sur huit cents invités, il y aura bien quelqu'un qui te plaira. Et puis, babilla Orla excitée comme une puce, on ne sait jamais. J'aurai peut-être une petite surprise supplémentaire pour toi !

Ses yeux s'étaient éclairés tandis qu'elle se réjouissait de son plan. Apparemment, Orla lui gardait sous le coude un nouvel amoureux potentiel. Elle ne s'avouerait jamais vaincue.

— Je ne voudrais pas gâcher ta joie, objecta Millie, mais le week-end prochain, je travaille. Une fête pour la retraite d'un gardien du zoo de Paignton.

Devant l'air sceptique d'Orla, elle s'écria :

— Je t'assure que c'est vrai ! Tiens, regarde dans mon agenda. Dimanche après-midi, quinze heures, devant l'emplacement des singes...

Orla lui rendit son agenda avec un grand sourire.

— Aucun problème, ma bibiche. Je parlais du week-end au sens large, mais la cérémonie de remise des prix a lieu jeudi soir. Or, jeudi soir, fit-elle triomphalement, tu es libre.

Millie céda de bonne grâce. Un voyage à Londres, c'était peut-être exactement ce qu'il lui fallait pour se changer les idées. Et puis, soyons optimistes, il n'était pas complètement impossible qu'elle rencontre l'âme sœur à une cérémonie de remise de prix littéraires, dans un grand hôtel londonien.

Un hôtel « chic de chez chic ».

Où ils « grignoteraient » quelque chose.

Où, peut-être même, on leur servirait un « bon gueuleton ».

Hmm. À l'évidence, même là-bas, ce ne serait pas si facile de ne plus penser à Hugh.

— C'est donc entendu, déclara Orla, ravie. Je vais confirmer la réservation à l'hôtel.

Millie la regarda téléphoner. Il manque quelque chose... se dit-elle.

Ce fut seulement lorsque les chambres eurent été réservées et qu'Orla eut remis le téléphone portable sous sa chaise longue, qu'elle comprit.

— Tu n'as pas la même *odeur* que d'habitude.

Cela paraissait fou, et pourtant c'était vrai. Orla dégageait des effluves d'Ambre solaire, de chewing-gum à la menthe et d'un soupçon de Rive gauche.

Elle ne sentait pas la cigarette froide. D'un ton accusateur, Millie s'exclama :

— Tu as arrêté de fumer !

Elle baissa les yeux instinctivement vers le sol, qui aurait dû être jonché de paquets de Marlboro, d'un ou deux briquets et de mégots écrasés.

— Je ne peux pas le croire ! Depuis quand ?

— Cinq jours, répondit Orla avec fierté. C'est fou, non ? Et je me sens merveilleusement bien ! Le premier jour, ça a été l'enfer, bien sûr, mais c'est déjà tellement plus facile, je ne comprends pas pourquoi je n'ai pas arrêté plus tôt. Enfin, si, je sais pourquoi, corrigea-t-elle avec un petit sourire tordu.

Millie le devinait.

— Tu étais mariée avec Giles ?

— Exactement ! Je crois sincèrement que c'était ça. Je veux dire, il ne m'obligeait pas à fumer, mais je me sentais tellement à cran en permanence, qu'enchaîner cigarette sur cigarette était la seule façon de me calmer.

Elle étendit les bras, visiblement éblouie par la simplicité de la solution.

— Maintenant que Giles n'est plus là, je suis un million de fois plus détendue et je n'ai pas *besoin* de cigarettes. J'ai l'impression de ressembler à ces gens qui viennent de se convertir à une religion. J'ai envie d'aborder les inconnus dans la rue pour leur dire que c'est merveilleux de ne pas fumer. En fait, chaque fois que je vois quelqu'un avec une cigarette, je me retiens de la lui arracher des doigts et de lui dire que c'est répugnant et pathétique !

Orla était aux prises avec une euphorie postnicotinique aiguë. L'effet de nouveauté ne s'était pas encore émoussé. Millie hocha dûment la tête et feignit d'être impressionnée. Elle ne reconnaissait que trop bien les symptômes. Quand elle était petite, son père avait fait la même chose, jetant ses cigarettes avec panache et dissertant avec lyrisme sur les méfaits du tabagisme, pendant… oh, deux semaines environ, avant de craquer et de se remettre à fumer.

Il lui avait fallu au moins quinze tentatives pour renoncer définitivement.

— Par moments, j'ai envie de leur mettre le nez dans un cendrier plein et de leur dire : « Vous sentez ça ? Voilà l'odeur que vous dégagez ! » Sauf que je risquerais de me faire arrêter ou démolir la figure ou je ne sais quoi, mais honnêtement, ces gens n'ont aucune idée du mal qu'ils infligent à leur corps…

— Qu'est-ce qu'il fait là, ce livre ?

En hâte, Millie ramassa le roman de Christie Carson. Soucieuse de détourner Orla de son nouveau cheval de bataille, elle s'étonna :

— Je croyais que tu avais déjà rédigé ta critique…

— Je sais, je sais. J'avais juste envie de le relire, fit Orla avec une petite grimace de honte. Christie Carson est peut-être un porc, mais il faut reconnaître que son bouquin est vraiment bon.

52

— Tiens, salut. Entre. Il n'est pas là, annonça Sasha quand Millie arriva chez Lucas le lendemain matin. Il est allé au restaurant secouer un peu les électriciens. Mets la bouilloire en route, si tu veux te faire un thé.

Millie la suivit dans la cuisine en essayant de ne pas fixer les formes sensuelles de Sasha. Une blonde platine sculpturale en sous-vêtements blancs, c'était impressionnant. Le fait que Sasha soit en train de repasser son costume de religieuse rendait le spectacle encore plus saisissant.

— J'étais juste passée voir le programme de la semaine prochaine, expliqua Millie en remplissant la bouilloire.

Tant que son avenir restait incertain en termes de logement, la petite entreprise continuerait à être domiciliée chez Lucas.

— Ça tourne bien. Regarde l'agenda.

Sasha montra du menton la direction du secrétaire, où l'agenda était ouvert.

— C'est moi qui ai pris les nouvelles réservations. J'ai vérifié si Eric pouvait être à Truro lundi. J'ai rédigé une annonce pour le journal local, pour le remplacement de Lucas en tant que chéri de ces dames. Cet entretien-là, ajouta-t-elle pince-sans-rire, je demande à le voir… Oh, il y a aussi un engagement pour toi !

Contrairement aux apparences, Sasha était d'une efficacité remarquable. Émerveillée de l'habileté avec laquelle elle glissait son habit sur un cintre, Millie demanda à brûle-pourpoint :

— Ça ne t'ennuie pas que Lucas couche avec d'autres femmes ?

Elle n'avait pas eu l'intention d'être aussi abrupte, mais la question la turlupinait depuis des mois.

— Non, répondit Sasha, amusée. Pourquoi ?

— Eh bien, tu pourrais avoir qui tu veux ! Et tu vis avec Lucas qui, lui, ne se gêne pas pour se taper des filles. Tu ne crois pas que tu mérites mieux ?

— Millie, tu ne parles pas sérieusement ? Nous ne sommes pas ensemble, Lucas et moi ! J'ai ma propre chambre, là-haut. Je lui paie un loyer. C'est vrai, on a passé quelques nuits ensemble au début, mais il ne nous a pas fallu longtemps pour comprendre qu'il valait mieux être amis. Et maintenant, chacun vit sa vie de son côté. D'ailleurs, précisa-t-elle avec un sourire, je vois quelqu'un depuis quelque temps. Un avocat, il habite à Truro… Quand je pense que tu nous prenais pour un couple ! C'est trop comique !

Millie était sidérée. Encore une fois, elle s'était méprise. Elle s'était laissé abuser par les apparences.

— Je suis une imbécile, murmura-t-elle humblement.

— Et tu te lamentais sur mon sort depuis tout ce temps ? Comme c'est mignon ! Il faut dire que Lucas se plaît à entretenir le mythe, il adore donner cette image de lui. Mais tu sais quoi ? Il ne couche pas avec autant de filles qu'il se plaît à le faire croire. Il est beaucoup plus difficile qu'on ne l'imagine.

— Tu plaisantes !

— Pas du tout. Naturellement, sa réputation de mauvais garçon en prendrait un coup, si ça se savait. Alors ne dis rien à personne. Mais, à sa façon, Lucas a tout d'un gentleman.

— Un gentleman, répéta Millie doucement.

— Il a plus de morale que la plupart des hommes que je connais.

— De la morale…

— Tu es toute pâle, remarqua Sasha. Assieds-toi donc une minute.

Les doigts crispés autour du carnet de rendez-vous, Millie se laissa tomber sur un tabouret de cuisine.

— C'est comme si on venait de m'annoncer que le Père Noël n'existe pas !

— Je suis désolée de t'avoir ôté tes illusions. Je vais nous le préparer, ce thé.

— Oh, zut ! s'écria Millie tandis que Sasha mettait un sachet de thé dans chaque tasse et ouvrait un paquet de gâteaux secs. Tu m'as réservée pour jeudi.

— Hmm ? Ça pose un problème ?

Sasha jeta un coup d'œil par-dessus son épaule, vers l'agenda ouvert que consultait Millie.

— Jeudi, je ne peux pas. Je serai à Londres.

— Oh, ça n'était signalé nulle part ! Tu aurais dû me le dire.

— Je ne l'ai su qu'hier.

L'engagement était prévu pour le village de Polperro, à vingt heures le jeudi soir. Une famille organisait une soirée surprise pour fêter le retour d'un des frères, qui avait émigré en Australie des années plus tôt. Cette fois, ils avaient composé un poème étonnamment spirituel.

Millie leva les yeux :

— Tu ne pourrais pas me remplacer, par hasard ?

Sasha écarta de son ongle magenta la feuille sur laquelle était tapé le poème, révélant le reste de ce qui était inscrit sur l'agenda.

— Désolée. Grosse soirée de la Société nationale de sauvetage en mer, jeudi. Je suis réservée pour mon numéro de religieuse dévergondée.

Elle fit un clin d'œil, alluma une cigarette et exécuta un roulement de hanches lascif en guise d'illustration.

— Je ne peux pas laisser tomber comme ça nos braves sauveteurs, tout de même ?

Millie poussa un gémissement.

— Tu pourrais toujours demander à Eric, suggéra Sasha.

Millie fit une grimace. Eric, le professeur d'histoire spécialisé dans les kissogrammes comiques. Son numéro façon *Full Monty* se taillait un énorme succès auprès des femmes d'un certain âge qui avaient de l'humour. Et heureusement, car Eric pesait quatre-vingt-quinze kilos et, sans ses vêtements, il ressemblait à un blanc-manger à la fraise en train de se trémousser.

Millie, qui faisait la moitié de son poids, soupira.

— C'est un gorille qu'ils veulent. Il ne rentrera jamais dans le costume.

— Dans ce cas, il ne te reste plus qu'à annuler la réservation.

Sasha souffla un rond de fumée et lui passa le téléphone.

Le numéro était inscrit dans l'agenda. À sa grande honte, Millie réalisa que, quinze jours plus tôt, elle aurait appelé pour annuler sans l'ombre d'une arrière-pensée. Mais maintenant que Lucas lui avait offert le poste de directrice, sa conscience l'asticotait. Ce n'était absolument pas professionnel de laisser tomber les gens comme cela.

Ce qui ne lui laissait que deux options : soit elle trouvait quelqu'un pour la remplacer jeudi soir, soit elle assurait elle-même la prestation.

— Tu veux que je les prévienne ? proposa Sasha. Je peux leur dire que tu as été hospitalisée d'urgence pour une appendicite.

— Non, c'est bon, fit Millie en repoussant fermement le téléphone. Je m'arrangerai.

À dix-huit heures ce soir-là, en plein milieu de ses courses au supermarché, Millie entendit une voix qui la fit s'arrêter net.

— Non, non, non ! Tu t'es trompé, tu as pris les pâtes à cuisson rapide. Nous préférons les pâtes ordinaires, tu te souviens ?

C'était la voix de Sylvia Fleetwood, qui émanait de l'allée suivante. Incapable de résister, Millie longea furtivement sa propre allée et passa la tête de l'autre côté.

— Alors… huile d'olive. Vierge, chéri ? Ou extravierge ? À ton avis, que prenons-nous ? Oh, et il ne faut pas oublier le pain multicéréales !

Millie se glissa derrière un étalage de tomates en boîte et épia Sylvia et Tim, qui lui tournaient le dos. Elle avait l'impression d'être dans un film.

— Extravierge, je crois, décida Tim après avoir soigneusement étudié leurs mérites comparés. C'est plus cher, mais l'arôme est infiniment plus subtil.

— Tu as raison, mon Timmy, approuva Sylvia. De l'extravierge, sans hésitation. L'arôme, c'est cela qui compte pour nous, n'est-ce pas ?

— Tout à fait, ma chérie. Bien. Le pain, maintenant. Tu es sûre que nous prenons du multicéréales ? Nous pourrions essayer le complet aux noix, pour changer ?

— En ce qui me concerne, cela me va très bien, roucoula gaiement Sylvia. D'ailleurs, nous devrions en prendre un gros. Tu sais comme nous avons faim, après notre golf…

Millie s'éclipsa avant de se faire remarquer. Sylvia et Tim étaient retombés dans leurs bonnes vieilles habitudes, comme si le chaos provoqué par sa mère n'avait jamais existé. Un frisson d'excitation avait largement suffi à Tim. Jamais il ne quitterait Sylvia et les routines si rassurantes de leur mariage.

Nat promena avec satisfaction son regard dans la cuisine immaculée, fraîchement repeinte et entièrement équipée des outils nécessaires à son art. Les murs blancs éclatants étaient tapissés de batteries de casseroles et de tous les ustensiles. Le carrelage gris pâle était impeccable, de même que les fours en acier inoxydable. D'ici à un jour ou deux, ils commenceraient à remplir de provisions les placards aux portes vitrées. Ils étaient convenus d'une première carte, avec menu ou plats au choix. Dans moins de quinze jours, Kemp's ouvrirait.

Il fallait concéder cela à Lucas : il était le roi de l'efficacité.

Nat ouvrit le placard à linge ; il passa la main sur les piles de nappes et de serviettes jaune d'or, et se demanda s'il avait déjà été plus heureux. La réponse était non. Tout lui souriait, à présent. Il avait le travail de ses rêves, la fille de ses rêves. Et il savait aussi, sans l'ombre d'un doute, que Lucas et lui allaient former une équipe formidable.

Par la porte laissée entrouverte pour aérer et éliminer les odeurs de peinture, Nat perçut le rire de Hester à un commentaire de Lucas. Ils s'entendaient comme larrons en foire. Nat sourit en songeant à l'ironie de la situation.

Lucas Kemp était un homme sur qui l'on pouvait compter.

Il regagna la salle à manger, où Hester oscillait au sommet d'un escabeau pour arranger la dernière cantonnière.

— Impeccable, prononça Lucas en se tournant vers Nat avec un sourire. Je dois dire que ta chérie s'y connaît en accrochage de rideaux.

Fièrement, Hester fit une courbette.

— Je suis la reine de l'accrochage de rideaux, qu'on se le dise. Alors, comment vous trouvez ça ?

— Splendide.

Nat l'aida à descendre de l'escabeau, puis recula pour mieux observer l'effet. La pièce avait subi des transformations majeures. De larges bandes jaune orangé et améthyste égayaient les murs blancs. Sous l'horrible moquette d'origine, le plancher passablement abîmé avait été décapé à la ponceuse industrielle, et plusieurs couches de vitrifiant mat couleur miel lui donnaient un somptueux aspect ciré. Les tableaux aux murs étaient modernes, éclairés individuellement avec art. Un lustre magnifique, exécuté par un artiste en vogue, était accroché au plafond.

— Absolument splendide, corrigea Nat.

— Surtout les rideaux, souffla Hester avec un coup de coude encourageant.

— Oh, cela va sans dire ! Surtout les rideaux.

— Soit, mais ce qui compte vraiment, ce n'est pas le décor, déclara Lucas. C'est la cuisine. Peu de gens vont dire : « Si on retournait dans ce resto où on a si mal mangé, mais où il y avait ces magnifiques rideaux ? »

Nat sourit.

— La cuisine sera encore plus sublime que les rideaux.

Lucas entendit une voiture arriver et consulta sa montre. Parfait, le type de l'informatique était à l'heure.

53

Lorsqu'il ouvrit la porte, Lucas le reconnut aussitôt. Tiens, tiens… Il sourit et lui tendit la main.

— Bonjour, je suis Lucas Kemp. Nous nous sommes vaguement croisés, déjà. Merci d'être venu.

Cela s'annonçait intéressant. Drôle de coïncidence, que l'expert en informatique recommandé par Fogarty & Phelps s'avère être l'ami de Millie. Celui qu'elle se défendait de connaître intimement avec tant de véhémence…

— Hugh Emerson.

Il souriait aussi et lui serra la main, totalement sereinement. Lucas y chercha une alliance. Il n'en vit pas, mais cela ne voulait rien dire. Il restait convaincu que Hugh Emerson était marié.

Lucas n'approuvait pas les aventures extraconjugales. Pourquoi se marier, si l'on ne songeait qu'à tromper sa femme ? Et Millie n'aurait jamais dû s'intéresser à lui, s'il était le mari d'une autre.

Néanmoins, il avait été frappé par l'intensité des sentiments entre ces deux-là. Aucun doute, ce n'était pas une amourette. Donc, Millie allait au-devant de gros soucis. Quelle que soit l'issue du…

— Hugh ! Ça alors ! Quelle bonne surprise !

Hester poussa un cri de ravissement, et Lucas se trouva bousculé tandis qu'elle saluait l'amant de Millie en l'embrassant sur les deux joues.

Même Hugh Emerson sembla momentanément pris de court.

— C'est lui qui va concevoir le site web du restaurant, expliqua Lucas. Vous vous connaissez, tous les deux ?

— Bien sûr ! Nous connaissons Hugh, Millie et moi. Nous sommes de grands copains, pas vrai ?

De plus en plus intéressant, constata Lucas en remarquant l'étincelle d'intérêt dans les prunelles de Hugh à l'évocation de Millie. Et Hester n'avait pas ajouté : « Ils vivent une aventure torride, Millie et lui. »

Plus précisément, elle n'avait pas semblé *le penser*. Millie avait visiblement choisi de ne pas se confier à sa meilleure amie. Peut-être Hester connaissait-elle la femme de Hugh ?

Grands dieux, on se serait cru en plein épisode de *Coronation Street,* la série fétiche de Millie !

— Un site web ? Pour quoi faire ? demanda Hester tandis que les trois hommes s'installaient devant l'ordinateur.

— Les clients aiment voir à quoi ressemble un restaurant, avant d'y aller la première fois.

Hugh retroussait les manches de sa chemise blanche et desserrait sa cravate. Il enfonça un CD-rom dans le lecteur.

— Nous leur procurerons toutes les informations qu'ils désirent, de la liste des tables disponibles aux spécialités du jour. Ils pourront réserver par Internet, et même lire les commentaires apportés par d'autres clients. Fogarty & Phelps ont augmenté leur chiffre d'affaires de quatre cent cinquante pour cent, depuis l'ouverture de leur site. Bon, je vais vous énoncer quelques-unes de mes idées préliminaires. Je ne pense pas que l'idée de la webcam soit viable, à propos.

Il jeta un coup d'œil à Lucas.

— Trop d'hommes sont terrifiés à l'idée d'être surpris en train de dîner avec leur secrétaire. Tous ceux qui ont quelque chose à se reprocher fuiraient cet endroit comme la peste.

Il avait raison, naturellement. Lucas n'y avait pas songé parce que, lui, contrairement à Hugh Emerson, ne trompait pas sa femme.

Il se pencha en arrière sur sa chaise et demanda avec désinvolture :

— Vous êtes marié ?

Derrière eux, il entendit Hester inspirer brutalement. Hmm. À l'évidence, le sujet était épineux.

Les yeux noirs de Hugh restèrent fixés sur l'écran.

— Moi ? Non.

Alors pourquoi Hester avait-elle étouffé un cri ? Lucas secoua la tête et reprit d'un ton léger :

— Je dois perdre la main. J'aurais juré que vous étiez marié…

Cette fois, Hester n'étouffa pas son gémissement de consternation.

— Mon Dieu, Lucas, ce que tu es lourd, parfois ! Comment peux-tu être aussi insensible ? Hugh était marié, mais sa femme est morte, d'accord ? Ce n'est pas délicat de poser des questions comme ça !

Amusé par l'expression outrée sur le visage de Hester, Hugh pivota sur sa chaise et lui dit :

— Ça va, je t'assure.

— Mais non, ça ne va pas, protesta-t-elle. Ce doit être affreux pour toi.

— Il m'a seulement demandé si j'étais marié. C'est une question raisonnable. Il ne savait pas. Et si ça peut vous consoler, je promets de ne pas éclater en sanglots. C'est ce que redoutent la plupart des gens, quand ils prononcent accidentellement des mots en rapport avec la mort.

Il sourit, comme s'il se rappelait quelque chose.

— D'ailleurs, c'est ce qu'a fait Millie, la première fois qu'on s'est vus. Elle se mettait dans tous ses états, alors que je ne remarquais même pas ce qu'elle prenait pour des gaffes.

Il avait fallu une seconde à Lucas, après l'éclat de Hester, pour faire le rapprochement. Hugh Emerson était l'« inconnu au portefeuille perdu ». Tout concordait, maintenant.

Presque tout.

— Je suis désolé, pour votre femme. C'était il y a longtemps ?

— Dix mois.

Hugh entrait dans les fichiers. Sa main remuait agilement la souris, cliquant sur différentes icônes.

— Ce genre d'épreuve, ça doit vous laisser K.-O., remarqua Lucas. Ça doit être dur de s'en remettre…

Il marqua une pause.

— Si ce n'est pas trop indiscret, avez-vous rencontré quelqu'un d'autre, depuis ?

— Bon sang, Lucas ! explosa Hester. Tu ne peux peut-être pas te passer de sexe plus de huit jours d'affilée, mais tout le monde n'est pas aussi obsédé que toi ! Hugh était heureux avec sa femme, tu comprends ça ? Bien sûr qu'il n'a personne d'autre !

Lucas ne quittait pas des yeux le profil de Hugh. Et la brève lueur dans son regard lui apprit tout ce qu'il avait besoin de savoir.

— C'est prématuré, concéda Hugh avant de montrer l'écran. Voilà. Dites-moi comment vous trouvez cette page d'accueil que j'ai déjà créée.

Ils passèrent une heure à évoquer les différents aspects du futur site. Nat avait disparu dans sa chère cuisine et Hester, recrutée de force, dressait une liste d'invités pour la soirée d'ouverture, penchée sur une table ensoleillée à côté d'une fenêtre. Environ deux cents personnes étaient pressenties pour des petits-fours, du champagne, et la plus grande couverture médiatique possible.

Quand Hugh referma son ordinateur, Hester en était déjà à une centaine de noms.

— Ton ancien patron de la station de radio… tu sais, son nom m'échappe… dit-elle en tapotant avec son stylo sur la liste.

— Son propre nom doit lui échapper aussi, étant donné la quantité de poudre blanche qu'il s'envoie dans le nez, remarqua Lucas avec un clin d'œil. Nous allons plutôt faire signe à sa secrétaire. C'est Gloria qui gère plus ou moins la station, maintenant.

Il prit la liste de Hester, ajouta quelques noms.

— Orla Hart, Fogarty, Phelps… Et Hugh, bien sûr. Des représentants de toute la presse régionale. Le président du club de golf et sa grosse bonne femme. Mes grands-parents.

Hester éclata de rire.

— Tiens, tu as des grands-parents, toi ! Comment sont-ils ?

— Formidables.

— Et qu'est-ce qu'ils pensent de toi comme petit-fils ? s'enquit Hester avec espièglerie en contemplant son pantalon de cuir noir. Je parie que ta gentille mamie passe son temps à tricoter, dans l'espoir de te convertir un jour aux débardeurs de laine.

— Ma gentille mamie, répliqua Lucas, a une descente que tu n'aimerais pas remonter à pied. Elle est aussi championne de ski, elle conduit plus vite que nous tous réunis, et elle pilote son propre avion.

Cette fois, ce fut Hugh qui éclata de rire.

— Je suis sérieux ! Et elle est tireuse d'élite. Ils sont incroyables, mes grands-parents. Elle continue à peindre professionnellement. Mon grand-père a pris sa retraite – il était à la Royal Air Force – mais il est en train de reconstruire un vieux Spitfire dans un hangar, au fond de leur jardin. Leur histoire est extraordinaire, d'ailleurs. La première femme de mon grand-père a été tuée dans un bombardement pendant la guerre. Il était anéanti. Cinq mois plus tard, il rencontrait l'éblouissante Zillah, dix-huit ans, et tombait fou amoureux. Il était horrifié, dégoûté de lui : il pensait que tout le monde l'accuserait de n'avoir jamais vraiment aimé sa femme, qu'il ne respectait pas le deuil, etc., etc. Alors il a rompu et est retourné piloter des Spitfire. Cela se passait en 1944. Quelques semaines plus tard, il est revenu d'une mission, est allé à une soirée organisée au Savoy, et a vu Zillah en train de danser avec un autre officier. C'est alors qu'il a compris qu'elle était la femme de sa vie. Au diable ce que pouvaient penser les autres : il fallait qu'il l'épouse. Deux semaines plus tard, conclut Lucas avec un bref sourire, ils se mariaient.

— Et cette Zillah était ta grand-mère ? demanda Hester, fascinée.

— Elle l'est toujours. Ils forment le couple le plus heureux que j'aie jamais vu. D'ailleurs, ajouta-t-il, mi-figue, mi-raisin, c'est à cause d'eux que je suis toujours célibataire. Je me suis juré, il y a des années, de ne me marier que si je connaissais le grand amour, comme eux. Et me voilà aujourd'hui encore à la recherche de la femme idéale.

Les yeux de Hester brillaient.

— On dirait un de ces vieux films en noir et blanc. C'est tellement romantique que ça donne envie de pleurer. Quelle merveilleuse histoire...

Certainement, songea Lucas. Et elle le serait encore plus si elle était vraie.

Il coula un regard vers Hugh, qui rangeait une disquette, et annonça :

— Les films qui font pleurer, c'est un truc exclusivement féminin. Je préfère mille fois un bon thriller. Bien. Vous n'avez pas encore vu le reste du restaurant, Hugh. Si nous vous faisions la visite guidée ?

Hugh était stupéfait de ce qu'il s'apprêtait à faire. En rentrant du restaurant de Kemp, la veille, il avait été saisi de l'irrésistible envie d'aller droit chez Millie et de lui dire ce qu'il ressentait pour elle.

Mais le bon sens lui avait soufflé qu'il avait besoin de réfléchir à tout cela. De réfléchir très sérieusement. Le bon sens lui avait aussi dit que Lucas Kemp était un sacré enjoliveur d'histoires. Hester était peut-être tombée dans le panneau, mais Hugh soupçonnait qu'une bonne partie de ce touchant récit de famille était purement fictif.

Peu importait. Il en était reconnaissant à Lucas. Il avait abouti à la même conclusion. Et cela le réconfortait de savoir que Lucas était de son avis, qu'il l'approuvait.

Cette fois, il devait être absolument certain qu'il ne se trompait pas. Il avait passé une nuit blanche à se retourner, sonder sa conscience, repasser en boucle dans son esprit les événements des derniers mois, répéter ce qu'il dirait à Millie, s'il se décidait à lui parler.

Il avait enfin surmonté sa crainte de voir la foudre tomber deux fois au même endroit. Auparavant, il avait été déterminé à ne plus tomber amoureux, car la perspective de perdre quelqu'un à nouveau était insoutenable. Mais, avec le temps, il avait compris qu'il ne pouvait persister dans cette spirale négative. Il existait un certain risque, si infime soit-il, en toute chose. Il fallait simplement l'admettre et vivre avec. De toute façon, la question ne se posait plus vraiment, car il ne pouvait concevoir la vie sans Millie…

À six heures du matin, il avait fini par s'endormir. Jusqu'à quatre heures de l'après-midi. Ce qui était l'un des avantages en étant son propre patron, mais un inconvénient vis-à-vis des clients qui attendaient de lui le travail pour lequel ils le payaient.

À cinq heures et demie, Hugh avait pris sa décision. Irrévocablement. Le moment était venu. Lucas avait raison, on ne pouvait courir le risque de laisser filer à jamais le grand amour. Même si l'idée d'essuyer un refus était terrifiante.

Il était dix-huit heures trente et il était là, en train de tourner dans la rue où habitait Millie. De se garer devant chez elle…

Hugh coupa le moteur et regarda ses mains trembler. C'était décidément redoutable. Pire que de passer un examen. Pire que de sauter à l'élastique du haut d'un gratte-ciel. Pire que tout.

Vaguement nauséeux, il vérifia son apparence dans le rétroviseur. Mon Dieu, songea-t-il, exactement comme une fille ! Mais cela l'occupait. Et dans ces moments-là, on ne pouvait que se sentir ragaillardi de savoir qu'on n'avait pas un morceau d'épinard entre deux dents.

Bon. Les cheveux. Comme d'habitude.

Le visage, toujours là.

Les dents. Pas d'épinard. Ce qui n'était guère surprenant, étant donné qu'il détestait cela.

Après-rasage. Oui.

Trop d'après-rasage ? Non, espérait-il.

Une profonde inspiration.

Encore une profonde inspiration.

Toute cette préparation mentale, alors que Millie n'était peut-être même pas là…

Pourtant, si, il savait qu'elle était là. La Mini verte était garée juste devant chez elle, avec un chapeau de soleil rose perché sur la plage arrière.

Bon. Soit tu restes assis là toute la soirée comme un crétin, soit tu fonces.

Hugh ouvrit la portière et sortit sur le trottoir.

Tu te souviens, la dernière fois que tu étais là, debout devant la porte, à rêver de l'embrasser et te répéter qu'il ne fallait pas le faire ?

Eh bien, cette fois, il *fallait* le faire.

Il frappa.

Quelques instants plus tard, la porte s'ouvrit.

Millie portait son déguisement de gorille. Elle devait être en route pour un engagement. Tant mieux, finalement. Dire ce qu'il avait à dire à une fille en costume de gorille était peut-être peu conventionnel, mais ne pas voir son expression lui rendait la démarche facile.

Pas facile. *Plus* facile. Un tantinet.

— Écoute, je voulais juste dire une chose…

Hugh leva les mains parce qu'elle se lançait dans une petite danse. Or il n'avait pas besoin de distraction.

Docilement, elle cessa et inclina la tête de côté.

Nous y voilà.

— Bon. Je voulais te dire… je suis le dernier des imbéciles. J'ai paniqué après cette nuit où, enfin, tu sais… J'ai paniqué parce que j'ai pris conscience de ce que j'éprouvais pour toi, et ça ne devait pas arriver. Je me disais que je ne devais pas le laisser arriver. Je t'ai traitée tellement mal, et je ne voulais surtout pas… oh, zut, tu n'imagines pas combien de fois j'ai répété ça, et je sors tout de travers…

Hugh secoua la tête. La sueur lui chatouillait la nuque.

— Voilà, je voulais juste m'excuser pour tout et te dire que… je t'aime. Si tu crois que tu peux me pardonner ce que je t'ai fait endurer, on pourrait peut-être repartir d'un bon pied, tous les deux.

Ce n'était vraiment pas facile du tout. Il passa une main dans ses cheveux et conclut :

— Et si tu ne peux pas me pardonner, tu as le droit de me claquer la porte au nez.

Voilà. Il l'avait fait. Il avait dit à un gorille qu'il l'aimait. Tout reposait entre ses mains, maintenant.

Entre ses pattes velues, plus exactement.

Le cœur battant, Hugh regarda les pattes retirer la tête du gorille. Le crissement du velcro qui se détachait.

Puis la tête se souleva, et un grand sourire apparut.

— Je suis très flattée, lança gaiement Hester, mais je suis heureuse avec Nat, tu sais.

54

— Entre, lui dit gentiment Hester. Avant de t'évanouir sur le trottoir.

Pour quelqu'un qui venait de condenser la valeur de cinquante années de mortification en cinq secondes, s'évanouir sur le trottoir était peut-être l'option la plus souhaitable – à défaut d'un grand trou qui se creuserait pour l'engloutir.

Mais comme l'évanouissement ne venait pas, il suivit Hester dans le salon.

— Assieds-toi, l'encouragea-t-elle en tapotant le dossier du canapé. Tu veux boire quelque chose ? Du thé ? Un bon verre de limonade ? Un grand seau de whisky ?

Elle avait du mal à garder son sérieux.

— Allons, ne fais pas cette tête, reprit-elle. Dans quelques années, nous rirons de cette anecdote. Enfin, tu riras, corrigea-t-elle joyeusement. Moi, j'en ris déjà.

Tous les seaux de whisky du monde n'auraient pu le secourir.

— Je peux te poser une question ? s'enquit Hugh. Comment se fait-il que tu portes le costume de Millie ?

— Je fais sa doublure. Millie avait un engagement pour ce soir, et comme elle n'était pas libre, je la remplace au pied levé. Et moi, je peux te poser une question ? Depuis quand dure cette histoire entre Millie et toi ? Et pourquoi ne m'a-t-on jamais mise au courant ? Et que lui as-tu fait, exactement, de si terrible ?

Hugh soupira.

— Ça fait trois questions.

— Aucun problème. J'étais seulement en train d'essayer le costume, je ne suis attendue à Polperro qu'à huit heures : nous avons tout le temps.

Hester défit la fermeture Éclair du déguisement et le retira en brossant quelques poils de nylon sur son T-shirt. Elle s'installa confortablement sur le canapé.

— Respire un bon coup et détends-toi.

Son ton était apaisant, mais ses yeux pétillaient de malice.

— Tu te sentiras beaucoup mieux quand tu m'auras tout raconté, crois-moi.

Passant outre à ce mensonge éhonté, Hugh demanda :

— Où est Millie ?

— À la cuisine.

— *Quoi ?*

— Je rigole !

Hester imita son expression horrifiée.

— Elle est à Londres. Orla était invitée à une grande soirée, elle n'avait pas envie d'y aller toute seule, apparemment. Alors elle a embarqué Millie.

— Quel genre de grande soirée ?

— Je n'en sais rien, une cérémonie de remise de prix littéraires, je crois. Elles restent deux ou trois jours, mais elle sera forcément revenue dimanche, car elle a un autre engagement dimanche après-midi. Mais assez parlé de ça.

Telle une maîtresse d'école, Hester lui donna une tape sur le bras.

— J'attends toujours des explications. Et j'aimerais surtout savoir quand tout ça a commencé…

Hugh ferma les yeux. C'était une situation impossible. S'il disait à Hester de s'occuper de ses oignons, elle risquait de tout lui gâcher. Millie allait certainement appeler son amie de Londres, durant ces trois jours. Et Hester prendrait un macabre plaisir à lui raconter le fatidique épisode du pas de la porte.

Non, pas question. Après toutes ses erreurs, il tenait au moins à ne pas rater sa déclaration.

C'est à moi de le lui dire. Pas à Hester.

Mais il allait devoir faire appel aux bons sentiments de Hester. Si elle en avait.

— Le soir de la fête chez Orla, admit-il.

— Sans blague ! Et vous avez couché ensemble, tous les deux ?

C'était vraiment choquant. Il ne répondrait pas. Malheureusement, son silence suffit à Hester.

— Ouiiiiii ! hurla-t-elle en sautant sur le canapé comme un enfant de deux ans. Vous l'avez fait ! Alors c'est pour ça qu'elle n'a pas voulu que je lui paie les deux cents livres puisque j'avais perdu notre pari avec Lucas ! Et moi qui la trouvais royalement magnanime. Je l'ai même remerciée !

— Ce n'est arrivé qu'une fois.
— Peu importe. Un pari est un pari.
— Et ensuite, je me suis affolé. Je pensais à ma femme. Après la mort de Louisa, je m'étais juré de ne plus m'engager avec quelqu'un.
Hester cessa de jubiler et lui adressa un regard compatissant.
— Ce n'est pas réaliste.
— Je le comprends, maintenant. Mais il existe certaines règles tacites. Par exemple hier, au restaurant, toi-même, tu t'es fâchée contre Lucas parce qu'il m'avait demandé si je voyais quelqu'un. Tu étais choquée, tu te souviens ?
— J'en voulais à Lucas car je pensais que *toi,* tu serais choqué par cette idée ! s'exclama-t-elle. Cela n'a rien à voir.
— En tout cas, je me dégoûtais, soupira Hugh en secouant la tête. Je trouvais qu'il était trop tôt. Alors j'ai laissé choir Millie, je ne lui ai même pas fourni d'explication. Et j'ai tout fait pour l'oublier. Mais impossible. Les sentiments étaient là. En fait, ces deux derniers mois ont été plus ou moins un enfer.
— Mais on ne peut rien contre les sentiments ! s'enflamma Hester. Certaines personnes perdent l'amour de leur vie, et il leur faut vingt ans pour rencontrer quelqu'un d'autre. Et d'autres gens mettent vingt semaines.
Elle battit des mains avec ravissement.
— Mon Dieu, Millie et toi… Mais c'est fantastique ! Oh, et elle doit me téléphoner demain ! Quand elle saura ça !
Zut.
— Non, non, fit-il d'une voix calme. Hester, tu ne dois rien lui dire. C'est entre Millie et moi. Si elle t'appelle, promets-moi de ne rien dire.
Le visage de Hester se décomposa.
— Je suis sérieux, insista-t-il.
Enfin, elle hocha la tête vaillamment.
— Bien sûr. Je comprends. Tu as absolument raison. Je tiendrai ma langue.
Elle secoua la tête avec une telle vigueur que ses boucles d'oreilles émeraude en forme de perroquet heurtèrent son cou. Pour accentuer le tout, elle mima le geste de se coudre la bouche.
En la regardant, Hugh se dit qu'il serait plus simple de la coller avec de la Superglue.

— J'ai ta promesse ? s'enquit-il.

Avec un grand sourire, Hester affirma :

— Absolument. Tu peux me faire confiance, je te le *jure*.

Hugh se demanda pourquoi il n'était pas rassuré.

Le Royal Lancaster était l'hôtel le plus chic qu'ait connu Millie. En fait, hormis une sinistre pension à Blackpool où elle avait passé un week-end avec un certain Kevin, comptable, c'était même le seul hôtel dans lequel elle soit descendue. Et l'expérience était totalement exaltante. L'eau chaude coulait des robinets à une telle pression qu'elle avait déjà pris deux bains. Sa chambre faisait six fois la taille de la sienne à la maison. Et la vue sur Kensington Gardens était éblouissante.

Millie avait l'impression d'être une vraie plouc sortie de sa campagne – ce qu'elle était, naturellement. Elle appuya son nez contre la vitre, en s'émerveillant des bus à impériale qui montaient et descendaient la rue animée, et du nombre de taxis noirs. C'était tellement différent de la Cornouailles. Hormis quelques brèves visites à sa mère, elle n'avait jamais vraiment passé de temps à Londres. Et à cause d'Adele, qui trouvait cela horriblement vulgaire, elle n'avait jamais fait de tourisme.

Eh bien, c'était le moment ou jamais !

Si ça se trouve, ça me plaira tellement que je déciderai de venir vivre ici. J'ai peut-être besoin de changer de décor, finalement.

Car en fait, maintenant que Hester et Nat étaient installés ensemble, elle allait devoir déménager. Et hormis son travail qui, après tout, n'était qu'un travail, il n'y avait pas grand-chose qui la retenait à Newquay. Elle pourrait toujours y retourner rendre visite à son père et à Judy.

Et puis, cela la distrairait de Hugh. Car cette pseudo-amitié qu'ils partageaient, c'était vraiment trop douloureux. Il n'y avait rien de pire que de tomber amoureuse de quelqu'un qui ne vous aimait pas en retour. Or, en restant à Newquay, elle était condamnée à le croiser régulièrement.

Alors qu'à Londres, elle pourrait démarrer une nouvelle vie. Avec un peu de chance, il s'effacerait de sa mémoire. Dans deux mois, elle se réveillerait peut-être en l'ayant complètement oublié…

— Millie, c'est moi ! Tu es prête ?

Elle traversa la moquette claire, pieds nus. Celle-ci était tellement épaisse et moelleuse qu'on avait l'impression de rebondir sur un trampoline.

— Mon Dieu ! s'exclama Millie. Que s'est-il passé ? Tu es affreuse !

Orla lui décocha un grand sourire, sachant pertinemment qu'elle était au sommet de sa forme. Ses yeux pétillaient, ses boucles préraphaélites dégringolaient sur ses épaules, et elle portait une robe terriblement décolletée en soie vert d'eau qui chatoyait à chacun de ses mouvements.

— Je sais, une horreur. Ils vont m'interdire l'entrée.

Le message était clair : Orla prouvait au monde qu'elle avait bel et bien oublié Giles. En la regardant ce soir, nul ne pourrait en douter.

— C'est incroyable. Quelqu'un a fumé, dans une de ces chambres.

Elle releva la tête, tel un limier, renifla et contempla les nombreuses portes qui donnaient sur le large couloir.

— Ça empeste ! Les fumeurs ne devraient pas avoir le droit d'aller à l'hôtel. Dès que nous serons en bas, je le signalerai au directeur.

Oh, et elle ne fumait toujours plus...

— Tu n'es pas mal non plus, la taquina Orla tandis qu'elles pénétraient dans l'ascenseur.

C'était aussi l'ascenseur le plus chic que Millie eût jamais vu. Il fallait toutefois reconnaître que peu de bâtiments étaient dotés d'un ascenseur, à Newquay. Elle se garda de confier ses impressions à Orla. Pas la peine de passer pour Crocodile Dundee.

Elle inspecta brièvement son reflet dans le miroir, pendant qu'elles descendaient. Elle portait la robe Dolce & Gabanna en daim caramel. Puisque Orla se posait comme sa marraine l'entremetteuse, c'était sa version de la robe de bal de Cendrillon. Elle avait même pensé à astiquer les boucles d'oreilles en agate que Hester lui avait offertes à Noël.

Comme le lui avait gaiement fait remarquer Orla, cette soirée serait peut-être celle qui changerait sa vie entière.

Cela pouvait néanmoins être vrai de n'importe quelle soirée. Vous êtes chez vous, vous regardez la télévision, une araignée vous grimpe sur le pied. Vous vous affolez, sautez sur la table basse, perdez l'équilibre, tombez en arrière, vous vous brisez le crâne et… vous mourez.

Ce qui vous change la vie aussi.

Radicalement.

— Nous y voilà ! annonça Orla lorsque la porte s'ouvrit silencieusement. Et nous allons bien nous amuser. Souris, ma chérie, le spectacle commence !

Orla connaissait énormément de monde. Incapable de se rappeler les noms de toutes les personnes à qui elle était présentée, Millie ne pouvait qu'admirer son amie qui évoluait avec aisance. L'apéritif était servi au bar, avant le début de la cérémonie à proprement parler. De nouveaux invités arrivaient à chaque minute. Le bruit enflait dans la pièce, les effluves de parfum et de cigarette également.

— Alors ? demanda Orla. Comment ça se passe, pour l'instant ? Tu as repéré quelqu'un qui te plaît ?

Millie eut l'impression qu'on lui injectait une dose massive d'anti-aphrodisiaque.

— Et si tu me présentais plutôt quelqu'un qui te plaise, à toi ? rétorqua-t-elle. D'ailleurs, je croyais que tu avais déjà ta petite idée sur la personne.

— Ah, oui, ma surprise ! Mais pour l'instant, je ne le vois pas. Pour être honnête, je ne sais pas s'il pourra venir ce soir. Bon, bon. C'est moi qui choisis, alors…

Orla scruta la salle attentivement. Au bout d'un moment, son regard s'éclaira.

— Je vois quelqu'un qui pourrait te plaire. Noel Blackwall. Il écrit des romans d'horreur, habite dans le Sussex, et vient de vendre les droits de son dernier livre pour deux millions.

Millie leva les yeux docilement et son cœur… ne fit rien. Noel Blackwall était de taille moyenne. Physique quelconque. La trentaine, il discutait avec une femme légèrement plus âgée arborant un haut chignon blond.

— C'est sa petite amie ? espéra-t-elle.

— Mais non, son agent. Viens, je vais te présenter.

Le problème, avec Orla, réalisa Millie un peu tard, c'est qu'elle avait un goût horriblement ringard pour les hommes. Il suffisait de voir celui qu'elle avait épousé…

— Et c'est comme ça que m'est venue l'idée de mon nouveau roman, *Que crissent les cafards*.

Noel bourdonnait toujours dans son oreille. Il ne s'était quasiment pas arrêté pour reprendre son souffle, depuis qu'Orla l'avait fourrée dans ses pattes. Même son agent avait semblé soulagée, quand Orla l'avait entraînée pour laisser à « ces jeunes gens le temps de se connaître ».

Millie avait entendu suffisamment de détails nauséabonds en vingt minutes pour être écœurée à vie. Comment s'enfuir ? Avec sa voix monotone, son absence d'humour totale et sa suffisance – il haïssait tout le monde, dans l'univers de l'édition –, il était l'homme le plus détestable qu'elle ait jamais rencontré.

— C'est fantastique, mentit-elle. Je me demande où est passée Orla. Je vais aller la rejoindre avant…

— Oh, non, ne partez pas !

Noel plaça une main moite et pâle sur son bras, l'air irrité.

— Je n'ai pas fini de vous parler de la séance de dédicaces que j'ai faite pour *Que crissent les cafards*. Il y avait donc ce type qui est arrivé avec un seau, et devinez ce qu'il y avait dedans ?

La peau de Millie se hérissa au contact de sa main, et elle réprima un frisson. Oh, Hugh, où es-tu ? Pourquoi ne puis-je être avec toi maintenant, au lieu de me retrouver coincée avec ce cinglé ?

— Euh, des cafards ?

Noel Blackwall la contempla, médusé.

— Comment l'avez-vous deviné ?

Orla toussota et effectua des mouvements de bras signifiant clairement : « Éloignez ça de moi. » En général, cela produisait l'effet désiré. Les gens s'excusaient aussitôt et écartaient leur cigarette.

Cette fois, elle aurait aussi bien pu être invisible. L'homme continuait à tirer sur sa cigarette en discutant avec son compagnon. Orla, qui se tenait à cinquante centimètres de lui, toussa plus bruyamment tandis que les volutes nocives s'enroulaient autour de sa tête.

Et il s'obstinait à ne pas la remarquer.

— Excusez-moi.

Elle se pencha, chassant les nuages de fumée comme des toiles d'araignée centenaires, et lui tapa l'épaule.

— S'il vous plaît ?

L'homme interrompit sa conversation.

— Pardon ? Oh...

Réalisant qu'Orla lui montrait sa cigarette, il sourit et sortit un paquet de Marlboro de sa poche intérieure.

— Bien sûr, je vous en prie. Servez-vous !

S'étant préparée à se mettre en pétard, Orla était à présent obligée de se montrer plus aimable que prévu.

— Non, je n'en veux pas, merci. J'essayais de vous dire que votre fumée me va dans les yeux.

— Ah, c'est cela l'ennui, avec la fumée ! lui confia-t-il, tout à fait à l'aise. On ne peut pas la contrôler. C'est pareil avec un champ rempli de moutons : vous avez beau faire de votre mieux pour les rassembler, dès que vous avez le dos tourné, ils s'éparpillent dans tous les sens.

Il avait un accent irlandais séducteur et des yeux malicieux qui se plissaient. Consciente de son discours coincé, Orla remarqua d'un ton égal :

— Vous pourriez la contrôler en éteignant votre cigarette.

— Quoi ?

Il brandit la cigarette à moitié fumée, objet du délit.

— Vous voulez dire, alors qu'il reste encore tant de bonnes bouffées à inhaler ? C'est une idée terrible. Seule une romancière à succès richissime pourrait suggérer cela.

Il devait avoir trente-cinq ans. Grand, les cheveux bouclés coupés court, le visage mince et bronzé, un sourire en coin.

— Vous savez, vous ne devriez pas fumer. C'est mauvais pour la santé. La nicotine jaunit les dents, ça donne des rides, sans parler d'une haleine épouvantable.

— Et ça cause le cancer. Ne l'oubliez pas.

— Je ne sais pas si vous vous en rendez compte, enchaîna Orla sur sa lancée, mais chaque fois que vous allumez une cigarette, tous les non-fumeurs présents dans la pièce vous le reprochent. Ils vous regardent et vous méprisent d'avoir si peu de volonté et d'être si égoïste. Vous aimeriez que je crache dans votre assiette, par exemple ?

Il haussa un sourcil.

— Vous feriez une chose pareille ?

— Vous voyez, cela vous choque. Et pourtant, vous avez le droit de nous tuer en nous infligeant un tabagisme passif !

— Je vous trouve bien... passionnée, observa-t-il. Puis-je vous demander depuis combien de temps vous avez vous-même renoncé à l'herbe du mal ?

Il se moquait d'elle.

— Assez longtemps. Très longtemps, même, se défendit Orla.

— Vraiment ?

Il inspira une nouvelle bouffée de sa cigarette et s'enquit innocemment :

— Vous êtes sûre que ça ne ferait pas plutôt dix ou quinze jours ?

Il avait les yeux les plus malicieux qu'elle eût jamais vus, d'un vert argenté. Il fallait qu'elle se montre plus sévère.

— Écoutez, peu importe depuis combien de temps. Je suis non fumeuse, désormais.

Il hocha la tête avec déférence.

— Félicitations. Je suis vivement impressionné… Alors où en êtes-vous, sur le front du vice ? Vous en reste-t-il quelques-uns, ou était-ce le dernier ?

Une fossette creusa sa joue.

— Êtes-vous désormais une zone hors vice ?

Mon Dieu, que se passait-il ? Consciente de la chair de poule qui lui hérissait les poils des bras, Orla se demanda si elle pouvait mettre cela sur le compte de la climatisation.

Cela faisait tellement longtemps qu'une chose pareille ne lui était pas arrivée, que, pendant un instant, elle fut incapable de comprendre. C'est alors que vint la révélation, tel un ballon reçu en pleine poitrine. Elle était en train de vivre une attirance sexuelle.

Une attirance sexuelle pour un inconnu. Pas l'attirance que l'on peut éprouver pour son mari, la confortable routine. Non, il s'agissait d'une chose totalement, radicalement différente. Une réceptivité accrue, alimentée par l'adrénaline. Une espèce de frisson d'anticipation, d'effervescence intérieure, à la façon d'un Alka-Seltzer faisant des bulles dans un verre. Un pétillement général. Un désir délicieux de savoir ce qu'il allait dire ensuite.

Quelle ironie… Elle avait passé sa vie à décrire ces émotions dans ses livres, et pourtant, cela faisait bien vingt ans qu'elle ne les avait pas ressenties.

Si longtemps, pour tout avouer, qu'elle avait eu du mal à les identifier.

C'est ça, flirter, se dit-elle dans une brume de bonheur. Je suis en train de flirter avec un parfait inconnu. Et c'est… fantastique.

Elle lui plaisait, cela se voyait. L'étincelle était incontestablement réciproque. Elle avait même été remarquée par l'homme avec qui parlait auparavant l'inconnu : il les avait laissés seuls.

C'est ça, songea Orla avec un agréable frisson. Mon Dieu, je ne sais même plus comment on s'y prend !

Elle se rendit compte qu'il attendait une réponse à la question qu'il lui avait posée plusieurs heures plus tôt. Enfin, trente secondes.

Quelle était la question, déjà ? Ah oui…

— Moi ? Il ne me reste plus aucun vice. Je suis désormais cent pour cent parfaite.

Orla souriait en parlant, tout simplement parce qu'elle ne pouvait pas ne pas sourire.

— Un modèle de perfection. Et de plus, je suis quelqu'un de très sympathique.

— Je vois cela. En fait, je le savais déjà. Ce doit être formidable, ajouta-t-il. On rencontre si peu de gens absolument parfaits, de nos jours.

Orla avait tant de questions à poser. Elle aurait voulu tout savoir sur lui. Son nom, pour commencer. Son âge, ce qu'il faisait, où il vivait, s'il était marié ou non.

Mais elle redoutait de rompre le charme. Que dirait-elle s'il était marié et heureux en ménage, père de cinq enfants ? S'il faisait un court passage à Londres alors qu'il habitait en Australie ? S'il s'appelait Ernest ?

À leur droite, un flash crépita. L'un des photographes qui couvraient la soirée appela :

— Orla, pouvez-vous vous tourner par ici, je vous prie ?

Elle obéit et sourit machinalement.

— Vous êtes marié ? demanda-t-elle à son compagnon.

Sans hésitation, sans tressaillement, il répondit :

— Non.

— Quel âge avez-vous ?

— Trente-sept ans.

— Où habitez-vous ?

— Je viens d'acheter du côté de Wimbledon.

— Charmant ! s'exclama le photographe. Voulez-vous juste vous rapprocher un peu plus tous les deux, je vous prie ?

Avec plaisir, songea Orla en s'exécutant. Elle frémit lorsque leurs corps s'effleurèrent pour la première fois. Les étincelles n'étaient peut-être pas visibles, mais elle les sentait fuser dans tous les sens.

Il lui restait quelques points d'interrogation.

— Vous travaillez dans l'édition ?

— Oh, j'écris un peu !

Son haussement d'épaules était modeste.

— Bien sûr, rien de comparable avec vous.

— Parfait ! déclara le photographe. Une dernière. Ayez l'air vraiment heureux !

Orla n'avait aucun mal à avoir l'air heureuse. En fait, elle trouvait cela ridiculement facile.

— Ai-je pu lire un de vos ouvrages ?

— Oh, je pense que oui !

— Vraiment ?

Ravie, elle lui prit le bras.

— Comment vous appelez-vous ?

Silence.

— Eh bien… Carson.

Carson. Carson… Orla plissa le front. Il y avait un auteur de romans policiers appelé Carson Phillips ; mais il était new-yorkais de pure souche.

Lentement, très lentement, elle fit la relation.

Elle comprenait maintenant que son interlocuteur ne se soit pas présenté plus tôt.

— Oh, ça y est, j'ai compris ! Vous êtes de la famille de Christie Carson.

Elle recula légèrement, étudia son visage.

— Vous ne lui ressemblez pas, pourtant. Qui êtes-vous ? Son fils ?

À cet instant, quelqu'un la prit par les épaules.

— Bonsoir, Christie, tonna J.D. contre son oreille. Enchanté de te voir ici.

Il serra l'épaule d'Orla et continua de sa voix forte :

— Eh bien, ma chérie, que t'arrive-t-il ? Tu pactises avec l'ennemi ?

55

— … Ce n'est pas une sinécure, croyez-moi, d'être milliardaire. Quand vous retrouvez vos vieux amis, ils s'imaginent que vous allez payer toutes les tournées.

Noel continuait à la soûler avec sa litanie de griefs.

— Et dès que vous avez demandé l'addition, ils s'en vont. C'est de la jalousie pure et simple. Ils m'en veulent d'avoir du succès, alors qu'ils ne sont qu'une bande de losers. Vous m'écoutez ?

— Hein ? Oh, pardon…

Millie cherchait des yeux Orla.

— Laissez tomber vos vieux amis, alors, s'ils ne vous plaisent plus. Rencontrez-en de nouveaux.

Enfin, essayez…

Noel la dévisagea comme si elle était une demeurée.

— C'est ce que je fais ! C'est pour cela que je vous parle.

Seigneur, il était décidément temps de s'enfuir !

— Nous pourrions sortir ensemble demain, aller déjeuner quelque part.

Millie hésita, cherchant la meilleure manière de lui annoncer qu'elle préférait encore recevoir sur la tête un seau de cafards crissants.

— Merci, mais…

— C'est moi qui vous invite. Puisque ce serait notre premier repas ensemble.

Bon sang, où diable était passée Orla ?

— Écoutez, c'est vraiment gentil à vous, mais je ne peux pas…

— D'accord, fit Noel. On partagera l'addition.

Millie aurait voulu avoir à nouveau quinze ans. La vie était facile, alors. Quand un garçon vous harcelait, vous n'aviez qu'à vous esclaffer en hurlant : « J'ai l'air au bout du rouleau ou quoi ? Plutôt crever que sortir avec toi ! »

Mais elle était adulte. Ce n'était plus si facile de se débarrasser d'un pot de colle.

— Je veux dire que je ne peux pas. J'ai déjà des projets.

— À dîner, alors.

— Je suis prise aussi.

— Vous en êtes sûre ? s'enquit Noel en fronçant les sourcils. Parce que…

— Elle en est sûre, décréta une voix masculine derrière Millie. Absolument sûre. Parce qu'elle passe la journée de demain et le reste du week-end avec moi.

— Colin ! s'écria Millie avec ravissement tandis qu'il la soulevait de terre pour la faire tournoyer dans ses bras.

Elle s'agrippa à lui et chuchota à son oreille :

— Continue à tourner.

Enfin, lorsqu'ils furent à six bons mètres de Noel, Colin la posa à terre. Millie l'embrassa sur les deux joues.

— Tu ne peux pas savoir à quel point je suis contente de te voir. Je me voyais coincée toute la soirée avec cet enquiquineur.

— Je sais. J'écoutais. Mais je ne voulais pas vous interrompre, au début, ajouta Colin malicieusement. Au cas où tu aurais été folle de lui.

— C'est Orla qui me l'a mis dans les pattes. Mais dis-moi plutôt ce que tu fais ici… Ô mon Dieu ! s'exclama-t-elle soudain. C'est toi, ma surprise !

Colin sourit.

— Dans le mille. Cette chère Orla. Elle m'a téléphoné pour me convaincre qu'il nous fallait absolument une nouvelle chance. Justement, j'étais libre, et je me suis dit : pourquoi pas ?

— Pauvre Orla, elle est vraiment opiniâtre. Enfin, peu importe. Tu es magnifique avec cette cravate noire. Ça me fait tellement plaisir de te revoir. Je n'aurais pas pu espérer une meilleure surprise.

Enfin, si. Une seule, peut-être…

— Contrairement à Orla.

Colin la fit pivoter sur ses talons et lui montra l'autre extrémité de la salle.

— Où est-elle ? Je ne la vois pas.

— Un peu plus à gauche, derrière la femme en violet qui a un énorme derrière.

Guidant Millie tel un périscope, il chuchota :

— Regarde, elle est en train d'avoir le choc de sa vie.

Orla semblait en effet pétrifiée. Ses yeux étaient deux soucoupes, sa bouche décrivait un O parfait, tandis qu'elle contemplait fixement un homme séduisant.

— Pourquoi ? Que lui raconte-t-il ?

J. D. était là, qui rugissait de rire, un bras autour des épaules d'Orla. Un photographe capturait sa réaction pour la postérité.

— Je crois qu'il lui a juste avoué son identité. Courageux, ce garçon, approuva Colin.

— Personnellement, je ne l'ai jamais vu. Il n'est pas célèbre, si ? Comment le connais-tu ?

— Je ne le connais pas, mais papa m'a dit qui il était, quand nous sommes arrivés. Il pourrait bien recevoir le verre de vin d'Orla en pleine figure…

— Ah bon ? Si on y allait ?

— Pas question. J'ai horreur d'être mouillé.

— Mais qui est-ce, à la fin ?

— Christie Carson. Le critique qui a éreinté Orla, tu te souviens ?

Bien sûr qu'elle s'en souvenait !

Elle se souvenait aussi de la photo qui ornait la quatrième de couverture de son dernier roman. Elle secoua la tête.

— Mais non, ce n'est pas lui.

À l'autre bout de la pièce, Orla déclara :

— Vous ne pouvez pas être Christie Carson. Vous ne lui ressemblez absolument pas.

Les yeux de son interlocuteur pétillaient toujours, mais il semblait sur ses gardes, prêt à fuir en cas d'attaque.

— Et pourtant si.

Orla fronça les sourcils.

— J'ai vu votre photo. On dirait un sauvage de Bornéo.

— Cette photo remonte à l'époque où je me la jouais sauvage de Bornéo, répondit-il gravement. Cheveux longs, barbe, expression intense, tout le tralala.

— Nous pensions que vous aviez au moins cinquante ans !

— Je sais. Tous ces poils sur le visage, ça vieillit affreusement. Promettez-moi de ne jamais vous laisser pousser la barbe, ajouta-t-il facétieusement.

— Mais les gens pensent que vous ressemblez à cela. Comment pouvez-vous le souhaiter ?

— Bon. Pour vos photos publicitaires, vous avez un coiffeur attitré, n'est-ce pas ? Une maquilleuse, peut-être une styliste. Et un photographe qui oriente ses éclairages de façon à vous prendre sous le meilleur angle possible.

C'était exact. Sur la défensive, Orla répliqua :

— Et alors ?

— Et alors, c'est très bien. C'est même pratiquement de rigueur, pour le genre de livres que vous écrivez. C'est ce qu'attendent vos lecteurs. Dans mon cas, cela n'a rien à voir. Ce que j'écris est plus…

— Intellectuel ? se hérissa Orla.

— Masculin. Sachez toutefois, si cela peut vous rassurer, que ma mère a piqué une crise en découvrant cette photo. Elle m'a dit que je n'étais pas présentable et m'a ordonné de faire un effort et de m'arranger. Vous voyez le résultat.

Il passa une main sur ses cheveux courts et son menton rasé de frais.

— Me voilà tout pimpant.

Orla resta muette.

Pas longtemps.

— Vous êtes censé vivre en reclus, lança-t-elle d'un ton accusateur, les doigts serrés autour de son verre de vin. Vous n'avez jamais donné d'interview. Que faites-vous ici ce soir ?

Elle s'était convaincue que Christie Carson menait une existence solitaire dans un cabanon en pierre non chauffé au fin fond de l'Irlande. Que tous les journalistes s'aventurant dans son taudis étaient accueillis par un torrent d'insultes.

— Je n'aime pas donner des interviews, concéda Christie Carson, les yeux de plus en plus rieurs. Mais je ne suis pas pour autant un ermite. Quoi qu'il en soit, maintenant que le malentendu est dissipé et que les présentations sont faites, nous pourrions peut-être en venir au fait…

Il désigna du menton son verre presque plein et demanda d'un ton traînant :

— Allez-vous me le lancer à la figure ou non ?

Orla hésita. Le choc de la découverte s'était un peu atténué. Et son estomac recommençait à danser bizarrement.

— Je n'ai pas encore pris ma décision.

Oh, ce sourire… Jeter du vin à la figure atroce d'un sauvage aurait été facile. Un vrai bonheur, même. Mais là…

Elle sentait bien que le cœur n'y serait pas.

Et puis, son smoking était bien coupé et visiblement coûteux.

Il la regarda soupeser le pour et le contre, les sourcils haussés.

— Oui ? Non ?

— Je vous laisse encore un peu dans l'expectative.

Le photographe, qui était toujours près d'eux, parut déçu.

— Le dîner est annoncé ! clama J. D., demeuré héroïquement silencieux pendant cet échange. Viens, ma chérie, tu es à ma table.

Orla avait l'impression d'être une enfant de deux ans à qui l'on arrache brutalement son cadeau d'anniversaire.

Les gens quittaient le bar, se dirigeant lentement vers les doubles portes, au bout du couloir. Là, dans la suite des Neuf Rois, elle serait partie pour au moins deux heures de dîner et de conversation polie avec ses commensaux, à écouter un nombre faramineux de discours – certains drôles, d'autres non – et assister à la remise d'une douzaine de récompenses. Ce qui, si l'on n'était pas soi-même nominé, était positivement assommant.

D'autant que l'on était censé applaudir jusqu'à en avoir mal aux mains.

Orla, qui d'ordinaire adorait ce genre de manifestation, se rendit compte qu'elle ne serait contente, cette fois, que si Christie Carson était à leur table.

— Tu es prête, ma chérie ? demanda J. D. en lui tendant le bras. Allons retrouver le reste de la bande.

Naturellement, ils n'étaient pas à la même table. Ni même proches. De sa position, au fond de la vaste salle, Orla remarqua que Christie Carson occupait l'une des tables devant la scène. En inclinant légèrement sa chaise, elle le vit discuter, très à l'aise, avec la femme située à sa gauche, une actrice qui venait de publier son autobiographie.

Elle aurait préféré qu'il discute avec *elle*. Orla devint cramoisie lorsqu'il leva les yeux à cet instant et croisa son regard. Elle remplit son verre en hâte et sourit à Millie et Colin qui les rejoignaient, plaisantant ensemble. Décidément, ils formaient un couple idéal.

Enchantée, elle s'enquit :

— Que penses-tu de ta surprise ?

— Je suis ravie ! Et toi, de la tienne ? Je ne pouvais pas croire que c'était vraiment lui !

— Moi non plus.

Elle fit alors le genre de grimace qu'une fille de quinze ans aurait faite – une grimace à la beurk, destinée à prouver qu'on déteste quelqu'un et que non, vraiment, on n'est pas du tout gaga de lui secrètement.

— J'ai cru qu'on allait devoir appeler le service d'ordre pour vous séparer, fit Colin avec un clin d'œil. Ou même une ambulance.

Pudiquement, Orla agita les mains.

— Chaque chose en son temps.

— Mais qu'est-ce qui l'a poussé à écrire cette affreuse critique ? questionna Millie.

— Je ne le lui ai pas encore demandé.

Orla se pencha en arrière pour permettre au serveur de poser le premier plat.

— Pourquoi ? insista Millie, stupéfaite.

— Nous avons toute la soirée devant nous.

Une fois les prix décernés, ils pourraient recommencer à boire et à discuter tranquillement.

— Qu'il marine un peu, décréta-t-elle d'une voix désinvolte.

— Quel sang-froid, se félicita J. D. Quand elle frappera un grand coup, il ne va rien y comprendre.

L'entrée avait l'air délicieuse, mais l'estomac d'Orla était trop chamboulé pour qu'elle puisse avaler quoi que ce soit. Elle jeta un coup d'œil de l'autre côté de la salle et vit que Christie Carson l'avait surprise – ô mon Dieu – encore une fois.

Qu'est-ce qui m'arrive ?

Comme si elle ne le savait pas.

— Tu vas bien ? s'inquiéta Millie.

Orla prit sa fourchette et lui adressa un sourire rayonnant.

— Très bien.

Pendant l'heure suivante, elle s'obligea à participer à la conversation, ce dont elle s'acquitta brillamment.

Une fois les assiettes débarrassées, les discours commencèrent. On annonça les premières récompenses, et les lauréats montèrent sur scène recevoir leurs trophées.

Sa vessie criant à l'injustice pour avoir été abreuvée copieusement, Orla s'excusa.

Cinq minutes plus tard, elle se repoudrait le nez devant le miroir doré, au-dessus du lavabo, lorsque la porte s'ouvrit en grand. Christie Carson entra nonchalamment.

Nonchalamment…

Le cœur battant comme une écolière, Orla appliqua sur son visage une bien trop grande quantité de poudre libre Estée Lauder.

— Vous vous trompez. Vous êtes chez les dames.

— Je ne me trompe pas, dit-il avec un sourire hypnotique. C'est précisément une dame que je cherche.

Ding ding ding, fit le cœur d'Orla. *Diiiiiing.*

Elle se tamponna hâtivement le nez avec la houppette et lança :

— Vous me suivez ?

Christie Carson promena son regard dans les toilettes désertes, avant de le poser sur elle.

— C'est fortement probable, qu'en pensez-vous ?

Au moins, il lui avait laissé le temps d'aller d'abord aux toilettes. Cela prouvait qu'il était prévenant.

— Pourquoi ?

— Vous me manquiez.

Un petit sourire aux lèvres, il se rapprocha.

— Je m'ennuyais, sans vous. Je ne voulais pas attendre encore une heure avant de vous parler à nouveau.

Oh ! la la ! *Oh ! la la la la !*

— Et pourquoi donc ?

— Parce que parfois, on rencontre quelqu'un et… on *sait*.

Christie marqua une pause, puis :

— Vous n'êtes pas d'accord ?

Si, *si* !

— On sait quoi ?

— Impossible de l'expliquer. On sait, voilà tout.

Il était irlandais. Les Irlandais savaient baratiner. Avec ces yeux et cet accent, il aurait pu dire n'importe quoi.

— Pourquoi avez-vous écrit cette critique ? lâcha Orla.

— Pourquoi ? Parce que c'était la vérité, répliqua-t-il sans la quitter des yeux. Allons donc, vous le savez très bien. Vous enchaîniez vos mièvreries sans même réfléchir. À quoi bon vous fatiguer, puisque vous alliez gagner de toute façon des millions ? Mais vous êtes un bien meilleur auteur que vous ne le pensez. Tout ce qu'il fallait, c'était qu'on vous secoue une bonne fois. Regardez-moi sincèrement et dites-moi que j'ai tort.

— Cette critique frappait bien au-dessous de la ceinture. Vous n'avez pas idée du mal que vous m'avez fait.

— Il le fallait, pour que ce soit efficace. Dites-moi sur quoi vous travaillez, en ce moment.

— Quelque chose d'entièrement différent. Ça va vous laisser par terre.

Pas très modeste, certes, mais véridique.

Les yeux de Christie se plissèrent.

— Vous voyez ? Ça a marché.

Il s'approcha encore, et Orla discerna un effluve d'après-rasage et de cigarette. Brusquement, elle découvrit que l'odeur du tabac n'était plus répugnante.

— Que faites-vous ?

— Je ne vous ai pas encore remerciée pour les choses gentilles que vous avez écrites sur moi. Je dois dire que j'ai eu la peur de ma vie, quand j'ai appris que vous alliez faire la critique de mon livre.

— Je n'ai pas écrit de choses gentilles sur vous, mais sur votre travail.

Il avait la bouche la plus sensuelle qu'elle eût jamais vue. Au loin, elle entendit des acclamations et des applaudissements.

— Je pensais que vous alliez vous venger, reprit-il.

— Je l'ai fait. Si cela vous intéresse, je vous montrerai mes premiers brouillons. J'en ai deux cent dix-huit.

Elle s'obligea à cesser de fixer sa bouche ensorcelante, et ajouta :

— Mais en public, nous avons décidé d'être gracieuse. De nous élever au-dessus de ces mesquineries. De vous faire honte.

— Et vous avez réussi. Mais je vous remercie quand même.

Christie franchit la distance qui les séparait et l'embrassa.

Il l'embrassa, et l'embrassa… et l'embrassa encore.

Orla, pratiquement liquéfiée sur place, poussa un petit cri.

— C'est de la folie, murmura-t-elle. N'importe qui pourrait entrer. Arrêtez immédiatement.

Mais, détail embarrassant, ses doigts ne parvenaient pas à se détacher des boucles brunes soyeuses.

— J'ai une meilleure idée.

Christie sourit et la conduisit vers l'une des cabines ouvertes. Pendant qu'il l'attirait à l'intérieur et fermait la porte à clef, un tonnerre d'applaudissements retentit, accompagné de rires et de cris de ravissement.

— Du moment que ces toilettes ne sont pas sur écoute, chuchota Orla avec un frisson d'anticipation tandis qu'il dégrafait habilement sa robe de sirène. Et que ce n'est pas nous qu'ils sont en train d'applaudir…

56

Dans un sens, il valait mieux qu'Orla rate cette partie de la cérémonie, songeait Millie. Mais d'un autre côté, cela faisait un moment qu'elle avait quitté leur table.

Un bon quart d'heure.

Millie recula sa chaise et se pencha vers Colin :

— Je vais juste voir si je trouve Orla, si tout va bien.

Les toilettes des femmes étaient désertes quand elle ouvrit la porte. Elle s'arrêta sur le seuil en se demandant si Orla était tombée malade et était remontée dans sa chambre.

Puis, percevant un léger bruit, elle constata que l'une des portes était fermée à clef.

— Orla ?

Pas de réponse.

— Orla ?

Rien. S'était-elle évanouie ?

— Orla, c'est toi ? Tu te sens bien ?

Distinctement étrange, la voix d'Orla prononça :

— Ça va, tout va bien. Je… sors dans une minute.

Millie fronça les sourcils.

— Tu n'as pas l'air d'aller bien. Ça fait une éternité que tu as disparu. Que se passe-t-il ?

Cette fois, elle entendit un rire étouffé. Suivi de froissements de vêtements. Millie se baissa et regarda à travers l'étroite fente entre la porte et le sol en marbre vert et noir.

N'étant pas totalement stupide, elle avait déjà compris, en réalité.

— Orla, mauvaise nouvelle. Tu as deux jambes supplémentaires qui te sont poussées.

Encore des rires étouffés.

— Zut ! s'écria enfin Orla. Deux jambes supplémentaires. J'ai horreur de ça.

— Et moi, je suis désolée de jouer les rabat-joie, mais à tout moment quelqu'un d'autre risque d'entrer. Tu ferais mieux de sortir.

Que je voie avec qui tu es, petite dévergondée !

À cet instant, dans le couloir à l'extérieur, une voix agitée cria :

— Personne n'a vu Christie Carson ?

Dans la cabine, quantité de gloussements et de froissements encore, accompagnés d'un bruit de fermeture Éclair. Enfin, la porte s'ouvrit.

— … Et vous comprenez, c'est le principe de base du mécanisme de la chasse d'eau, expliqua Christie Carson avec sérieux en émergeant derrière une Orla rosie et souriante.

Feignant d'être surpris de voir Millie, il ajouta :

— Oh. Bonsoir.

— Il vaudrait peut-être mieux rentrer votre chemise dans votre pantalon avant de monter sur scène, lui conseilla celle-ci solennellement. Ils attendent de vous remettre le prix du meilleur auteur de l'année.

— C'est vrai ? fit Christie Carson avec un grand sourire. C'est la deuxième meilleure chose qui me soit arrivée ce soir.

La cérémonie terminée, on put se remettre à boire, papillonner d'une table à l'autre, célébrer les victoires et cancaner tranquillement. Les nominés qui n'avaient pas gagné furent consolés et rassurés – ils auraient mérité le prix. Les lauréats furent soumis à d'interminables interviews et séances de photographie. Des bouteilles de champagne furent servies sur les tables. J.D. présenta fièrement aux journalistes sa dernière acquisition, un laitier de vingt-cinq ans qui avait écrit un roman d'épée et de sorcellerie censé détrôner *Harry Potter*.

— C'est sa façon de gérer la maladie de maman, confia Colin en remplissant le verre de Millie.

N'ayant pas de réseau relationnel à tisser, ils s'étaient retrouvés seuls à leur table.

— Comment va-t-elle ?

— Pas trop mal. Elle se repose à la maison, ce soir. Elle a insisté pour que papa vienne. Elle ne souffre pas, ce qui est déjà un soulagement.

— Et toi, comment vas-tu ?

Il sourit.

— Bien. J'ai rencontré quelqu'un.

Ravie, Millie lui pressa le bras.

— C'est fantastique ! C'est sérieux ?

— Comment savoir ? En attendant, je savoure les bons moments. Il est éclairagiste et s'appelle Joe, ce qui est pratique : ma mère pense que c'est le surnom de Joséphine. Mais il comprend ma situation, et nous restons discrets. On verra comment ça évolue.

Il marqua une pause, puis :

— Et toi ?

Millie faillit l'embrasser. Elle avait cru qu'il ne lui poserait jamais la question. Colin était la seule personne à laquelle elle pouvait se confier sans crainte. En quelques minutes, elle lui eut raconté toute sa déprimante histoire.

— Celui à qui j'ai parlé sur la plage, le lendemain de la fête d'Orla, se rappela Colin en hochant la tête. Nous avions essayé de regarder ton tatouage. À propos, tu ne t'es jamais dit que ce tatouage nuisait à ta vie amoureuse ? Si tu nous avais laissés le regarder, peut-être que les choses auraient tourné différemment entre toi et Hugh. Et si tu me le montrais... ?

Il se moquait d'elle.

— Bas les pattes ! fit Millie alors que la main de Colin remontait le long de sa jambe. Changeons de sujet, voilà Orla.

Celle-ci était rayonnante. Un sourire incontrôlable illuminait son visage, ses yeux verts brillaient. Jamais Millie ne l'avait vue ainsi.

— Je suis juste venue vous dire bonsoir. Je suis vannée. Holà, quelle soirée ! Je ne tiens plus debout.

— Quelle surprise, murmura Colin, *presque* dans sa barbe.

— Oh ! Millie t'a mis au courant ! s'écria Orla en feignant d'être indignée.

— Encore heureux ! Toute cette activité inhabituelle dans un espace confiné, il y a de quoi être fatiguée, la taquina-t-il.

— Et demain matin, ce sera mon tour : je saurai tout ce que tu as fait.

Toujours incapable de supprimer son sourire béat, Orla montra sévèrement du doigt – relativement sévèrement – Millie. À l'intention de Colin, elle ajouta :

— Et j'espère que ce sera passionnant.

— À quelle heure veux-tu que je te réveille ? s'enquit innocemment Millie. Six heures ? Sept heures ?

— Grands dieux, je te dis que je suis épuisée. Je rêve d'une bonne nuit de sommeil.

Elle les embrassa tous les deux et bâilla ostensiblement.

— J'oubliais, dit Colin. Je me suis fait voler mon portefeuille et je ne peux pas rentrer à la maison. Tu ne veux pas m'héberger dans ta chambre pour la nuit, par hasard ? Je te promets de ne pas faire de bruit.

— Je regrette, mais non, répondit Orla avec un charmant sourire. Pas question.

Peu après, Christie Carson fit ses adieux et s'éclipsa discrètement, non sans avoir adressé un clin d'œil à Millie au passage.

— Cinq minutes et vingt-trois secondes, annonça celle-ci en vérifiant sa montre. J'ai gagné.

Colin secoua la tête.

— J'espère qu'il ne va pas lui briser le cœur.

— Ne sois pas si pessimiste. Elle vit les meilleurs instants de sa vie ! protesta Millie en faisant tourner le pied de sa flûte de champagne. Franchement, après avoir supporté Giles toutes ces années, elle a bien mérité ça.

— C'est comme de découvrir Lotus après une vie entière de cette espèce de papier brun tout rêche.

Millie hoqueta.

— Je ne sais pas si Orla serait flattée que tu compares ses amants à du papier hygiénique…

— Mets ça sur le compte du décalage horaire. J'ai un coup de barre énorme, excuse-moi.

Colin s'étira et bâilla. Contrairement à Orla, il était réellement fatigué.

— Tu as fait ton devoir, décréta Millie en lui tapotant le bras. Tu peux rentrer.

— Et toi ? Ça va aller ?

De l'autre côté de la salle encore noire de monde, Noel Blackwall jetait des coups d'œil dans sa direction.

— Je suis crevée, moi aussi, mentit-elle. Je vais aller me coucher.

Dans sa chambre, elle retira la robe Dolce & Gabanna et enfila sa deuxième plus belle chemise de nuit – pas de vieux

T-shirt distendu pour le Royal Lancaster, merci. Il était à peine plus de minuit, et Millie n'avait pas sommeil. Elle s'installa confortablement sur le lit avec la télécommande, un verre à dents pris dans la salle de bains et la bouteille de champagne presque pleine qu'elle avait montée avec elle.

Ne sachant trop si cela était considéré comme du vol, et préférant ne pas se faire arrêter et passer derrière les verrous le reste de son long week-end, elle l'avait dérobée discrètement, la plaquant entre sa hanche et son sac à main. La bouteille, bien sûr, avait glissé lorsqu'elle était montée dans l'ascenseur, et quand Millie avait pu la redresser, du champagne avait dégouliné sur tout le devant de sa robe. Au moins, il lui en restait suffisamment pour finir la nuit.

Zappant entre les nombreuses chaînes câblées et sirotant son Veuve Clicquot – tiède, mais elle n'aurait jamais pu subtiliser le seau à glace sans se faire remarquer –, elle regarda une ou deux minutes une série de science-fiction pathétique avant d'éteindre la télé. Il y avait des choses plus importantes auxquelles réfléchir. Comme, par exemple, ce qu'elle voulait faire de sa vie.

Quitter Newquay pour s'installer à Londres ?

Trouver un emploi dans une agence de voyages ?

Se lancer à la recherche d'un homme dont elle tomberait amoureuse et qui l'aimerait en retour ?

En d'autres termes, se prendre par la main et agir.

Millie remua les orteils, admirant brièvement son vernis bronze. Elle contempla l'écran noir de la télévision, avala une nouvelle gorgée de champagne et sentit les bulles éclater contre sa langue.

Tandis que l'alcool commençait à faire son chemin dans son flux sanguin, elle rêva à la voix de Hugh dans son oreille, ce léger accent sexy qu'il utilisait quand il la taquinait.

La voix qui la faisait frissonner de désir.

La voix qui lui manquait horriblement, presque comme une drogue.

Ridicule. Millie secoua vigoureusement la tête. Non, non, non. Il est presque minuit et demi. Pas question de l'appeler maintenant. À moins d'avoir une très bonne raison de le faire...

Seulement voilà, c'était cela le problème, avec les téléphones : ils étaient trop tentants. Ils étaient... là.

Cent ans plus tôt, si vous étiez à Londres et éprouviez le besoin impérieux de parler à quelqu'un habitant, par exemple, la Cornouailles, vous deviez sauter sur un cheval et parcourir au galop les cinq cents kilomètres qui vous en séparaient.

Millie attrapa le téléphone et composa le numéro, en décidant que c'était la faute d'Alexander Graham Bell. S'il avait collectionné les timbres ou s'était pris de passion pour les trains, au lieu d'inventer le téléphone, elle ne pourrait faire cela maintenant.

D'ailleurs, tiens, sans cet Alexander Graham Bell de malheur, elle ne se serait jamais fourrée dans ce pétrin au départ.

Hugh décrocha à la troisième sonnerie. Bon signe, songea Millie. Au moins, il était réveillé.

— Allô ? Allô ? Ah, bonjour monsieur ! fit-elle avec son accent français le plus outré. Je suis bien aux *Nouvelles du monde* ? J'ai un scoop pour vous ! Un gros gros potin, vous n'allez jamais me croire !

57

En Cornouailles, le cœur de Hugh manqua un battement. Incapable de trouver le sommeil, il était resté allongé dans son lit en pensant à Millie. Et voilà qu'elle l'appelait.

Restait à savoir : Hester lui avait-elle téléphoné ?

À la limite de la nausée, il se força à parler avec calme.

— Oui, mademoiselle. Ici *Nouvelles du monde*, la rubrique des potins. De quoi s'agit-il, je vous prie ?

— De l'écrivain magnifique, Orla Hart ! Je vous assure que vous n'allez pas en croire vos oreilles !

Hugh se détendit. Il connaissait assez Millie pour en déduire que Hester ne lui avait rien dit. Il avait encore une chance de sauver la situation.

— Attention, votre accent vire à l'allemand, l'avertit-il.

— Zut, je m'en doutais. Je crois que je vais laisser tomber l'accent.

Millie but une nouvelle gorgée de champagne.

— N'empêche, tu ne me croiras jamais…

— Où es-tu ?

— À Londres. Dans l'hôtel le plus chic que tu aies jamais vu. Enfin, peut-être pas toi, mais pour moi c'est un palace.

— Le Ritz ?

— Non, le Royal Lancaster. Il donne sur Hyde Park et Kensington Gardens. Des lustres extraordinaires, une moquette tellement épaisse que tu pourrais y perdre tes chaussures. C'est Orla qui m'a amenée, nous étions à une cérémonie de remise de prix littéraires. Il y avait Melvyn Bragg, précisa-t-elle, incapable de résister au plaisir de frimer.

— Ne me dis pas qu'Orla s'est déshabillée et a dansé toute nue sur une table ?

— Pire ! déclara Millie avec délectation. Oups, je ne devrais peut-être pas te le dire…

— Millie, c'est trop tard, maintenant !

— D'accord, d'accord ! Voilà : j'ai surpris Orla en train de batifoler dans les toilettes pour dames, tu ne devineras jamais avec qui.

Amusé, Hugh suggéra :

— Melvyn Bragg ?

— Ah ! Bien plus sensationnel : Christie Carson !

— Tu veux dire, le vieil acariâtre barbu ? s'esclaffa Hugh. Son ennemi juré ?

— Je sais, je sais, c'est fou. Mais en fait, il n'est ni vieux ni moche. Au contraire. Et ils ne sont plus des ennemis jurés. Elle est même certainement dans sa suite à l'heure qu'il est, en train de remettre ça ! Heureusement qu'elle nous a réservé des chambres séparées ! Sinon, je passerais la nuit recroquevillée dans un canapé à la réception.

Elle raconta l'épisode à Hugh. Plus ils parlaient, moins elle avait envie de raccrocher. Elle aurait volontiers discuté avec lui toute la nuit. Entendre sa voix. Imaginer son visage. Visualiser ses grands yeux noirs, la façon dont ses lèvres se retroussaient quand il souriait...

Zut, je suis pompette.

La bouteille de Veuve Clicquot était presque vide. Des larmes pathétiques lui montaient aux yeux.

— Au fait, j'ai pris une décision. Je vais quitter la Cornouailles, m'établir à Londres, lâcha-t-elle.

— Hein ? Pourquoi ?

Hugh semblait stupéfait.

— C'est la meilleure chose à faire, je crois. Des tas de gens montent s'installer à Londres...

— Des tas de gens vivent à Londres et rêvent de s'installer en Cornouailles.

Les larmes coulaient sans retenue sur les joues de Millie, à présent. Elles tombaient en silence sur les draps amidonnés remontés sur ses genoux. Lorsqu'elle fut sûre de pouvoir reprendre une voix normale, elle dit :

— Je crois que j'ai tout simplement besoin de changement. C'est plutôt positif. Oh, et j'ai aussi décidé autre chose...

Il y eut une longue pause.

— Quoi ?

— La prochaine fois qu'on se croisera, je te montrerai mon tatouage.

— Hein ?

— Ça n'aura plus d'importance, étant donné que je déménagerai et qu'on ne se verra plus, tu comprends ?

Elle vida les dernières gouttes de champagne dans son verre à dents et s'essuya les yeux.

— De toute façon, ça n'a vraiment aucun intérêt. Juste un stupide tatouage. Mais puisque ça t'intriguait, autant te le montrer.

C'est grotesque. Ça ne l'intéresse sûrement plus. Je te retiens, Colin, avec tes suggestions stupides !

Un silence encore plus long s'ensuivit.

— Avec plaisir.

Toujours aussi poli, Hugh Emerson.

Millie jeta un coup d'œil à sa montre. Il était presque une heure. Maintenant qu'elle ne pleurait plus, ses paupières bouffies commençaient à s'affaisser.

— Je suppose que je t'empêche de te coucher.

Je t'en supplie, ne dis pas oui !

— Il est tard, concéda Hugh. Tu ferais peut-être mieux de dormir.

Salaud !

Il ne voulait pas continuer à lui parler. Vexée, elle avala le fond du verre.

— Je ne suis pas fatiguée. Et toi ?

Il sembla amusé.

— Moi, si. Épuisé. Et j'ai une longue journée, demain.

Millie cligna des yeux. Et voilà, ça recommençait. Elle se faisait gentiment renvoyer dans ses plates-bandes. Il l'avait écoutée patiemment, feignant d'être intéressé, tout en se demandant combien de temps encore elle allait le garder au bout du fil.

Parce qu'il était trop gentil pour lui couper la parole.

Mon Dieu, comme je suis égoïste…

— D'accord, dit-elle d'une voix enjouée en respirant un grand coup. Va dormir. Désolée de t'avoir retenu. Tu aurais dû me le dire.

— Ce n'est pas grave, fit Hugh, non moins jovial. Ça m'a fait plaisir que tu appelles. À bientôt.

Espèce de crétin, tu ne comprends donc rien, hein ? Tu ne me comprends pas du tout !

— À bientôt.

À huit heures et demie le lendemain matin, le téléphone retentit dans l'oreille de Millie.

— Hein ? Quoi ? Qui est-ce ?

Elle contempla fixement la chambre. Une chambre inconnue, la porte était au mauvais endroit, les rideaux n'étaient pas les siens...

C'étaient des rideaux extrêmement chic.

Le téléphone continuait à sonner. Stupidement, elle réalisa que ce n'était pas la porte d'entrée. Mais aussi, ce téléphone n'avait pas la même sonnerie qu'à la maison. Ça vous embrouillait complètement, surtout au réveil...

Dring. Dring.

Autant répondre... Millie prit le combiné et marmonna :

— Allô ?

Si c'était Colin, elle le tuerait. Ce ne pouvait être Orla, qui ne se réveillait jamais avant neuf heures. Surtout après une nuit torride de négociations avec l'ennemi.

— Miss Brady ? Bonjour, ici la réception.

Visiblement, c'était la voix d'une personne qui était debout depuis six heures du matin et avait mangé un petit déjeuner à base de muesli et de jus d'orange avant de parcourir au petit trot les cinq kilomètres qui la séparaient de son travail. Elle avait une voix tellement saine que c'en était écœurant.

— Ah, bonjour !

Millie lorgna la bouteille de Veuve Clicquot vide sur la table de nuit, ferma brièvement les yeux et attendit l'impact de la gueule de bois. Oh, non... et en plus, se rappela-t-elle, elle avait téléphoné à Hugh. Elle lui avait tenu la jambe pour lui raconter n'importe quoi, histoire de parler à tout prix, comme ces gens qui appellent les stations de radio au milieu de la nuit, tellement ils sont solitaires.

Je suis devenue une harceleuse téléphonique chronique. Bientôt, il va m'intenter un procès pour se débarrasser de moi.

— Miss Brady, excusez-moi, mais il semble y avoir eu une sorte de confusion concernant votre réservation.

Le soleil entrait à flots par les fenêtres dont elle avait omis de tirer les rideaux, et elle enfouit la tête dans un oreiller pour fuir son éclat.

— Une confusion ? Quelle confusion ?

— Je suis vraiment désolée. Voulez-vous descendre à la réception afin que nous puissions arranger cela ?

— Maintenant ?

Elle avait du mal à se concentrer.

— Vous me demandez de descendre *maintenant* ?

— S'il vous plaît, ce serait formidable. À tout' ! lança gaiement la réceptionniste.

À tout' ? C'était une plaisanterie ?

Elle avait déjà raccroché.

Miss Jovialité avait déjà raccroché. Cette fille devait avoir des intestins en parfait état de marche, elle l'aurait parié.

Mais, après tout, était-ce si formidable que cela ? Imaginez que vous allez à la selle tous les matins à sept heures trente précises ? Qu'advient-il si vous êtes bloqué dans le métro à cette heure-là ?

Millie s'aspergea le visage d'eau, se lava rapidement les dents et se donna un rapide coup de brosse.

Revenue dans sa chambre, elle découvrit l'inconvénient de ne pas avoir tiré les rideaux. Sa valise, ouverte par terre devant la fenêtre, contenait son jean blanc. Malheureusement, elle contenait aussi le Mars qu'elle avait entamé la veille. La deuxième moitié, liquéfiée par la chaleur, avait fondu sur toute une jambe de son pantalon.

Moralité : quand on a commencé un Mars, il faut toujours le terminer.

Pantalon, maculé de chocolat. Zut. Robe en daim, maculée de champagne. Zut. Millie se pencha et fouilla dans sa valise. Elle en sortit sa chemise de nuit numéro un, cadeau de Hester pour son dernier anniversaire. En soie lilas, avec une bordure en velours d'un ton plus soutenu, elle n'avait pas grand-chose d'une nuisette, finalement. En fait, avec ses fines bretelles, son haut ajusté et sa longueur juste au-dessus du genou, elle pouvait très bien passer pour une petite robe d'été.

Millie se dirigea vers l'ascenseur en se demandant comment avait pu se produire la « confusion ». Avait-on attribué sa chambre à quelqu'un d'autre ? Si l'hôtel était plein, allait-on la mettre à la rue ?

Les portes coulissantes s'ouvrirent, et Millie repéra tout de suite la réceptionniste en question. Tout en elle était espiègle et enjoué. Elle avait même des couettes. Son film préféré devait être *La Mélodie du bonheur*, avec Julie Andrews en gouvernante.

— Millie Brady ?

La fille lui adressa un sourire d'excuse. Son badge indiquait qu'elle s'appelait Wendi. Avec un i.

— Je suis vraiment désolée. C'est lui qui m'a obligée à faire ça.

Ses yeux parfaitement maquillés se tournèrent de côté. Millie l'imita et, en découvrant la personne qui se tenait deux mètres plus loin, son estomac fit *doinnnnggg,* comme l'aurait fait un lutteur de sumo s'écrasant sur un trampoline.

Appuyé contre le comptoir, Hugh guettait sa réaction.

— Mon Dieu ! Je ne peux pas le croire !

Elle eut l'idée folle qu'il avait peut-être un frère jumeau dont il ne lui avait jamais parlé. Le dévisageant, elle demanda précautionneusement :

— Hugh ?

— C'est bon ? s'enquit Wendi, qui semblait à deux doigts d'appuyer sur une sonnette d'alarme. Vous le connaissez ?

— Je croyais le connaître, répondit Millie, sur un nuage.

— Tu m'as dit qu'Orla t'avait abandonnée, expliqua-t-il sur le ton de la conversation. J'ai pensé que tu n'étais peut-être pas en sécurité, toute seule. Et puis, tu as promis de me montrer ton tatouage, la prochaine fois qu'on se rencontrerait.

— Vous êtes sûre qu'il n'y a pas de problème ? insista Wendi. Je veux dire, il avait l'air normal, mais il m'a quand même demandé de faire quelque chose de bizarre. Je lui ai répondu tout net qu'il n'en était pas question.

Hugh était venu exprès de Cornouailles, et à présent il semblait ne plus savoir ce qu'il devait dire.

De même, trouvant plus facile de parler à « Wendi avec un i » qu'à lui, Millie s'éclaircit la gorge :

— Euh… il ne vous a pas demandé de vous déguiser en gorille et de faire irruption dans ma chambre sur des rollers, par hasard ?

— Hein ? Non !

Les sourcils de Wendi dérangèrent sa frange bien ordonnée. Elle se tourna vers Hugh et s'écria :

— Mon Dieu, vous êtes vraiment trop original !

— Rassurez-vous, fit-il, apaisant. Jamais je n'exigerais une chose pareille.

— Alors quoi ? interrogea Millie.

— D'abord, il voulait monter dans votre chambre. Je lui ai dit que le règlement l'interdisait. Alors il m'a demandé de vous téléphoner, de prendre un accent hollandais et de vous demander une espèce de… Voilà, regardez, je n'y comprends rien.

Wendi poussa une feuille en travers du comptoir.

— Il dit qu'il est venu de Cornouailles pendant la nuit, mais comment peut-on être désespéré à ce point, juste pour avoir la réponse à une devinette absurde ?

Millie lut ce qui était écrit sur le papier.

Indice : Idiot. Deux mots, quatre et sept lettres. Dernière lettre : N.

— Ce n'est pas une devinette, c'est une définition de mots croisés, expliqua-t-elle. Et je crois connaître la réponse. Hugh Emerson.

Hugh hocha la tête.

— C'est moi. Je suis l'idiot.

Il marqua une pause, avant d'ajouter avec calme :

— Mais cela m'a passé, maintenant. Juré.

Millie sentit son corps tout entier fourmiller. Était-il en train de dire ce qu'elle croyait l'entendre dire ?

Ou plutôt, était-il en train *d'essayer* de le dire ?

58

— Où allons-nous ? protesta Millie tandis qu'il l'entraînait dehors. Je n'ai même pas mon sac.

Je n'ai pas de culotte, non plus.

Oups.

— Pas de problème, c'est moi qui régale.

Hugh désigna du menton le bus à impériale, dans la rue. C'était un de ces bus touristiques, le genre qui vous fait faire le tour de la ville pendant des heures.

— Ce n'est pas bien de vivre à Londres, reprit-il. C'est sale, encombré. C'est horrible.

Le chauffeur du bus était appuyé contre la grille de Hyde Park et fumait une cigarette roulée en attendant les premiers touristes de la journée.

— Il y a Buckingham Palace, fit remarquer Millie en montrant le panneau placardé sur l'autobus et indiquant les sites à admirer. Regarde. Et Downing Street et la grande roue du Millenium, et Regent's Park, Kew Gardens, récita-t-elle. Sans parler des chambres du Parlement, de Tower Bridge, etc., etc.

— C'est pourquoi je vais te montrer tout ça maintenant. Pour que tu arrêtes de fantasmer. Une fois que tu auras tout vu, l'attrait de la nouveauté s'émoussera.

— Peut-être pas.

— Newquay, c'est mieux, assura Hugh. Il y a la mer, déjà. Et les plages.

— Quoi ? s'écria-t-elle, feignant d'être horrifiée. Tu veux dire qu'à Londres, il n'y a pas de mer ? Il n'y a pas de plages ?

— Tu as toujours la Tamise.

— Mais je ne pourrais pas surfer ? couina Millie, qui n'avait jamais posé les pieds sur un surf.

— Deux places, s'il vous plaît, dit Hugh au chauffeur, qui les contemplait comme s'ils étaient tombés sur la tête.

Elle le suivit en haut de l'étroit escalier en colimaçon. Elle prit garde à plaquer sa chemise de nuit autour de ses cuisses. Ce n'était pas vraiment reposant, de sortir dans la rue accidentellement sans petite culotte.

— C'est surréaliste, dit-elle en secouant la tête lorsqu'ils furent installés. Je n'arrive toujours pas à croire que tu sois venu jusqu'ici... Est-ce que tu sais à quel point j'étais furieuse, hier soir, quand tu m'as pratiquement raccroché au nez ?

Amusé, Hugh répondit :

— C'est vrai que tu avais l'air un tantinet vexée.

Le lutteur de sumo continuait à faire du trampoline dans son ventre. Malgré tout cela, Millie estimait qu'elle se débrouillait remarquablement bien pour donner l'impression d'être normale. Et après avoir passé une nuit blanche et roulé de nuit pendant cinq cents kilomètres, Hugh semblait lui-même plutôt en bonne forme. Sa chemise en coton blanc était froissée, mais cela n'avait strictement aucune importance. Son pantalon noir était magnifique. Elle mourait d'envie de passer les doigts dans ses cheveux, tellement décolorés par le soleil, maintenant, qu'ils étaient aussi blonds qu'un Milkyway. Ses yeux noirs pétillants étaient pailletés d'or, de même que sa barbe naissante. Cette barbe était affreusement séduisante. Elle était contente qu'il n'ait pas mis d'après-rasage : il sentait le propre, mêlé à une odeur sexy qui lui était intensément personnelle. Alors c'était ça, les fameuses phéromones !

— Bon, déclara-t-il en lui tapant la cuisse droite. Tu m'as promis.

Ils n'étaient pas restés seuls longtemps à l'étage découvert du bus. Il se remplissait rapidement de touristes brandissant leurs caméscopes et bavardant entre eux.

Millie s'arma de courage et releva lentement l'ourlet de sa robe improvisée, pour révéler le tatouage sur sa cuisse bronzée.

Hugh le contempla en silence quelques secondes.

Enfin, il demanda :

— Quand l'as-tu fait faire ?

Qu'imaginait-il ? La semaine dernière ?

— Il y a six ans.

— Tu parles sérieusement ?

— Erreur de jeunesse, je n'avais que dix-neuf ans, se défendit-elle. Je sortais avec ce garçon depuis deux mois, et c'est lui qui m'a convaincue de le faire. J'étais dingue de lui et j'ai trouvé que c'était une idée géniale. Et puis, je savais que ça ferait enrager ma mère. Naturellement, on s'est séparés dix jours plus tard. J'ai découvert qu'il sortait avec une autre fille dans mon dos. Et voilà, le premier homme qui m'a fait souffrir ! conclut-elle avec un petit sourire.

Mais, malheureusement, pas le dernier.

Les coins de la bouche de Hugh commençaient à frémir.

— Et depuis, tu as dû garder ce souvenir de lui en permanence.

Millie regarda le cœur proprement dessiné, avec le nom de son ex-petit ami à l'intérieur.

Hugh.

— Et toutes ces années, tu as attendu de rencontrer l'homme de ta vie, poursuivit-il, pince-sans-rire. Ou du moins, un homme qui porte le bon prénom. Tu as dû être ravie quand tu as trouvé mon portefeuille sous ce buisson.

— Très drôle.

— Tu n'as jamais été tentée de passer un coup de fil à Hugh Grant ?

— Oh, si, je l'ai fait plein de fois ! Mais il m'a toujours répondu : « Écoutez, c'est vraiment gentil à vous, mais je suis un tout petit peu occupé, en ce moment. »

— Pas de chance, compatit Hugh.

— Je voulais faire colorier le cœur. Mais ça m'avait fait tellement mal, ce truc stupide, que je ne cessais de remettre ça à plus tard. Puis j'ai fini par me dire que je pouvais bien le laisser tel quel, pour me rappeler de ne jamais renouveler une expérience aussi ridicule.

— Et ça a fonctionné ?

Hugh donnait toujours l'impression qu'il réprimait difficilement un fou rire.

— Ne sois pas idiot, bien sûr que non. Faire des choses ridicules, c'est ma grande spécialité… Enfin voilà, maintenant, tu sais tout.

Millie rabattit sa chemise de nuit sur sa cuisse, signifiant que le spectacle était terminé.

— Merci de me l'avoir montré, dit-il gravement.

— Ça valait le déplacement ?

— Oh, oui, largement.

À cet instant, le bus s'ébranla. Chacun brancha consciencieusement ses oreillettes pour écouter le commentaire.

Millie n'en avait pas besoin. Elle avait Hugh.

— … Et voici Buckingham Palace, annonça-t-il tandis que le bus remontait le Mall. Un trou à rats, sordide et minable. Rempli de meubles Ikea et de tableaux modernes atroces dans des cadres en plastique.

— Je vois ce que tu veux dire. Ça ne me tente pas du tout de vivre là-dedans.

— Et là, c'est Tower Bridge, lui montra Hugh un peu plus tard. Tu vois la Tamise ? Je t'avais bien dit qu'elle était glauque.

Puis :

— Trafalgar Square. Pas moyen de mettre un pied devant l'autre sans marcher sur un pigeon. Tu as vu ce film de Hitchcock, *Les Oiseaux* ?

À Piccadilly Circus, Millie bondit sur ses pieds, convaincue qu'elle avait vu le prince William sortir d'un Burger King. Hugh la fit brutalement se rasseoir en grondant :

— Tu ne devrais pas faire ça.

— Mais je voulais juste le regarder !

Elle se demanda si c'était une de ces règles propres à Londres qu'elle ignorait, si on risquait de se faire poursuivre en justice pour harcèlement d'un membre de la famille royale. Qu'imaginait-il ? Qu'elle allait se jeter sur lui ?

— Premièrement, ce n'était pas le prince William. Et deuxièmement, continua Hugh, imperturbable, ta chemise de nuit est transparente.

Par chance, les magnétoscopes des touristes étaient tournés ailleurs, vers Dieu sait quelle ennuyeuse statue. Millie décida de payer d'audace.

— Ce n'est pas une chemise de nuit. C'est une robe.

— Ah bon ? Je croyais que c'était une chemise de nuit, transparente comme elle l'est.

— Tu n'y connais rien à la mode. C'est du dernier cri, cet été…

Millie se rendit compte soudain qu'elle avait du mal à respirer normalement.

— Quoi ? protesta-t-elle. Pourquoi me regardes-tu comme ça ?

— Tu es peut-être magnifique, répliqua-t-il en secouant gentiment la tête, mais tu mens très mal.

Oh ! Il m'a dit que j'étais magnifique !

— Merci.

— Alors, quel est le verdict ?

— À quel sujet ?

Hugh décrivit un arc de cercle avec son bras.

— Londres.

— C'est épouvantable, décréta-t-elle avec une grimace. Ça n'arrive pas à la cheville de la Cornouailles.

— Tu renonces à t'installer ici ?

Son ton était badin, mais Millie n'avait plus envie de jouer le jeu. Il fallait qu'elle sache de quoi il retournait vraiment.

— Si tu me disais pourquoi tu es venu ?

Elle avait essayé de parler d'une façon sophistiquée, maîtresse d'elle-même, mais ce n'était pas facile car ses dents s'entrechoquaient.

Bruyamment.

Hugh hocha la tête.

— Oui. Voilà : tu te souviens de ce rêve récurrent dont je t'ai parlé ? Celui où le téléphone sonne et je crois que c'est Louisa.

Si je m'en souviens ? Je ne pense qu'à ça !

— Oui.

— Eh bien, ça ne m'arrive plus. Ce rêve a cessé.

Il marqua une pause.

— Après la soirée d'Orla.

— Et alors ?

— Je m'étais juré de ne plus jamais tomber amoureux. Mais je n'ai pas réussi. Et ça m'a pris du temps pour l'admettre, mais maintenant, ça y est.

— V… vraiment ?

Ses dents se déchaînaient comme des écoliers turbulents incapables de tenir en place avant la récréation.

— En fait, hier soir, je suis allé voir la fille dont je suis tombé amoureux.

Il se tut. Ses grands yeux noirs étaient sérieux.

— Qu… quoi ?

Le cœur de Millie se révulsa, et le visage de Hugh lui parut soudain flou. Mon Dieu, non, ça n'allait pas, ça n'allait pas du tout…

— Elle portait son déguisement de gorille, continua-t-il. Enfin, je *pensais* qu'elle portait son déguisement. En réalité, elle l'avait prêté à sa meilleure amie pour la soirée. Et je crois que je ne m'en remettrai jamais…

— Non ! hurla Millie.

Elle plaqua les mains sur sa bouche et éclata de rire.

— C'est pour ça que j'ai été obligé de venir jusqu'ici, pour te parler avant que Hester ne le fasse. Je suis sûr que tout le monde est déjà au courant, à Newquay.

Submergée de bonheur, Millie demanda :

— Tu en es sûr ?

— Tu plaisantes ? Hester est probablement en train de sillonner la ville à l'heure qu'il est, en annonçant la nouvelle dans un mégaphone.

— Je voulais dire, si tu es sûr de… tu sais, l'autre chose que tu viens de dire ?

Hugh sourit.

— Seulement si ça te rend heureuse. C'est vrai, je m'avance un peu, là. Si ça se trouve, tu n'es pas intéressée.

Millie réfléchit. Elle pourrait bien le faire lanterner un peu à son tour, tiens. Mais…

— C'est possible, admit-elle. Mais je mens tellement mal. Je suis intéressée depuis le début, et tu le sais très bien.

L'expression de Hugh s'adoucit.

— Peux-tu me pardonner pour la façon dont je t'ai traitée ?

— Je n'en sais rien, mentit-elle. Il va falloir que tu sois convaincant…

Il était dix heures. Le tour était terminé. Alors que le bus ralentissait pour s'arrêter devant le Royal Lancaster, Hugh la prit dans ses bras et l'embrassa.

Puis il l'embrassa encore.

Autour d'eux, les touristes se préparaient à descendre. Ils passèrent devant les amoureux en chuchotant et gloussant. Quand Millie rouvrit enfin les yeux, un caméscope était braqué sur elle. Une Japonaise dit quelque chose à son ami, et ils se mirent à rire tous les deux.

— Qu'est-ce qu'ils ont ? s'étonna Millie, qui ne s'en souciait guère, en réalité.

— Il se trouve que je comprends un peu le japonais, répliqua Hugh en haussant un sourcil. Elle a dit : « Cette fille n'a pas de culotte. »

Il plaisante, songea-t-elle.

Du moins, elle l'espérait.

Mais, au cas où, peut-être ne devraient-ils pas descendre tout de suite du bus…

Quelques instants plus tard, ils avaient l'étage pour eux seuls, et Hugh recommença à l'embrasser. Sur un petit nuage, elle noua les bras autour de lui.

— Millie Brady ! Qu'est-ce que tu fabriques ?

Elle sursauta. Au son de la voix familière, elle regarda, coupable, par-dessus l'épaule de Hugh.

Orla était debout devant l'entrée de l'hôtel. À côté d'elle, toujours en smoking, une cigarette allumée entre les doigts, Christie Carson était là, tout chiffonné, mais visiblement heureux.

Pétrifiée, Orla regarda Millie se faire embrasser sur l'impériale du bus. Par un homme qui lui tournait le dos, mais qui n'était visiblement pas Colin Deveraux…

La canaille !

Il était temps, toutefois, songea Orla qui commençait à sérieusement désespérer, ces dernières semaines, devant la vie amoureuse de Millie totalement végétative.

— Elle a dû le rencontrer à la soirée d'hier, après notre départ.

Ravie, Orla pressa le bras de Christie.

— Il est peut-être écrivain, lui aussi.

Elle fit un grand geste de son bras libre et cria :

— Millie ! Descends ! Et présente-nous immédiatement ton nouvel ami.

— Elle va être folle, quand elle te reconnaîtra, murmura Millie à l'oreille de Hugh.

— Ce n'est rien. Tu as fait de la rétention d'infor-mations vitales. Elle va sûrement te demander de lui rembourser son argent. Mais rassure-toi, ajouta-t-il, je t'aime toujours. Avec ou sans le magot !

— D'accord. Allons-y.

Millie prit une grande bouffée d'air, attrapa la main de Hugh et se leva en même temps que lui. Il se retourna et adressa un signe à Orla.

Celle-ci en resta éberluée.

— Je ne… mais… comment se peut-il… bredouilla-t-elle tandis que Hugh lui envoyait un baiser. C'est… Grands dieux, je ne peux pas croire une chose pareille !

— Moi non plus.

Christie s'abrita les yeux du soleil pour mieux regarder, et lâcha un long sifflement appréciateur.

— Cette robe est complètement transparente.

Comédie

Retrouvez l'autre nouveauté de la collection en magasin :

Le 18 avril :
Zéro de conduite ☙ Ildiko von Kürthy (n° 7981)
Amélie forme avec Philipp un couple assez atypique : elle est gaffeuse, il est sérieux, elle est loufoque quand il est raisonnable ! Amélie est aussi très curieuse… Et écoute un message sur le répondeur de Philipp : catastrophe, il la trompe ! Pour Amélie l'excessive, c'est le point de départ d'un quiproquo démesuré.

Découvrez les prochaines nouveautés de la collection :

Le 16 juin :
Chaque homme a son revers ☙ Vicki Lewis Thompson (n° 8053)
La grand-mère d'Ally meurt en lui léguant son argent. La jeune femme peut enfin s'installer en Alaska pour devenir la photographe de paysages qu'elle a toujours rêvé d'être. Seulement, en plus de la fortune, Ally a aussi hérité du bras droit de sa grand-mère : Mitchell, ringard à souhait !

Gloire et déboires ☙ Jane Heller (n° 8054)
Stacey Reiser ne voulait qu'une chose : que sa mère abusive lui fiche la paix ! Elle a 34 ans tout de même ! Mais sa mère devient une icône publicitaire adulée qui n'a plus une minute pour sa fille… Alors, qui surveille ses fréquentations, ses finances, et même… ses amours ? Stacey bien sûr !

Nouveau ! 2 titres tous les 2 mois aux alentours du 15.

Si vous aimez Comédie,
laissez-vous tenter par :

Romance d'aujourd'hui

Le 22 mai :

Le soleil de ma vie ☙ Catherine Anderson (n° 8020)

Laura Towsend souffre d'aphasie suite à un traumatisme crânien. Cela ne l'empêche pas de travailler: elle est embauchée par le vétérinaire Isaiah Coulter. Ce dernier est vite touché par la douceur de la jeune femme. Mais une employée de la clinique a jeté son dévolu sur le vétérinaire et tente de discréditer Laura…

À tes côtés ☙ Susan Donovan (n° 8021)

Charlotte Tasker rencontre un homme sur le bord de la route et ils passent ensemble un moment torride et… anonyme. Treize ans plus tard, Charlotte fait la connaissance de son nouveau voisin, Joe. Qui n'est autre que le mystérieux inconnu qui lui a fait vivre un instant de passion intense, sans jamais l'oublier…

Nouveau ! 2 titres tous les 2 mois
aux alentours du 15.

SUSPENSE

Le 3 avril :

Un fascinant regard ☙ Linda Howard (n° 4198)

Marlie menait enfin une vie paisible. Mais ses dons de médium se manifestent à nouveau et lui permettent de voir à travers les yeux d'un terrible tueur… Entre Dan, le policier qui la trouble, et les visions qui l'assaillent, Marlie ne sait plus où elle en est…

La proie du danger ☙ Karen Robards (n° 7978)

Sam McCabe, agent du FBI, est aux prises avec un serial killer qui l'appelle avant chacun de ses meurtres. Maddie, qui dirige avec brio son agence de publicité, échappe par miracle à un homme entré dans sa chambre pour la tuer. L'assassin n'abandonne pas pour autant sa proie, et Maddie se voit contrainte d'accepter la protection de Sam. Mais Maddie n'est pas celle que l'on croit…

Nouveau ! 1 rendez-vous mensuel
aux alentours du 1er de chaque mois.

MONDES MYSTÉRIEUX

Le 3 avril :

Le cercle des immortels - 4 : Le loup blanc ☙ Sherrilyn Kenyon (n° 7979)

Zarek, demi-dieu grec, protège les humains des démons qui hantent la Terre. Mais certains dieux veulent sa mort. Son dernier recours est la belle Astrid, une jeune femme aveugle qui, accompagnée d'un loup blanc, peut entrer dans ses rêves... Le sauvera-t-elle de sa malédiction ?

Nouveau ! 1 rendez-vous mensuel aux alentours du 1er de chaque mois.

Passion intense

Quand l'amour vous plonge dans un monde de sensualité

Le 18 avril:

Que les jeux commencent... ☙ Tina Donahue, Jen Nicholas, Jordan Summers (n° 7983)

Nick Marlow, patron de casino, doit récupérer les parts que son partenaire a données à sa fille. Il va les jouer au strip-pocker...

Allison Dare ne croit pas du tout au prince charmant, jusqu'à ce que le beau J.T., détective privé, lui tombe littéralement dans les bras... au coin d'une rue !

Cara et Brandon ont toujours fantasmé l'un sur l'autre. Quand l'occasion se présente, la situation devient explosive...

Nouveau ! 1 rendez-vous mensuel aux alentours du 15 de chaque mois.

Retrouvez également nos autres collections :

AVENTURES
& PASSIONS

Le 3 avril :

L'appel de la passion ∞ Shirlee Busbee (n° 3056)
« De gré ou de force, tu seras ma princesse, jolie gitane ! » On ne résiste pas à Jason Savage. Il obtient toujours ce qu'il veut. Quitte à imaginer le plus odieux des chantages. Tamara n'a pas le choix…

Le prince aztèque ∞ Nan Ryan (n° 3071)
L'Indien se dresse, nu, dans le soleil éblouissant. Il s'agenouille auprès d'elle. Meagan tente de le repousser, puis, très vite, s'abandonne… Mais Tonatiuh est le fils d'une princesse aztèque, Meagan, la fille d'un riche rancher texan. Toute union est interdite, impensable !

La vengeance de Fox ∞ Maggie Osborne (n° 7976)
Fox, jeune femme farouche et indépendante, veut à tout prix tuer Jennings, l'homme qui lui a volé son héritage. Pour rejoindre Denver, Fox sert de guide à Matthew Tanner. Ensemble, ils vont affronter bien des aventures…

Le bijou convoité ∞ Julia London (n° 7977)
La branche écossaise des Lockhart a des problèmes financiers. La cause ? La perte d'une broche d'une grande valeur. Parti à sa recherche, Griffin rencontre Anna, la nouvelle propriétaire du joyau. Et, pour récupérer le précieux bijou, il entreprend de la séduire…

Le 18 avril :

Prince de l'éternité ∞ Lisa Kleypas (n° 4426)
Le prince Nicolas Angelovski épouse la belle Emma. Mais le mystérieux Russe cache un lourd passé. D'où lui vient ce sentiment de connaître Emma depuis toujours, comme s'ils appartenaient l'un à l'autre ?

Il était une fois au Texas ∞ Georgina Gentry (n° 7982)
Premier arrivé, premier servi, telle est la loi de l'Ouest. Mais Lacey Van Schuyler Durango et Blackie O'Neal ont choisi le même terrain avec des buts opposés : l'une veut y créer un journal, l'autre un saloon. La guerre est déclarée ! De la haine à l'amour, il n'y a qu'un pas…

Nouveau ! 2 rendez-vous mensuels
aux alentours du 1er et du 15 de chaque mois.

7980

Composition Chesteroc Ltd
Achevé d'imprimer en France (Manchecourt)
par Maury-Eurolivres
le 18 mars 2006.
Dépôt légal mars 2006. ISBN 2-290-35196-2

Éditions J'ai lu
87, quai Panhard-et-Levassor, 75013 Paris
Diffusion France et étranger : Flammarion